Kentaro Sugino
Koichi Suwabe
Kazuhiko Yamaguchi
Shinsuke Ohchi
Tohru Kawamoto
Seijiro Fujiyoshi
Maki Sadahiro
Kazuhiko Tsuji
Chikako Tsutsumi
Keiko Arai
Kumiko Kobayashi
Naomi Aihara
Kotaro Nakagaki
Keishi Yamano
Hiromi Ochi
Keiko Miyamoto
Yuko Aihara

アメリカ
文学
と
映画

American
Literature
and
Film

三修社

はしがき

　文学と映画は、映画が誕生した 19 世紀末以来ずっと密接な関係にある。その関係は、文学作品が映画に物語を供給してきたという事実にとどまらない。映画誕生からトーキー（サウンド）映画が登場する 1927 年までの時代のサイレント映画を初期映画と呼ぶ。映画は、最初は見世物的な映像を見せるメディアであったが、次第に物語（一連の出来事）を伝えることを主機能とするメディアへと変貌する。初期映画のなかでも最初期の頃の映画であるプリミティヴ映画は、演劇との類似性を示している。たとえば、プリミティヴ映画を代表するエドウィン・S・ポーター監督の『大列車強盗』(1903) は、演劇を一場ごとに第四の壁から固定カメラで長回し撮影したようなスタイルになっている。このような演劇的スタイルの映画を洗練するのに最も大きな貢献をしたのが、D・W・グリフィスである。彼は、撮影編集技法を確立し、現在の映画と遜色ない映画を製作し、当時は数分から 30 分程度だった映画を長編化した。

　1927 年に初のトーキー映画『ジャズ・シンガー』が公開されると、映画は大きく変わった。サイレント期までは、映画のプロットを観客に伝達していたのは、ミザンセヌとりわけ役者の演技、そしてインタータイトルと呼ばれる説明字幕であった。しかし、トーキーになり、映画にはシナリオが必要になった。しばらくしてから、F・スコット・フィッツジェラルド、ウィリアム・フォークナーなどの作家たちがハリウッドに行きシナリオ執筆に従事したのはもちろん偶然ではない。

　しかし、そのスクリーンライターすなわち脚本家に関しては、1950 年代のフランスで、今となってはやや強硬とも思える主張がなされる。それは、アンドレ・バザンらが中心になって 1951 年に創刊された映画評論誌『カイエ・デュ・シネマ』に主に集い、後にその多くが映画製作に進出しヌーヴェル・ヴァーグと呼ばれることになる映画人たちの作家主義と呼ばれる主張である。彼らは、当時のフランス映画が、映画における文学的要素である脚本

に頼りすぎており、映画における監督の創造的な役割を軽視していると批判した。その主張は、彼らのあいだでも一枚岩ではないが、映画監督でもあるフランソワ・トリュフォーが 1954 年に発表した「フランス映画のある種の傾向」（邦訳『ユリイカ』臨時増刊 1989 年 12 月号所収）が最も有名である。彼らが崇拝と呼んでいいほど評価するのは、主題への関心とスタイル上の特徴という個性を持った作家＝監督＝演出家である。監督、脚本家、撮影監督、編集者などなどの多数の人々による共同で製作される映画だが、そのなかで監督の役割を最も強調する考えである。もちろんやや極端であるものの、作家主義は、監督を映画の作家と見なすことによって、諸芸術のなかでそれまでは低く見られていた映画芸術の地位の向上に寄与したことは否定できない。このフランスの作家主義（la politique des auteurs）は、アンドリュー・サリスの論文「作家理論についての覚え書き」（1961-62、邦訳は『アンドレ・バザン研究』第 1 号所収）によって作家理論（auteur theory）と訳されアメリカへと導入された。

　さて、文学と映画の関係でおそらく最も重大な問題であるとともに、文学研究においても映画研究においても少なくとも現在活発に議論されている問題は、アダプテーションである。アダプテーションとは、「別のメディアの（通常は文学の）先行する作品を基に芸術作品を作るプロセス。また、そのようにして作られた二次的作品」（*Oxford Dictionary of Literary Terms*）である。日本でかなり認知されるようになったアダプテーションという言葉だが、翻案（作品）という用語も用いられる。映画へのアダプテーションの場合は、映画化（作品）と呼ばれることも多い。

　一説によると、映画の半分以上がそれ以前の映画以外のテクストのアダプテーションであるという。そのアダプテーションに占める文学の映画化作品の比率は不明だが、アダプテーションのなかでも、サイレント映画時代から多くの作品が映画化されてきている文学と映画との関係が最も深く長いと言えるだろう。しかし、とりわけ文学研究者のあいだでは、文学とその映画化作品に関しては、次の二つの見解が支配的であった。オリジナルである文学作品のほうがそのコピーである映画化作品よりすぐれている。また、文学作品の映画化作品の評価基準は、オリジナルである文学作品への「忠実さ（fidelity）」である。

この二つの支配的意見、いや固定観念に揺らぎを与えたのが、アダプテーション研究である。その主な流れを簡潔に歴史化してみよう。英語圏で初のアダプテーション研究としばしば見なされるのは、ジョージ・ブルーストーン（George Bluestone）の『小説から映画へ』（*Novels into Film*, 1957）である。ブルーストーンは、小説と映画のメディアとしての違いを理由に「忠実さ」の不可能性を主張した。また、同書のエピローグにおいて学問的再考察を十分に施すことなく映画化作品はその原作である古典的小説より劣っているという固定観念をくりかえしてしまっているが、原作と映画化作品は、両者のメディアとしての差異のためにそれぞれ独立した自律的な芸術作品であるとした。1970 年代に入って、ジョフリー・ワグナー（Geoffrey Wagner）の『小説と映画』（*Novel and the Cinema*, 1975）は、オリジナルである文学作品への「忠実さ（fidelity）」をアダプテーション作品の評価基準にするわけではないが、忠実（fidelity, faithfulness）と自由（free）というアダプテーションの二項対立をより細分化し、「転換（transposition）」［直接的変換］、「コメンタリー（commentary）」［変更］、「アナロジー（analogy）」［根本的改変］と区分した。同様の試みをひとつ挙げれば、ダドリー・アンドリュー（Dudley Andrew）は、『映画理論の諸概念』（*Concepts in Film Theory*, 1984）で、「忠実さと改変（fidelity and transformation）」［原作の感情の再生産］、「交差（intersecting）」［原作の改変］、「借用（borrowing）」［原作のアイデアの借用］と分類した。ジョン・デズモンドとピーター・ホークス（John Desmond and Peter Hawkes）は、『アダプテーション――映画と文学研究』（*Adaptation: Studying Film and Literature*, 2005）において、「近アダプテーション（close adaptation）」、「中アダプテーション（intermediate adaptation）」、「緩やかなアダプテーション（loose adaptation）」に分けた。

　21 世紀に入ってしばらく経ち、2007 年にデボラ・カートウェル／イメルダ・ウィラハン（Deborah Cartwell and Imelda Whelehan）編『ケンブリッジ映画化文学案内』（*The Cambridge Companion to Literature on Screen*）が刊行されたことは、アダプテーション研究がアカデミアにおいて揺るぎない地位を獲得した証左と言えるかもしれない。しかし、その前年の 2006 年、原作への忠実さ（fidelity）に拘泥せず、アダプテーション研究を刷新しようとする動きが強まっていた。リンダ・ケア（Linda Cahir）は、『文学から映画へ』（*Literature*

into Film, 2006）において、アダプテーションを翻訳＝置き換え（translation）の一種と考えた。彼女によれば、アダプテーションは、原作を解釈しメディアを越えて行う翻訳＝置き換えなのである。ジュリー・サンダース（Julie Sanders）は、『アダプテーションとアプロプリエーション』（*Adaptation and Appropriation*, 2006）において、アダプテーションのインターテクステュアリティ＝間テクスト性（intertextuality）を指摘し、アダプテーション研究を従来の忠実（fidelity, faithfulness）と自由（free）というパラダイムから解き放ち、テクストの比較研究へと導いた。サンダースは、また、アダプテーションを４種類に分類するとともに、アダプテーションより明確ではなく盗作ともなりかねないアプロプリエーション＝専有化の理論づけを試みた。

ケアとサンダースの著書と同年 2006 年に刊行されたリンダ・ハッチオン（Linda Hutcheon）の『アダプテーションの理論』（*A Theory of Adaptation*, 2006；邦訳 2012）は、サンダースよりポストモダンかつラディカルにアダプテーションをインターテクステュアリティ＝間テクスト性のなかに位置づける。ハッチオンは、二次的で劣っているというアダプテーションの否定的な文化的価値に挑戦し、原作のほうがアダプテーション作品より優れている、オリジナルのほうがコピーより優れているといったあらゆるヒエラルキーを排除し、両者を対等に扱う。彼女は、「オリジナル・テクスト」「ソース・テクスト」と英語で呼ばれる原作を「アダプトされたテクスト（adapted text）」と呼んだ。また、文学とりわけ小説と映画のあいだのアダプテーションだけではなくさまざまなジャンルあるいはプラットフォーム間へと、さまざまな文化・言語間へと、広範かつ文化横断的な範囲へと、アダプテーション研究を拡げた。なお、さらに、第二版では、21 世紀のデジタル時代のアダプテーションへと拡張されている。

また、アダプテーション研究の射程を拡げたこれらのインターテクステュアリティな流れとは異なり、ジャック・ブーザー（Jack Boozer）は、編著書『映画アダプテーションにおける作家性』（*Authorship in Film Adaptation*, 2008）において、脚本に焦点を当てる。映画の芸術としての地位を確立したいという戦略的意図もあって『カイエ・デュ・シネマ』派の評論家たちによって打ち捨てられた脚本と脚本家だが、ブーザーによれば、文学作品から映画へのアダプテーションにおいて映画の直接の基盤となるのは、文学作品ではなく、

脚本である。例として取り上げられるのは、ヒッチコック監督の映画である。ヒッチコックの映画は、すべて緩やかなアダプテーション（おそらく原作よりも映画のほうが評価が高い）だが、原作よりも脚本により忠実である。彼によれば、文学の原作と映画化作品とのあいだにありそれらとともに作家性を形成するのは、監督とともに脚本家なのである。

　そして、さらには、2010 年代に入り、デボラ・カートメル（Deborah Cartmell）編『文学、映画とアダプテーションへの案内』（*A Companion to Literature, Film, and Adaptation,* 2014）、トマス・リーチ（Thomas Leitch）編『オックスフォード版アダプテーション研究ハンドブック』（*The Oxford Handbook of Adaptation Studies,* 2017）という大部な本が刊行され、アダプテーション研究は活況を呈している。

　少し遅れてだが、日本でもアダプテーション研究は始まっている。1996 年の曽根田憲三『アメリカ文学と映画──原作から映像へ』は草分け的研究である。少し間をおいて最近では、年代順にあげれば、杉野健太郎編『交錯する映画──アニメ・映画・文学』（2013 年）、野崎歓編『文学と映画のあいだ』（2013 年）、片渕悦久『物語更新論入門』（2016 年）、岩田和男／武田美保子／武田悠一編『アダプテーションとは何か──文学／映画批評の理論と実践』（2017 年）。武田美保子／武田悠一『増殖するフランケンシュタイン──批評とアダプテーション』（2017 年）、宮脇俊文編『映画は文学をあきらめない──ひとつの物語からもうひとつの物語へ』（2017 年）、波戸岡景太『映画原作派のためのアダプテーション入門──フィッツジェラルドからピンチョンまで』（2017 年）、小川公代／村田真一／吉村和明編『文学とアダプテーション──ヨーロッパの文化的変容』（2017 年）、片渕悦久『物語更新論──実践編』（2018 年）などが刊行され、アダプテーション研究は活況を呈している。

　さて、前置きが長くなったが、本書は、アメリカ文学のキャノンの映画へのアダプテーションの批評実践を試みる。紙幅の許す限り多くの作品、17 作品を取り上げた。その批評実践の方法は、上述の昨今のアダプテーション研究に顧慮し、次の 3 原則とした。単に「原作に忠実か否か」といった議論にはせず、映画テクストを原作とは異なるテクストとして論じ、その違いを指摘し、改変の意味や効果を探ること。文学テクストと映画テクストのメディ

7

アの表現の違いを意識した論述を行うこと。さらに、可能ならば、原作の歴史性と映画テクストの歴史性を含めること。この3原則である。これ以上の共通の方法論的制約を設けなかったのは、テクストにはそれぞれ合った方法があると判断するからである。

ところで、すでに述べたように、一説によると映画の半分以上がそれ以前の映画以外のテクストのアダプテーションであり、その映画以外のテクストの多くは、文学（主に小説と演劇）と推測できる。映画製作者たちがアメリカ文学のキャノンをどのように映画へと変貌させたかを考えることは、アメリカ文学研究および映画研究に新たな地平をもたらすだろう。さらには、トランスレーション、インターテクステュアリティ、物語などの研究に資することは間違いない。本書もそれらの研究に寄与できることを願っている。

最後に、このような企画に許可を与えてくださった三修社の前田俊秀社長と惜しみない助力と励ましをいつも与えていただいている永尾真理氏に感謝を表したい。本書が、比較的新しい領域であるアダプテーション研究およびアメリカ文学研究さらには映画研究へと読者を導き、本書と対話し批判し更なる論考を読者からいただけるとしたら、これ以上の喜びはない。

2019（令和元）年8月
著者を代表して　　杉野健太郎

CONTENTS

はしがき

ジェイムズ・フェニモア・クーパー『モヒカン族の最後』1826
1 崖の上のアリス ……………………………………………… 12

『モヒカン族の最後』とその映画的表象
川本　徹

ナサニエル・ホーソーン『緋文字』1850
2 ヴェンダース、アメリカ古典文学に挑む ……………… 28

ヴィム・ヴェンダース監督『緋文字』論
藤吉清次郎

ハーマン・メルヴィル『白鯨』1851
3 ニューディール・リベラリズムの遺産と反メロドラマの想像力 ……… 44

ジョン・ヒューストン監督『白鯨』
貞廣真紀

マーク・トウェイン『ハックルベリー・フィンの冒険』1885
4 『ハックルベリー・フィンの冒険』の映画史 ………… 60

辻　和彦

ヘンリー・ジェイムズ『鳩の翼』1902
5 リアリズム、ロマンスとモダニティ ………………… 74

イアン・ソフトリー監督『鳩の翼』論
堤　千佳子

イーディス・ウォートン『無垢の時代』1920
6 抑圧された〈感情〉のドラマ ………………………… 88

マーティン・スコセッシ監督『エイジ・オブ・イノセンス』
新井景子

シオドア・ドライサー『アメリカの悲劇』1925
7 小説的社会と映画的世界 …………………………… 106

『アメリカの悲劇』、エイゼンシュテイン、『陽のあたる場所』
小林久美子

CONTENTS

F・スコット・フィッツジェラルド『グレート・ギャツビー』1925

8 モダン／ポストモダンな『グレート・ギャツビー』................**122**

バズ・ラーマン監督『華麗なるギャツビー』
杉野健太郎

リリアン・ヘルマン『子供の時間』1934

9 ひとりで歩く女................**140**

ウィリアム・ワイラー監督『噂の二人』
相原直美

ジョン・スタインベック『怒りの葡萄』1939

10 アメリカ大衆文化における民衆の想像力................**158**

ジョン・フォード監督『怒りの葡萄』
中垣恒太郎

テネシー・ウィリアムズ『欲望という名の電車』1947

11 プロダクション・コードを抜けて................**174**

エリア・カザン監督『欲望という名の電車』の軌道をたどる
山野敬士

レイモンド・チャンドラー『長いお別れ』1953

12 裏切りの物語................**190**

『長いお別れ』と『ロング・グッドバイ』
諏訪部浩一

フィリップ・K・ディック『アンドロイドは電気羊の夢を見るか？』1968

13 ユダヤ人／黒人の表象としてのレプリカント................**208**

『アンドロイドは電気羊の夢を見るか？』と『ブレードランナー』
大地真介

カポーティ『冷血』1967と『カポーティ』2005

14 そのまなざしを受けとめるのは誰なのか................**222**

『冷血』と『カポーティ』
越智博美

CONTENTS

アリス・ウォーカー『カラーパープル』1982

15 覇権調整のシネマトグラフィー ················· **238**

スティーヴン・スピルバーグ監督『カラーパープル』
宮本敬子

フィリップ・ロス『ヒューマン・ステイン』2000

16 ミスキャストの謎を追って ················· **258**

ロバート・ベントン監督『白いカラス』
相原優子

コーマック・マッカーシー『血と暴力の国』2005

17 コーマック・マッカーシーの小説とコーエン兄弟の映画の対話的関係の構築をめぐって ····· **280**

『ノーカントリー』における「暴力」と「死」の映像詩学
山口和彦

引用資料
文献案内
映画用語集
索引
執筆者一覧

1 崖の上のアリス

『モヒカン族の最後』とその映画的表象

川本　徹

1　墜落するヒロイン

　マイケル・マン（Michael Mann, 1943- ）監督の『ラスト・オブ・モヒカン』（*The Last of the Mohicans*, 1992、以下、92 年版と記す）。[1] 本作のひとつの特徴は、落下の運動がテクスト内に巧みに配置されている点にある。映画の冒頭では、主人公のナサニエル（ダニエル・デイ＝ルイス）が鹿を追って小さな崖を飛び降りる様子や、ナサニエルに撃たれた鹿が崖から転がり落ちる様子が描かれる（▶ 00:02:30-00:02:37, 00:03:40-00:03:42）。映画の中盤では、ヒューロン族の追跡から逃れるために、ナサニエルが滝を飛び降りる様子がスローモーションで描かれる（▶ 01:26:46-01:27:07）。そして、文字通りクライマックスをなす崖の上の場面では、モヒカン族のアンカス（エリック・シュウェイグ）と彼が想いを寄せる白人のアリス（ジョディ・メイ）が劇的な墜落死を遂げる（▶ 01:42:40-01:42:57, 01:44:06-01:44:23）。アンカスはヒューロン族の悪漢マグア（ウェス・ステューディ）に突き落とされ、それを目にしたアリスはみずから命を絶つことを選択し、身を投げるのである。かくして 92 年版では、印象的な落下の運動がテクストの序盤、中盤、終盤にバランスよく配置され、その運動が徐々に激しさを増すように設計されている。そして一連の落下のなかでも、アリスの落下は最後に描かれるという点で、また唯一の女性の落下であるという点で、テクストのなかで特権的な位置を占めている。

　この 92 年版を見たあとで、ジェイムズ・フェニモア・クーパー（James

Fenimore Cooper, 1789-1851）の原作長編小説『モヒカン族の最後』（*The Last of the Mohicans*, 1826）をふたたび紐解くと、[2] あることに驚かされる。クーパーの原作には、92 年版で鮮烈な印象を残すヒロインの落下が存在しないのである。なるほど、原作でも崖の上の場面が物語のクライマックスをなしており、そこで主要登場人物のうち 3 人が命を落とす。アンカスとアンカスが想いを寄せる女性（原作ではアリスの姉のコーラ）とマグアの 3 人である。ここは 92 年版と同じである。しかしながら、原作で崖から落ちて死ぬのはマグアただ一人である。「つかんでいた岩が抜けた。マグアは一瞬、空を切ってまっさかさまに落下し、絶壁にしがみつくように生えているやぶの縁をかすめると、見る間に谷底へと消えていった」（**クーパー下巻 310［原書 459］**）。[3] コーラとアンカスは原作では崖から落ちることなく、崖の上で絶命する。[4] ヒロインが落下しない原作とヒロインが落下する 92 年版。この違いはいったいどのようにして生じたのだろうか。

2　モヒカン族の存続

　まず文学史の復習をするなら、〈アメリカ小説の父〉ことジェイムズ・フェニモア・クーパーは、アメリカ独自の大自然を舞台に、アメリカ的な主題――自然志向と文明志向の対立、異人種との接触と交流――を全面展開させた最初の作家である。代表作は〈レザー・ストッキング（革脚絆）物語〉5 部作。[5] シリーズの主人公ナッティ・バンポーは、自由と秩序、無垢と経験のせめぎ合いを生きるアメリカ・ヒーローの原型である。ナッティはシリーズ第 2 作の『モヒカン族の最後』では主にホークアイという名前で呼ばれる。上述の 92 年版ではナサニエル・ポーという名前に変更されている。

　〈アメリカ小説の父〉としての地位を誇るクーパーだが、今日では本国アメリカですら実際に読まれることは少ない。その主因とされるのは古めかしく大仰な文体である。現代の読者には非常に読みづらいのである。それでもクーパー文学は確実に命脈を保っている。それを可能にしたのは無数のアダプテーションである。とくにスリル満載の『モヒカン族の最後』の物語は、演劇、実写映画、テレビドラマ、アニメーション、コミック・ブックなどで何度も語り直されてきた。げんに『モヒカン族の存続――あるアメリカ神話の歴史』と題された『モヒカン族の最後』のアダプテーションだけを論じた

研究書すら存在し、その巻末には 7 ページにわたるビブリオグラフィならぬモヒカノグラフィ、つまりは『モヒカン族の最後』の諸ヴァージョンの目録が収められている（Barker and Sabin 205-11）。ひとはいまでも『モヒカン族の最後』の物語にいくらでも接することができる。原作以外の場所で。[6]

　映画はその中心である。1909 年に短編映画が製作されて以来、[7]『モヒカン族の最後』はくりかえし映画化されてきた。そのなかには、「［ヒロインの］姉妹を 12 回、つまり各エピソードにつき 1 回危険に陥らせる」（Simmon 90）1932 年の連続活劇版や、登場人物が全員スペイン語を話す 1965 年のスペイン版（原題は *Uncas, el fin de una raza*）などの変り種もあるが、『モヒカン族の最後』映画化の決定版として名高いのは、モーリス・トゥールヌール（Maurice Tourneur, 1876-1961）、クラレンス・ブラウン（Clarence Brown, 1890-1987）共同監督の 1920 年版と、本章冒頭で言及したマイケル・マン監督の 1992 年版である。20 年版はアメリカのサイレント映画の傑作のひとつと目されている。20 年版と 92 年版ほどではないが、ジョージ・B・サイツ（George B. Seitz, 1888-1944）が監督し、ランドルフ・スコットがホークアイを演じた 1936 年版もよく知られている。92 年版は 36 年版を直接参照したものであり、その冒頭のクレジットでは、クーパーの小説と 36 年版のフィリップ・ダン（Philip Dunne, 1908-92）の脚本が挙げられている。以下に読まれる論考では、クーパーの原作小説と 92 年版に加えて、いま紹介した 20 年版と 36 年版も取り上げる。[8] なお、これらの映画版の原題はすべて原作と同じ *The Last of the Mohicans* だが、邦題は 20 年版と 36 年版が『モヒカン族の最後』で、92 年版は『ラスト・オブ・モヒカン』である。

3　1757 年の物語

　イギリス対フランス。ホークアイとその仲間対マグア。ヒロインの誘拐と救出。こうした要素からなる原作のあらすじを簡単に見ておこう。アメリカ独立よりも少し前の時代の物語である。1757 年、ニューヨーク州北部。フレンチ・インディアン戦争と呼ばれる英仏の領土争奪戦のさなか、コーラとアリスの姉妹が英軍司令官の父に会うために、彼が指揮をとる砦へと旅立つ。護衛を務めるのはダンカン・ヘイワード少佐。のちにホークアイとモヒカン族のチンガチグックとアンカスの父子がこれに加わる。仏軍のスパイである

ヒューロン族のマグアが奸計をめぐらすが、ホークアイらの助けにより姉妹は命からがら砦に到着し、父との再会を果たす。その後、仏軍に圧倒された英軍は、砦を明け渡し退却することになるが、このときマグア率いるヒューロン族が襲撃を仕掛け、大殺戮が繰り広げられる。コーラとアリスはマグアに連れ去られる（マグアはコーラを妻にしようともくろんでいる）。これ以降、ホークアイらの懸命な追跡と戦いが克明に描かれる。その詳細はここでは省くが、本章の冒頭で述べたように、最終的にはコーラとアンカスとマグアの3人が命を落とし、物語は幕を閉じる。

　原作と各映画版はさまざまなかたちで比較しうるが、本章ではクライマックスの崖の上の場面に照準を絞ることにする。そしてそこで対峙するヒロインと悪漢（つまりマグア）の表象に注目し、各ヴァージョンの政治的含意を浮かび上がらせることをめざす。

4　乗り移る言葉

　クーパーの原作にはないヒロインの落下が92年版にはある。さきにそのように述べたが、読者諸賢の頭にはいまつぎの疑問が浮かんでいるだろう。20年版と36年版ではヒロインの落下が描かれるのか否かである。20年版から言えば、ここでもヒロイン——この場合はコーラ（バーバラ・ベッドフォード）——は崖から墜落死する（▶ 01:04:28-01:04:49）。異人種の男であるマグア（ウォーレス・ビアリー）に結婚を迫られた結果である。じつのところ20年版こそは、おそらく『モヒカン族の最後』の映画史上、ヒロインの落下を描いた最初の作品である。

　それにしても、なぜ20年版のヒロインは落下せねばならないのか。そのほうが映画的だからと言えばそれまでだが、より直接的な理由を挙げておこう。製作陣がクーパーの原作に加えて、ある別の映画を参照したと推測されるのである。異人種の男に結婚を迫られる白人女性、崖の上での攻防、そして墜落死。1915年——20年版公開の5年前——に、これらの要素を含む重要作が公開されている。サイレント映画の金字塔、D・W・グリフィス（David Wark Griffith, 1875-1948）監督の『國民の創生』（*The Birth of a Nation*, 1915）である（▶ 01:46:57-01:55:20）。[9] 墜落する人物の名はフローラ（メエ・マーシュ）。彼女に結婚を迫るのはガス（ウォルター・ロング）という黒人の男である。

| 1 | 崖の上のアリス　　**15**

『モヒカン族の最後』の20年版と『國民の創生』の類似は、上述の要素にとどまらない。注目したいのは、コーラとフローラが崖の上で悪漢に発する台詞である。さきに確認すれば、クーパーの原作ではコーラはマグアにこう言う。「殺したければ、殺すがいいわ。あんたは悪魔よ。わたしはもう、ぜったい先へ行きません」（**クーパー下 306 ［原書 457]**）。つぎに20年版と『國民の創生』の台詞を引用し、比較してみよう（両作品ともサイレント映画のため、台詞はインタータイトルで示される）。20年版でコーラはマグアにこう述べる（▶ 01:01:50-01:01:52）。「一歩でも近づいたら飛び降りるわ！」（"One step nearer or I'll jump!"）。『國民の創生』でフローラはガスにこう述べる（▶ 01:52:15-01:52:17）。「来ないで。飛び降りるわよ！」（"Stay away or I'll jump!"）。[10] とくに英語の原文を見るとよくわかるが、20年版のコーラの言葉は『國民の創生』のフローラの言葉に非常に近い。フローラがコーラに乗り移ったかのようである。

「一歩でも近づいたら飛び降りるわ！」、「来ないで。飛び降りるわよ！」。これらの台詞には独特の凄みがある。異人種の悪漢とのあいだに絶対的な距離を保とうとする意志、この人物に対する強烈な拒絶が感じられる。そして、それぞれ経緯は異なるものの、20年版のコーラも『國民の創生』のフローラも最後は崖の下に消えていく（20年版の落下までの経緯については後述する）。墜落と引き換えに守られるものがある。彼女たちの人種的な純潔さである。そもそも20年版に影響を与えた『國民の創生』は人種的な純潔さを礼賛するフィルムとして批判も多い。

正確を期して言えば、20年版のコーラは異人種の男を一律に拒絶してはいない。彼女はモヒカン族のアンカス（アルバート・ロスコー）とは相思相愛である。20年版はこの両者の恋愛に焦点を当て、ホークアイ（ハリー・ロレイン）は完全な脇役として扱っている。その意味では人種の観点から見て冒険的とも言える。だが、これは原作でもそうなのだが、コーラとアンカスの恋愛は実を結ばない。異人種間の恋愛は2人の死をもって幕を閉じ、先住民と白人の血が混ざり合うことはない。

原作中のある事実への言及が省かれているのも見逃せない。コーラに黒人の血が入っていることである。コーラは父のマンロー大佐が西インド諸島に赴任中、黒人奴隷の血を引く女性とのあいだに儲けた子である（**クーパー下巻**

287［原書 215］）。[11] 長編小説の映画化に縮約はつきものだとしても、コーラの人種的出自への言及が欠けていることは押さえておきたい。これは36年版と92年版も同様である。

5　変化する色彩

　つづいて36年版を論じよう。ここでもコーラ（ヘザー・エンジェル）の落下は描かれる。アンカス（フィリップ・リード）の死後、自分に近づくマグアを見て、コーラは突然——今回は台詞を発することすらない——崖から身を投げて命を絶つのである（▶01:11:27-01:11:41）。すでに見たように92年版でもアリスの落下が描かれるから、ヒロインの落下は20年版が築いた『モヒカン族の最後』の映画的伝統と呼べるだろう。

　36年版に関して注意すべきことがある。コーラとアリスの姉妹関係がなぜか逆になっているのである。原作と20年版ではコーラが姉でアリスが妹だが、36年版ではアリス（ビニー・バーンズ）が姉でコーラが妹である。もっとも、姉であれ妹であれ、アンカスと恋に落ち、最後には崖から落ちる女性が、コーラと呼ばれる人物であることに変わりはない。重要な違いがあるとすれば、それは髪の色である。原作と20年版では姉のコーラは黒髪、妹のアリスは金髪である。36年版では姉のアリスが黒髪、妹のコーラが金髪である。その結果、コーラという名の女性が崖から落下するのは20年版と変わりないが、その女性が黒髪から金髪に変化したのである。図1と2はそれぞれ20年版と36年版の崖の上の場面からの引用である。図1はコーラが隙をつ

図1　『モヒカン族の最後』1920年版
▶01:04:13

図2　『モヒカン族の最後』1936年版
▶01:11:35

｜1｜崖の上のアリス　　**17**

かれてマグアに腕をつかまれる箇所、図2はコーラが自分に近づくマグアを見て恐怖におののく箇所である。髪の色の違いは一目瞭然だろう。

　黒髪のコーラから金髪のコーラへ。この変化をどのように理解すればよいのか。ここである事実が思い出される。36年版の公開に先立つ30年代前半に、未開の地での冒険を描く映画——ジャングル映画と総称されることもある——が流行し、そのなかで女性の黄金の髪が重要な意味を持っていた。『トレイダー・ホーン』（*Trader Horn*, 1931）や『キング・コング』（*King Kong*, 1933）が代表例である。こうした映画で黄金に輝く女性の髪は、原住民や野獣の〈黒さ〉に対置される彼女の〈白さ〉、そして彼女の人種的な純潔さを視覚的に強調するものである。[12) むろん金髪ではなく黒髪の女性が登場する例もあるのだが、一方でその名も『ブロンドの髪の捕虜』（*The Blonde Captive*, 1932）という映画すら存在する。[13) この種の映画における金髪の重要性は疑いようがない。『モヒカン族の最後』の36年版では、ニューヨークの森林地帯という〈ジャングル〉で、マグアという野蛮人に追われるヒロインが金髪である。これは同時代のジャングル映画の設定を踏襲し、異人種と向き合うヒロインの人種的な純潔さを強調するものと見なすこともできる。黒髪から金髪への変化については、以上のようなジャンルとイデオロギーの観点からも考察する必要があるだろう。

　ちなみに、『キング・コング』と『モヒカン族の最後』の36年版にはキャスティング上のつながりもある。『キング・コング』で金髪のヒロインを救出する白人男性を演じたのはブルース・キャボットである。『モヒカン族の最後』の36年版で金髪のヒロインに結婚を迫る悪漢マグアを演じた俳優にほかならない。

6　血で汚れた手

　ここまで、原作にはないヒロインの落下が20年版以降に描かれるようになったこと、そのヒロインの髪が36年版で金色になったことを論じた。つぎに論じる92年版でも金髪のヒロインが落下する。ただし、コーラではなくアリスである。92年版では原作と20年版同様、黒髪のコーラ（マデリーン・ストウ）が姉で金髪のアリスが妹なのだが、落下するのはアリスのほうなのである。このようにして金髪のヒロインが墜落死するという36年版の設定

が継承されている。い
ささか話が複雑になっ
てきたので、ここで一
度整理しておこう。崖
から落下するのは、20
年版では黒髪の姉コー
ラ、36年版では金髪

図3 『ラスト・オブ・モヒカン』 ▶ 01:43:55

の妹コーラ、92年版では金髪の妹アリスである。

　さて92年版である。ブロンド女性が落下する。これは36年版と同じだが、崖の上の場面の演出は大きく違う。36年版のコーラはあっという間に崖から飛び降りるが、92年版のアリスはまず崖の縁にゆっくりと移動し、崖の高さを確認する（▶ 01:43:02-01:43:44）。興味深いのは、それを見たマグアがアリスに手を伸ばし、自分の側に来るように——自殺をやめるように——指で合図することである（▶ 01:43:44-01:44:00 図3）。これはいったいどういうことか。監督のマンやマグア役のウェス・ステューディがインタヴューで語った内容を要約すれば、ここでこの悪漢は自分の目の前に立つ一人の少女に優しさを見せているのである。マンはそれを「とても人間味のある行為」とも呼んでいる。ただし、マンも触れているように、マグアがアリスに優しく差し伸べる手に彼がナイフで刺したアンカスの血がついているのが皮肉である。[14] アリスはそのアンカスの血のついた手を拒否して崖の下に消えていく。

　この血の描写について、さらに別の角度から検討したい。じつはクーパーの原作にもマグアがヒロイン（ここではコーラ）に血のついた手を伸ばす場面がある。原作ではマグアはコーラを救うためではなく、文字通り手に入れるために手を伸ばす。その描写はクライマックスの崖の上の場面ではなく、マグア率いるヒューロン族が砦から撤退する英軍を虐殺する場面にある。重要なのは、ここでマグアの手についた血が、先住民（アンカス）の血ではなく、白人の血だということである。それを強調するかのように、マグアはコーラにこう述べる。「この手は真っ赤だ。だが、これは、白人の血だぞ」（"It is red, but it comes from white veins!"）（クーパー下巻 324 [原書 240]）。

　この言葉に象徴的な解釈をほどこしたのが、シャーリー・サミュエルズで

| 1 | 崖の上のアリス　　**19**

ある。赤い膚についた白い血（白人の血）。ここで読者に提示されるのは、「目に見える形になった異人種混淆、赤い膚と白い血の暴力的な混ざりあい」（Samuels 103）である。マグアがコーラを娶るよりもさきに、マグアの身体上で赤い膚と白い血（白人の血）が混淆を果たしたのだと、そのように言ってもいい。いわば〈赤＋白〉である。一方、92年版はどうだろうか。マグアがアリスに差し伸べる手についた血は、すでに見たようにアンカスの血である。その意味で、マグアの身体上で〈赤〉と〈白〉の混淆は生じていない。それは赤い膚についた赤い血（先住民の血）である。[15] つまり〈赤＋赤〉である。白い膚のヒロインは、その赤い血のついた赤い膚を拒否し、崖の下に消えていく。サミュエルズの象徴的な解釈を援用するならば、クーパーの原作が身の毛もよだつかたちではあれ、〈赤〉と〈白〉の混淆を前景化するのに対して、92年版はそれを可能なかぎり回避しようとしたテクストと捉えられるだろう。[16]

7　不意打ちする顔

　落下、髪の色、血。小説にも描くことは可能だが、映画がより効果的に描ける要素に着目して、『モヒカン族の最後』の原作と3本の映画版を比較してきた。以上の議論を踏まえると、最も新しい92年版がイデオロギー的には最も守旧的なテクストと見なせるかもしれない。そもそも物語の水準で、姉妹の片方とアンカスの異人種間恋愛はヴァージョンが新しくなるごとに重みを失う。36年版はコーラとアンカスの異人種間恋愛を描く一方で、アリスとホークアイの白人同士の恋愛も描く。原作や20年版ではホークアイは誰とも恋をしないのだが、36年版はこの点にも変更を加えたのである。92年版は、コーラとナサニエルの白人同士の恋愛を大々的に、華々しく描くのに対して、アリスとアンカスの異人種間恋愛は挿話的に描くのみである。白人同士の恋愛が前景にせり出し、異人種間恋愛は後景に退いたのである。この点は先行研究でもしばしば問題視されてきたが、本章で論じたように、映像の水準でも〈赤〉と〈白〉の交わりはより強く回避される方向に進んできた。なるほど、92年版には先住民役に先住民俳優を起用するなど、『ダンス・ウィズ・ウルブズ』（Dances with Wolves, 1990）と同時代の映画ならではの工夫もある。とはいえ、白人と先住民の関係の描写に関しては、全体的に意外と保守

的な部分が目につくのである。だが、92年版、とりわけその崖の上の場面についての議論をこれだけで終わらせてもよいのか。そこにはこのヴァージョン独自の映画的な魅力が存してはいまいか。

図4 『ラスト・オブ・モヒカン』 ▶ 01:43:40

　92年版の崖の上の場面。映像的にも音響的にも印象深い瞬間が多くある場面だが、ここで真に注目すべき点は、アリスとマグアのショット／切り返しショットの繊細さ、緻密さである。2人の人物を交互に映し出す技法、これがショット／切り返しショットである（より詳細な定義は本書巻末の用語集を参照されたい）。まず36年版と比較すると、そもそもアンカスの落下後、アリスが身を投げるまでの時間的間隔が違う。36年版は11秒（▶ 01:11:27-01:11:38）、92年版は70秒である（▶ 01:42:57-01:44:07）。6倍以上に引き伸ばされたその時間のうちに、92年版ではアリスとマグアの表情および所作が、ショット／切り返しショットを通じて、きわめて丹念に描かれるのである。さきほどは敢えて否定的な読み方をしたが、マグアがアリスに手を伸ばすという動作も、従来のヴァージョンにはない演出として特筆に値するのは事実である。さらに言えば、一連の映像のなかでも、崖の高さを確認したあとのアリスのクローズアップは、アリス役のジョディ・メイの表情——後述するようにこの直前の表情とはまるで異なる——の素晴らしさもあって、[17] ひときわ印象的である（▶ 01:43:35-01:43:44 図4）。場面全体が劇的なアクションに満ちていることも、このクローズアップを忘れがたくするのを後押ししている。一連のショットにあってほぼ運動が停止したアリスのクローズアップは、映像的な不意打ちとして見るものを圧倒する。

　これは映画全体の文脈でもまさに不意打ちである。92年版は20年版や36年版と比べて、金髪のヒロインの扱いが最も小さい映画だからである。仮に映画全体を見たことのないひとが、偶然この場面だけを目にしたならば、おそらくアリスは92年版の重要なキャラクターだと予想するだろう。だが、そうではないのである。全体としてアリスの台詞は最小限に切り詰め

られているし、その心理が掘り下げられることもない。しかしだからこそ、件のアリスのクローズアップは印象に残るもの、そこに積極的な意味を読み取りたくなるものになっている。

このクローズアップにはあとで立ち戻るとして、ここでは映画史的な観点から、アリスとマグアのショット／切り返しショットの価値を明らかにしたい。映画史上、先住民男性とその捕虜になった白人女性の見るべきショット／切り返しショットは、そう多くない。いや、そもそも両者が対峙する場面の丁寧な描写が少ないのである。白人女性の捕虜と言えば、登場後すぐに白人男性に救出されるか（『荒野の追跡』［*Trooper Hook*, 1957］、『決闘コマンチ砦』［*Comanche Station*, 1960］、『レッド・ムーン』［*The Stalking Moon*, 1968］）、登場時点ですでに先住民社会になじんでいるか（『ソルジャー・ブルー』［*Soldier Blue*, 1970］、『ダンス・ウィズ・ウルブズ』）、基本的にそのどちらかである。絶対的な他者としての先住民との決定的な対峙は描かれないのである。

白人の捕虜と先住民のより濃密で、直接的な接触を描く映画となると、『赤い矢』（*Run of the Arrow*, 1957）、『馬と呼ばれた男』（*A Man Called Horse*, 1970）、『小さな巨人』（*Little Big Man*, 1970）が思い浮かぶが、むろんこれらは女性の捕虜ではなく男性の捕虜の物語である。『捜索者』（*The Searchers*, 1956）は長年にわたる白人少女の捕囚を描く映画だが、物語の焦点は彼女を捜索する男たちの行動にある（女性の捕虜を捜す側、その帰りを待つ側の差別意識を掘り下げる点に、ジョン・フォードが監督した『捜索者』や別の問題作『馬上の二人』［*Two Rode Together*, 1961］の意義があるのだが、それはまた別の話である）。上記の『赤い矢』、『馬と呼ばれた男』、『小さな巨人』の女性版と呼べるような映画は存在しない。先住民による捕囚を描くのがもっぱら西部劇であり、[18]男性向けのジャンルであることがその原因かもしれない。いずれまた丁寧に論じたい点だが、文学に女性視点の先住民捕囚体験記が数多く存在するのとは著しい違いである。短時間ながらも女性の捕虜と先住民の対峙を描く映画としては、セシル・B・デミル（Cecil B. DeMille, 1881-1959）監督の『征服されざる人々』（*Unconquered*, 1947）がある。ただし、その描写はあまりに単純で、人種的にもジェンダー的にも因習的なものである（▶ 01:25:23-01:27:28）。先住民の男たちが白人女性（ポーレット・ゴダード）を杭に縛りつけ、熱した矢じりを向ける。女性は恐怖に満ちた表情で精一杯身をよじってみせる。こ

のような描写である。映画に登場する先住民たちよりもむしろこうした映画の描写そのものが粗暴きわまりない。

8　そのとき崖の上で

　以上のような映画史のなかで捉えると、92 年版でアリスとマグアの対峙がやはり限られた時間とはいえ、丹念かつ繊細に描かれることは目を引くはずである。これはサイレント映画の傑作と誉れ高い 20 年版の遺産とも言える。92 年版は 36 年版に基づくことが公言された映画だが、むしろ 20 年版に近い側面も見受けられる。じつのところ、ヒロインとマグアの崖の上の攻防に一番長い上映時間を割いたのは、20 年版である（▶ 01:01:28-01:04:49）。3 分を超えるこの場面の内容を記しておこう。「一歩でも近づいたら飛び降りるわ！」とコーラが述べたのち、彼女とマグアのにらみ合いがつづく。物語のなかで数時間が経過し、コーラが睡魔に屈したところで、マグアがコーラに忍び寄り、腕をつかむ。コーラは身をよじって崖から落ちようとするが、マグアは彼女の腕を放さない。コーラは崖にぶら下がった状態となる。そこに 2 人を追ってきたアンカスが現れる。その姿を目にしたコーラは、必死に這い上がろうとするが、マグアはアンカスと戦うために、しがみつくコーラの手をナイフで刺し、彼女を墜落させる。以上が 20 年版でコーラが落下にいたるまでの経緯である。この間、コーラとマグアのショット／切り返しショットも数多く使用される（▶ 01:01:40-01:01:49, 01:02:33-01:03:09, 01:03:27-01:04:07）。

　だが、それらはコーラとマグアの攻防をわかりやすく描くものにとどまっている。マグアを警戒しつつも睡魔に屈しそうなコーラと、その隙をつこうとするマグア。基本的にはこの両者の攻防の様子がシンプルに示されるだけである。このはるか先を行くこと、それが 92 年版の試みである。一連のショット／切り返しショットの内容を詳述してみよう。フル・ショットやミディアム・ショットの多い 20 年版と違って、92 年版ではクロースアップが中心となる。顔のクロースアップは「情動の風景」（加藤 212）として機能しうるが、まさにその点に注目してみよう。接近するマグアを見て、アリスはまず恐怖の表情を浮かべる（▶ 01:43:17-01:43:19）。口は半開きで目には涙がたまっている。身体は震えを抑えることができない。驚くべきはここからである。岩

|1|崖の上のアリス　　**23**

だなの縁に到達し、落下という選択肢が頭に浮かぶなり、彼女の表情は急変を遂げる（▶ 01:43:24-01:43:30, 01:43:35-01:43:44）。口元は引き締まり、目からは涙が失せ、震えも静止する（図4［前掲］）。諦観と、死の決意と、敵への憐れみ。これらがひとつに凝固した顔の風景が広がっている。風にかすかに揺れる髪の毛と、細かく降り落ちる水滴が、アリスの顔の不動性を静かに際立たせる。逆にその表情に、その射抜くような視線に動揺するのがマグアである（▶ 01:43:44-01:44:00）。頬をぴくぴく痙攣させながら、マグアは右手のナイフを下ろす。そしてもう一方の手を伸ばし、自分の側に来るよう合図する。まず一度、そして念を押すようにもう一度。だが、アリスはその合図を無視し、マグアに背を向け、身を投げる。その瞬間、まっすぐ伸びていたマグアの腕が力を失う（▶ 01:44:00-01:44:07）。一連のショット／切り返しショットでこのような複雑精妙な、そして双方向的な描写がなされるのである。映画ならではの技法であるショット／切り返しショットとクローズアップが、絶対的な他者同士のコミュニケーション（とその困難さ）の表象として有効に機能する、そのような銘記すべき瞬間である。[19]

　むろん、くりかえすが両者の対峙は映画全体のうちの限られた時間でなされるにすぎない。それはアリスが身を投げる時点で完全に幕を閉じてしまうし、身を投げるという行為がどのような文化史に根ざしたものであるかも、すでに確認した通りである。92年版には新しい側面もあるが、多くの限界、瑕疵もある。だからこそ、本章を締めくくる前に、92年版を21世紀のある映画に接続しておきたい。[20] それは『モヒカン族の最後』の映画版ではないが、ここまでの議論との関連上、ぜひとも言及しておきたい作品である。ケリー・ライヒャルト（Kelly Reichardt, 1964-）監督の異色の西部劇『ミークス・カットオフ』（*Meek's Cutoff*, 2010）である。物語の舞台は1845年のオレゴン。砂漠で道に迷った開拓者の一行が、旅の途中で捕虜にした先住民の男（ロッド・ロンドー）に先導を任せることになる。だが、男が開拓者を正しく導くという保証はどこにもない。表面上は先住民の男が捕虜だが、むしろ白人たちのほうが捕虜にも見える。重要なのは、これが男性ではなく女性——開拓者のひとりのエミリー（ミシェル・ウィリアムズ）——を主人公とする西部劇だということ、加えて、この白人ヒロインと先住民の男の関係が映画の主要関心事だということである。さらに、この絶対的な他者同士の一筋縄ではい

かないコミュニケーションを表象するために、ショット／切り返しショットが有効活用されるのである。映画の掉尾を飾るのもまさに両者のショット／切り返しショットなのだが（▶ 01:36:10-01:37:22）、多くの謎を含むことで知られるこのエンディングについては、また別の機会に論じることもあるであろう。『モヒカン族の最後』は今後も多様なかたちでヴァージョンを重ねていくだろうが、本章で展開した白人女性と先住民男性の関係の表象をめぐる文学・映画論も、今後ヴァージョンを重ねていく必要があるだろう。

註

1) 『ラスト・オブ・モヒカン』はアクション映画の名匠マイケル・マンの4番目の劇場用長編映画である。本作には劇場公開版に加えて、新旧ふたつのディレクターズ・カット版が存在する。本章で参照したのは現在ブルーレイで入手可能な新ディレクターズ・カット版であり、本文中の時間表記もこれに基づく。

2) 原題の *The Last of the Mohicans* が意味するのは、正確には「モヒカン族の最後の者」であり、具体的にはアンカスを指すが、本章では既刊の翻訳書のタイトルにならい、『モヒカン族の最後』と記す。

3) クーパーの原作の日本語引用はすべて犬飼和雄訳による。なお、92年版でマグアはチンガチグックに崖の上で殺される（▶ 01:45:45-01:46:08）。

4) 原作でコーラとアンカスはそれぞれマグアの仲間とマグア本人にナイフで殺される（**クーパー下巻 307-08 ［原書 457-58]**）。

5) シリーズの刊行の順序と物語の順序が一致しないため、注意が必要であるが、ここでは物語の順序でならべておく。『ディアスレイヤー』（*The Deerslayer,* 1841)、『モヒカン族の最後』（1826)、『パスファインダー』（*The Pathfinder,* 1840)、『開拓者たち』（*The Pioneers,* 1823)、『大草原』（*The Prairie,* 1827)。なお、〈レザー・ストッキング物語〉というシリーズの呼称はナッティが履いている鹿革製の脚絆に由来する。

6) 日本にも杉浦茂の漫画版（英訳もある）や戸井十月のリトールド版の小説がある。『モヒカン族の最後』の国際的なアダプテーションの歴史については、別の機会に詳しく論じることにしたい。

7) この短編映画のタイトルは『レザー・ストッキング』（*Leather Stocking*)。監督はのちに『國民の創生』を作ることになるD・W・グリフィス。文献資料で確認するかぎり（**Barker and Sabin 62-66**)、物語の基本的な流れはクーパーの原作とおおむね同じだが、結末で主要登場人物が落下する描写はないようである。

8) クーパーの『モヒカン族の最後』は西部劇映画の源流と呼ばれることが多いが、20年版、36年版、92年版を含む複数の映画版を取り上げつつ、この19世紀小説と西部劇ジャンルの関係性をより精密に考察したのが、シモン（**Simmon 89-93**）である。

| 1 | 崖の上のアリス

9) バーカーとセイビンは女性の墜落死という両作品の類似点にも言及しつつ、グリフィスとモーリス・トゥールヌール（20 年版の監督のひとり）の影響関係を論じている（Barker and Sabin 72-74, 223-24）。また、『國民の創生』にはトマス・ディクソンの原作小説『クランズマン』（The Clansman）と、やはり原作として挙げられるその同名の演劇版があるが（刊行と初演はともに 1905 年）、崖の上の場面に注目してこれらを比較したのがウッド（Wood 296）である。

10) 両作品の台詞の日本語引用は日本版 DVD によるが、若干表記を改めた。

11) 一方で、ヒロインが混血（すでに人種的境界を越えた人物）と明言されないからこそ、先住民という異人種との恋愛がより越境的で冒険的になったという見方もできなくはない。原作のアンカスとマグアを「浅黒いコーラの浅黒い 2 人の愛人」と呼び、三者の生まれながらの類縁性を強調したのは、レスリー・フィードラーである（フィードラー 226）。

12) ジャングル映画の人種・ジェンダー表象については、ベレンスタイン（Berenstein 160-97）に詳しい。当然ながら金髪のヒロインが多いことへの言及もあるが、ベレンスタインが真に注目するのは、ヒロインがジャングルと文明の境界線上に位置づけられる点や、ヒロインと異人種の他者のあいだに隠れた類似性が認められる点である。

13) オーストラリアでアボリジニの男性と結婚し、その地で暮らす金髪の白人女性が発見されたという内容が『ブロンドの髪の捕虜』の最大の売りである。既存の記録映像のフッテージを再利用した映画だが、この発見をめぐる箇所はじつは新たに演出されたものである。

14) ここで参照したマンやステューディのインタヴューは、DVD『［ザ・ディレクターズ］マイケル・マン』に収録されたものである（▶ 00:28:56-00:30:52）。

15) 正確を期して言えば、92 年版にもマグアの手に白人の血がつく描写がある。マンロー大佐の心臓をナイフで抉り出すときである（▶ 01:17:29-01:17:54）。ただし、原作とは異なり、この血がヒロインとの関係のなかで強調されることはない。また、原作の虐殺の場面には、ヒューロン族の戦士たちが地面に川のように流れる白人の血を飲みほすという、さらに強烈な描写がある（クーパー上巻 320 ［原著 237-38]）。こうした描写を考察する上で参考になるのが、本文でも言及したサミュエルズ（Samuels）である。サミュエルズは母への不安、自然生殖への不安がクーパーの『モヒカンの最後』の基底をなすことを指摘した上で、暴力というかたちで実現される血の混淆の描写に注目している。

16) この関連で各ヴァージョンのアンカス墜落後の描写も比較しておこう。20 年版と 36 年版ではアンカスが崖の下でコーラの遺体の手を握ってから息を引き取る。20 年版では両者の手に傷があるから、明示的ではないが、血の混淆が生じていると見なせなくもない（▶ 01:06:59-01:07:24）。一方、36 年版では両者の手には傷はいっさい見当たらない（▶ 01:11:44-01:12:03）。92 年版にはそもそも崖の下で両者の手が接触する描写がない。そのぶん感傷性は抑えられている。驚くべきは、戸井

十月のリトールド版の小説である。ここでアンカスとコーラはともに崖の上で絶命するのだが、そのさい両者の胸から流れた血が混ざり合う様子が描かれるのである（250）。

17) メイのプロフィールに関しては不確かな点も多いが、母親はトルコ系フランス系ユダヤ人であり、ハイブリッドな出自を持つことはまちがいない。92 年版の政治的な力学を今後より正確に分析するには、メイがアリス役に起用されたことをはじめ、キャスティングの中身にも目を向ける必要がある。

18) 古典期以降（とくに 1950 年代以降）のアメリカ映画における捕囚のテーマについては、モーティマー（Mortimer）を参照されたい。また、モーティマーが軽く言及するにとどめている、初期のアメリカ映画における捕囚のテーマについては、フェルフーフ（Verhoeff 55-76）を参照されたい。初期の西部劇が古典期の西部劇よりも内容面で革新的な部分を含むケースがあることは、多くの論者が指摘してきたが、フェルフーフを読むと、捕囚のテーマもじつに多様な扱いがなされていたことがわかる。

19) 紙幅の都合上省略したが、崖の上の場面をより精密に論じるには、落下、水、生と死の選択などの主題を共有する洞窟の場面（▶ 01:22:21-01:28:42）との比較も必須である。

20) 捕囚のテーマを本格的に取り上げた 21 世紀の西部劇として、ロン・ハワード（Ron Howard, 1954- ）監督の『ミッシング』（*The Missing*, 2003）も見逃せない。

| 1 | 崖の上のアリス　　**27**

2

ヴェンダース、
アメリカ古典文学に挑む

ヴィム・ヴェンダース監督『緋文字』論

藤吉　清次郎

　ナサニエル・ホーソーン（Nathaniel Hawthorne, 1804-64）は 19 世紀アメリカ文学を代表する作家である。彼は主にニューイングランドの歴史に文学的な素材を求めながら「ロジャー・マルヴィンの埋葬」（"Roger Malvin's Burial," 1832）、「ヤング・グッドマン・ブラウン」（"Young Goodman Brown," 1835）、『緋文字』（*The Scarlet Letter*, 1850）、『七破風の屋敷』（*The House of the Seven Gables*, 1851）など数々の作品を発表し、それぞれの作品のなかで共通して「罪」（sin）をキーワードに人間の心の闇を描き出している。ホーソーンの代表作『緋文字』は、これまで少なくとも 8 回（1904, 1907, 1911, 1917, 1926, 1934, 1973, 1995）映画化されている。本章では、そのうちの 7 作目にあたる、ドイツ人映画監督ヴィム・ヴェンダース（Wim Wenders, 1945- ）が手がけた映画『緋文字』（原題：*Der Scharlachrote Buchstabe*, 1973）を考察する。[1]『都会のアリス』（*Alice in den Städten*, 1973）や『パリ、テキサス』（*Paris, Texas*, 1984）などのロード・ムーヴィーと称する映画で知られる世界的な監督が手がけた映画であるにもかかわらず、この作品についてはこれまで論じられることはあまりなかった。このことはヴェンダース自身がこの作品を「失敗作」と認めていること（梅本ほか 248-61）と無関係ではない。ヴェンダースはインタヴューのなかで、予算など製作上のさまざまな難題に直面し、『緋文字』が満足できるような作品にならなかったことを告白している。映画には、たしかにそれに該当すると思われる納得しがたい箇所もあるが、本章ではそのような点

28

も考慮に入れながら、ヴェンダース版『緋文字』を正当に評価してみたい。

　ヴェンダース版『緋文字』の考察に入る前に、まず8作目にあたるローランド・ジョフィ（Roland Joffe, 1945-）監督の映画『スカーレット・レター』（The Scarlet Letter, 1995）の内容と意義を述べておきたい。[2] というのも、ジョフィ版『スカーレット・レター』がヴェンダース版『緋文字』と同じくフェミニズム（女権拡張論・女性解放思想）を作品の主要なテーマとし、比較的理解しやすいハリウッド映画だからである。本章の議論の意味をより明確にするためにも、また現代において原作『緋文字』（以下、ホーソーンの小説『緋文字』を「原作」と略す）を映像化することの意味を確認するためにも、ジョフィ版『スカーレット・レター』に少し触れ、その上でヴェンダース版『緋文字』の問題点に迫りたい。

　ジョフィ版『スカーレット・レター』はクレジットにあるように「原作」に自由にアダプテーションが加えられたハリウッド映画である。現代のフェミニズムを念頭に、当時の父権制社会における女性の生き様を扱った本作品は、男性中心主義のピューリタン社会においてヘスター・プリン（デミ・ムーア）が逆境のなか、みずからの信念に従い、闘う女性としてたくましく生きるさまを描き出している。もちろん弾圧されるのはヘスターだけではない。ヒビンズなど多くの女性がピューリタン社会から排除・隔離され、物語の結末ではヘスターも含めて多くの女性が魔女として処刑されそうになる。しかし、そのような深刻な問題を扱いながら作品の結末はあまりにもハリウッド的である。つまり処刑台の上でディムズデール（ゲーリー・オールドマン）がヘスターをかばって、罪の告白と愛の告白を同時に果たし、自身も縛り首になりそうになるも、二人はアメリカ先住民たちが町を急襲してきたことによって処刑を免れる。その後、愛し合う二人はピューリタン共同体を見限り、不義の子パールとともに馬車に乗って自由の地（＝ノースカロライナ）に向かう。最後のシーンでは数年にわたってヘスターを拘束していた、姦通の罪の象徴であったAの布が地面に捨て去られる様子が映し出されるといった具合に、フェミニスト（女性解放論者・女権拡張論者）の受けがよい作品に仕上がっている。[3]

　ではヴェンダース版『緋文字』はどうか。この作品もまた、ヘスターが抑圧的なピューリタン社会のなかで苦しみながらも、結末ではその社会から脱

| 2 | ヴェンダース、アメリカ古典文学に挑む　　**29**

出し、自由を獲得するさまを描き出している。ヴェンダース版のヘスターも最終的に自由の身になるという点ではジョフィ版のヘスターと同じなのであるが、この二人のヘスターには決定的な違いがある。ジョフィ版のヘスターは「原作」のヘスターとは異なり、一貫して他者に向かって自分の「声」を発信できる女性として造形されており、彼女がみずから主体的に自由を獲得するといった物語展開は十分説得的である。一方ヴェンダース版のヘスターはというと「原作」のヘスターと同じように、ディムズデールへの愛のために自由をあきらめ、みずからの「声」を封印した忍耐の女性として造形されている。その彼女が牧師を失ったにもかかわらず、旧世界での自由な生活に希望を抱いているという作品の明るい結末は説得力を欠いているように思われるのである。

　ヘスターの問題以外にも、「原作」の物語展開を頭に入れながらヴェンダース版『緋文字』を観てみると、さまざまな疑問が浮かぶ。なぜディムズデール牧師はフラー新総督によって殺されてしまうのか。なぜパールはAの印の意味を「アメリカ」だと述べるのか。果たして牧師は真の意味で悔悛して告白したのか。なぜチリングワースは最後まで生き残るのか。これらの疑問はすべて、先ほど指摘したヘスターの問題と関連しているように思われる。

　本章では、まずヴェンダースが「原作」に加えた最も大きな変更点のひとつであるヒビンズの人物造形を検証し、彼女とヘスターとの関係を考察したい。つぎに前述した作品にまつわる疑問点に検討を加え、その上で結末におけるヘスターの行動の意味を確認し、ヴェンダース版『緋文字』の本質に迫りたい。

　はじめに小説『緋文字』のあらすじを確認しておこう。物語の舞台は17世紀中期、ボストンの戒律の厳しいピューリタン社会である。新大陸で夫の到着を待つ人妻ヘスターは、姦通の罪を犯し、不義の子を産む。その姦通相手を明かすことを頑なに拒むヘスターに対して、ピューリタン社会は胸元に姦通を表す緋色のAの印の着用と、町からの追放の処分を下す。妻の姦通を知った老夫ロジャー・プリンはチリングワースと名乗り、町医者となって姦通相手の探索に乗り出す。姦通相手であるディムズデール牧師は7年にわたり、罪意識で苦悩し心身ともに弱っていく。衰弱する牧師を心配するヘスターは森のなかで彼を励まし、ピューリタン社会を捨て別世界へ行こうと誘う。

牧師はいったんはその誘いに同意するものの、森から町へ帰る途中、精神的変貌を遂げる。「生まれ変わった」牧師は選挙日説教を終えた後、7年前ヘスターが立ったさらし台に立ち、ヘスターとパールを呼び寄せ、民衆の前で罪の公的告白をし、胸を開ける。そのあと、倒れ込んだ牧師はパールの口づけを受け、ヘスターに抱きかかえられ、絶命する。復讐の対象を失ったチリングワースもまもなくこの世を去る。ヘスターはパールを連れて旧大陸に渡るが、後日彼女はひとりボストンに舞い戻り「みずからの自由意志で」（"of her own free will" 165）[4] Aの印をつけ、男性たちとの軋轢で苦悩する女性たちの相談相手として、残された人生を送る。物語の結末、二つならぶお墓のまんなかに立つ墓碑には「黒地ニ赤キAノ文字」（166）があった。

　つづいてヴェンダース版『緋文字』のあらすじも確認しよう。映画は初老の男ロジャー・プリンが一人のインディアン（アメリカ先住民）の従僕とともに、セイラムの起伏の激しい海岸に到着するシーンで始まる。[5] その時点で、姦通の罪を犯したヘスターが、町から外れた岬の小屋でパールとともに暮らし始めてすでに7年の月日が経過している。7年前と同じくさらし台に立たされたヘスターは依然として姦通相手を明かさないものの、すでに夫のロジャー・プリンが妻の罪を恥じて死んだという理由で情状酌量され、Aの印の着用だけで町への出入りは自由であるとの判決を受ける。一方、妻の姦通を知ったロジャーは姦通相手を突き止めるために、チリングワースと名乗り、町医者となる。姦通相手であるディムズデール牧師は、すでに7年間罪意識で苦悩し心身ともに衰弱しているが、結末部でセイラムを脱出し旧世界に行こうというヘスターの誘いに応じて、乗船すべく浜辺まで行く。しかし罪の告白を果たしていないが故に、パールが自分を拒絶していると判断した牧師は町に戻り、教会で選挙日説教を行い、その直後民衆の前で罪の告白を果たし胸のAの印を晒す。告白後卒倒した牧師は別室に運ばれ、フラー新総督の手で密かに絞殺されてしまう。ヘスターとパールは卒倒する牧師の姿を目にするとすぐに、教会を出て出発予定の巡行船に乗り込むべく海岸に急ぐ。チリングワースも二人の後を追うが、ヘスター親子はすでに巡行船に向かう小舟で浜辺を離れている。チリングワースは二人を追うのをあきらめ、浜辺を後にする。作品は太陽の光が降り注ぐなか、小舟のヘスター親子を映し出しながら結末を迎える。

1　ヘスターとヒビンズ

図1　『緋文字』 ▶ 00:08:07

　ヘスターとヒビンズの人物造形を考察するにあたり、まずヴェンダース版『緋文字』の始まりのさらし台での公開裁判の場面から見ていこう。
　さらし台には髪の毛――女性のセクシュアリティを表す――をしっかりと布で覆い、胸に緋色のAの印をつけた、若く美しい女性ヘスター（センタ・ベルガー）がピューリタン共同体の指導者たちと多くの民衆が見つめるなか、ひとりの官吏とともに立っている（図1）。ウィルソン牧師（アンヘル・アルヴァレス）はヘスターに処罰の減刑を宣告し、さらなる減刑を条件にこの場で姦通相手の名前を白状するように迫るが、しかし彼女は頑なに沈黙を守っている。
　この場面では、ヴェンダースが当時傾倒していた西部劇の銃撃戦さながらの視線の交錯が見られる。[6)] 民衆の冷たい視線はまさにヘスターに恥辱と精神的苦痛を与えるが故に処罰として機能しているわけであるが、厳密に言えば、その視線とは自堕落な女ヘスターを抑圧・管理・支配しようとする男性社会の欲望の視線である。彼女はそのような視線にさらされながらも、抑制された強い視線を保ちつつ、ほぼ無表情を貫き通す。この無表情はディムズデールのために、あるいは自身の信念のために処罰も含めすべてを甘受しようとするヘスターの秘めた強さと、男性たちに対する彼女の静かなる抵抗を暗示していると思われる。「原作」のヘスターと比べると感情の激しさという点では劣っているかに見えるヘスターではあるが、映像的には、恥辱と迫害に耐える際に見せるその無表情が彼女をより官能的に美しく映し出すことにも成功している。
　この無表情のヘスターと対照的な存在が、裁判中に突如姿を現す、感情を露わにしたヒビンズ（イレナ・サマリナ）である（図2）。[7)] ピューリタンの女性たちに義務づけられた帽子の着用もしていないこの女性はすさまじい目つきでヘスターに向かって、「胸のAの印を破り捨てなさい。いっしょに誰もいない荒野に行くべきよ。ここよりましだわ」と激しい口調で訴えかける

32

（▶ 00:08:28-00:08:40）。「原作」のさらし台の場面にはヒビンズは登場しておらず、したがって彼女とヘスターとの邂逅シーンはヴェンダースによる追加である。このアダプテーションにおける追加の意味を探る

図2　『緋文字』▶ 00:08:30

ために、まず「原作」のヒビンズの人物造形を考察してみたい。

　「原作」のヒビンズはベリンガム総督の高齢の気性の激しい「妹」で、数年後魔女として処刑された夫人とされる。語り手はうわさ話として、ヒビンズが総督の屋敷から帰るヘスターに声をかけ、森＝荒野（wilderness）——キリスト教が布教されていない領域、あるいはキリスト教の観点からすると悪魔や野獣が棲む道徳のない無秩序な領域——に誘ったというエピソードを紹介している。

　ヘスターはヒビンズに対して、子供がいなければ、喜んで森に行き、魔王さまの帳簿に署名するだろうと言って彼女の誘いを断ったとされているが、このエピソードの締めくくりとして、語り手はヘスターがその誘惑から救われたのはパールの母という役割——父権制社会における良き母の役割——ゆえだと説明している（78-79）。このような保守的な考えの持ち主である語り手の論理では、ヘスターが森に行くことはピューリタン社会を否定し、その結果身を滅ぼすことを意味するが、この語り手の念頭に、17世紀中葉、個人の信仰の自由を主張することによって、マサチューセッツ湾植民地共同体の道徳的な基盤を脅かした「反律法主義者」アン・ハッチンソン（Anne Hutchinson, 1591-1643）の命運があることは言うまでもない。[8] 要するに、「原作」のヒビンズはヘスターに自由ではなく、破滅をもたらしかねない危険な人物として捉えられているのである。

　一方映画ではヒビンズはベリンガム総督（ウィリアム・レイトン）[9]の「娘」として登場している。彼女は「原作」のような怪しい魔女ではなく、抑圧的なピューリタン社会のなかでもがき苦しむひとりの女性である。精神を病んでいると思われるヒビンズは常にピューリタンの男たちに対して怒りに満ち

|2| ヴェンダース、アメリカ古典文学に挑む　　33

図3 『緋文字』 ▶ 01:19:39

た視線を向け、彼らに反抗的な態度をとっている。その点、ディムズデール牧師の罪の告白の場面は印象的である。教会において牧師の罪の告白を聞き、思わず嘲りの笑いを発するヒビンズはそばの男性に力ずくでその口をふさがれそうになり、その男性に激しく抵抗するのだが、その際に彼女が見せる挑戦的な強い視線は、女性の「声」を封じ込めようとする男性、あるいは広く男性社会全体に対して向けられていると考えられる（図3）。10)　その意味で、彼女は男性社会のなかで抑圧された女性たちの声を代弁する「フェミニスト」としてより観客の共感が得られるように描かれていると言えるだろう。

　それにしてもヒビンズはなぜこうも熱心にヘスターに森で自由になるように促すのであろうか。二人はいかなる関係にあるのか。この点、ヴェンダースがヒビンズを総督の高齢の妹から総督の娘に変更し、ヘスターと年齢的により近い存在としていることは重要である。キーナンとウェルシュが指摘するように、ヒビンズはヘスターの分身 (alter ego) 的存在として造形されていると考えられるからである (Keenan & Welsh 176)。映画のなかではヒビンズはふたつの場面——病気の父親ベリンガムの寝室を訪ねる場面と、教会で町の人々やヘスター親子とともに牧師の説教を聴く場面——でAの印を身につけており、このことは、その着用の意味は明らかにされていないものの、彼女自身がヘスターの苦悩を共有する存在であることを示唆している。

　以上の考察を踏まえると、ヴェンダースがヘスターを、自身の信念のためにすべてを因果として受け入れようとする沈黙の女として描きながら、その一方でヒビンズを、その激しい言動によってヘスターの内的苦悩を表明しようとする分身的な存在として描いていることがわかる。ヴェンダースはヘスターの沈黙を補完するヒビンズの「声」のなかに、自身のフェミニズムの考えを表明していると考えられるのである。その意味で、ヒビンズはヘスターを主役とする映画『緋文字』の影の主役だと言えるかもしれない。

2 ティムズデールの告白とＡの文字の意味をめぐって

つぎに、ディムズデール牧師の告白の説得力の欠如、Ａの意味の固定化、フラー新総督（アルフレート・マジョ）によるディムズデール牧師殺害など、ヴェンダース版『緋文字』が「原作」と大きく異なっている点を考察する。

まず、小説／映画『緋文字』において最も大きな問題のひとつであるディムズデールの悔悛と告白の問題を検証してみたい。「原作」は第23章「結び」において語り手が牧師の告白の曖昧性を強調していることもあり、罪の告白を立派に果たした牧師の「信仰と贖罪」の物語として読むことも、あるいは、あくまでも形だけの告白しかしていない自己欺瞞的な牧師の物語として読むことも可能な曖昧な作品となっている。一方映画『緋文字』はディムズデールの「信仰と贖罪」の物語として解釈することが困難な作品になっているようだ。というのも映画にはディムズデールの告白が真の悔悛によってなされたものではないこと、さらに彼が神との和解を果たしていないことを暗示する場面がいくつも用意されているからである。

たとえば、新たな人生を送るためにピューリタン社会を離れようというヘスターの誘いを受け入れたディムズデールが彼女とともに船で旅立つために、パールの待つ浜辺までやってくる場面である。ディムズデール牧師は道すがら、パールが自分を受け入れてくれないだろうとヘスターに打ち明けるが、不安は的中しパールは牧師に近づこうとせず、少し離れたところで首を振るばかりである。牧師は罪の公的告白をしていないためにパールが自分を拒絶しているのだと判断し、急遽予定されていた選挙日説教と罪の告白をするために町へ戻ることを決断する。ここで確認しておきたいことは、ディムズデール牧師がヘスターに向かって「船に必ず戻る」と言って引き返したことである（▶01:12:13-01:12:17）。どうやら牧師は罪の告白をひとつの義務だと捉え、それを果たせば、自由の身になれると考えているようだ。実際、教会で罪の告白を果たしたあと、フラー総督の面前でこの牧師は朦朧とする意識のなかで「これで船に乗れる」とつぶやいているのである（▶01:21:19-01:21:21）。

さらに、ディムズデール牧師の告白の正当性を疑わせるエピソードがある。それは牧師が選挙日説教と告白を行うために教会に向かう場面である。牧師は町の通りで素性のよくない船乗りたちの一群と遭遇する。彼らはセイラム

の港に停泊している巡行船の乗組員たちであるが、そのうちのひとりが牧師に酒を勧め、オウムを買わないかと尋ねる。牧師はお酒を一口飲み、オウムの値段を尋ねる（▶01:14:31-01:14:54）。その船乗りはそれは聖書に書いてあるだろうと冗談をとばすのだが、選挙日説教と告白に向かう牧師を描写するのに、なぜこのような場面が必要なのであろうか。

　実は「原作」にも牧師が「カリブ海から来た一人の酔っぱらいの」船乗りと遭遇するというエピソードはあるのだが（140）、「原作」と映画では状況がまったく異なっている。「原作」においてのそれは、牧師が精神的変貌を遂げる直前のことである（第20章「迷路の牧師」）。具体的に言えば、先に述べたヘスターの誘いを受けたあと、森から自宅に戻る途中、不合理な衝動に襲われた牧師はその船乗りと親しくなり、神を侮るような邪悪な言葉を吐きたくなるが、しかし彼はこの危機をうまく回避し、その衝動を昇華することによって精神的な変貌を遂げるのである。このような「原作」の物語展開と映画のそれを比較すれば、ヴェンダースの意図はもはや明らかであろう。

　映画においてディムズデールはある意味、精神的な変貌の場面をスキップした状態で罪の告白に臨むわけだが、彼が告白によって神と和解を果たすことができたかどうかは疑わしい。「原作」では、悔悛をしたと思われる牧師は大空の下、さらし台の上で告白し、その後、神の使いとされるパールの赦しの口づけを受け、天上の神と牧師の和解の可能性が暗示されるが、[11] 一方ヴェンダース版『緋文字』では、教会で牧師は告白を果たしはするものの、パールの赦しの口づけなどなく、神との和解を暗示させるものも描かれていないのである。

　ここで問わなければならないことは、そもそもこの映画『緋文字』において牧師が和解するような神が想定されていたかどうかということである。安井豊は映像の観点から、作品における「空」の描写に着目し、「丘の上のヘスターとパールを捉えた仰角ショットでも空は申し訳程度しか映っていない」と指摘した上で「ヴェンダースはこの信仰と贖罪の物語で神を排除した」（安井 97）と述べているが、この安井の指摘はディムズデールの告白の場面に適用できるのではなかろうか。つまりヴェンダースは牧師の告白の場所を教会という閉鎖空間に設定することによって、神を暗示させる空を排除していると推察されるのである。

このようにヴェンダースは「原作」に抗って、ディムズデールの悔悟と告白が有する宗教的な意義を執拗に無化しようとしているのであるが、それは何故だろうか。それはもちろん現代人ヴェンダースにとって、「原作」のディムズデールが行ったように罪の告白によって神と和解し、神との関係のなかで自己のアイデンティティを確認するような物語展開はすでに許容できるものではなかったからである。「空」／神を排除した映画『緋文字』において、ヴェンダースはディムズデール牧師を神不在の時代に生きる現代人のひとりとして描こうとしているのである。

　以上、ディムズデールの人物造形を考察してきたが、つぎに問題となるのは、この牧師がフラー総督によって殺害されるその理由である。果たして牧師は殺されるような大罪を犯したのであろうか。この牧師殺害の問題はAの文字の問題と密接に関係しているように思われるので、まずAの文字の問題に考察を加えたい。

　映画にはパール自身（イェラ・ロットレンダー）がAの文字の意味を口にする場面が設けられている。パールはピューリタン共同体の大人たちとも子どもたちとも決してうち解けて会話をすることはないのだが、興味深いことに、映画の結末部、この少女はひとりの船乗り（リュディガー・フォーグラー）と親しげに言葉を交わしている。事情を知らないこの船乗りは母親のヘスターがつけているAが何を意味するのかと尋ねるが、パールは Amerika だと答える（▶01:04:09）。「原作」では、A は Adultery, Adulteress のほか、Able, Angel, Artist, Arthur などを含意する重要な言葉であるが、しかしヴェンダースはAの多義性・曖昧性を重要視する「原作」に抗って、Aの意味を「アメリカ」の頭文字として限定化・固定化を試みている。むろん作品の時代設定が 1640 年代であることを念頭に置くと、「アメリカ」という言葉が出てくること自体不自然である。当然ヴェンダースはそのことを承知の上でAの場面を設けたはずである。このことは映画『緋文字』を解釈する際、いかなる意味を持つことになるのであろうか。

　その点、この場面における笛とオウムのシーンが作品理解の一助となっている。青山真治はパールと楽しく会話する前述の船乗りが吹く笛がロック音楽を暗示していると指摘している。[12] 言うまでもなくロック音楽は 1950 年代アメリカにおいて、ブルースとカントリー音楽の融合のなかから生まれた

|2| ヴェンダース、アメリカ古典文学に挑む　　**37**

図4 『緋文字』 ▶ 01:04:05

ものである。60年代ロック音楽は対抗文化運動と結びつき、価値の多様性、抑圧からの解放、自由・平等を求め、既存の体制・価値観に対抗する反体制的メッセージを発する存在であった。ロック音楽に決定的な影響を受けたと告白する若きヴェンダースが、[13] パールに笛を吹かせる場面を設けたことはかなり意図的なものであると考えられる（図4）。

　笛に加えて船乗りが連れてきたオウムの存在もまた示唆的である。オウムは人を苛つかせるようにけたたましく鳴く。実際店の主はそのオウムの鳴き声に苛つき、オウムを絞め殺したいとつぶやくが（▶ 01:05:10-01:05:12）、この鳴き声も青山が示唆するように、「ロックンロールの代用品」であると考えられる（青山『緋文字』解説書）。先に述べたように、牧師が告白に向かう途中、船乗りたちと遭遇し、オウムが話題にのぼるのも偶然ではないはずだ。

　要するに、ヴェンダースは映画『緋文字』において対抗文化時代のアメリカを描いているのである。ここで、われわれはヴェンダースが生きた時代を考えてみる必要があるだろう。つまり1945年にドイツ——敗戦国としてアメリカ軍の占領下にあった——で生まれたヴェンダースは最も多感なティーンエイジャー時代に60年代に起こった対抗文化の影響をもろに受けた若者たちのひとりであったのだ。彼にとってAは自由の象徴としてのアメリカだけでなく、抑圧の象徴としてのアメリカをも表していたと推察される。

　最後に、以上のような状況をふまえて、フラー総督——「原作」に存在しない架空の人物——によるディムズデール殺害の問題を考えてみたい。この尋常ならざる設定を考えると、フラーが牧師の身分にありながら姦通という重大な罪を犯したディムズデールを許せなかったという解釈は少し単純すぎるだろう。この点、前述したように、告白後、牧師がフラーの眼前でつぶやく「これで船に乗れる」という言葉は意義深い。というのも、これは抑圧から解放されたディムズデールの内なる「生」の言葉だからだ。つまりフラーは信仰よりも、教会よりもみずからの「生」に忠実であろうとするディムズ

デールが許せなかったのである。殺人現場にはウィルソン牧師も居合わせており、彼もまたディムズデール殺害を黙認するという状況を考慮に入れると、ピューリタン社会の指導者ふたりがディムズデール牧師を葬ったということになる。このような物語展開を通してヴェンダースはピューリタン的社会体制（＝アメリカ）の有する非道性・残酷性を描こうとしていると思われる。

3　結末の問題を中心に

　これまで、フェミニズムと対抗文化の観点から、映画『緋文字』の解読を試みた。最後に、映画の結末の問題14) を考察してみたい。「原作」では、ディムズデールとチリングワースが亡くなった後、ヘスターはパールを連れて、旧大陸に渡るが、しばらくして彼女はひとりピューリタン社会に舞い戻り、「みずからの自由意志で」Ａの印を胸につけて、男性社会のなかで不遇な人生を歩む女性たちの相談役として生きていく。一方映画では、ピューリタン社会を脱出したヘスターとパールが小舟に乗り、寄港中の巡行船に向かう場面で終わる。陽光が降り注ぐなか、海風に髪をなびかせながらヘスターはしっかりと前方を見据え（図5）、母親の腕のなかで眠るパールは「父は死んだ。明日は別の日」（ドイツ語：„Mein Vater ist gestorben. Ich freue mich auf morgen."／英語："My father is dead. I'm looking forward to tomorrow."）と寝言を言う（▶01:23:39-01:23:47）。

　以上のように、映画の結末は「原作」のそれと著しく異なるわけであるが、われわれはヴェンダースのアダプテーションをどのように解釈すればよいのであろうか。前方を見つめるヘスターの希望に満ちた強いまなざしとパールの言葉はむろん、この親子がピューリタン社会から解放され、旧大陸で新たな人生を送ることを暗示しているだろうが、しかしジョフィ版『スカーレット・レター』と同じようなこの明るい結末は観客に違和感を与えるのではないだろうか。

図5　『緋文字』▶01:23:30

ヴェンダースの一連の映画を高く評価する映画監督である青山真治はヴェンダース版『緋文字』に一定の評価を下しながらも、もしこの作品が監督自身が言うような「失敗作」であるとするならば、その原因はヘスターの描き方にあるとし、次のように述べている。

　　本作は、何よりベルガーの決然とした無表情の映画であり、だがそれは旧大陸への帰還ではなくアメリカに留まる方向に向かうべきではなかったか。逃避を求めるのは男であり、ヒロインは『風とともに去りぬ』（1939）のように、意地でもそこに留まるはずだ。迫害を官能とともに受け止めるベルガーの無表情はそれを求めているように見える。それは『パサジェルカ』（1963）の、マゾヒズムに身を浸しながら生を希求する女性像にも繋がりうる。（青山『緋文字』解説書）

　ここで青山は、映像の専門家の視点からヘスターの人物造形における一貫性の欠如を指摘している。つまり抑圧的なピューリタン社会のなかで無表情に耐えてきたヘスターがそこから安易に逃避することは不自然だというのである。確かにヴェンダース版のヘスターは前述したように、「原作」のヘスターに近い存在として造形されており、その意味でも青山の指摘は妥当だと思われる。「原作」のヘスターは愛する牧師との「より真実の生活」（"more real life" 165）があったピューリタン社会に戻り、Aの印を身につけて忍耐強い人生を送ったのだが、ヴェンダース版のヘスターもまた「みずからの自由意志で」ピューリタン社会に留まり、無表情に迫害に耐える姿こそ、相応しかったのではないだろうか。
　それでは、ヘスターの旧大陸への帰還をどのように考えればよいのであろうか。さきに触れたように、若きヴェンダースはすでに対抗文化の洗礼を浴びており、学生紛争（1968年の5月革命）など反体制の政治運動の影響も受けていた。抑圧的な体制に対して反感を抱く若きヴェンダースは、みずからの映画的信念に従うよりも、抑圧の象徴としてのアメリカからヘスターを脱出させ、なんとしても彼女を自由にしたかったのではないか。執念深くヘスター親子につきまとっていたチリングワース（ハンス・クリスチャン・ブレヒ）が結末で二人の追求をあきらめ、彼女らの自由を認めるかのように小

舟の上の親子を、少し笑みを浮かべながら眺める浜辺のシーン（▶01:22:46-01:23:06）にはヴェンダース自身の願望が投影されているように思われる。ヴェンダースの反骨精神に従えば、そもそもディムズデールは告白を実行すべきではなく、たとえ実行したとしてもその圧力に倒れるべきはなかったのである。最後まで体制から自立することを考えず、既成の価値観にがんじがらめになっていたディムズデールをあっさりと見限らせることによって、ヴェンダースはヘスターが身を滅ぼすことなく自由を獲得できるようにと導いたのだと考えられる。

　以上、「原作」との差異を検証しながら、ヴェンダース版『緋文字』を考察してきた。この映画はヘスターの人物造形の不確かさや総督による牧師の殺害のシーンなどによって、「原作」への着地感を期待する観客には一定の違和感を抱かせる仕上がりになっている。しかしそれでもなおこの作品は全体としてはひとつの高質な映像世界を提示しているように思う。ヴェンダースは西部劇の枠組みを採用しながら、ある意味では「原作」に忠実に、ピューリタン社会という限られた空間における密度の濃い人間心理を視線の交錯というかたちで描き出すことによって、活劇としての『緋文字』を再提示することに成功しており、またある意味では「原作」にはないシーンや人物造形を駆使してフェミニズムや対抗文化などの現代的な問題を新たに織り込むことによって「原作」のピューリタンの時代における息苦しさ（生き苦しさ）を表現するのに成功しているとも言える。ヴェンダースみずからが（本章の冒頭で触れたものとは）別のインタヴューにおいて、「映画を作ることを正当化する唯一のよりどころは、自分の知っているものについて語ることだ」（中条 328）と述べている通りに、アダプテーションの乏しい映画はもともと彼が意図するところではなかったということであろう。

註

1) 本章では『緋文字』ヴィム・ヴェンダース監督、1973 年（DVD、東北新社、2006年）を使用したが、ヴェンダース『緋文字』はドイツ語版であるため、適宜日本語と英語の字幕を参照した。英語字幕については、*The Scarlet Letter* DVD（Anchor Bay Entertainment, 2004）を参照した。
2) ローランド・ジョフィ監督『スカーレット・レター』（1995 年）については、Roger Bromley, "Imagining the Puritan Body: The 1995 Cinematic Version of

Nathaniel Hawthorne's *The Scarlet Letter*" に詳しい。

3) ジョフィ版映画『スカーレット・レター』には「原作」にない魔女裁判の様子や黒人奴隷の召使いの内面心理が描き出されているが、その点、ロジャー・ブロムリー（Roger Bromley）が分析しているように、本作品は、1692 年セイレムで起こった魔女裁判を扱った二つの文学作品、アーサー・ミラー（Arthur Miller）の『るつぼ』（*The Crucible*, 1949）とフランスの黒人作家マリーズ・コンデ（Maryse Condé）『私はティチュバ』（*Moi, Tituba, sorcière... Noire de Salem*, 1988）に大きな影響を受けた映画だと言えるだろう。

4) Nathaniel Hawthorne, *The Scarlet Letter* の引用はすべて *The Scarlet Letter* (A Norton Critical Edition, 2005) による。

5) 映画のなかでのチリングワースの位置づけは、「原作」とはかなり異なっている。「原作」のチリングワースはしわだらけの顔に灰色のあごひげを生やした色黒の小柄な男であり、学問に没頭するあまり、知と情のバランスを失い、その歪んだ内面を表すように片方の肩が上がっている。自分の妻の姦通を知った彼は、姦通相手に復讐するために彼を執念深く追求するうちに、ついに悪魔のような存在になってしまう。一方、映画でのチリングワース（ハンス・クリスチャン）は整った顔立ちの男であり、ディムズデール牧師の胸に A の文字を見つけて狂喜乱舞するシーンはあるものの、それ以外はごく普通の人間として描かれているため、観客とチリングワースの距離は思いのほか近く、映画は観客が彼の視点を通して事の推移を見守る場面から始まってさえいる。

6) 拙論「ヴェンダース、アメリカ古典文学を撮る」において、西部劇の要素に触れながら、作品における視線の問題を論じている。チリングワースは町に到着するとすぐに床屋を兼ねる雑貨屋に入るが、これは典型的な西部劇の床屋のシーンを彷彿とさせるものである（青山 20-23）。ヴェンダースが西部劇の要素を効果的に導入していると思われるのは、作品のなかで最も緊迫した場面とも言えるさらし台のシーンにおいてである。その場にいる人々の視線の交錯がまるで銃撃戦のように描かれている。安井豊が指摘しているように、ヴェンダースは「ワンカット、ワンカットを視線で」つなぎ（安井 96）、時にクロースショットを交え、迫力ある場面を生み出している。

7) キーナンとウェルシュ（Keenan & Welsh 176）が指摘しているように、ヴェンダースはヘスター役にロシア人女優イレナ・サマリナを起用しようとしていた。その意味で、ヒビンズがヘスターの分身的な存在として描かれていることは興味深い。

8) ピューリタン社会とアン・ハッチンソンの関係については、巽孝之（26-30）に詳しい。反律法主義者とは、「神の恩寵」を重視して、この世での法律や行いを軽視する信仰至上主義者のことを意味し（八木 395）、その反律法主義の考えはピューリタン教会の存在意義をないがしろにするものであった。実在のアン・ハッチンソンはその危険思想のため、裁判にかけられ、有罪の判決を受ける。ピューリタン共同体から追放されたハッチンソンはその後しばらくして、白人たちと敵対す

るインディアン（アメリカ先住民）に襲われ、命を落とした。

9) この病的な娘ヒビンズを心配する父親ベリンガムはピューリタンの指導者のなかでただひとり人間的な優しさを有する人物として描かれている。彼は作品のなかで総督在職中に病死するのであるが、この人物造形は最後まで謹厳さを保ち続けた「原作」のベリンガムのそれとは大きく異なっている。

10) 視線という意味では、ヘスターの娘パール（イェラ・ロットレンダー）の視線も注目に値する。パールは常に大きな眼を見開き、何かを視ているが、その視線は彼女が着用している派手な服と同じように異彩を放っている。パールが母親ヘスターとともに、ベリンガム総督の屋敷に行く場面はその好例である。パールはベリンガム総督、フラー副総督、ウィルソン牧師が会議をしている部屋に迷い込む。三人はこの 7 歳の少女の処遇をめぐって話し合い、彼女を堕落した母親ヘスターから引き離し正しく育てるべきであるということで意見の一致を見る。そのあと、ウィルソン牧師が「お前の父親は？」と彼女に尋ねると、パールは「父親は天上の神様」との応えを期待する牧師に逆らうように「母親が花畑で摘んだのよ」と応え、牧師を凝視する（▶ 00:30:44-00:30:48）。このときのパールの視線は大人たちに物怖じしない精神的な強さを示すとともに、大人たちの精神的堕落性を見透かしているようである。映画では、ヘスターの抑制された静かなる視線、ヒビンズの怒りを露わにした烈しい視線、将来立派なフェミニストになるであろうパールの超然とした視線は、いずれも女性に抑圧的な男性社会を静かに、また厳しく批判しているように思われる。

11) 「原作」にあるように、17 世紀のピューリタンたちにとって、天空は「神の意志」（"Providence" 102）が書き込まれる「広大な巻物」（102）であった。

12) ヴェンダース映画に詳しい映画監督、青山真治は『緋文字』（DVD、東北新社、2006 年）に封入された解説書において、ヴェンダース『緋文字』の本質を的確に分析している。本章執筆に際し、この解説書および青山が編んだ『ヴィム・ヴェンダース』に触発されるところが多かった。

13) ロックンロールがヴェンダースの人生に決定的な影響を与えたことについては、コルカーとベイケン（Kolker and Beicken 12-14）に詳しい。

14) 作品の結末における問題のひとつはヘスターが、告白後卒倒したディムズデールの安否を気遣うそぶりも見せず教会を後にすることである。この物語設定にヴェンダース映画のテーマのひとつである、男女関係の不可能性を読み取ることができるのではないか。ヴェンダースの男女関係の不可能性については、バックランド（134）とハーケ（252-53）に詳しい。

| 2 | ヴェンダース、アメリカ古典文学に挑む　　**43**

3 ニューディール・リベラリズムの遺産と反メロドラマの想像力

ジョン・ヒューストン監督『白鯨』

貞廣　真紀

ブロックバスター映画の『ジョーズ』(*Jaws*, 1975)や『2012』(2009)、マシュー・バーニー（Matthew Barney, 1967- ）監督『拘束のドローイング 9』（*Drawing Restraint 9*, 2005）のような美術映像作品にいたるまで、ハーマン・メルヴィル（Herman Melville, 1819-91）の『白鯨』からインスピレーションを得た作品は少なくない。日本にもＳＦアニメーション『ムーの白鯨』（1980）や『白鯨伝説』（1997-99）があるが、最近では細田守監督が白鯨やイシュメル的キャラクターを『バケモノの子』（2015）に登場させたことが記憶に新しい。[1)]

『白鯨』映画化の歴史は、長らく忘れられていたメルヴィルが再評価され始めた1920年代にさかのぼる。シェイクスピア役者ジョン・バリモアをエイハブ船長役に起用したサイレント映画『海の怪物』（*The Sea Beast*, 1926)、これが最初の『白鯨』映画である。とはいえ、製作したワーナー・ブラザーズの狙いはダグラス・フェアバンクスに匹敵するアイドルとしてバリモアを立ち上げることにあったようで（Cahir 14)、そのプロットは当時流行の西部劇の影響を強く受け、エイハブの恋愛ロマンスを軸に展開する。イシュメルは登場せず、白鯨もカメオ出演なみの扱いなのだが、映画はそれなりに成功したようで、ワーナーは再度バリモアを起用し、大胆にもタイトルを『モビー・ディック』（*Moby Dick*, 1930）に変更してトーキー版を製作した。[2)] これら初期映画は小説の前日譚と言えなくもないが、作家の評価の急上昇に便乗した感が強く、作品を正面から扱った最初の映画はやはりジョン・ヒュース

トン（John Huston, 1906-87）監督、ヒューストンとレイ・ブラッドベリ（Ray Bradbury, 1920-2012）共同脚本による『白鯨』（*Moby Dick*, 1956）ということになるだろう。その脚本や演出はフランク・ロダム（Franc Roddam, 1946- ）監督『モビー・ディック』（*Moby Dick*, 1998）やマイク・バーカー（Mike Barker, 1965- ）監督『白鯨』（*Moby Dick*, 2011）など後の映画に多大な影響を与えており、製作から 60 年が経過してなお『白鯨』映画の決定版としての地位を譲っていない。

　小説『白鯨』は、戯曲、学術論文、報告書などさまざまなジャンルを越境し、一人称から三人称まで視点を自在に移動させながら小説の可能性を追求した作品で、逸脱する語りを特徴としている。しかし、映画では複雑な語りを紡ぎ出す語り手イシュメルはほぼ完全に消去され、プロットは極限まで直線化されている。要約すれば次のようになるだろう。平水夫イシュメルは、さまざまな人種の構成員からなる捕鯨船ピーコド号に乗り込むのだが、船長エイハブは彼の足を食いちぎったモビー・ディックと呼ばれる白鯨を追跡しており、船員たちはその復讐劇に巻き込まれていく。白鯨との死闘の末にエイハブは絶命し、白鯨に襲われたピーコド号は沈没、イシュメル一人が生き延びる。ブラッドベリは、小説中に散漫に展開していた出来事を三つの不吉な予言（水夫の死、日照り、嵐）として配置し、白鯨とエイハブの対決の緊張を最大限に高めるように物語を再構成した。さらに、白鯨に打ち込んだ銛のロープに足を絡め取られて海の藻屑と消えるという、小説におけるアンチ・クライマックス的な船長の最期を、白鯨に体を巻きつけられながらも銛を打ち込み、死してなお仲間を手招きするという苛烈なシーンに書き変えたのはブラッドベリの独創である。[3]

　しかし、ブラッドベリの脚本の重要性に加えて本章が強調したいのは、脚本が彼とヒューストンの共作であるということだ。大部分を執筆したのはブラッドベリだが、実は彼は撮影開始直前に製作チームから離脱しており、完成映画とブラッドベリの脚本にはいくつかの点で明らかな違いが認められる。その違いは何を意味するのか。ヒューストンは 47 作もの映画を監督したが、『マルタの鷹』（*The Maltese Falcon*, 1941）を筆頭に 34 編が小説の翻案ということもあってか、そのスタイルを分析する試みは多くない。とりわけ『白鯨』は、『勇者の赤いバッジ』（*The Red Badge of Courage*, 1951）とならんで最も

評価の低い作品の一つで（McCarty 108）、ヒューストンの意図や独創性を見出す試みはほとんど存在しない。しかし、映画が複数の脚本からなることを意識し、その改稿過程を追うことで、ヒューストンがメルヴィルの古典小説をいかに 1950 年代の作品に仕立て上げたかが見えてくる。

　本章は、映画『白鯨』を冷戦アメリカと赤狩りに対するヒューストンの応答として解釈する試みである。1990 年代のアメリカ研究が明らかにしたように、ライオネル・トリリングやリチャード・チェイスに連なる冷戦期の研究は、『白鯨』を「冷戦のシナリオ」と接合し、エイハブとイシュメルの関係をファシズム対自由民主主義の対決のメロドラマに読み替えた。そしてイシュメルにアメリカの自画像を見出そうとしたのである（Spanos 33）。それに対してヒューストンは、冷戦のメロドラマ的想像力を駆動しながら、それをむしろ頓挫させることでアメリカ批判を展開するのだ。

1　エイハブの赤旗──ヒューストンによる脚本の改稿

　映画の中盤、水夫が足を滑らせてメイン・マストから海に転落する。すぐに捜索が行われるが見つからない。その死が白鯨追求の結末の不吉な予兆であることは明らかなのだが、それほど明らかでないのは、このときのエイハブの行動の意味である。ほかの船員は水夫を探しているのに、エイハブだけが一人後ろを振り返るのだ（図1）。視線の先にはメイン・マスト、そしてピーコド号の旗がある。彼はなぜ振り返ったのか。彼の行為に何らプロット上の必然性がないとすれば、その理由づけは観客と映画のコミュニケーションの地平に求められることになるだろう。彼が振り返ったのはカメラが船旗を捉えるため、つまり、赤旗を観客の意識の遡上に乗せるためではなかったか。

　小説『白鯨』の終盤を飾るのは、ネイティヴ・アメリカンの銛打ちタシュテゴが、沈みゆくピーコド号の旗にハンマーで盗賊カモメを打ちつける鮮烈な情景だから、旗の赤さは小説の読者にも印象深いものであるに違いない。実際、『白鯨』においてネイティヴ・アメリカンは重要な意味を持って配置されている。絶滅した部族に由来する船の名前はもちろんのこと、タシュテゴの役割も見逃せない。最初にモビー・ディックの名前に言及してエイハブに白鯨追求を教唆するのも、エイハブと同時に白鯨を見つけて褒賞のダブルーン金貨を争うのもタシュテゴであり、彼はエイハブの「分身」とさえ

言える（大島 97-139）。ところが、映画ではタシュテゴの重要度は低く、船の名前の由来が語られることもない。ネイティヴ・アメリカンを象った船首像はくりかえし画面に映し出されるから、ピーコド族絶滅と追跡の顛末の重なりに無自覚ということはありえないが、ヒューストンは赤旗を小説とは異なる文脈で扱っているようなのだ。

図1　『白鯨』 ▶ 01:09:16

　そのことがいっそう明らかになるのは、映画版にのみ存在する航海士たちの密談シーンにおいてである。ここではスターバックがほかの二人の航海士たちにエイハブの行為の違法性を説き、船をエイハブの手から奪還することを提案する。

　　スターバック：世界にランプを灯すために、鯨を殺して鯨油を提供するのが俺たちの生涯をかけた仕事だ。もし俺たちがこの仕事を首尾よく忠実に遂行すれば、人々の生活に奉仕することになる。全能の神は喜ぶだろう。
　　スタッブ：そうだな。
　　スターバック：エイハブはそれを否定しているんだ。彼は自分の復讐欲のために、俺たちの大量の収穫物を奪い、聖なるものを何か暗く無目的なものへと捻じ曲げてしまう。彼は闇の代弁者だ。エイハブの赤い旗は天を蔑するものだ。（▶ 1:04:36-1:05:04）

　もともとブラッドベリは、上記のスターバックの最初の台詞をエイハブに語らせていたのだが（90）、ヒューストンはその箇所を削除し、キリスト教的意味を強化した上でスターバックに振り替えた。その結果、スターバックはキリスト教的資本主義の体現者として強調され、赤旗のエイハブとの対立が先鋭化されることになる。ラリー・レノルズは、小説においてピーコド号の赤旗はフランス革命や労働者革命に呼応していると指摘するが（Reynolds

| 3 | ニューディール・リベラリズムの遺産と反メロドラマの想像力　　47

119-23)、映画における赤旗の強調に共産主義への共感を、時代に即して言えば、マッカーシーイズムに対する異議申し立てを読み取ることができるのではないか。スターバックとエイハブの対立はそのとき、キリスト教と共産主義の対立、すなわち米ソ冷戦構造として読み換えることができるだろう。

　ここであらためて映画『白鯨』の製作過程を整理しておこう。短編「霧笛」（"Fog Horn"［初出 "The Beast from 2000 Fathoms," 1951]）を読んだヒューストンは、若き小説家ブラッドベリを脚本家に抜擢した。1953年夏のことである。ブラッドベリは早々に執筆を開始し、10月からはダブリンで半年間、毎週のように監督と議論を重ねながら改稿をくりかえした（Eller, "Adapting Melville" 36）。当時のブラッドベリの恨みつらみは自伝小説『緑の影、白い鯨』（*Green Shadows, White Whale*, 1991）に詳しいが、次第に彼は監督との関係に疲弊し、半年後の4月、150ページ程度の完成稿を残して一人アメリカに帰国してしまう（45-47）。この段階で残された完成稿が「Eテクスト」と言われる脚本である（Eller, "Ray Bradbury's 1953-54 Screenplay" 185-90）。[4] しかし、撮影中に脚本の修正の必要が生じることは珍しいことではない。実際、ヒューストンはすぐさま友人のジャーナリストのジョン・ゴドリーを脚本家に雇っている（Eller, "Adapting Melville" 47）。実は彼はもともとゴドリーをイシュメル役に起用するつもりで何度かテストを行っている。彼がロックウェル・ケントの描くイシュメルに似ていたことが理由らしい（Godley 191）。しかし、イギリス訛りのためか、最終的に役者として採用することはせず、代わりに脚本家として雇うのだ。つまり擬似的に「イシュメル」に『白鯨』を書き換えさせたわけである。とはいえ、ゴドリーは映画脚本にはまったくの素人だったから、ヒューストン自身も改稿に関与することになった。

　この段階で生じた改定の一つが、先に挙げた、スターバックとエイハブに体現される資本主義対赤旗（共産主義）の対立化である。もとより、ブラッドベリが参加していた時点で、彼らが最も柔軟に書き換えたのはスターバックが登場する箇所なのだが、エイハブとスターバックの対立の強度を高めたのはヒューストンである。彼はスターバック登場のシーンを追加し、組み替え、小説でそうであった以上に二人の関係を親密なものにし、その対立をメロドラマとして、より正確には冷戦メロドラマとして構成していったのだ。

　『白鯨』をヒューストンのフィルモグラフィーに位置づけるとき、その意

味はいっそう明確になる。よく知られるように、赤狩りは 1947 年 9 月、下院非米活動委員会が 43 人のハリウッド関係者を召喚したことで本格化する。ヒューストンは共産主義者ではなく召喚されたわけでもなかったが、赤狩り体制に真っ向から異を唱え、ウィリアム・ワイラーらと憲法修正第一条委員会を組織し、公聴会開催時は「非友好的証人」支援のために積極的に動いた。重要なことだが、下院非米活動委員会の発足は冷戦に起因するわけではなく、1930 年代のフランクリン・ローズヴェルトによるニューディール政策や大戦期のリベラル政治に不満を募らせていた共和党が社会の保守化に乗じて仕掛けた反転攻勢であり、いわばリベラリズム批判の再来であった。共産主義に縁のなかったヒューストンが赤狩り批判を行う理由はそこにある。ローズヴェルトのリベラル政治に傾倒していたからだ。名優として名高かった彼の父ウォルター・ヒューストンはローズヴェルトと親しく、ヒューストン自身もローズヴェルトを「建国の父たちの理想を復活させ」た人物で、自分が「唯一大統領と思える人物」と呼んでいる（Globel 169）。後に『アニー』（*Annie*, 1982）でローズヴェルトを好意的に描いたこともその表れである。また、後述するように、短期間とはいえ、彼は連邦劇場計画に関わり、劇作家たちと交友関係を築いていた。

　実際、ヒューストンの赤狩り批判は、いくつかの作品にあからさまに表現されている。たとえば、『ストレンジャー 6』（*We Were Strangers*, 1949）ではキューバの独裁政権を赤狩り体制と重ね合わせ、「共産主義的」作品として批判の対象になった（Kaminsky 64; ヒューストン 154）。次作の『アスファルト・ジャングル』（*The Asphalt Jungle*, 1950）でも後にブラックリスト入りする脚本家ベン・マドウとタッグを組み、スターリング・ヘイドン、サム・ジャフィ、マーク・ロレンスら「共産主義者」と呼ばれた数々の役者を起用して、やはり批判された（上島 122）。40 年代後半はまだ戦時中の愛国的反ファシズムの空気を残しており、左翼系の脚本家たちが活躍を許された時期だった（上島 121）。ヒューストンの露骨な社会批判はそのような環境下で可能になったものである。

　40 年代後半のヒューストンの映画が左傾化していることは誰もが認めるところだが、問題は、40 年代と 50 年代の作品に断絶があるのかどうか、という点にある。『キー・ラーゴ』（*Key Largo*, 1948）における赤狩り体制批判を鮮やかに論じた長谷川功一は、問題含みにもこう述べている。「南北戦争劇

である次の『勇者の赤いバッジ』からはフィルム・ノワールから離れて、犯罪劇ではなく古典小説などに映画の素材を求める傾向が強くなり、（中略）『アフリカの女王』以降、ヨーロッパ中心の製作体制に移行すると、政治的色彩が彼の作品からさらに薄れてくる。反・レッドページ作家としてのヒューストンは戦後のアメリカ社会に対して言いたかったことを『アスファルト・ジャングル』のなかでほぼ出し切ったのではないだろうか」（200）。果たしてそうだろうか。たしかにヒューストンは、1951 年にアメリカを離れ、52 年には父祖の国であるアイルランドに移住、73 年までそこに住み続けた。『白鯨』は、彼の移住後の最初の作品であり、脚本執筆から撮影まで、（海洋での撮影を除く）ほぼ全編がアイルランドのヨールで製作されている。エキストラには多くのアイルランド人が加わり、アイルランドへの目配せなのか、マン島の水夫の役割が強調されているように見える箇所も少なくない。しかし、50 年代のヒューストンがかつてのように露骨な左翼系映画を作れなくなったのは、ハリウッドで取り締まりが強化されたという環境的要因によるものであって、必ずしも彼の関心や思想の変化を意味しない。実際、『白鯨』製作チームには『キー・ラーゴ』の共同脚本執筆者リチャード・ブルックスが含まれており（Eller, "Adapting Melville" 45）、アメリカ時代の作品とアイルランド移住後の作品に本質的な断絶を見出す必要があるようには思われないのだ。長谷川が説得的に論じたように、『キー・ラーゴ』がネイティヴ・アメリカンという「赤い人種」と共産主義者を重ねていたとするならば、『白鯨』にもそれと似た構造を読み取ることが可能なのではないか。

　ヒューストンのアイルランド移住は税金対策とも言われるが（Hammen 71）、同時に、赤狩りに対する嫌悪が背景にあることは忘れるべきではない。移住後、彼は 1964 年には市民権を獲得しており、いわばみずから選んだ故国喪失者であった。自伝で彼は当時をこう振り返っている。

　　アメリカに帰りたいとは思わなかった。一時的にではあれ、アメリカは私の祖国ではなくなっていたし、遠く離れていても別段寂しくもなかった。その後ほどなくしてアイルランドに居を移したのも、「赤狩り」騒動にうんざりしていたのが大きな理由のひとつだった。アイルランドに住み始めてから、アイルランド人がマッカーシーと彼のやり口に対して

たいそう批判的であることを知ったときは嬉しかった。それがためにアイルランドに余計愛着を覚えたものだ。（ヒューストン 156）

こうしてヒューストンのフィルモグラフィーをふりかえるとき、アメリカ時代最後の作品が『勇者の赤いバッジ』だったこと、次の作品がパリのキャバレーを舞台にした『赤い風車』だったこと、後に、ニューディール時代を舞台に赤い服の赤毛の少女を主人公にした『アニー』を監督すること、つまり、作品に赤色をちりばめ続けたことは偶然とは思われない。とりわけ『勇者の赤いバッジ』が当初、赤狩りとアメリカの軍国主義に対する批判として構想され、40 年代 RKO で左翼系作品を後押ししたドア・シャリーが支持した企画であったことを思い出してもよい。もっとも、最終的に映画はルイス・メイヤーによって好戦映画として封切られることになったのだが（蓮實 78）。50 年初期のほかの作品と同様、映画『白鯨』には露骨な政府批判や審問、いわゆる「名指し」のシーンはない。しかし、赤旗の強調を始めとするショットの数々は、原作にあるネイティヴ・アメリカン表象の背後に、秘密裏に、赤狩り体制批判として組織されていたのではないだろうか。

　ここでブラッドベリ離脱後の別の改稿箇所、エイハブによる白鯨追求の宣言のシーンを見てみよう。映画においてエイハブは、後甲板でダブルーンを船員たちに提示したあと、船長室でその私的な目的をスターバックに宣言する。小説のハイライトの一つである「仮面を打ち破れ」のスピーチが、後甲板という公的な場ではなくスターバックの前でのみなされるという設定の変更は、二人の親密な敵対関係を示唆するのだが、ここで注目したいのは白鯨との対決地点である。エイハブは白鯨発見の予定地をビキニ諸島と特定するのだ。まさに『ゴジラ』(1954) の世界である。もっとも、どちらの作品にもブラッドベリ原作の映画『原子怪獣現わる』（*The Beast from 20,000 Fathoms,* 1953）の影響があるとすれば、その共振はむしろ自然なことかもしれない。とはいえ、この地名はブラッドベリの脚本に記載がなく、ヒューストンによって加筆された。まさに撮影開始直前の 1954 年 3 月、核保有国ソ連に対抗するため、ハリー・トルーマン大統領は広島型原子爆弾千個分以上の破壊力を持つ水爆実験、いわゆるキャッスルブラボー実験を行った。白鯨がもし核の脅威であるとすれば、それと戦うエイハブの姿に、トルーマンの核戦略に対

│ 3 │ ニューディール・リベラリズムの遺産と反メロドラマの想像力　**51**

図2　『白鯨』▶ 00:02:25

図3　『白鯨』▶ 00:22:51

図4　『白鯨』▶ 00:25:49

する批判を見ることができよう。

　冷戦アメリカに対する抵抗の姿勢を意識するとき、映画が出港前の陸の描写にかなりの時間を割いたことの意味も見えてくる。宿屋スパウター・インでイシュメルはスタッブをはじめとする捕鯨船の乗組員に会うのだが、ここでカメラは4度にわたってコンサーティナを演奏する人物に視線を投げかける（図2）。シー・シャンティと呼ばれる海洋フォーク・ソングはコンサーティナとともに演奏される印象があるが、実はこの組み合わせは、1950年代のブリティッシュ・フォーク・リヴァイヴァルで遡及的に作られた伝統らしい（Edymann 42-45）。演奏しているのはアルフ・エドワーズである。エドワーズはリヴァイヴァルの中心人物A・L・ロイドとユアン・マッコールに同行して演奏を行っていたのだが、実はロイド本人も映画に出演している。出航の際シー・シャンティを先導するのが彼だ（Peloquin 114）（図3）。その先導で掲げられていく赤旗の意味はもはや明らかだろう(図4)。ロイドもマッコールもマルクス主義者だった。当時彼らはフォーク音楽の集合的創造性をブルジョワ的個人主義の対極に位置づけ、バラッドやワーク・ソングの収集を行っていたのだ（Harker 98）。1947年12月のウォルドーフ宣言でハリウッドは共産主義者を雇用しないこ

とを公約したが、50 年代初頭、共産主義を公言するシンガーを起用することはいっそう困難になっていただろう。アイルランドでの映画製作はヒューストンにとってアメリカの忘却を意味したのではなく、むしろそれを批判するための距離を与えたのである。

2　父と子をつなぐもの──連邦劇場計画とリンカーンの遺産

　下院非米活動委員会の観点からすれば、赤旗を掲げるエイハブは「非米活動分子」ということになるが、ヒューストンは、むしろエイハブを「アメリカ的英雄」として描こうとしているようだ。どういうことか。

　1956 年 6 月 27 日に試写会が行われて以来、多くのレヴューが新聞に掲載されたが、批判はグレゴリー・ペックに集中していた。ペックといえば、反ユダヤ主義と戦う正義の人（『紳士協定』［*Gentleman's Agreement*, 1947]）や爽やかなアメリカ人記者（『ローマの休日』［*Roman Holiday*, 1953]）の役者であり、およそ偏執狂のイメージにそぐわない。すでに 30 年前のこととはいえ、2 度エイハブを演じて好評を博したバリモアの記憶が人々のなかに残っているとすればなおさら、ペック演じるエイハブに違和感を感じるのは無理からぬことだ（Hammen 78）。脚本を担当したブラッドベリでさえペックの起用に不安を隠していない。1954 年元旦、ペックに会った際の印象を彼は手紙にこう記している。「彼がこの映画でエイハブ船長を演じるのをうまく想像できない。彼には、向こう見ずで荒々しいこのキャラクターに必要な、それにふさわしい執拗な怒りや衝動を見いだせないんだ」（qtd. in Eller, "Adapting Melville" 20）。ペックとエイハブの印象の齟齬をあげつらい、批評家はしばしばペックをこう批判した。「あれでは義足のリンカーンだ」と。こうしたコメントは一つではない。『インディアナポリス・スター』紙は、ペックを「船乗りリンカーンに扮した」と形容し（Partick 16）、『ピッツバーグ新聞』は彼の顎髭と痩せぎすぶりは「思い悩むリンカーン」を思わせると書き（Monahan 22）、『マイアミ・デイリーニュース』は「ペックは 50 代には見えないし、髭とストーヴパイプはリンカーンを思わせる」と評した（Herb 5B）。

　大方の批評と対照的に、ヒューストンはペックの起用に確信を持っていた。映画製作にあたってワーナーはスター俳優を起用することを要請したが、ヒューストンは迷うことなくペックを選び、また、映画公開後どれだけ

| 3 | ニューディール・リベラリズムの遺産と反メロドラマの想像力　　**53**

図5 『白鯨』▶ 00:32:09

批判されようと常に彼を擁護している。では、このように考えてみることはできないか。もし、多くのレヴューが違和感を訴え揶揄したペックの「リンカーン化」とでも呼びうる事態が、ヒューストンにとって想定外のものでなかったとしたら、つまり、ペックという役者がエイハブと無関係なリンカーンのイメージを意図せずして呼び寄せたのではなく、もともとリンカーンのイメージがエイハブの造形の一部だったとしたらどうだろうか。

そのように思われる根拠の一つはエイハブの帽子にある。映画のエイハブは、リンカーン大統領のアイコンとでも言うべきストーヴパイプを被っている（図5）。ヒューストン以降の映画でエイハブがこのタイプの帽子を被っていないことが示唆的だが、小説では帽子の種類は特定されていない。ただし「目深に斜めにかぶる」という記述が何度も登場するから、それがストーヴパイプでないことは確かだ。また、ブラッドベリの脚本ではエイハブの帽子は山高帽（round hat）と指定されている（120）。ヒューストンは役者のビジュアルや背景を決定する際、モダン・ライブラリー版『白鯨』のロックウェル・ケントのイラストを参照しているのだが（ヒューストン 289）、ケントのイラストでもエイハブの帽子は（頭部がやや長い帽子もないとは言えないが、基本的には）山高帽である。つまり、ヒューストンは原作ともロックウェル・ケントとも異なる帽子を演出に用いていることになる。

むろん、帽子一つをとって、ヒューストンがエイハブとリンカーンをごた混ぜにしたというのは言い過ぎだろう。しかし、エイハブがリンカーンに見えることがそれでもなお偶然には思われないのは、父ウォルター・ヒューストンとジョン・ヒューストンがともに、30年代にリンカーンを演じた経験を持つ役者だったという事情による。カール・サンドバーグの伝記『エイブラハム・リンカーン――大草原時代』（1926）が1930年にD・W・グリフィス（D. W. Griffith, 1875-1948）によって映画化され、39年にはジョン・フォード（John Ford, 1894-1973）が『若き日のリンカーン』（*Young Mr. Lincoln*）を製

作していることが示すように、ニューディール時代、リンカーンは民衆との
つながりを持つカリスマ的英雄として再創造された。不況と失業にあえぐ労
働者はしばしば奴隷になぞらえられ、ニューディール政策はリンカーンによ
る民衆の「解放」を想起させたという。スペイン内戦の志願兵部隊が「エイ
ブラハム・リンカーン大隊」と名づけられたこと、ニューヨークのリンカー
ン・センターに飾られたディエゴ・リベラの壁画でリンカーンとレーニンが
並べられていたことがよい例だが、リンカーンは今やグローバルな専制主義
すなわちナチズムに対する抵抗のシンボルとして、抑圧された者たちを解放
するアメリカ民主主義のヒーローとなったのだ（Silber 353-54）。50 年代に猛
威を振るう下院非米活動委員会は 1938 年に設立されたばかりだったが、そ
の最初のターゲットが連邦劇場計画だったこと、また、彼らがリンカーンの
「共産主義的トーク」を批判したことは驚くにはあたらない（Silber 363）。

　ヒューストンの父ウォルターは、『二人のアメリカ人』（*Two Americans*, 1929）
に加え、リンカーンを初めて正面から扱った D・W・グリフィスの『エイ
ブラハム・リンカーン』（*Abraham Lincoln*）で大統領を演じて 30 年代のリヴァ
イヴァルの基礎を作った。息子ジョン・ヒューストンもまた、リンカーン像
を引き継ぐ使命を与えられている。1935 年からハリー・フラナガンを中心
に展開された連邦劇場計画の支援でハワード・コッホは『イリノイのエイ
ブ・リンカーン』（*Abe Lincoln in Illinois*）のシカゴ公演を行い、『孤高の人』（*The
Lonely Man*, 1937）を製作したが、そこで大統領を演じたのがヒューストンな
のだ。

　ヒューストンが『白鯨』の映画化を構想し、脚本執筆を開始したのは
1942 年までさかのぼるのだが（Cahir15; Kaminsky 101）、当時彼は、父をエイ
ハブに配役することを考えていた（Hammen 77）。ほかの多くの映画監督同
様、第二次大戦中は戦争ドキュメンタリーを、終戦直後は社会派映画を撮っ
ていたヒューストンは一時期この企画から離れることを余儀なくされ、再
び本格的に企画に着手した 1953 年にはすでに父は他界していた。代わりに
起用されたのがペックだったのである。それだけではない。関係者の多く
が、ヒューストン自身も実はエイハブを演じたがっていたと証言している
（McCarty 105; Atkins 43）。エイハブを演じたペックもその一人だ。ペックは、
エイハブを演じるべきなのはジョン・ヒューストンで、自身はスターバック

| 3 | ニューディール・リベラリズムの遺産と反メロドラマの想像力　　**55**

のほうが向いていると考えていたようだ（Cahir 17）。1960年、インタヴューに答えて彼はこう言っている。「ヒューストンは船長を、彼の父親と彼自身を足して二で割ったようなかたちで造形した」と（Kaminsky 101）。ヒューストンにとってエイハブが父の似姿でありかつみずからの似姿でもあるとすれば、エイハブが二人の演じたリンカーンのイメージをまとうことは、当初思われたよりもはるかに自然なことに思えてくる。

　実際、エイハブをリンカーン的な民衆の英雄として描くことに映画はある程度まで成功している。エイハブは白鯨を最初に見つけた者にダブルーン金貨を与えると約束するが、小説で彼が金貨を自分のものにしてしまうのに対し、映画では、無名の水夫にそれを与えるのが印象的だ。また、黒人キャビンボーイ、ピップとの関係もそのイメージを補強する。白鯨の追撃の際、エイハブはピップに本船に残るように指示し、船長の役割を託す。ピップはそれを受け、航海士たちが追撃に出た後、本船でひとり「僕がピップ船長だ」と得意そうに宣言するのである（▶01:41:08-01:41:26）。小説129章「船長室」に類似の台詞があるのだが（メルヴィル下310）、小説と異なるのは、映画ではピップだけが本船に残されるということだろう。ネイティヴ・アメリカンに由来する船を託された黒人少年を白鯨が攻撃するという映画の構図に、白人至上主義とマイノリティの闘争、すなわち迫り来る公民権運動の足音を聞くこともできよう。

　ペックがリンカーンに見えることが偶然でないとすれば、ペックがエイハブに抜擢されたこともおそらく偶然ではない。ニューディール・リベラリズムの崩壊を描いた『アスファルト・ジャングル』で共産主義者を起用したことからもわかるように、ヒューストンにとって、配役は俳優本人の人格と不可分ではなかった。もとより、スターシステムにおける俳優と配役の関係は虚構と現実の解消不可能な二重性に依存している。俳優は俳優本人として出演しているわけではないが、俳優本人でなくなるわけではない。その半透明な二重性をヒューストンは鋭く意識していたはずだ。ペックの場合、思想的に赤狩り批判が透けて見えるのみならず、「アメリカ的」な俳優でもあった。あるインタヴューでヒューストンはこう述べている。

　　エイハブのように苛烈で派手に立ち回る人物にメロドラマ的にアプロー

チされることを私は心配していた。（中略）当時イギリスにはその手の俳優がたくさんいたが、私はそれ以上のものを求めていた。（中略）メルヴィルが造形したエイハブを演じるのに必要な高潔さと威厳がグレッグにはあったよ。カリスマ性のあるアメリカ人が演じる必要があったんだ。単にエイハブがアメリカ的なキャラクターだからではなく、この役はそういう種類の魂の深みを必要としたんだ。(Ford 28)

ブラッドベリがペックに批判的だったことには触れたが、ヒューストンとは対照的に、彼がエイハブ役に期待したのはアメリカ性ではなかった。彼がエイハブのイメージに合う役者として名前を挙げたのはイギリス貴族のシェイクスピア役者ローレンス・オリヴィエだったのだから（Atkins 50）。

　巽孝之はリンカーンが『白鯨』を読んでいたであろうこと、そして「アメリカのマクベス」としてのエイハブ像にみずからをなぞらえた可能性を指摘している（Tatsumi, *Young Americans* 104-11）。リンカーン本人がエイハブを自画像としていたとすれば、映画化の過程でエイハブがリンカーン像をまとうとは、なんという因果だろうか。ヒューストンが造形した赤旗を掲げるエイハブは、「非米活動分子」どころか、アメリカの理想を幾重にも重ね書きされた存在だったのである。

3　反メロドラマの想像力──エイハブのアメリカからスターバックのアメリカへ

　ヒューストンは撮影に際して赤旗のエイハブとキリスト教的資本主義のスターバックの対立を先鋭化させつつ、エイハブをアメリカ化することで、それを米ソ対立の冷戦メロドラマの図式からずらしていった。しかし、エイハブがアメリカのヒーローであるとすれば、もともとアメリカを代表しうる資質を与えられていたスターバックはどうなるのか。彼は単にエイハブと対立するだけの存在だったのだろうか。

　晴れた日の二人の語らいから白鯨との最終決戦にかけてのシークェンスは、メルヴィルの小説ともブラッドベリの脚本とも異なっており、ヒューストンのヴィジョンを際立たせている。小説において、132章「交響楽」は作品のハイライトであり、読者泣かせの章でもある。エイハブはスターバックの瞳を見つめるのだが、その「人間の目」のなかに「緑なす丘、明るい暖

| 3 | ニューディール・リベラリズムの遺産と反メロドラマの想像力　　**57**

炉」、残してきた妻と子どもの姿を認める。スターバックの瞳はエイハブの秘めた願望を映す「魔法の鏡」なのだ（メルヴィル 333）。だからこそエイハブは、彼を道連れにしないため、白鯨との対決を前にスターバックに「船に残れ」と言って別れを告げるのである。他方、映画における不自然なほど長い二人の瞳の切り返しショットは、瞳が「魔法の鏡」として機能しないことを前景化する。エイハブは相手の瞳に反射した自分の姿を見ているのにすぎず、陸を思って涙することはない。ここには二人の和解も涙の別れもないのだ。代わりにエイハブは「お前と俺は結びついているのだ」という謎めいた言葉を残す（▶ 01:38:57-01:39:00）。この台詞はブラッドベリ脚本には存在しないヒューストンの加筆である。

　涙の別れが削除された理由は次のシーンで明らかになる。後に製作された1998 年の映画でも 2011 年のテレビ映画でも、原作同様、スターバックは最終決戦の際は本船に残るのだが、ヒューストン版で彼はボートに乗り込んでいる。そして、みずからのロープで鯨に巻きつけられたエイハブの死体が浮かび上がって手招きするというあの有名なシーンの後、物語は驚くべき展開を見せるのだ。エイハブの死にショックを受けたスタッブらほかの船員たちはみな、失意のうちに本船に戻ろうとするが、それを抑制する人物がいる。スターバックである。「やつを追え」と彼は繰り返す。「モビー・ディックは悪魔じゃない。やつは鯨だ。でかい化物鯨だがそれでも鯨だ、それだけだ。俺たちは鯨捕りだから鯨から逃げたりしない。俺たちは奴を仕留める。俺たちはモビー・ディックを殺すんだ」（▶ 01:49:04-01:49:21）。

　このときのスターバックの行動を説明するのは容易ではない。エイハブのカリスマに魅了されたスターバックが「180 度方向を変えて狂気へと邁進」すると説明する評者がいる一方（French 61）、彼の「行動の軌道修正は説明不能」だが、映画は「死を前にしても任務を遂行する」という職業倫理を提示していると呆れる評者もいる（Stern 472）。実際、どちらなのだろうか。一面においてスターバックは何も変わっていない。彼にとって白鯨は鯨にすぎず、公的な目的に従って鯨を追いかけているのにすぎないのだから。しかし同時に、彼はエイハブの手招きに唯一応答しようとした人物であり、仇討ちに挑むその代理船長としての姿は、間違いなくエイハブと重なるだろう。結論から言えば、私たち観客はどちらかの解釈を選択する必要はない。矛盾

するように聞こえるかもしれないが、どちらの解釈も等しく正しく、スター
バックは変わらないままエイハブの意思を継ぐのである。

　そして、このスターバックの行動こそ、作品の背後に冷戦メロドラマを上
演してきたヒューストンにとって重要だったのではないだろうか。それはま
た、映画が二人の涙の和解を抹消したこととも無関係ではない。一般に、メ
ロドラマにおける「遅すぎた」和解に流される涙は、そうであってほしいと
いう願望と、そうではありえないという現実認識の二重の意識に裏打ちされ
ている（Moretti 179）。もし冷戦のメロドラマに涙があるとすれば、それは、
見た目の和解とは裏腹に、赤旗に連なるエイハブの意思がキリスト教的ス
ターバックには継承されえないという現状認識と諦めを意味するだろう。し
かし、映画はそのようなメロドラマ的展開を拒絶する。ヒューストンの反メ
ロドラマの想像力は、涙の諦念を読者に強いることなく、むしろ逆に、二
者の新たな関係の可能性に開かれているのだ。

　いま一度繰り返そう。赤旗を背負うリンカーン的英雄エイハブとキリスト
教資本主義的スターバックの対決に、メロドラマ的な和解も涙もない。ス
ターバックは「キリスト教的資本主義」を捨てて「共産主義」に転向するわ
けではない。しかし、そのような「アメリカの英雄」スターバックが、赤旗
を背負うがやはり同じように「アメリカ的な」エイハブの残された仕事を継
承する姿こそ、両者を単純な対立としてのみ捉えようとする冷戦メロドラマ、
そして体制順応的な涙のメロドラマに対するヒューストンの痛烈な批判であ
り、そして、彼のアメリカに対する一縷の希望だったのではないだろうか。

註

1) 『白鯨』映画化の歴史については巽『「白鯨」』69-100 頁、西山 70-79 頁を参照。
2) 初期映画については Cahir12-14 を参照。なお、このときワーナーがリメイク権を
保有したことは後にヒューストンを後押しすることになった（MacCarty 103）。オー
ソン・ウェルズも同時期に『白鯨』映画化に関心を寄せていたが、ワーナーと契約
していたヒューストンが映画化し、ウェルズはみずからをエイハブに配して戯曲『白
鯨リハーサル』（*Moby Dick-Rehearsed,* 1955）を執筆して上演した。
3) エドワード・サイードは、ジョージ・ブッシュによるビン・ラディン追求をエイハ
ブ船長の白鯨追求になぞらえた際、小説と映画のラストシーンを取り違えたことが
ある。詳細は Tatsumi, "Literary History" 98-99、Bryant 1046-49 を参照。
4) 2008 年に出版された脚本は、製作チーム離脱後の 1954 年 7 月にブラッドベリが試
みた改定 3 箇所を「E テクスト」に加えたものである。

｜3｜ニューディール・リベラリズムの遺産と反メロドラマの想像力　　**59**

4 『ハックルベリー・フィンの冒険』の映画史

辻　和彦

　マーク・トウェイン（Mark Twain, 1835-1910）の『ハックルベリー・フィンの冒険』（*Adventures of Huckleberry Finn*, 1885）は、現在までに既に何度も映像化されてきた。

　この作品に先立って執筆した『トム・ソーヤーの冒険』（*The Adventures of Tom Sawyer*, 1776）で児童文学作家として新局面を切り開いたトウェインは、既にチャールズ・ウォーナー（Charles Dudley Warner, 1829-1900）との共著『金ピカ時代』（*The Gilded Age: A Tale of Today*, 1873）で小説家として世に認められていたが、やはり『地中海遊覧記』（*The Innocents Abroad*, 1869）などの印象が強く、「ユーモアあふれる旅行記作家」という世評を脱したとは言えなかった。前作の主人公トムの親友ハックを主人公に据えることにより、安定した舞台設定を構築し、また慎重に7年以上の月日をかけ、満を持してトウェインは、作家として渾身の力を放って、その代表作を世に送り出したのである。

　その主人公ハックは物語冒頭では前作品の世界観を引き継ぎつつ、子どもらしい悪ふざけに興じるのであるが、知人の奴隷ジムと無人島で出会い、彼が「逃亡奴隷」として自由州まで逃げようとしている事実を知った時点で、ハックを取り巻く世界は一気に暗転し、プロットは深刻化する。ハックとジムは筏でミシシッピ河を下りつつ、さまざまな世界に触れ、その結果としてさまざまな価値観にさらされる。旅の果てでジムが「逃亡奴隷」として捕縛された後に、ハックがジムの救出を誓う場面は、長くアメリカ文学の名シー

60

ンとして記憶されてきた。

　冒頭で述べた通り、この作品は度重なる映像化の波を受けているのであるが、サイレント映画『ハックとトム』（*Huck and Tom*, 1918）から現在にいたるまで、10 本以上の映画化作品に加え、各国のテレビ・シリーズ、テレビ映画、アニメなども視野に入れると、優にその倍以上は映像化されたものがあると考えられる。したがってそれらをすべて追うとなると、かなり膨大な作業になると思われるが、本章では、主に 5 本の映画をそのなかから選び出し、以下の 2 点に絞って論じる。

　1 点目としては、原作の主題をどのように各作品が消化しているのか、という問題である。原作はもともとそれなりの長編なので、多くの映像化作品は最初から原作のプロットを完全に追うことを諦め、適宜その時代の題材として相応しい部分を切り取って、映像化している。もっともこれはこの作品に限ったことではなく、多くの文学作品の映画化の際に行われることであろう。

　したがってこの点を掘り下げるならば、「原作における、どの要素を切り取っているのか」、「どのエピソードに時間を割いているのか」、また「とくに重要であるはずのラストシーンをどのように終えているのか」に注目すれば、いわずとそれぞれの映画作品特有の「主題」が浮かび上がってくると言えるだろう。

　たとえば『ティファニーで朝食を』（*Breakfast at Tiffany's*, 1961）で、自由を探求するヒロインを演じる、オードリー・ヘップバーン（Audrey Hepburn, 1929-93）が歌う「ムーンリバー」（"Moon River"）の歌詞にも「マイ・ハックルベリー・フィン」とある通り、「ハック」はもはや、原作をも原作者をも越えて、アメリカの「自由」を象徴する「ことば」として用いられる傾向にある。しかしながら、原作が初めてアメリカで出版された 1885 年と、2019 年の「トランプの時代」とでは、たとえば、「アメリカの自由」を考える際の基本的概念である「アメリカニズム」すら、もはや同じ意味を持たない。「自由」を描くという原則の点では、それぞれの映画は一致しているのかもしれないが、その方向性は、その時代に大きく影響されていると言えるだろう。

　またもう一点重要なのが、原作をアメリカ古典文学の傑作とさせたその主題の一つ「奴隷制の罪」と深い関係にある「アフリカ系アメリカ人」俳優の扱われ方である。20 世紀はまさに、アフリカ系アメリカ人役者にとって、

| 4 | 『ハックルベリー・フィンの冒険』の映画史　　**61**

配役や役者としての扱われ方をめぐっての、闘いの歴史そのものであった。「奴隷」を演じるということが、彼らにとってどれほど微妙かつ切実な問題を引き起こしたかということは、想像に難くない。

　本章においては、前述したこの 2 点を中心に、5 作品の「主題」を検討したい。

1　1939 年の『ハック』

　パラマウント・ピクチャーズによって製作され、1920 年に公開された『ハックルベリー・フィン』（*Huckleberry Finn*）は、この小説原作としては最も早く大型映画化された作品の一つであろう。サイレントかつモノクロ映画であるこの映画は、人気俳優であるルイス・サージェント（Lewis Sargent, 1903-70）が主演を務め、後の映画化作品に多大な影響を与えたと思われる。パラマウントは 1931 年にも『ハックルベリー・フィン』を映画化しているので、市場の反応もよいこの作品が、後に続々映画化される規定路線を形作ったとも言えるだろう。

　おそらくはそうした影響下にある作品群の一つとして、1939 年に公開された『ハックルベリー・フィンの冒険』（*The Adventures of Huckleberry Finn*）は、音声付きのモノクロ映画であり、全盛期を迎える直前のメトロ・ゴールドウィン・メイヤー社（MGM）製作らしく、「元気がよい」テンポ感にあふれている。少年ハックは原作通り、どれだけ大人たちに叱られても、映画終盤にいたるまで喫煙習慣をやめることなく、また靴を履くことを拒否しようとする。ラストシーンが「脱ぎ捨てられた靴」のクロースアップで終了されるのは、この映画が原作の持つ自由への憧憬や反逆精神を、当時のアメリカ的解釈で再構成しようとしたことを象徴していると考えられる。

　監督を務めたのは、リチャード・ソープ（Richard Thorpe, 1896-1991）であり、『オズの魔法使』（*The Wizard of Oz*, 1939）を最初に担当した監督でもあった。後に彼はほかの監督と交代することになり、彼が撮影した部分は、実際に公開された『オズの魔法使』には残っていないと言われるが、少なくとも大作を当初任せられただけあり、実力派であった。

　主役ハックを演じたのは、図 1 の DVD パッケージ・イラストの通り、明るい笑顔が印象的なミッキー・ルーニー（Mickey Rooney, 1920-2014）で、後

にジュディ・ガーランド（Judy Garland, 1922-69）などとともに、MGM の黄金時代の柱となっただけに、安定感がある演技を発揮している。後にミッキーは前述の『ティファニーで朝食を』において日本人の役を演じ、そのコメディ俳優としての実力を十分に発揮し過ぎたが故に、かえって過剰なまでに「歪められたアジア人表象」の典型として、この役柄を記憶されるにいたった。

一方で逃亡奴隷ジムを演じたレックス・イングラム（Rex Ingram, 1895-1969）はイリノイ州ケイロ出身の「南部黒人」である。原作では筏の目的地とされるケイロ出身の俳優を起用したこと自体

図1　1939年版のDVDパッケージ

は、あるいはアイロニカルであるのかもしれないが、原作の文化背景を、役者が生まれ持って理解しているという利点が、本作品におけるジムを、画面のなかで非常に「自然」に見せている。父親が蒸気船労働者であり、また蒸気船上に生まれたレックスは、観客に違和感をまったく感じさせないような「南部奴隷」を演じられていると断定してもよいだろう。

しかしながら、奴隷制からのアフリカ系アメリカ人の「自由」という、原作の持つ一番大きなはずのドラマ／ドラマツルギーは、残念ながら画面上で十分に焦点が当たらない結果となっている。せっかくの「南部黒人」の起用のメリットを、十分に生かしきっていない点などが一例として挙げられるだろう。後の映画と比べると、レックスの南部訛りは抑制気味であり、また台詞自体も少ない。逃亡奴隷ジムの人物像を掘り下げられたかというと、疑問符がつく。むしろこの映画が持つ良さは、主役ミッキーの伸び伸びとした演技の魅力と、そこを軸とした「少年の自由への追求」というテーマを、あくまでコメディのなかで演出した点にあるのだろう。レックスの哀愁を帯びた「奴隷」の瞳の演技は、高く評価されるものだろうが、この作品で最も時間をかけて描かれるのは、「白人少年」ハックのドタバタ喜劇である。

2　1960年の『ハック』

1960年公開の『ハックルベリー・フィンの冒険』（*The Adventures of*

Huckleberry Finn）は、1952年にMGMによって製作されようとしたテクニカラー・ヴァージョンから、楽曲などを引き継いで作られたカラー映画である。1952年版には、かのジーン・ケリー（Gene Kelly, 1912-96）も出演を予定するなど、1939年の同社版を越える壮大なスケールを持つことが期待される内容であったが、結局のところ公開されることはなく、幻の作品となった。しかしながら1960年版も、図2のパッケージ・イラストが示す通り、後に『カサブランカ』（*Casablanca*, 1942）を撮ったマイケル・カーティスが監督を務め、MGMとして力が入った映画である。

この版では、3階級で活躍したプロボクサーのアーチー・ムーア（Archie Moore, 1916-98）がジムとして出演して話題を呼び、その重厚な肉体の存在感が際立っている。彼はミシシッピ州出身だけに、劇中のその方言遣いは滑らかで、特有のリズム感と温かさがにじみ出ている。俳優としての力量の及ばなさはいたるところに見られるのかもしれないが、夜の筏の上で、障害者となった自分の娘に体罰を加えたことを告白するシーンは、こうした彼の方言の魅力が十分に発揮されているシーンである。

また現地の風景撮影を行い、役者の演じる画面と合成を行っている点などは、先の1939年版との大きな違いであろう。原作の描く雄大なミシシッピ河の風景は、この作品ではかなり実際に見ることができ、原作の描く19世紀前半当時の雄大な自然美に想いを凝らすこともできるのである。まさに1952年版が行おうとしていた通り、鮮やかな「カラー」で映写することにより、1960年版の風景描写は、それまでのものとはまったく異なる次元に進化している。

これまでの映画化作品では、青年もしくは大人が子どもを演じていたのに対し、子役エディ・ホッジス（Eddie Hodges, 1947- ）が子ども「ハック」を完全に演じきったという点においても、この映画は大きな存在感を持っていると言えるだろう。彼もまたミシシッピ州出身であり、アーチーとの会話場面は、方言使用は控えめながらも、ごく自然である。「カラー」映画に、子役が子どもを演じるという形態が、後の『ハックルベリー・フィ

図2　1960年版のDVDパッケージ

ンの冒険』映画化作品に与えた影響は大きく、たとえばハックがジムの衣類を地面に引きずりながら走り、犬たちの嗅覚をまくという印象に残る場面は、後の 1974 年の映画でも踏襲された。また 1993 年版もこの 1960 年版からの影響をかなり強く受けている。

　ラストシーンで、ゆっくり遠ざかっていく筏の上のハックに対して、岸から手を振り続けるジムの姿は、二人の友情を示す場面として、視聴者の胸に残る仕掛けとなっている。だが奴隷制から「逃れた」ジムがその胸中を語る場面などの見せ場はなく、アーチーの押さえた表情の演技から、どこまでその解放感を読み取るかは、残念ながら見る個人によって分かれるところであるのかもしれない。

3　1974 年の『ハック』

　1974 年のリーダーズ・ダイジェスト社製作の『ハックルベリー・フィン』（*Huckleberry Finn*）は、ミュージカル映画である。ロケが行われ、実際に現地風景のなかで役者たちが演技しているという点においては、画期的であった。

　ハック役にはジェフ・イースト（Jeff East, 1957- ）が起用され、後に『スーパーマン』（*Superman*, 1978）において、若き日のクラーク・ケントを演じることになる高い演技力を、本作でも十分に発揮している。先に挙げた MGM の二作品の主役俳優たちから引き継いだコメディータッチな演技に合わせて、要所ではいたってシリアスな眼差しを放つ彼のパフォーマンスは新たなハック像を描くと同時に、原作への原点回帰を果たしているとも言えるだろう。

　ジムを演じたポール・ウィンフィールド（Paul Winfield, 1939-2004）はロサンゼルス出身であり、スタンフォード大学やカリフォルニア大学ロサンゼルス校など複数の有名大学に在籍した経験がある。後の『スタートレック II カーンの逆襲』（*Star Trek II: The Wrath of Khan*, 1982）や、『ターミネーター』（*The Terminator*, 1984）など有名作品への抜擢などの契機を、この作品での演技が果たしたことは間違いなく、逃亡奴隷ジムの苦悩を洗練された演技力で表現し、むしろ「黒人」こそがこのプロットで主役であるべきことを、あらためて強調する結果となった。

　冒頭にまず登場するのはジムであり、奴隷として「出勤」する彼と、それを見送る妻が描かれる。ポールは、従来の「陽気で愉快」なジムの演技を、

図3　1974年版のDVDパッケージ

敢えてここでは行わず、「奴隷」の労働に耐えつつ日々を凌いでいる、「耐える」男の表情を見事に演じている。

　映画全体の演出も、その演技に引きずられたかのように、人種問題については従来とは一線を画す点が多い。たとえばエンディング近くで、ジムとハックが、つまり「黒人」と「白人」の男性同士が、互いに裸体で抱き合うシークエンスは、当時の公民権運動やヴェトナム反戦運動の影響による意識変革が明らかに背景にあり、現代においても、おそらく過激な演出と見られる場面であるのかもしれない。またハックがその際に、ジムが血を流しているのに気がつき、初めて「自分と同じ、赤い血を持つ人間なのだ」と認識するシチュエーションは、かなり衝撃的な演出であると言えるだろう。そう捉えるならば、筏でミシシッピ河を下っていくジムに、岸のハックが手を振って別れを告げるエンディングの演出も、1960年版とはあえて二人を逆に配置することにより、従来と「異なる」ことを強調している可能性もある。図3のパッケージ・イラストが示す、このエンディングにおいて、原作初版の挿絵通りに、サイズの合わない大人のボロ着を着てジムを見送るハックについては、犬たちをまくためにジムと服を交換した結果、そうした姿になったという演出さえ行われている。みずからの命を賭してまでジムを守ろうとする、「人種差別」に挑むハックの姿は、まさにアフリカ系アメリカ人の歴史的変革期をそのまま体現しているとも言える。

　ミュージカル映画としては、シャーマン・ブラザーズ（The Sherman Brothers）が多くの曲を書き下ろすなど、その音楽面も非常に成功している。とくに冒頭のシークェンスでロバータ・フラック（Roberta Flack, 1937- ）により静かに歌われた「フリーダム」("Freedom")が、最後のハックとジムの別れのシークェンスでは、黒人音楽であるゴスペル合唱とともに再び力強く歌われる点などには、映像とはまた異なる音楽の魅力が十分に活用されている。

　このように1974年版はそれまでの作品とは一線を画して、原作主題の「自由への探求」と「黒人表象」の力を音楽の力を借りて思い切って描き、多く

の矛盾を抱える 1970 年代アメリカ社会のフラストレーションの勢いそのものを背景としたという点において、そのメッセージ性の強さは、部分的にはむしろ原作を越えていたとも言えるだろう。

4　1993 年の『ハック』

　1993 年の『ハック・フィンの冒険』(*The Adventures of Huck Finn*) は、ウォルト・ディズニー・ピクチャーズ社配給作品であり、また、あのイライジャ・ウッド (Elijah Wood, 1981-) が子役時代に出演したこともあって、現在最も知名度が高い作品である。『ロード・オブ・ザ・リング』シリーズ (2001, 2002, 2003) で、不動の人気を築いたイライジャ・ウッドの天才ぶりが随所に遺憾なく発揮され、図 4 のパッケージ写真の通り、映画宣伝においてもそれが最も前面に出るかたちとなっている。とくにあの特徴的な大きな瞳は、当時わずか 11 歳であったにもかかわらず、与えられた役割を越えて、十分に魅力的であり、少年ハックの無垢な精神を見事に演じている。

　しかしながら、終盤でジムが呟く「俺は自由人なんだ」という言葉に、感動の焦点が絞られていくようにプロットが進行するだけに、ジムを演じるコートニー・バーナード・ヴァンス (Courtney Bernard Vance, 1960-) の果たす役割は、従来のどの映画化作品よりも大きなものであった。近年では彼は『ターミネーター──新起動／ジェニシス』(*Terminator Genisys*, 2015) への出演を果たすなど、ハリウッドを代表するアフリカ系アメリカ人俳優としてその地位をさらに固めている。

　デトロイト出身で、ハーヴァード大学卒業後、イェール大学大学院を修了した役者エリートであるコートニーは、「役」を演じきるという点で、歴代のどのジムよりも技巧的であり、終末近くのシークェンスでの「自由人」となった表情の演技には、誰しも引き込まれるものがある。この映画が最も観客の心を動かすのは、間違いなくこの場面であり、その意味では最終的に主人公となるのは、ジムなのである。

　1974 年版が時代の追い風を受けて、ドラス

図 4　1993 年版の DVD パッケージ

| 4 | 『ハックルベリー・フィンの冒険』の映画史　　**67**

ティックに自由と解放を描こうとしたのに対して、本作品はイライジャの清新な演技と可愛らしさで観客を惹きつけつつ、本筋ではしっかり奴隷制度の問題を描き、最終的にはコートニーの「解放」の演技で締めくくる。この流れを見ると、いかにも 1990 年代らしい映画であるとも言える。またこうした流れに誘導するために、主要脇役であるダグラス夫人にも、奴隷制を否定する台詞を、やはりエンディング近くで語らせているところなども、やはり安定感があるプロッティングであると判断できるところであろう。

　なおここまでで主要な批評対象として触れた 1939 年版、1960 年版、1974 年版のエンディングは、なぜか原作には存在しない、ハックとジムの別れの場面で締めくくられていた。1993 年版は二人の別れの場面では終わっていないところが、従来と大きく異なる点であり、「黒人」と「白人」が「分かれ」る必要がなくなった 1990 年代の社会を、間接的に映し出していると言えるのかもしれない。代わりに設定されたのは、ジムの笑い声のなか、広い野原へ走っていくハックの自由な姿である。「黒人」の解放は、「白人」の自由にもつながるはずだという主張を読み取ることすら、あるいは可能であるのかもしれない。

5　2000 年代の『ハック』

　1995 年にはウォルト・ディズニー・ピクチャーズが『トム・ソーヤーの大冒険』(*Tom and Huck*) を公開し、ハック役を務めたブラッド・レンフロ (Brad Renfro, 1982-2008) の個性ある演技に注目が集まった。また 2014 年には米独合作映画として『トム・ソーヤー＆ハックルベリー・フィン』(*Tom Sawyer & Huckleberry Finn*) が公開され、ヴァル・キルマー (Val Kilmer, 1959-) が原作者マーク・トウェイン役で出演していることが、話題となった。いずれも興味深い作品と言えるが、プロットの軸となっているのは、どちらかというと同じトウェインの作品である『トム・ソーヤーの冒険』であるので、ここでは主な批評対象作品としては取り上げない。ただトウェインのこの二つの連作が 20 世紀が終わり、21 世紀に入るという「世紀の変わり目」にさしかかっても、なお絶えず映像化され、その度に脚光を浴びているということを補足する事実として記しておく。

　最後に取り上げるのは、『ハックルベリー・フィンの冒険』のアダプテーショ

ン映画ではなく、インスピレーション映画というべきものである。敢えてこの作品を取り上げるのは、原作者であるマーク・トウェインの持つ「ポップ」要素が、彼の作品の映像化がこのように綿々と続いている一要因であることを説明するためである。生前も常に大衆文化の渦中にあったこの作家は、死後もさまざまな文化イコンとして生き続けている。

　2012 年の『MUD －マッド－』（*Mud*）は、マシュー・マコノヒー（Matthew McConaughey, 1969- ）、サム・シェパード（Sam Shepard, 1943-2017）、リース・ウィザースプーン（Reese Witherspoon, 1976- ）といった実力派俳優によって演じられ、第 65 回カンヌ国際映画祭でパルム・ドール候補となった、深い味わいのある作品であるが、その舞台はミシシッピ河沿いの田舎町である。まさにハックルベリー・フィンが大人になって現代に現れたように見える、マシューが演じるマッドと呼ばれる浮浪者かつ「自由人」である青年と、地元の少年たちの心温まる交流と友情が主題なのである。マシューは 2 年後に公開された『インターステラー』（*Interstellar*, 2014）で、地球を捨てて人類の未来を探しに出かける宇宙飛行士クーパーの、父親としての苦悩を見事に演じ、高い評価を受けるにいたったが、本作での大人版ハックの演技も非常に素晴らしいものである。

　ほかの役者に目を移すと、サムが演じるマッドの知り合いの老人は、「トム・ブランケンシップ」という名で呼ばれている。実はこの名はトウェインが「ハックルベリー・フィン」のモデルとした、少年時代の友人の名前であり、「無知で、不潔で、飯も食えていないが、誰よりも善良なこころをもっていた」（Loving 67）とトウェインに評せられ、やがて「食料を窃盗して何度も逮捕されたあげく、この物語の出版の 4 年後にコレラで死んだ」（67）哀しい人物である。そしてそのことは、単にこの「トム・ブランケンシップ」が映画終盤において物語の流れを決定づける、重要キャラクターへと変わっていくことへの伏線であったことのみにとどまらず、この映画が古典文学である『ハックルベリー・フィン』をいかに現代に蘇らせるかという危険なテーマに、きわめて周到かつ繊細な準備で挑んでいる、野心作であることへの理解にもつながっていくのである。

　つまりこの映画そのものが、しばしば敬遠されがちな「古典」と、新しい現代の文化との融合点を創り出しており、またそれが、現代から古典への新

| 4 | 『ハックルベリー・フィンの冒険』の映画史　**69**

しい視座を創り出すことにつながっているのである。この映画を観る際に、あわせて原作ならびに原作者の知識が多少あるならば、「過去」は途端に21世紀の新しい肖像を描いていくことになる。映画のなかの「トム・ブランケンシップ」は、かつて特殊任務に従事した軍人であり、マッドもまた、終盤の活劇を見る限り、「銃」の扱いに精通している男である。2012年の映画で描かれる「ハックルベリー・フィン」は、不可思議にも軍事的メタファに満ちている。そしてそれは、トウェイン本人が生前は公には一度しか語らなかった、南北戦争でゲリラ兵（Bushwhacker）だった過去を、宿痾として生涯背負い続けなければならなかったという歴史的事実に集約されていくと考えられるだろう。

　興味深いことに、アフリカ系アメリカ人の主要キャラクターは、この作品では描かれていない。確かに奴隷制廃止と公民権運動勃興などに象徴される、2世紀にわたるアフリカ系アメリカ人の激動の歴史潮流のなかで、2000年代における『ハックルベリー・フィンの冒険』のインスピレーション映画としては、この事実は奇妙であり、また映画プロットや演出自体の瑕疵であるとも考えられる。しかしながらこのことは、現代においても人種問題がともすれば「不可視」とされる現象とパラレルであると言えるかもしれない。あえて黒人表象を前面に取り上げず、そこからはいったん撤退したかたちで、原作の持つほかの主題要素を拡大するという本作品の観点は、そう捉えるならば現代的戯画化の一例であり、またそのプロットも原作の現代的解釈であるとも言える。

6　未来の『ハックルベリー・フィンの冒険』

　しかしながら、あるいはこの『MUD －マッド－』において、ジムというアフリカ系アメリカ人表象が見当たらないのは、ラルフ・エリスン（Ralph Ellison, 1914-94）が『見えない人間』（*Invisible Man*, 1952）で描いたような、「黒人不可視」のディストピア的状況に加速がかかっている証拠として捉えることも、もちろんできるだろう。アフリカ系アメリカ人が見当たらない、「奴隷制からの解放」がモティーフであるはずの作品という解釈においては、この映画のそうした側面は、ただひたすら不気味な「ポスト・オバマ」時代の予兆としての機能を果たしている。

だがそのような観点から、あらためてここまで主だって取り上げてきた映画を再度見つめ直すならば、新たな疑念が湧いてくるのもまた事実である。「黒人不可視」というのが「自由」を謳う原作の主題に反しているとするならば、逆にアフリカ系アメリカ人を主体として真摯に見つめてきた『ハックルベリー・フィンの冒険』映画が、過去にどれほどあったのだろうか。1939年版やそれ以前の映画版は、そうした観点をほとんど持ち合わせていなかったと断じても誤っていないだろう。1960年版においては、アーチー・ムーアによる悲痛なドメスティック・バイオレンスの告白のシークェンスに、ようやくそうした視点の片鱗は見られる。だが映画の主題となりうるまで、奴隷制におけるアフリカ系アメリカ人の苦悩を直視しようとしたと断定できるには、1974年版のミュージカル映画の登場を待たなくてはいけない。この映画の白人少年ハックと奴隷ジムの抱擁のシークェンスは、この原作「映画史」において、きわめてエポック・メイキングなものであった。そして1993年版は、映画終盤でコートニー・バーナード・ヴァンスが「自由人」になった歓びの演技を遺憾なく果たし、アフリカ系アメリカ人の「自由」を、間違いなく映画の主題の一つに押し上げた。

　だがこのような1974年版や1993年版においてすら、そうしたアフリカ系アメリカ人の「自由」は、あくまで主題の「一つ」にとどまっている。1974年版の骨格は先に指摘した通り、「歌って踊る」ことが軸であるミュージカル映画であり、少年ハックの「ドタバタ喜劇」が主なプロットである。1993年版はイライジャ・ウッドの天才子役ぶりが前面に押し出され、視聴者として子どもや家族をターゲットとしているのは間違いなく、どのような角度から見ても、アフリカ系アメリカ人の苦悩を最も重視して描こうとした映画とは言えない。

　つまり『ハックルベリー・フィンの冒険』原作映画の歴史をもう一度たどり直したとしても、この原作が「奴隷制の罪」を告発し、それに対峙する「個人の自由」を描いたという点で、先駆的にアメリカニズムの善良なる部分を描いたとされてきた、まさにその核心は、実は最優先事項としては前景化されてこなかったのである。アフリカ系アメリカ人は、ジム役の俳優が出演するというかたちで、絶えず表象されてきたものの、「少年ハックの無垢」、「彼の冒険心」、「彼を取り巻く喜劇的状況（もしくは悪夢的状況）」といった原

| 4 |　『ハックルベリー・フィンの冒険』の映画史　　**71**

作の別の主題や側面がいつも強調され、前者は常に二番手以降に配置されてきたと言える。

『ハックルベリー・フィンの冒険』原作は先に述べた通り、確かに「奴隷制の罪」と「個人の自由」を描いた作品である。そしてそれが作品中で最高地点にまで達するのが、一度逃亡奴隷となったジムが捕まり、再び奴隷に戻されるかもしれないという状況において、ハックが彼の救助を決意するシーンであることは間違いない。このハックの到達点こそが、先に述べたアメリカの「正典」としての原動力であるはずなのだが、原作者であるトウェインは、南北戦争が既に終わり、奴隷制度がなくなっていたポストベラム期においてすら、この「最高地点」で物語を終えることができなかった。当時においてすら作者が急進的すぎると判断したこの危険な主題が、作品全体の本主題であるように見られることを恐れ、プロット上必要ないとも言える、長々続く「トムによるジム救出喜劇」を書き足したのである。

そうした原作プロットの構造そのもの、ならびにその創作過程をも再度視野に入れれば、「奴隷制」への姿勢はともかくとしても、今に続く「アフリカ系アメリカ人の苦悩」という主題から巧妙にも退避したトウェインの戦略そのものが、後の再物語化／映画化において、アフリカ人アメリカ人表象を主題に据える困難さを生んでいる原因であることが理解できる。映画化という再構成作業においてジムを主軸に置こうと試みれば試みるほど、プロットはもつれ、ほかの主題と整合性がとれなくなる。映像化においてジムを真摯に描くことは、半ば鬼門に近いのかもしれない。

さらに手厳しく断罪するならば、むしろ現代において「アフリカ系アメリカ人の苦悩」を語りたいのであれば、この原作をスタート地点として物語を構成する行為こそ、自己撞着であるとさえ言えるかもしれない。原作が執筆された当時、この「アフリカ系アメリカ人の苦悩」を作品の主題の一つとして描こうとした白人作家は、ほとんど存在しなかった。そうした時代にそれに挑んだトウェインの文学的野心は今でも評価すべきであるが、この21世紀においても、『ハックルベリー・フィンの冒険』のみが出発地点であるとして制限されなくてはならないいわれはない。したがって先駆的に「奴隷制に対峙するアフリカ系アメリカ人」を描いた物語であるがゆえに、逆説的に、この物語からスタートできない「アフリカ系アメリカ人の物語」が今後数多

くあふれ、それらが新たな起点を模索することになるのも、あるいは必然で
あるのかもしれない。『ハックルベリー・フィンの冒険』はどのように改変
するにしても、「白人」少年ハックが「主人公」である物語であり、奴隷／
逃亡奴隷のジムは、いかに過大に拡大しても、その「旅の友」にすぎない。「苦
悩」を語る過去の「声」を掘り下げるのであれば、それらをいくらなぞり直
したところで、同じ円周を回ることに変わりはなく、むしろまったく新しい、
別の「語り」を創造することが求められるのではないか。そしてそのために
は、まったく新たな「声」が必要とされているとも考えられる。

　以上の通り、『ハックルベリー・フィンの冒険』のアダプテーション作品
を中心に五つの映画を取り上げたが、冒頭で示した「原作のどの要素やエピ
ソードを重視しているか」に注目するならば、各作品がそれぞれの時代性を
強く反映していることが、よく理解できる。またそれぞれの黒人表象、すな
わち主要登場人物である逃亡奴隷のジムをどのように扱うのかを見ること
で、アフリカ系アメリカ人問題への関心／対応も読みとることができる。
　2018年に公開されたマーベル・コミック原作の『ブラックパンサー』（*Black
Panther*）は、興行的に大きな成功を収め、また高く評価されているが、アフ
リカ系アメリカ人が主要登場人物のほとんどを占め、また監督や脚本家など
製作者側にも加わっている。大きな資本が投入された、いわゆるメジャー映
画としては、まさにエポック・メイキングな作品であるが、こうした作品が
成功できる土壌が整った現代において、『ハックルベリー・フィンの冒険』
が今後さらに映像化されるならば、より「ジム」が浴びるスポットライトが
大きくなるであろうことは間違いない。原作者トウェイン自身も意図してい
なかったかもしれないが、アメリカにおける「奴隷制の悲劇」という主題は、
今後も多くの人々を捉えるであろうし、それを先駆的に取り入れた物語とし
て、『ハックルベリー・フィンの冒険』の映像化の試みは、これからも続く
可能性があるのではないだろうか。だがそれ以上に、「アフリカ系アメリカ
人の、アフリカ系アメリカ人による、アフリカ系アメリカ人のための物語」
を追い求める声は今後止むことなく、ますます増えていくことも確かであり、
そうした波のなかで、この作品がどこまでその「古典」としての地位と意義
を保ち続けられるかも、また興味深いところである。

5 リアリズム、ロマンスと モダニティ

イアン・ソフトリー監督『鳩の翼』論

堤　千佳子

　ヘンリー・ジェイムズ（Henry James, 1834-1916）は 1843 年アメリカ、ニューヨーク市に、スウェーデンボルグの神秘主義に傾倒した宗教哲学者の父ヘンリー・ジェイムズ（Henry James, Sr.）と母メアリーの 2 番目の息子として生を受けた。兄は、「意識の流れ」を提唱し、プラグマティズムを代表する心理学者、哲学者として名高いウィリアム・ジェイムズ（William James, 1842-1910）である。父の教育方針によって、幼いころよりヨーロッパとアメリカを行き来し、生涯全体ではヨーロッパで過ごした期間のほうが長い。1876年にイギリスに拠点を移してからも、パリやイタリアを何度も訪問している。旧世界ヨーロッパと新世界アメリカを象徴するような人物像を描き、国際テーマ（international theme）とされる、ヨーロッパの経験とアメリカの無垢の対立的構造を描く。長短の小説だけでなく、作家論や評論、旅行記も著している。

　ジェイムズの作家としての経歴は大きく 3 つに分けることができる。初期は、国際テーマと中心にした作品が多く、高潔なアメリカ人と道徳的に堕落したフランス貴族の対比を描いた『アメリカ人』（The American, 1867）、ジェイムズの名を一躍有名にした、自由奔放なアメリカ娘がヨーロッパ社会で長く暮らすアメリカ人たちに誤解され、若い死を迎える「デイジー・ミラー」（"Daisy Miller," 1879）などがある。初期の集大成としては、自由と独立を尊ぶアメリカ娘がヨーロッパの因習の臼に押しつぶされてしまう『ある婦人の

肖像』（*The Portrait of a Lady*, 1881）が挙げられる。国際テーマと恋愛、結婚についてはほかの作品でもモティーフとして用いられている。

中期は女権活動に関わる人物像を描いた『ボストンの人々』（*The Bostonians*, 1886）をはじめ、中・長編作品もあるが、1889年ころからは劇作にも関心を持つようになる。1895年ロンドンで『ガイ・ドンヴィル』（*Guy Donville*）を上演するが、失敗に終わり、小説の執筆に専念する決心をする。登場人物、とくに信頼できない語り手の設定や語りの曖昧さによって、幽霊の存在が曖昧なまま読者の想像に任される短編「ねじの回転」（"The Turn of the Screw," 1898）もこの時期の作品である。

後期は円熟期（The Major Phase）と呼ばれ、『使者たち』（*The Ambassadors*, 1903）、『鳩の翼』（*The Wings of the Dove*, 1902）、『黄金の盃』（*The Golden Bowl*, 1904）の3部作で有名である。また1904年から05年にかけてアメリカで講演旅行を行い、そのときの印象を基に『アメリカ風景』（*The American Scene*, 1907）を刊行する。「ニューヨーク版」と呼ばれる自身の全集の出版に取り掛かり、1907年に刊行が開始され、没後の1917年に完成した。その他自伝的作品を刊行するが、1916年、『象牙の塔』（*The Ivory Tower*, 1917）、『過去の感覚』（*The Sense of the Past*, 1917）を未完のまま、ロンドンで死去する。死後、アメリカのボストン郊外の一族の墓に葬られた。

1 原作と映像化作品について

莫大な財産を持ちながら不治の病に侵されているヒロイン、ミリー・シールは友人のストリンガム夫人とともにヨーロッパを旅することになる。スイスを旅したのち、イギリスへ向かう。夫人の旧友でロンドンに住むラウダー夫人と知り合い、彼女の姪、ケイト・クロイと親交を結ぶ。ケイトは零落した父や姉（映画では登場せず）の思惑で裕福な叔母の庇護の許に置かれている。叔母も自分の有利になるような結婚をケイトにさせようともくろんでいる。しかしケイトには結婚を約束した新聞記者マートン・デンシャーがいて、叔母の目の届かないところでデートを重ねながら、先行きには不安を感じている。

ケイトとミリーはラウダー夫人のパーティで出会い、同じくらいの年頃ということもあり、お互いに関心を持ち、交際を始める。やがてケイトはミリー

| 5 | リアリズム、ロマンスとモダニティ　　**75**

が不治の病にかかっていること、デンシャーに惹かれていることを知り、彼女とデンシャーを結びつけ、その死後に財産を手に入れ、デンシャーと結婚することを計画する。

　ミリーとともにヴェニスを訪れたケイトとデンシャーは、デンシャーがケイトに失恋したように見せかけ、ミリーに同情させ、接近の機会を作る。同じようにミリーの財産を狙っているマーク卿に二人の計画を暴露された後、ミリーはいったんは二人を拒絶する。しかし最後は二人を許し、その「鳩の翼」で二人を包み込む。

　デンシャーはロンドンに戻ったのち、ケイトに連絡を取らないまま過ごす。ミリーの死後、デンシャーにはミリーからの手紙が届く。それを火中に放ったケイトは遺産についての弁護士からの手紙はみずから封を切る。デンシャーは遺産を取るか、自分を取るか、ケイトに迫るが、デンシャーの気持ちが自分にはもうないということを悟ったケイトはもう元には戻れないと言って、デンシャーのもとを去る。

　原作において、ミリーが登場するのは第3部からで、最後の第10部でも姿を見せない。また第9部においても後半部では間接的に語られるだけで、直接登場するわけではない。それに対し、ケイトはほぼ作品の全体にわたって登場し、プロットを牽引する。読み手によってはケイトのほうが主人公であるような印象を受けるかもしれない。映画においても同様であり、ミリーよりもケイトのほうが強い印象を観客に残すだろう。しかし、作家自身がこの作品は彼の早世した従妹ミニー・テンプルを想起させるヒロインが主人公であると明言している。ヒロインが生きたという充足感を味わいたいという切実な願いを持っていることが主題となっているからである。この生の充実感は、同じ円熟期に書かれた『使者たち』においても主人公が追い求めるものである。

　さて、『鳩の翼』は、1965年にBBCによってルドルフ・カルティエ監督の下でテレビドラマ化されている。1979年にもデニス・コンスタンヂュロス監督の下で映像化されている。また、同じくBBCによって2018年には*Love Henry James−The Wings of the Dove*というタイトルで10回にわたって各回15分のラジオドラマが製作されている。

　映画化は、1997年、ロンドン出身のイアン・ソフトリー監督（Iain Softley,

1956- ）によってなされた。キャストとしては主人公ミリー・シールにアメリカ出身の女優アリソン・エリオット、ケイト・クロイにヘレナ・ボナム＝カーター、マートン・デンシャーにライナス・ローチ、ケイトの叔母ラウダー夫人にシャーロット・ランプリング、ミリーの付き添い、ストリンガム夫人にエリザベス・マクガヴァン、ケイトの父であるライオネル・クロイにマイケル・ガンボン、マーク卿にアレックス・ジェニングスが配された。このうちアメリカ人であるという設定の、ミリーとストリンガム夫人にはアメリカ人女優をキャスティングしている。ヘレナ・ボナム＝カーターはこの作品でアカデミー主演女優賞、ゴールデングローブ賞主演女優賞、英国アカデミー賞主演女優賞にノミネートされた。作品としてはアカデミー賞脚色賞、撮影賞、衣装デザイン賞の候補となった。

　ジェイムズのほかの作品の映像化には、『女相続人』（*The Heiress,* 1949 原作『ワシントン・スクエア』［*Washington Square*]）、『回転』（*The Innocents,* 1961 原作『ねじの回転』）、『緑色の部屋』（*La Chambre Verte,* 1978 原作『死者の祭壇』）、『妖精たちの森』（1973 原作『ねじの回転』）、『ボストニアン』（*The Bostonians,* 1984）、『金色の嘘』（2000 原作『黄金の盃』）、『ある貴婦人の肖像』（2001）、『ザ・ダークプレイス 覗かれる女』（*In a Dark Place,* 2006 原作『ねじの回転』）、『ねじの回転』（2009）、『メイジーの瞳』（*What Maisie Knew,* 2014 原作『メイジーの知ったこと』）などがある。『ねじの回転』は原作とは異なるタイトルでここで挙げただけで 4 回映像化されている。この作品は原作自体も幽霊が存在するかどうかなどについてさまざまな解釈がなされるが、映像化された作品もそれぞれ異なる視点、解釈で描かれている。また、『メイジーの瞳』については作品の背景となる時代を現代に改変したことで、登場人物の職業をはじめ、社会背景も大きく異なるものとなっている。

2　映像化による利点

　映像化の最も大きな利点は、原作の雰囲気が可視化できるということである。『鳩の翼』では 20 世紀初頭のロンドンの街中、ケイトの父親が潜む阿片窟、地下鉄、馬車と自動車の両方が走っている道路、地下鉄のホームから階上に昇るためのエレベーター、退廃的な雰囲気を漂わせる貴族の館、イギリスらしい緑あふれる公園、社会階級を糾弾する記者たちの熱い討論が交わされる

|5| リアリズム、ロマンスとモダニティ　**77**

図1 『鳩の翼』 ▶ 00:56:16

図2 『鳩の翼』 ▶ 00:04:30

新聞社内など、近代と現代が入り混じっている当時のロンドンや郊外の様子が生き生きと描かれている。

またもう一つの主要な舞台となるヴェニスが映像ならではの強い印象を視聴者に与える。街全体が芸術的とも言えるような街並み、ミリーが借りるレポルレリ宮殿の内外、ゴンドラ、運河、原作にはない妖しく情熱的で官能的なカーニヴァルのシーンがその例として挙げられる（図1）。

　ジェイムズの作品は心理描写が特徴とされるが、映像作品では演技者の行動で直接視聴者に訴えかけることが可能となる。自分の地位を守るために姪を利用しようとするケイトの叔母、ラウダー夫人についてはシャーロット・ランプリングの冷たい美しさ、とくに薄い水色の瞳がその「底知れぬ深さ」（48）を強調している。原作にある「市場のブリタニカ」（28）、「雌ライオン」（27）というような力強さは感じられないが、自分に近い人間であっても自分の利益のために使おうとする酷薄さはよく出ている。ヴェニスに出かけてまでデンシャー、ひいてはケイトの企みを妨害し、みずからがミリーの財産を狙おうとするマーク卿の没落の可能性のある貴族階級に属する酷薄な人物の造形の作り込みが、ウサギを撃ち殺そうとするシーンによく表されている。原作にはないこのシーンはか弱さを象徴するウサギ、つまりはミリーを捕食しようとするマーク卿の残酷さを視聴者に感じさせる。図2ではそれぞれミリーを利用しようともくろむ二人の構図が見られる。

　先に述べたように、ミリーは第9部の途中から姿を現さず、他者の発言からその様子を知ることができるのみである。デンシャーとの最後の面会の場面でも、デンシャーの言葉からしかミリーの様子、発言は知ることができな

い。映画ではこの場面は非常に重要で、ミリーがおそらくすべてを知りながらも、ケイトとデンシャーを許し、さらには二人とも愛していると伝える。ここでデンシャーは慚愧の念に堪

図３　『鳩の翼』▶ 00:29:54

えられず、ミリーの膝に泣き崩れる。ここでのミリーのすべてを包み込むような、いわば「鳩の翼」のような、聖母のような微笑が観客の胸に強い印象を残し、デンシャーのミリーへの想いがケイトへの想いを凌駕することが納得させられる（▶ 01:20:55-01:24:56）。原作での伝聞による表現では伝えきれない箇所である。

　アカデミー賞衣装デザイン賞の候補となっただけあり、衣装という観点からも見ごたえのある作品となっている。とくに図３にあるように、ミリーが着用する日本の着物を思わせるような

図４　ルクレツィア・パンチャティキの肖像画

オリエンタリズム的ドレス、家族や階級に縛られるケイトを表象するようなコルセットで締めつけられた暗い色調のドレスが作品を彩っている。ただし、原作のミリーは、彼女の経歴を表すように喪服を思わせる黒いドレスをほとんどの場面で着用している。これは彼女の莫大な財産が遺贈によるものであり、親族を亡くした彼女の孤独を表している。また、ミリーを象徴する真珠のネックレスについては、映画ではそれほど強調されていない。この真珠のネックレスは、ヴェニスのアメリカ人社交界の中心人物であり、ヴェニスでの舞台となるレポルレリ宮殿のモデルとなったバルバッロ宮殿を借り、ジェイムズとも深い交流を持った、イザベラ・スチュアート・ガードナーとの関連性があるが、あまり重要視されていない。ケイトの欲望を刺激し、ミリーの財産分与を狙うようになる誘因となるものであるが、特別に取り上げられているわけではない。全体的にミリーの莫大な財産についても映画では原作ほど取り上げられていない。また、原作にはないヴェニスのマスカレードの

シーンでは、ミリーは原作で用いられているイメージからビザンチンの王女のような扮装をしている。また、カーニヴァルのシーンでのケイトの男装によって、原作とは異なり、ケイトとミリーのあいだの同性愛的な含みすら感じさせる危うさが大きく取り上げられている（▶ 00:54:10-00:55:34）。マーク卿の屋敷でも二人が同じベッドに入るシーンが描かれているが、これも映画独自の場面である。

　ロンドンの書店でミリーとケイトが本を眺めている場面で、ケイトは、ポルノ本のコーナーに行き、ミリーを当惑させる。ソフトリー監督は性や性的な描写に対して距離を置きがちなジェイムズと対照的に、猥雑さや、ケイトとミリーのあいだの女性同士の友情を超えるようなクィアな印象を作り出している。

　心理描写を得意とするジェイムズの作品は映像化されることで、その心理状態が可視化され、視聴者に理解しやすくなっている。映画化作品の場合は実際に演じることで目線やしぐさで登場人物の思いを描写するが、そこには監督の解釈が盛り込まれ、本来の作者の意図とは当然ずれが生じる。特に「意識の流れ」も重視するジェイムズ作品の細かい点を読み解いていく面白さは薄められる。

3　芸術

　ジェイムズは、『鳩の翼』をはじめ、作品のなかで芸術作品を多く登場させている。原作ではミリーはマーク卿の館でブロンツィーノのルクレツィア・パンチャティキの肖像画を目にする（図4）。この肖像画は1540年ころに描かれたとされ、実際にはフィレンツェのウフィツィ美術館に所蔵されている。ルクレツィアの赤毛はミリーと酷似しているとされ、青ざめた物憂げな表情はミリーの過酷な運命を象徴している。ミリーはこの肖像画を見たときに「わたくしはこれより良くは絶対になれないでしょう」（184）と述べる。ルクレツィアが身につけている金のネックレスにはメダルがついていて、そこには「終わりなく続く愛」という意味の言葉が書かれている。ミリーが広げた大きな鳩の翼がケイトとデンシャーを包み、二人の関係を不可逆的に変えてしまうこと、ミリーの大きな愛が、デンシャーの生涯を通じて彼を抱き続けることの伏線となっている。映画ではこの場面もこの肖像画も割愛されている。

一方で、ナショナル・ギャラリーを訪れたとき、ミリーはケイトといっしょにいるデンシャーを目撃する。この場面は、原作においてはティティアンやターナーの作品の展示について

図5　『鳩の翼』 ▶ 00:30:00

言及されているが、映画ではクリムトの展覧会での出会いとなっている（図3、5）。この場面でクロースアップされているのが、『接吻』と『ダナエ』の二つの作品である。『ダナエ』はギリシア神話に題材を得たもので、父王によって幽閉されている王女ダナエのもとを黄金の雨に姿を変えたゼウスが訪れ、のちにダナエは男の子（ペルセウス）を産む。ゼウスの姿は黄金の雨と金貨で表されている。全裸で恍惚の表情を浮かべている女性はケイトを想起させる。彼女が求めるのは男性（デンシャー）からの愛情と富の両方である。また『接吻』では抱き合う恋人の姿が描かれているが、その愛情は絵画に写し取られたこの瞬間だけにとどめられていて、モデルとされるクリムト自身と恋人の女性はクリムトの死によって永遠の別れとなってしまう。原作にはない、刹那的な愛と死を思い起こさせるクリムトの作品をソフトリー監督は取り上げている。絵画の解釈というよりも、一目見て理解しやすい作品を取り上げている。ミリーがヴェニスで借りるレポルレリ宮殿には『カナの婚礼』をはじめとする芸術作品が装飾されているが、映画ではこちらも取り上げられていない。

4　モダニティという観点

　クリストファー・バトラーはその著書『モダニティ』のなかで、モダニティの定義として「科学技術への依存度の高まり、資本主義によってもたらされた市場の拡大と商品化、大衆文化の成長とその影響、個人生活への官僚制度の侵入、男女間の関係に関する考え方の変化」（1-2）と書いている。『鳩の翼』にはこれらの要素が多く取り入れられている。「科学技術」という点では地下鉄やエレベーターの登場、すでに日常生活の一端となっている自動車の利用、大衆文化という点では書店に多くの客が集まり、またポルノ小説なども

販売されていること、ケイトとデンシャー、ミリーとデンシャーという２組の未婚の男女の関係などが描き出されている。またミリーもケイトも商品というように見なされ、利用され、搾取されようとしている。ケイト自身、さまざまな謀をめぐらすが、叔母のラウダー夫人もケイトを自分の地位を保全するために利用しようとしているし、マーク卿もまたケイト、そしてミリーを自分の地位や財産を守るために利用しようとしている。

　大衆文化という点では、もう一つの舞台であるヴェニスでのカーニヴァルの場面で愛憎劇が展開される。中世には仮面をつけていれば階級や貧富の差に関係なく一晩中自由恋愛を楽しめたとされる。ここでのミリーは病気からも抱える孤独からも解放されていたのであろう。ミリー、ケイト、デンシャーの３人はジプシーたちの踊りの輪に入る。ここでは三角関係の緊張感がよく表現されている（▶ 00:55:00-01:00:00）。ケイトの意図を知らずにデンシャーに恋をするミリー、ケイトへの想いとミリーへの友情に翻弄されるデンシャー、予想もしなかった嫉妬に苦しむケイト、それぞれの表情が画面に映し出されている。嫉妬にあえぐケイトはデンシャーをミリーのもとから連れ出し、薄暗いわき道に入り込み、デンシャーを誘惑する（▶ 00:58:55-01:01:48）。この場面も情動的行為によって二人の関係を確認し、揺るがないものにしようとするケイト主導のワンシーンである。ミリーもまたデンシャーとの愛情を確認するために原作にはない行動に出る。修復中の教会の足場を昇って、二人きりになり、デンシャーに抱きしめられる。このシーンもまたミリーがデンシャーに誘いかける、女性主導のシーンである（▶ 01:12:21-01:15:15）。このような直接的行動は原作では描かれていない。このような女性からの積極的な働きかけはモダニティという観点につながる。

5　アダプテーション

　これまで原作と映画の相違点について述べてきた。イアン・ソフトリー監督の『鳩の翼』は、大筋では原作に忠実ではあるが、それぞれの人物の個性を際立たせるために映画では追加されたシーンがある。３人の中心人物の関係もほぼ原作に忠実であるが、ケイトとデンシャーの気持ちや関係については映画ではよりわかりやすい表現で演出されている。特にデンシャーの意識の変化が可視化され、観客にとっては把握しやすくなっている。

原作ではミリーを誘惑する条件としてデンシャーはケイトにヴェニスの自分の下宿を訪れることを要請する。肉体関係を持つことで二人の関係を確実なものとすることを意図している。ケイトは契約としてこれを履行する。このあたりも非常に功利的なケイトの考え方が浮かび上がってくる。ただ、ジェイムズの作品で語られるのはそこまでで、映画の終盤でのデンシャーのロンドンの下宿のシーンのように二人の関係をあからさまに描くようなことはない。二人の性的関係を感じさせるのはこの場面だけである。また、デンシャーからの要求にケイトが応じるという立場がとられている。映画のようにケイトから誘いかけるわけではない。ジェイムズはもともとジェンティールトラディション的に、男女関係について直接的にも間接的にも描写を避ける傾向がある。

　映画ではヴェニスのカーニヴァルのシーンと最後のロンドンのデンシャーの下宿で二人が関係を持つ描写が取り入れられている。ヴェニスではうす暗い明りではっきりとはしないが、ケイトが嫉妬からデンシャーを誘惑する場面が挿入されている。ケイトの気持ちをより明確に表し、嫉妬やデンシャーを失う不安からマーク卿に自分たちのことを暴露する伏線となっている。

　原作ではミリーについて、その財産や高潔さから「王女」や「鳩」という比喩が用いられ、ケイトもミリーに向かって「鳩」と呼びかけている。ケイトの場合は「鳩」に柔和さとともに脆弱性を込めている。捕食動物の比喩が用いられているケイトが弱弱しい「鳩」のミリーを捕食し、その財産を手に入れるというイメージが込められている。また最後の場面ではケイトとデンシャーはミリーが「鳩の翼」を広げたと認識している。「鳩の翼」に飛翔するイメージと、すべてを覆ってしまう圧倒的な力のイメージを併せ持たせている。映画ではマーク卿の暴露によって傷ついたミリーは、その傷心を乗り越え、「二人とも愛している」とデンシャーに告げる。この場面でミリーからの許しが明らかになる。ここでのミリーのセリフはクィアなものではなく、もっと高次元のものである。作品中でただ一度身にまとった白いドレスは白い「鳩の翼」を想起させるものである。このような無垢で力強いミリーの精神性にデンシャーは心を強く揺り動かされる。この愛の告白があるからこそ、最後の場面でのミリーからデンシャーへの遺産贈与に自然につながるのである。

|5| リアリズム、ロマンスとモダニティ　**83**

デンシャーはケイトにロンドンに帰ったことを知らせないままでいると、ケイトから訪ねてくる。ミリーからの最後の手紙をケイトに「賞金だ」と言って渡すが、ケイトは暖炉に投げ入れる（▶ 01:29:25-01:30:15）。この場面は原作と映画と同じである。しかし、映画では最終場面においてデンシャーの気持ちを引き留めるため、あるいは確認するためにケイトから再度誘惑する。冷徹に恋人を操るケイトの手腕は非常に現代的な男女関係を想起させる。二人は視線を交わさない。お互いの心が離れていることを確認するかのようである。青白い二人の体、すれ違う視線、無表情な顔は二人の関係が冷え切っていることを象徴している（▶ 01:30:16-01:36:48）。二人の関係が修復しようもなく変わってしまったことをお互いに暗黙の裡に理解しているのである。一方で、ケイトはデンシャーがミリーの思い出を愛していなかったことを誓うように求めるが、デンシャーはそれに対し、返答しない。それが答えである。すれ違った気持ちのまま、それを表すかのように視線を合わせないままロンドンのシーンを終える。そしてデンシャーが一人ヴェニスに戻ったシーンでエンドロールとなる。ミリーの眠るヴェニスに戻るということは彼女への愛に殉じるということを示唆している。原作ではデンシャーはミリーを愛したことはないと告げるが、ミリーの死後に気持ちは変わったとケイトは確信している。最後にケイトはミリーの遺産を手に入れることを選択し、「彼女（ミリー）の思い出があなたの愛なのです。あなたには、彼女の思い出以外は不必要なのです」「私たち、昔の私たちには決して戻れないのです」(611)と言い、決別を宣言する。そこで原作は終わる。映画ではデンシャーがヴェニスに舞い戻るシーンで幕を閉じる。ケイトと別れ、ミリーとの思い出に生きるということが暗示される。この結末のつけ方はやや予定調和的でわかりやすいが、原作のようなオープンエンディングで読者にその後の判断を任せるというような終わり方はしていない。

　ミリーとケイトの関係についても映画はほぼ原作を踏襲しているが、二人のあいだに友情よりももっと微妙なクィアな要素が感じられる。二人は対立しながらもお互いを理解し、不可思議な愛情を持つ。4節でも述べたように、そのメタファはヴェニスのカーニヴァルでのマスカレードの扮装に象徴されている。ケイトの男装は倒錯的な印象で、ケイトがこのプロットをリードしていくことを感じさせる。マスカレードに参加する前、ケイトもミリーも仮

84

面をつけている。ところが、ミリーはデンシャーとダンスをするところから、ケイトはその二人を凝視するところから、仮面を外している。仮面をつけて本心を隠し、仮面を外してむき出しの感情が露わにされる。すなわち、ミリーはデンシャーへの想い、ケイトはミリーへの焼けつくような嫉妬心とデンシャーを奪われるのではないかという不安感を露出させる。微妙な三角関係がカーニヴァルの狂騒のなかで描き出されている。

　ヴェニス以降の場面は、映画と原作では大きく異なっている。原作ではミリーはマーク卿からケイトとデンシャーの関係を告げられた後、「壁に顔を向け」（538）、デンシャーの訪問を拒否する。マーク卿の訪問の後、デンシャーは一度ミリーに面会をするが、この場面は描かれていない。デンシャーの回想で語られるだけである。「あの見事な大広間で、いつもの服を着て、お気に入りのソファのいつもの隅に腰をかけて」「美しさと強さ」（543）を見せた。ミリーは残酷な真実を知った後でも、デンシャーを許した。映画では二人の最後の話し合いの場面が描かれ、ミリーは事実を知った後も二人を許す聖母のような笑みを浮かべる。「愛しているわ、あなたたち二人を」という言葉にデンシャーはただ謝るしかない。ミリーは彼女なりの愛という「鳩の翼」でケイトとデンシャーを覆った。二人の関係は修復不可能なほど変化した。ミリーは自分が騙されているのを知りながら、ケイトとデンシャーを許す。ミリーの「底知れなさ」は、ケイトのそれとは異なり、「悲劇的なまでに苛立ちながら空気のように軽やかな気分を示すとか、説明不可能な悲しみを真昼の光のように明るく耐えている」（97）と描かれている。

　原作とのもう一つの大きな相違点として、ミリーの葬儀がヴェニスで行われるという場面が挙げられる。ゴンドラに乗せられ、黒い布で覆われたミリーの棺の上には白百合の花束が置かれている。これはミリーの純潔と、聖母のようなミリーの寛恕の精神を象徴している。

6　ロマンスとリアリズム

　前述したようにミリーは原作では第3部から、映画でも途中からの登場で、最後の第10部でも姿を見せない。ジェイムズは序文のなかで新しい構成が第3部から始まり、「新しい中心によって統一される新しい興味の集合体が始まる」（632）と述べている。さらに「新しい中心は主としてミリー・シー

ルの「境遇」の深淵のなかにあるが、しかしそのすぐ近くに補助的な鏡が、すなわち彼女の献身的な友人の、じつにか弱いとはいえ澄み切った鏡が用意されているのである」（632）と記している。ここで注目すべきはミリー自身というよりもその「境遇」が中心であるとしている点である。この作品の主人公はジェイムズの従妹であるミニー・テンプルをモデルとし、人生を楽しむ能力（財政的にも感性的にも）を持っていながらも、不治の病に侵され、生きたという充足感を持ちたいと切望している若い女性であると設定されている。しかし、この「境遇」こそが、ケイトに陰謀を抱かせるものである。映画ではケイトが主人公で、ケイトの不安感や嫉妬に駆られる場面も詳細に映し出されている。そのことが遺産贈与に自然につながっているのである。またここで述べられている「献身的な友人」とはアメリカからミリーとともにヨーロッパにやってきて、ラウダー夫人との出会いのきっかけとなったストリンガム夫人のことである。映画ではわき役として目立たなかったストリンガム夫人の役割が、ヴェニスの場面から大きくなっている。特にミリーの死後、デンシャーに対して存在感が増している。

　ケイトは「人並外れた女性」（124）「謎めいた頭の良さ」「心の動きを外に表すよりは隠しておく」タイプ、「微かに残酷な性格」（151）と評され、いわゆるヴィクトリア朝の価値観を象徴する女性というよりも現代的な要素を与えられている。彼女に関するこの形容はあたかも彼女が捕食動物であるかのようなイメージを喚起するものである。その場合、捕食されるのは財産を持つミリーであると考えられるが、同時に決断力が希薄でケイトに引きずられるデンシャーでもある。富と愛の両方を手に入れることを望むケイトにとって最も望ましい人生を送るために獲得した要素である。

　ミリーには「放浪の王女」「ビザンチンの王女」（215, 216）など「王女」のイメージがくりかえし用いられる。後者についてはミリーが参加したヴェニスでのカーニヴァルでの仮面舞踏会の折にこの扮装をし、具現化している。「囚われの身のビザンチンの王女」（216）であるミリーを捕えているのは彼女を自由にすると同時に周囲の人間の欲望を掻き立てることで彼女を拘束する富の力であり、生きたいと切望しながらも死すべき病にかかっている彼女の運命なのである。

　原作はジェイムズのほかの作品とは異なり、アレゴリー的な要素が多く盛

り込まれている。アレゴリー的でロマンス的部分は主にヴェニスを舞台とし、ミリーを中心とする場面が多く、リアリズム的要素はロンドンを舞台としており、ケイトが主役の役割を果たしている。映画ではリアリズム的要素のほうが強く描かれ、その方針に従って、アダプテーションがなされている。これを考証するために、この論の最後でミリーとケイトについての比較をもう一度取り上げた。ケイトが主役となるような印象を視聴者に与えるのは、心理描写を特徴とするジェイムズ作品をそのまま映像化することは困難なため、視聴者にとっても受け入れやすい現代的要素を持つケイト、悩めるデンシャーを視点的人物と設定したためであろう。原作でもミリーを視点的人物と設定しているわけはなく、他者の眼を通して描かれている。

　中盤のヴェニスを舞台とする箇所ではミリーの借りるレポルレリ宮殿や街自体が芸術とも言える光景や、女性二人の情念がカーニヴァルのシーンで描き出されている。光と影を併せ持ったイメージである。トーマス・マンの『ヴェニスに死す』やその映像化作品において、ヴェニスは凋落していく都市のイメージとほどなく死を迎える男のイメージを重ね合わされているが、この『鳩の翼』においては同じように死を身近にしているミリーを囲い込む「黄金の貝殻」であり、芸術にあふれ、かつロマンスとアレゴリーを感じさせる都市のイメージが付与されている。一方、2節で述べたように、ロンドンのシーンではニューウーマンと言えるようなケイトの思考や行動とともに、家族やヴィクトリア朝的価値観に縛られるケイトを表象するような近代と現代の入り混じる当時の街中の光景がうまく描き出されている。

　ロンドン、ヴェニス、ロンドン、ヴェニスと場面をくりかえすことで、リアリズム的要素とロマンス的要素がくりかえし描かれる。最後のシーンではミリーとのヴェニスでの思い出に殉じるイメージのデンシャーを主役とし、予定調和的にロマンチックな終わり方を演出している。姿を見せないミリーの印象を再び想起させているかのようである。全体としてみると、ソフトリー監督はケイトの役割を重視することで、ジェイムズ作品のロマンス的要素よりも、リアリズム的要素を強調していると言えるだろう。オープンエンディングよりも、具体的結末を演出し、視聴者に見せて理解させる手法を採用したと言えるだろう。

| 5 | リアリズム、ロマンスとモダニティ　**87**

6 抑圧された〈感情〉のドラマ

マーティン・スコセッシ監督
『エイジ・オブ・イノセンス』

新井　景子

　イーディス・ウォートン（Edith Wharton, 1862-1937）の小説『夏』（*Summer,* 1917）には、当時まだ新しい娯楽であった映画館に主人公のチャリティが初めて入るシーンがある。「きらびやかに光る場所」のなかにある「ヴェルヴェットのカーテンで仕切られた観客席」で「これ以上入れないというほど詰め込まれた観客たち」といっしょに映画を見たチャリティは、暑さと「目がくらむような光と闇の連続」に圧倒される（72）。さまざまな映像の断片がごた混ぜになって頭に押し寄せ、周りの観客たちも「見世物の一部となった」（72）ように感じるチャリティを通して、ウォートンは映画という新しい文化を刺激的ではあるが混沌としたものとして描いている。ウォートン自身は「一度も映画館に入ったことがなかったよう」であり（Lewis 7）、映画に対して必ずしも高い評価を与えていたとは言い難い。しかしウォートンのリアリズム作家としての細部へのこだわりは、作品を読者に視覚的に想像させるという点で映画に親和的でもあり、彼女の作品は多く映画化されている。本章ではそのなかから、ウォートンの代表作の一つである『無垢の時代』（*The Age of Innocence,* 1920）のアダプテーションを取り上げる。オールド・ニューヨークと呼ばれる伝統的なニューヨーク上流社会に生まれたウォートンは、みずからの育った 19 世紀末のニューヨーク社交界の変化やニューイングランドの田舎の閉塞感を風刺的に描いた作家であり、『無垢の時代』にも 1870 年代のニューヨーク社交界に対するノスタルジーとアイロニーが入り混じった

ウォートンの複雑な思いが表れている。

『無垢の時代』はこれまでに3度映画化されている。1度目はウェズリー・ラグルス監督（Wesley Ruggles, 1889-1972）による1924年のもので、当時のハリウッドの慣習に従い、原作から大幅に改変された（フィルムは現存していない）。1920年代に人気のあった「女性映画」を多く手掛けたオルガ・プリンツローによって脚色され、お馴染みのメロドラマチックな三角関係の物語とされたのである（Boswell 88-89）。続いて1934年、フィリップ・モエラー監督（Philip Moeller, 1880-1958）による2度目の映画化では、同年施行されたヘイズ・コードの影響により、1924年版に比べて大衆性が削がれ、より古典的な文学のアダプテーションとなった（Boswell 92-93）。34年版から約60年を経た1993年、マーティン・スコセッシ監督（Martin Scorsese, 1942- ）が3度目の映画化を果たす。本章ではこのスコセッシ版『エイジ・オブ・イノセンス』を取り上げる。

それまで移民やマフィアの世界を描いた作品がトレードマークとなっていたスコセッシがウォートンの作品を映画化すると発表した際には少なからず世間を驚かせたようだが、でき上がった映画は非常に完成度が高く、小説に忠実なアダプテーションとして高く評価されている。とくに、綿密な調査を元にウォートンの描くオールド・ニューヨークが再現されたさまは秀逸であり、食器やインテリア、衣装などを通して当時の社交界が鮮やかに目の前に立ち現れる。一方、映画では社交界に対する主人公の立ち位置や女性人物の描き方に変化が加えられることで、原作に見られるアイロニーや社会批判的側面が弱められ、主人公の悲恋物語がより前面に置かれることとなった。スコセッシは、映像という媒体の特色を生かしながら、より主人公に寄り添うかたちで感情を描写するということに重点を置いており、このような方向性の違いは結末の描き方の違いへ、さらには最終的に浮かび上がる主人公像の違いへとつながっていくのである。

1　アーチャーと社交界の距離感

スコセッシ版は基本的にウォートンの小説を忠実に再現しており、数名の登場人物の削除はあるが、物語上の大きな改変は見られない。以下はあらすじである。結婚を控えた名家の息子ニューランド・アーチャー（ダニエル・

デイ＝ルイス）は、歌劇場で婚約者メイ・ウェランド（ウィノラ・ライダー）の従妹エレン・オレンスカ伯爵夫人（ミシェル・ファイファー）と遭遇する。エレンはヨーロッパでの不幸な結婚から逃れてニューヨークに戻ってきていたが、ニューヨークではそのような女性が人前に姿を現すのは恥ずべきこととされていた。アーチャーはその晩の舞踏会でメイとの婚約を発表し、メイの一族の醜聞を防ごうと尽力する。エレンが伯爵との離婚を望んでいると聞いたアーチャーは、女性は自由であるべきだと衝動的に発言するも、一族の意向を受け、離婚訴訟を取り下げるようエレンを説得する。彼女はそれに従うが、一方でアーチャーは異国風で自由な発言をするエレンに惹かれ、彼女も自分を理解してくれるアーチャーに好意を抱く。二人はお互いの気持ちを吐露するにいたるが、アーチャーはメイと結婚し、エレンは彼の前から姿を消す。1年半後、偶然エレンの姿を見かけたアーチャーは彼女への思いを募らせ、何度かの再会を経て、二人は〈一度の逢瀬の後別れる〉ことにするが、結局エレンは彼と会わずにヨーロッパに帰ることを決める。パリで独立することになったエレンの送別会がアーチャー夫妻の屋敷で催され、彼は自分以外のみなが共謀し、彼とエレンが愛人関係であったと考えていることに気づく。その夜、遠くへ行きたいと話すアーチャーにメイは妊娠を告げ、彼はそのことが既にエレンにも伝えられていたと知る。約30年後、アーチャーとメイの3人の子どもは成長し、メイは既に亡くなっている。アーチャーは長男に誘われて赴いたパリでエレンと再会できる機会を得るが、息子のみを向かわせ、自身は再会することなくホテルへ戻る。

　スコセッシ版でまず目をみはるのは、ウォートンが描いたオールド・ニューヨークの世界が「フェティシズム的」（Taubin 6）とも言えるほどに非常に忠実に再現されていることである。スコセッシは、食器、テーブルセッティング、作法などについて10人以上のコンサルタントを雇い、完璧なかたちで1870年代のニューヨーク社交界を映像化することにこだわった。[1] そのこだわりは、人物が身につける装飾品の選択からカメラワークにいたるまで、さまざまな点に垣間見られる。たとえば、冒頭のオペラ劇場のシーンでは、ディゾルヴとパンの連続によって社交界の人々の衣装やアクセサリーなどが次々に映し出される。そして双眼鏡を通した視点のショットが舞台と観客席を行き来し、それを通してエレンが初めて画面に登場することで、社交界がお互い

を監視し合う「凝視の世界」（Lee 171）であることが効果的に示されるのである。[2]また、度々描かれる食事のシーンでは、時代考証を元に再現された料理や食器がクローズアップで映し出され、その質の違いから各々の家の社会的位置づけが示されるほか、シーンが転換する際には、花やアクセサリー、料理などのクローズアップから新しいシーンが始まることが多く、これらの〈モノ〉が身分を表す重要な指標となっていることが視覚的に表現される。これら晩餐会や舞踏会のシーンでは、クローズアップから俯瞰ショットへとカメラが自在に動き、流れるような音楽とともに壮麗な上流社会の社交場の雰囲気が醸し出される。こうした「カメラの驚くべき可動性は人物の相対的な不動性とはっきりした対比をなして」おり（Peucker 511）、とくに頻繁に描かれる食事のシーンでは、テーブルの上の燭台が肖像画の額縁のように人物の両脇に写り、彼らが社交界の規範の枠にとらわれているさまを示唆するのである。

　オールド・ニューヨークを視覚的に再現するだけでなく、スコセッシは小説の語りを再現することにも成功している。小説では、視点人物アーチャーの内面を織り交ぜながら三人称の語り手が語るという形式になっているが、映画でもジョアン・ウッドワードによるヴォイスオーヴァーが、人物や屋敷などについて客観的な説明をしたり、アーチャーの内面を語る役割を果たす点が特徴的である。しばしばカメラはヴォイスオーヴァーと連動し、ナレーターの説明に合わせてテーブルに並べられた食器や料理、人々の衣装、家具、絵画などを映し出していく。一方アーチャーを視点人物としたカメラワークも多く、たとえば冒頭近くのボーフォート家の舞踏会のシーンでは、カメラが彼の動きに合わせて屋敷の数々の部屋を通り、彼の視点ショットで舞踊室へと入っていく。このように、客観的な語りとアーチャーを視点人物とした語りが入り混じった原作の語りが、映画ではヴォイスオーヴァーとカメラワークの両方の面で再現されている。スコセッシ自身、「私の望みはなによりも、自分が原作を読み終わったときに受けた印象と同じものを、映画を見る観客に感じてもらうこと、映像的経験と並行してある程度の文学的経験が体験できる映画にすることだった」と語っており（トンプソン／クリスティ 265）、それは十二分に成功していると言えるだろう。

　このように、映画では伝統と格式を重んじるオールド・ニューヨークの生

| 6 | 抑圧された〈感情〉のドラマ　　**91**

活様式が非常に見事に再現されるが、本作品は小説に描かれる世界の忠実な再現のみにとどまるわけではない。スコセッシは徹底的とも言えるリアリズムによって1870年代のオールド・ニューヨークという舞台を再現する一方、その舞台で繰り広げられるドラマについては、時に歴史性を省きながら、独自の解釈に基づき変化を加えている。その一つとしてまず挙げられるのは、視点人物ニューランド・アーチャーの社交界に対する位置づけである。

「象形文字の世界」（ウォートン 35）と称される社交界は、真意や感情を表に出さず、暗黙のうちに通じ合う世界とされている。たとえば、アーチャーとメイ、メイの母親の3人がミンゴット夫人に婚約の報告をしに行き、夫人の屋敷で偶然エレンと遭遇した後の場面は、小説では以下のように書かれている。

　　五番街を南へ下る馬車の中で、会話は意図的にミンゴット夫人のこと、彼女の年齢、気力、その他全ての素晴らしい特質に集中した。だれもエレン・オレンスカには触れなかった。アーチャーにはウェランド夫人がこう思っているのが分かった。「帰国した翌日の人出の多い時間に、ジュリアス・ボーフォートと五番街を歩いているのを人目に晒すなんて、エレンはとんでもない間違いを犯したわ」青年は心の中で付け加えた。「婚約したばかりの青年が、既婚婦人を訪ねて暇をつぶすなんてあり得ないことを分かっているべきだ。でも、きっと彼女が生活していた社会では、そうするのだろう——そんなことばかりやっているんだ」それから、誇りに思っている国際的な視野の広さにもかかわらず、彼は自分がニューヨークっ子で同類の人と結婚しようとしていることを神に感謝した。（ウォートン 25-26）。

一方、映画のスクリプトは以下の通りである。

　　アーチャーはメイとウェランド夫人とともに、待たせている馬車に向かう。
　　ウェランド夫人：人出の多い時間に、ジュリアス・ボーフォートと五番街を歩いているのを人目に晒すなんて、エレンはとんでもない間違い

を犯したわ。帰国した翌日だというのに……（Scorsese and Cocks 93）[3]

　小説と映画との違いとしてまず目につくのは、小説ではウェランド夫人が考えていることをアーチャーが読み取るというかたちになっている点である。映画でもヴォイスオーヴァーの使用により小説と同じようなかたちで再現することも可能であったと考えられるが、そうはなっていない。もちろん映画化する場合の時間的制約という問題はあるが、これはアーチャーとオールド・ニューヨークとのあいだの距離感の違いという点につながっていると言えるだろう。小説では、言葉として発せられないウェランド夫人の思いをアーチャーが読み取り共感するという点で二人は同じ立場に立っており、彼自身もエレンがニューヨークの常識から外れていることを心のなかで非難している。つまり、小説のアーチャーは（無意識に反発を感じているにせよ）より深く社交界の慣習を内面化しているのであり、エレンの出現以降、彼が内面化している慣習とそれに対する反発とのあいだで矛盾が起きる様子が描かれていく。その結果、小説ではアーチャーが社交界の慣習に対してどの程度距離を置いているのかについての解釈自体が読者に委ねられることになる。一方映画では、冒頭近くのボーフォート家の舞踏会のシーンにおいて「アーチャーは慣習に対するそのような挑戦を楽しんでいた。彼は慣習に従順に従うことを密かに疑問に思っていたが、公には家と伝統を擁護していた」[4]というナレーションが入り、アーチャーははじめから社交界の慣習に一定の距離を置いた人物として描かれているのである。

　この違いは、アーチャーに対する語り手の態度の違いにもつながっている。上に挙げた小説からの引用の最後では、語り手が「誇りに思っている国際的な視野の広さにもかかわらず」という文言を差しはさむことによって、アーチャーの二重性に対する語り手（およびウォートン）のアイロニーが示されている。一方映画では、はじめから社交界に一定の距離を置くアーチャー像が提示されることで彼の位置づけに小説ほどの曖昧さが生じず、それゆえ語り手の彼に対するアイロニーも弱められているのである。

2　二人の女性像をめぐる改変

　同様に、小説と映画では女性に向けたアーチャーの視線に対するアイロ

ニーの度合いにも違いが見られる。小説では、エレンの出現をきっかけにアーチャーが女性の自由について思索するなかで、「社会的に期待された女性のイノセンスと男性の経験というダブルスタンダード」（Joslin 412）についてどう対処するかが大きな問題となり、彼自身がダブルスタンダードに囚われている様子がアイロニカルに描かれる。一方映画においては、アーチャーの長い思索がカットされることで彼へのアイロニーが弱められ、女性の立場をめぐる作品全体のフェミニズム的議論も小説ほど前面に置かれていない。

　それは、メイとエレンの人物造形における改変とも関連している。小説では、メイは大柄で金髪、青い目とされ、エレンは「メイ・ウェランドより心持ち背が低いほっそりした若い女性」（ウォートン 10）で、黒髪である。一方映画ではウィノラ・ライダー演ずるメイがほっそりとした濃い色の髪の女性、ミシェル・ファイファー演ずるエレンのほうがメイよりもふくよかで金髪の女性となっている。この違いはどういう意味を持つのか。ウォートンは「色白の肌」のメイと「奔放で浅黒い」エレン（ウォートン 142, 25）とのあいだで、19 世紀に流布したフェア・レディ（無垢で清純）／ダーク・レディ（官能的で危険）という女性のタイプを批判的に用いている。小説ではアーチャーがメイとエレンの両方を専ら「タイプ」として見ており、それに対して二人が「彼の読みを崩すことに成功する」とともに、「彼自身よりも正確に彼のことを読んでいる」のである（Orlando347）。一方映画では上のようなステレオタイプ的な表象がなされず、その点においても、女性に向けられたアーチャーの視線に関するフェミニズム的な批判は小説に比べて弱められていると言える。

　さらに小説では、二人の女性像に世紀転換期の国家アイデンティティをめぐるコンテクストが重ねられている。メイの示す「イノセントなアメリカンガール」は世紀転換期に「女性らしさのイメージとして作り出された」人工物であり（Ammons 438）、さらに WASP を基準とするアメリカン・アイデンティティを表す。一方、エレンが浅黒いことに加え、ポーランド貴族と結婚しているという設定を考えれば、彼女を 19 世紀後半にアメリカに移住してきた新移民に重ねることができる。ジプシーにもたとえられるエレンは「ボヘミアン」（ウォートン 195）として強く印象づけられ、彼女が「物書き」（ウォートン 52, 78）の住む地区に暮らすことへの家族の反対が度々言及される（映

画では、「高級でない」と言われるのみである［Scorsese and Cocks 104］）。[5]
デイル・M・バウアーは、ボヘミアニズムに関する 1870 年代のコンテクスト（「ヨーロッパ移民」）と作品が書かれた 1920 年代のコンテクスト（「芸術的および知的自由」）をウォートンが関係づけた上で（Bauer 478）、「エレンを民族的に純粋でないことへの不安と結びつけている」と述べている（Bauer 476）。その点で、エレンが「完璧なアメリカ人になりたいのです」（ウォートン 50）と発言すること、あるいはエレンをヨーロッパに帰すことに成功したメイ「の目は勝ち誇って青く潤んでいた」（ウォートン 257、強調は筆者による）という表現には、世紀転換期の国家アイデンティティをめぐるコンテクストを読み込むことができる。一方、映画でもメイとエレンとのあいだでアメリカ／ヨーロッパという対比は示されているものの、そこに世紀転換期のコンテクストに関わる人種的あるいは民族的な記号は付与されていない。ただし、スコセッシとコックスのスクリプトでは、エレンの髪は原作と同じ「黒髪（dark）」とされており（Scorsese and Cocks 104）、はじめから意図的に小説と反するイメージを作り出そうとしていたとは考えにくい。むしろ、キャストを選出するなかで、「色よりも、成熟が与える感情的な力──および「デカダンス」の感覚」に注意を払った（Peucker 509、脚注）、つまりフェア・レディ／ダーク・レディという歴史的なコンテクストに忠実に従うよりも、20 世紀末の映画として、ラブストーリーにおける説得力のほうを重視したと言えるだろう。[6]

　このように映画ではフェミニズム的議論や国家アイデンティティをめぐるコンテクストといった要素が弱められることにより、アーチャーとエレンをめぐるラブストーリーがより中心に置かれることとなった。二人が会話を交わすシーンでは、ほとんどが肩越しのショットで画面に二人が収まるように撮られており、二人の親密さが強調される。また、映像という特徴も相まって、映画ではセクシュアリティがより前面に出されている。たとえば、ミンゴット家に向かう馬車のなかでアーチャーがエレンの手にキスをするシーンは、小説では以下のように書かれている。

　　彼は屈み込んで、彼女のぴったりした茶色の手袋のボタンを外し、まるでそれが遺宝ででもあるかのように、掌にキスをした。彼女はかすか

図1 『エイジ・オブ・イノセンス』 ▶ 01:07:30

な笑みを浮かべて、手を引っ込めたので、彼は言った。「僕が今日お迎えにくるなんて思わなかったでしょう？」（ウォートン 213）

一方映画では、二人の手がクローズアップされ、アーチャーがエレンの手袋のボタンを一つずつ外し、手袋の口をゆっくりと開いて彼女の手首を露わにしていく様子が数回のディゾルヴとともに非常に官能的に描かれる（タイトルシークェンスでの、レース越しに花びらがゆっくりと開いていく映像を彷彿とさせる）。その後二人の顔がクローズアップされ、音楽の盛り上がりとともにキスシーンへとつながるのである。

　さらに、アーチャーがエレンの客間で思いを吐露するシーンでも、小説と映画とのあいだで違いが見られる。メイとの婚約破棄をほのめかすアーチャーに対し、エレンは彼のおかげでオールド・ニューヨークの考え方の良さを理解したと話し、「あなたを諦めないかぎりあなたを愛することは出来ません」と彼の求愛を退ける（ウォートン 131）。小説ではこの台詞の後、腕を差し伸べたアーチャーからエレンが身を退かせ、アーチャーは怒りのあまり恋敵と考えるボーフォートの名を出す。さらにエレンの「眼差しと態度に示される測りがたいよそよそしさと、彼女の誠実さに対する彼の畏敬の念で」アーチャーは彼女に近づけないまま再度懇願するも、彼女が激しく拒絶しているところでメイからの電報が届く（ウォートン 132）。一方映画では、先のエレンの台詞の後、彼女の膝に顔をうずめるアーチャーと彼を抱擁するエレンの姿が長く映し出される（図1）。[7] 二人の抱擁はミディアム・ショットからディゾルヴを経てフル・ショットとなり、さらにディゾルヴをはさむことで時間の経過が示される。ここでは、二人の考え方のギャップを示す代わりに、成就しないとわかりつつ抑えきれない思いを共有する二人がドラマチックに描かれ、それを中断するようにメイの電報が届けられるのである。

　このように映画ではアーチャーとエレンの距離がより近く描かれ、二人の親密さが前面に出されている。その一方、二人のあいだを割くものとし

て、社交界を体現するメイ
の力が強調されており、そ
れゆえ終盤でメイが妊娠を
告げる場面が非常に印象的
なシーンとして作られてい
る。ヨーロッパに戻るエレ
ンの送別パーティを終えた

図2 『エイジ・オブ・イノセンス』　▶01:59:45

後、メイとアーチャーは書斎で言葉を交わす。遠く離れた国に逃げたいと話すアーチャーに対し、メイがそれを制するようにみずからの妊娠を遠回しに告げるシーンである。薄暗い部屋のなか、暖炉の火に顔を照らされたアーチャーとメイが向かい合って婉曲的に言葉を交わすというこのシーンは、先に挙げた、エレンの客間でアーチャーとエレンが互いに感情を爆発させるシーンと対をなしていると言えるだろう。1870年代を舞台とした物語がこの書斎のシーンで終わる（次のシーンは26年後となる）ことを考えれば、アーチャーとメイの会話の場面は小説においても一つのクライマックスであると言える。が、スコセッシはさまざまなカメラワークによってシーンの印象をより強めている。シーンの前半、遠くへ逃げたいとアーチャーが話すあいだ、カメラはメイとアーチャーそれぞれを定点から交互に映し出しているが、ニューヨークを離れることが無理であるとメイが話し始めるところからカメラが動き始める。まずカメラはメイの腰をクローズアップし、彼女がゆっくりと立ち上がるときの腰のやや重たい動きを映し出す。ここではこの後メイがほのめかす妊娠が予兆されるとともに、女性の身体性を強調することで、それまでアーチャーが気づいていなかったメイ（および女性）の力が表現されている。その後1秒ほどの短いカットでメイの横顔が映し出されるが、ここでのメイはそれまでに見せたことのない、真剣で強い決意を表す表情をしている。続いて、ゆっくりと立ち上がるメイの動きにやや驚くようなアーチャーの表情のカットが差しはさまれる。その後メイはほかの場面と同じく控え目な顔に戻り、ゆっくりとアーチャーのほうに近寄りながら妊娠について遠回しに告げる。ここでは、微笑みを浮かべながらゆっくりと話すメイのクローズアップ（図2）と、おののくような表情のアーチャーが交互に映し出されるが、とくにアーチャーを映すカットではカメラがメイの視点となっ

| 6 | 抑圧された〈感情〉のドラマ　　**97**

図3 『エイジ・オブ・イノセンス』 ▶ 01:59:48

ており、だんだんと近づいてくるメイを見上げるアーチャーの圧倒されるような表情がクローズアップで映されることで（図3）、アーチャーに対するメイ（および彼女が体現する社交界）の圧力という構図が際立つ結果となっている。

スコセッシは、このシーンのメイが小説のなかで「最も強いイメージ」であったと述べており（Smith 15）、スローモーションのような動きでメイが立ち上がる箇所はアーチャーのなかで何度も「反芻された記憶のように」表現したと語っている（トンプソン／クリスティ 277）。[8] ここで重要なのは、スコセッシがこの書斎のシーンを現実の出来事そのものとしてではなく、アーチャーの「記憶」のなかのシーンとして作り変えていることである。その結果、このシーンではメイのことを正しく見ることができなかったアーチャーへのアイロニーよりも、彼の感じる驚きと恐怖が前面に出されている。さらに小説では、「私は正しかったわ！」と叫ぶ「彼女の目は勝ち誇って青く潤んでいた」（ウォートン 257）というメイの表情でこの場面が閉じるが、映画ではメイのセリフを受けたアーチャーの表情がクローズアップされ、いったん俯瞰ショットに転じたのち、再び（目をそらすように横を向く）彼の表情に戻る。スコセッシは、小説に書かれていないアーチャーの反応を映像化することで、彼の心理をよりドラマの中心に据えているのである。

3 写実主義と印象主義の対比

このようにアーチャーとエレンの悲恋物語が中心に置かれたことについては、一方で映画が「不幸なラブストーリー」以上のものにならず、二人の「愛の本質がどのようなものかについて探求していない」という見方もできるだろう（Cahir 221）。しかし同時に、アーチャーの二重性に対するアイロニーよりも、均一的な社交界に対する彼の距離感を前面に出しているスコセッシの重点の置き場所は、必然的にウォートンのそれとは異なると言える。スコセッシの関心が向けられているのは、社交界が抑圧する〈感情〉が表出する

さまをアーチャーを通して描くことであり、それゆえ、より彼に寄り添った
かたちで感情の動きが映像化されるのである。たとえば、エレンのために計
画された晩餐会への招待をみなが断ったとアーチャーが聞くシーン、また彼
が初めてエレンの家を訪ねた帰りに黄色い薔薇を彼女に贈るシーンでは、彼
が想像するエレンの姿が映し出された後、それぞれ赤一色、黄色一色の画面
となってフェイドアウトする。これらのシーンでは、アーチャーが抱くエレ
ンへの感情が色として非常に印象的に表現されており、観客が感覚的に彼の
感情を追体験する効果をもたらしている。瞬間的なイメージや感情を表現す
るという印象主義的な側面は、感情や衝動を抑圧し、伝統と慣習に縛られ
る社交界のあり方と相対するものであり、スコセッシは映像という媒体の特
徴を生かして、写実主義的に描かれる社交界と印象主義的に描かれるアー
チャーの感情を対比させているのである。

　写実主義と印象主義の対比は、作品に登場する絵画にも見出せる。社交界
の頂点に君臨するヴァン・ダー・ライデン家には非常に写実的な先祖代々の
肖像画が並べられ、アーチャーの結婚式のシーンは文字通り写実的なメイの
〈写真〉から始まる。不変性を表すような写実的な絵と対照的に、エレンの
客間には「自然の真実を印象のまま表現しようとつとめ」た（トンプソン／ク
リスティ 273. 注10）イタリアのマッキア派の絵が飾られている。エレンの部
屋の絵について小説では「古い額縁に入ったイタリアのものと思われる二、
三の絵画」（ウォートン 54）と書かれているのみであり、映画に登場する絵画
の選択はスコセッシの解釈によるものであるが、スコセッシが絵画を重視し
ていたことは、アーチャーが初めてエレンの家を訪れるシーンにも表れてい
る。小説ではアーチャーが呼び鈴を鳴らし、外国人の使用人が応答するとこ
ろから始まるのに対し、映画では絵のなかのパラソルをさした顔のない女性
のクロースアップからシーンが始まる（エレンの異国性が、前者では使用人
が民族的他者であることから印象づけられるのに対し、後者では絵画の表現
の違いから示される）。カメラが引いていくとともに絵の全景とアーチャー
の表情が映し出され、さらにカメラは彼の動きに合わせ、海辺の風景を描い
たひどく横長の絵を映していくのである。

　エレンの部屋の印象主義的な絵画は、アーチャーの感情を揺さぶり、新た
な視点を提供するだけでなく、彼女のイメージとして作品のなかで映像化

| 6 | 抑圧された〈感情〉のドラマ　　**99**

図4 『エイジ・オブ・イノセンス』 ▶ 01:16:27

され、反復される。アーチャーがボストン滞在中のエレンを訪ねに行くシーンは、ボストン・コモンで描かれている絵のなかの女性のクローズアップから始まり、アーチャーの視線を再現するような速いパンの後、実際のエレンの姿が映し出されるが、絵のなかの女性は顔がなく、エレンの部屋にある顔のない女性の絵を思い起こさせる。さらに、横長の絵で描かれた海辺の風景を半ば彷彿とさせるように、ニューポートでアーチャーがエレンを探しに海辺へ向かうシーンは、非常に印象的な映像となっている。カメラはまず木立のなかを進むアーチャーの姿をたどりながら動くが、彼が海辺を望む高台で立ち止まるのを境に彼の視点へと転換する。沈みかけた夕日に染まる空、陽光に照らされ煌めく波、波のあいだを進む一隻の船、桟橋の先にたたずむ女性の後ろ姿——印象派の絵のような美しい光景と、それを見るアーチャーの背中がロングショットで映し出される。その後ディゾルヴを介して海を見つめるエレンの後ろ姿のクローズアップとなり、さらにアーチャーの顔へと画面が切り替わる。彼の表情が徐々にクローズアップされるなか、海を進む帆船が灯台を通り過ぎるまでにエレンが振り向いたなら声をかけようという彼の賭けがヴォイスオーヴァーによって語られる。印象派の絵のような全景（図4）が再び映し出された後、アーチャーの表情、海を進む小船、エレンの後ろ姿という3種類のカットが順番に3回ずつ映し出され、そのあいだ、船の位置が変わることによって時間の経過が示される。この部分について小説では次のように書かれている。

　　船は、引き潮にのって滑るように沖へ出て行った。ライム・ロックの前を滑るように通り、アイダ・ルイスの小さな家を隠し、燈がつるされている小塔の前を過ぎていった。アーチャーは、船尾と島の先端の岩礁のあいだに広く水があくまで待っていた。しかし、あずまやの静止した人影は動かなかった。
　　彼は、向きを変えて、丘を登っていった。（ウォートン 162）

このわずか数行の場面が、映画では 34 秒間の長いシーンとなっている。船の動きを描くという性質上、小説の文章に比べて映画のほうが長いシーンになるということは自然であるが、それだけではなくこのシーンは非常に美しく、印象的な映像に仕上がっている。固定したモノに囲まれ、それらに規定される社交界の人々と対照的に、海辺のエレンは陽光の煌めき、海のさざ波といった瞬間的な変化のある自然のなかにおり、スコセッシは、アーチャーが感じているエレンの魅力や独自性を映像として印象主義的に表現しているとも言えるだろう。また、小説では描かれないアーチャーの表情が映画では差しはさまれていることで、ここでもまたアーチャーの心理に寄り添う作りとなっている。

4 結末における改変と２つのアーチャー像

　このように、アーチャーとエレンの悲恋物語を中心に据え、そこに付与された歴史的コンテクストよりも感情を描くことに重点を置いたスコセッシの姿勢は、結末の描き方の違いにも表れている。小説の最終章では、時代の変化のなかでアーチャー自身も変化したことが語られる。彼はシオドア・ローズヴェルトに背中を押されて政治家となり、一期務めた後国政から退くこととなるが、その後もニューヨークの市政、社会・文化活動において重要な人物となり、人々から意見を求められる「よき市民」となる（ウォートン 259）。一方映画では、アーチャーの家族については語られるものの、彼の社会活動についての言及はすべてカットされている。

　この違いは作品の結びのシーンの違いにもつながっている。成長した息子シオドア（原作での名前はダラス）とパリを訪れたアーチャーは、シオドアがエレンを訪ねる約束をしたと聞き、エレンの住むアパートメントの下まで来るが、いっしょに建物に入ろうとはしない。小説では、アーチャーはベンチに座りながら息子がエレンの部屋に入っていく様子を想像し、さらに部屋のなかの光景へと想像を広げる。

　　　それから、彼は既に部屋にいる人々を思い描こうとした。恐らく、この社交の時間には、一人以上の人がそこにいるだろう──その中に、青白い黒髪の婦人が、さっと目を上げ、半ば立ち上がり、指輪を三つ嵌め

たほっそりした指の長い手を差し出すだろう……彼は、彼女が暖炉の側のソファの隅に座り、彼女の背後のテーブルには躑躅の花が並べられている様子を考えた。

「あそこへ上がっていったより、この方が真実に思える」彼は突然そう独りごちている自分に気づいた。そして、現実の最後の影の輪郭が消えてしまわないように、時が過ぎて行くままに、彼はそこに座り続けた。

　彼は、深まり行く夕闇のなか、長い間ベンチに座り、目は片時もバルコニーから離さなかった。ついに、窓から明かりが輝き、続いて男の召使がバルコニーに出て、日よけを引き上げ、鎧戸を閉めた。

　このとき、まるでそれが彼が待っていた合図であるかのように、ニューランド・アーチャーは立ち上がって、ゆっくりと一人でホテルへ歩いて帰っていった。（ウォートン 270）

一方映画では、先に挙げた海辺のシーンが、アーチャーの抱くエレンのイメージとして、かたちを変えて再び登場する。ベンチに座ってエレンの部屋の窓を見上げるアーチャーと窓のカットが交互に現れた後、窓に反射する光に目を細める彼の顔に重なるように煌めく波が現れ、ニューポートの海辺の場面の全景が一瞬フラッシュバックされる。目を開いたアーチャーが再びエレンの部屋の窓を見上げると、眩しい光のなかで使用人が窓を閉めようとしている様子が映し出される。彼が再び目を閉じると、それと重なるように波の煌めきへ、そして波打ち際のエレンの後ろ姿のショットへと切り替わる。そしてエレンはゆっくりと振り返り、ほほ笑む（図5）。その後、アーチャーが上方を見つめるショット、使用人が窓を閉めるショットが続く。ここでは、前述のニューポートのシーン（アーチャーの表情／エレンの姿／動く船）を反復するように、アーチャーの表情／海辺の風景／窓の様子（使用人が来て窓を閉めるまでの流れが3つのカットに分けられている）が短いショットで順番に映し出される。そして、前者のシーンではエレンが意図的に振り向かなかったのに対し、後者ではアーチャーの想像のなかで微かにほほ笑むエレンが描かれるのである。

　ベンチに座ったままアーチャーが記憶のなかのエレンを思い起こすことは、現実より想像が凌駕しているという点において、小説のなかの「あそ

こへ上がっていったより、この方が真実に思える」（ウォートン 270）という部分を反映しているとも言える。だがここで注目すべきは、小説と映画とでアーチャーが想像しているものが異なるということである。

図5　『エイジ・オブ・イノセンス』　▶ 02:11:32

小説のアーチャーは、現在エレンの部屋にいる人々や、老年に差しかかった現在のエレンを想像しているのに対し、映画のアーチャーが想像するエレンは過去のイメージである。映画でも、小説と同じくエレンとアーチャーの恋は成就しないものの、結末で美しいニューポートのシーンをフラッシュバックのように映し出し、エレンが振り向くというアーチャーの想像を入れることによって、時間を超越したアーチャーの想像のなかで二人の恋は成就したということになるだろう。と同時に、振り向いてほほ笑むエレンを想像した直後に使用人が窓を閉めるという現実が続くことは、作品中何度か描かれる〈アーチャーのロマンティックな妄想が崩される〉というモティーフの反復であるとも捉えられる。そのような二重性をはらんでいる点でアイロニーは残るものの、ニューポートの海辺でたたずむエレンのイメージは映画のなかでも非常に美しい場面として作られており、そのシーン（の変形）を結末に置いているという点で、ここではアーチャーに対するアイロニーというよりも、スコセッシのアーチャーに対する共感が垣間見えると言えるのではないだろうか。

　以上のように、スコセッシ版『エイジ・オブ・イノセンス』は、ウォートンが描いた19世紀末のオールド・ニューヨークの生活様式を見事に映像で再現する一方、社交界に抑圧される個人の恋物語という構図を際立たせることで、より普遍的な悲恋物語として仕上がることとなった。ただそれは必ずしも否定的に捉えられるわけではない。スコセッシの関心は抑圧的な社交界に属しつつ反発を感じる主人公の感情のドラマを描き出すことにあり、スコセッシ版は写実主義的な表現と印象主義的な表現の対比を効果的に用いることによって、慣習に縛られた社交界とそこから逸脱する主人公の感情の動きを鮮やかに描き出すことに成功しているのである。その結果、結末で提示さ

れるアーチャー像も小説とは異なるものとなっている。小説のアーチャーは、「人生の花」を手に入れることができなかったと自覚しつつも、社会に属し、「よき市民」として現在を（あるいは歴史的時間を）生きるのに対し（ウォートン 259）、スコセッシ版のアーチャーは過去の記憶、あるいはより時間を超えたイメージのなかに生きているのである。アーチャーが最終的にエレンを自分の想像するイメージに仕立てあげているという点に関しては彼を批判的に見ることも可能である。しかしスコセッシは、型や規範に縛られた社交界によって抑圧される感情や想像力といったものの力を、アーチャーを通して肯定的に描き出しているように見えるのである。

註

1) ウォートンの小説に描かれるオールド・ニューヨークの細部をいかにスコセッシが再現したかについての具体的な説明は、ヘルメタークを参照。
2) スコセッシはこのシーンについて、単に双眼鏡型のマスクを使用するのではなくストップ・アクション撮影によってより効果的な映像に仕上げたと語っている（**トンプソン／クリスティ 267-68**）。
3) 原作と同じ箇所については佐藤宏子の訳を使用した。
4) この台詞は、スコセッシとコックスのスクリプトには記されていない。
5) 小説では、アーチャーの友人でありエレンの隣人でもある新聞記者ネッド・ウィンセットが、社会でもはや必要とされない文学への思いをアーチャーと分かち合うとともに、社交界の尺度とは異なる「ボヘミアン」（**ウォートン 94**）的な物の見方をアーチャーに示す役割を果たしているが、映画には登場しない。
6) サラ・コズロフは、髪の色を小説と反対にしているものの、ウィノラ・ライダー、ミシェル・ファイファー、ダニエル・デイ＝ルイスの３人がそれまでの役柄のイメージとまったく異なる役を演じていることで聴衆の予測を裏切るという点では同じであると指摘している（**Kozloff 284**）。
7) スクリプトでは、小説と同様アーチャーがボーフォートの名を出し、メイとの婚約破棄について口に出すもエレンが強く拒絶する件が記されているが、実際の映画では変更されている（**Scorsese and Cocks 125**）。
8) このシーンの具体的なカメラワークやコマ数などの説明については、トンプソン／クリスティ、277-78 参照。

｜6｜抑圧された〈感情〉のドラマ　**105**

7 小説的社会と映画的世界

『アメリカの悲劇』、エイゼンシュテイン、『陽のあたる場所』

小林　久美子

1　はじめに

　シオドア・ドライサー（Theodore Dreiser, 1871-1945）にとって、自作の映画化とは、失望の連続を意味したにちがいない。彼のベストセラー小説『アメリカの悲劇』（*An American Tragedy*, 1925）は、紆余曲折を経て、ジョセフ・フォン・スタンバーグ（Josef von Sternberg, 1894-1969）による映画化が決定した（*An American Tragedy*, 1931）。製作元のパラマウントより送られてきた脚本を一読したドライサーは、徹底的な改稿を要求する。「この脚本では、興行的にも、芸術的にも、失敗作しか生み出し得ない」（Dreiser, "Dreiser to Jesse L. Lasky" 308）。彼は新たに付け加えるべきシーンをいくつも提案するなど（Merck 78）、積極的に改稿作業に関与したが、それが期待通りの脚本として結実することはなかった。完成版を観たドライサーは、上映中止を求める訴訟を行うが、最高裁は「映画と原作は別物」との見解を示し、訴えを退けた。むべなるかな、と言うべきか、公開当時の米国での興行と評判は芳しいものではなかった。

　このあらましは、ドライサーの自作への思い入れの深さを示すものだが、それは『アメリカの悲劇』という小説が、作家本人にまつわるパーソナルな事柄を扱っていることを意味するのではない。むしろ、たとえ他人の手によって別の媒体に移し替えられたとしても、必ず示されねばならぬ〈主題〉があるという、パブリックな問題意識が込められていることを指す。だからこそ、

106

ドライサーは法廷という公的な場において、本作の主題の不変性を主張することを望んだのだ。

本章は、まずドライサーが呈示する主題の内実を、上述の裁判の関連文書を参照しつつ確認する。つぎに、映画化が実現していれば、おそらく原作の正統的な発展型へと結実したであろうセルゲイ・エイゼンシュテイン（Sergei Eisenstein, 1898-1948）による脚本を検討する。アダプテーションとしては未完に終わった「お蔵入り台本」を取り上げるのは、エイゼンシュテインが、原作と映画版といった枠組みにはとどまらない、文学と映画の関係そのものを問いただすような本質的な問題意識を持っていることが確認できるからだ。続いて本論は、『陽のあたる場所』（*A Place in the Sun*, 1951）を取り上げる。『アメリカの悲劇』映画化の試みにおいて本作が最も有名であるのは、アカデミー賞作品賞受賞作という肩書き以上に、モンゴメリー・クリフトとエリザベス・テイラーという、ハリウッド黄金期を象徴する二大スターの共演を実現させたキャスティングの功績によるところが大きい。本章では、この二人を象徴的なカップルとして映し出すべく案出された撮影方法に着目することによって、『陽のあたる場所』は映像版『アメリカの悲劇』の決定作というよりはむしろ亜種に属するのではないかという可能性を検証する。

本章は基本的に時系列で話を進めるが、それは、『アメリカの悲劇』という小説に端を発した物語が、時を経るごとに優れた映像作品へと進化したというような目的論的主張を行うためではない。[1] 複数の映像化の試みを時系列でつなげることによって浮き彫りとなるのは、因果律を見出すにはあまりにも脈略のない『アメリカの悲劇』の変貌の模様である。そのいささかいびつな軌跡を前にして、われわれは何を思うべきか、本章結論部において少し考えたい。

---

2 「弱い人間」と「悲劇」──ドライサーの作劇法

全三部構成、ペーパーバック版にして850ページに達する小説『アメリカの悲劇』には、貧しい出自の青年が、成功を目前としながらも殺人を犯し、死刑となるまでの過程が綿密に記されている。

第一部は主人公クライドの少年時代を扱う。貧しい説教師の一家に生まれたクライドは、ホテルのベルボーイとして働くことで、宿泊客たちが垣間見

せる裕福な世界にたえず魅了される。第二部は、クライドが二人の女性のあいだで揺れ動き、一方を死に追いやるまでの過程をたどる。工場経営者の叔父のつてを頼りにニューヨーク郊外の街に移住したクライドは、聡明でひたむきな女工ロバータと恋に落ちる。同時に、彼は地元の名士の娘ソンドラにも魅了される。あこがれの思いを隠そうともしないクライドに対して、ソンドラは次第に心を動かされる。かくしてクライドの二重生活が始まるのだが、いよいよソンドラとの交際が真剣味を帯びた段階で、ロバータから妊娠の報告を受ける。中絶の試みがことごとく失敗に終わったロバータは、クライドに結婚を迫る。追い詰められたクライドは、男女の溺死事故に関する新聞記事を目にして、ロバータを殺すことを考え始める。人気のない湖にロバータを誘い出して、クライドはボートにいっしょに乗り込むのだが、激しい煩悶にさいなまれる。さまざまな要因が重なった結果、ロバータは溺死し、クライドは殺人容疑で逮捕される。第三部では、ロバータ殺害事件に関する裁判の様子が綴られる。決定的な物的証拠がないため、法廷で問題となるのは、クライドの殺害意志の有無である。意志ありとして死刑判決が下されたクライドは、ロバータの死は完全に自分の責任によるものなのか、最後まで疑問を抱きつつ、電気椅子に向かう。

　あらすじとしてまとめると、本作は「悲劇」の名にふさわしく、破滅一直線の転落人生を描いたように思われるかもしれないが、実際に読んでみると、そのスローテンポなストーリー展開こそが印象に残るだろう。われわれがそう思う原因は二つある。第一に、本作に詰め込まれたおびただしい数のエピソードは、いずれもクライドの意志薄弱ぶりを示すという点においては同工異曲であること、第二に、本作第三部の大部分を占める法廷シーンでは、弁護人と検事がそれぞれの立場からロバータ溺死にいたるまでの経緯を語るのだが、それらは第二部まで読み通してきた読者にとっては、単なるあらすじの変奏にすぎないように感じられることだ。

　似通ったエピソードを蓄積することで一冊の長編小説を仕立て上げるというドライサーの試みは、アメリカにおける悲劇のパターンを描出するためであった。本章の冒頭で触れた『アメリカの悲劇』映画化にまつわる訴訟沙汰により、ドライサーは本作の意義を公的な場で詳らかにする機会が頻繁にあったのだが、そのおかげでわれわれは作者本人による平明な自作解題に接

することができる。以下に引用する裁判関連文書は、ドライサーの弁護団による作成となっているが、基本的にはドライサー自身による声明文だと捉えてかまわないだろう。ここには彼の定義する悲劇の内実がわかりやすく示されている。

> 本作が最も偉大なアメリカの小説の一つとして名声を博すことになったのは、どこにでもいる非力な若者が、人生の荒波に対してほぼなすすべもなく翻弄されることによって、次第に大いなる悲劇へと巻き込まれていく様子を捉えたためである。（"Dreiser's Attorneys to Paramount" 313）

ドライサーが本作の達成として自負するのは、悲劇における主人公のあり方を再定義したことにある。アメリカ社会における悲劇のヒーローは、過酷な運命に敢然と立ち向かうどころか、ごく平穏な日常生活においてですら周囲に振り回されてばかりの非力な若者なのである。優柔不断という気質を付与された本作の主人公は、当然、物語の先導役としても非力である。上記の引用部における「次第に」という言葉からもわかるように、こうした人物が悲劇的瞬間という到達点にたどり着くには、同じような失敗談をなるべく多く積み重ねるしかない。必然的に本作のプロットは渋滞する。

「優柔不断」＝スローテンポなキャラクターを主人公に据えることでアメリカの本質を捉えようとするドライサーにとって、スタンバーグ版への最大の不満は、矢継ぎ早のプロット展開にあった。スタンバーグ版は原作第一部（主人公の生い立ち）の大部分を省き、第三部（法廷シーン）を大幅に圧縮している。ドライサーは、その直線的なストーリーラインを厳しく批判する——これではまるで「浅薄で性欲の強い」若者が、「手軽に欲望を満たすために次々と相手を乗り換えたあげく」「一人の女性を破滅へと追いやる」物語ではないか、と（"Dreiser to Harrison Smith" 311）。当時の批評家たちも、おおむねドライサーの主張に賛同しており、成功のためなら殺人も辞さない冷血漢の主人公に対する嫌悪感を露わにしている（Hussman 320-21）。

スタンバーグ側の事情を考慮すると、長編小説から商業映画への移し替えにおける最大の関門は時間的制約にあるわけで、主人公を「冷血漢」に造形したのは、むだのないプロット展開のためであった。非情な人物を中心に据

| 7 | 小説的社会と映画的世界　　**109**

えることで、物語は余計な遠回りをせずに進行する。結果、スタンバーグ版は、原作の早回しのような映像版あらすじと化し、転落人生を描いたわりには奇妙に平坦な印象を与える作品となった。

3　エイゼンシュテインの映画的併置

　小説『アメリカの悲劇』の特徴がプロット展開の遅さにあるとすれば、本作を映画化するのはそもそも妥当なのだろうか。われわれの脳裏には、当然こうした疑念がよぎるのだが、1930 年に本作の映画化を依頼されたソ連の映画監督セルゲイ・エイゼンシュテインに言わせると、むしろ本作は映画として表現したほうが優れた出来映えとなるということであった。

　エイゼンシュテインとドライサーは、本作の映画化に先がけて、すでにつながりがあった。ドライサーは 1927 年のソ連旅行の際、エイゼンシュテインの自宅に訪問し、『戦艦ポチョムキン』を称賛するのみならず、「同程度の佳作」としてお気に入りのアメリカ映画を何本も薦めたという（Merck 33）。はたしてそれが純粋な善意のあらわれなのか微妙な対抗意識によるものなのか、にわかには判別しかねるが、少なくともこの高名な映画監督にドライサーが相応の敬意を払っていたことはまちがいない。よってその 3 年後、パラマウントが『アメリカの悲劇』映画化にあたって、エイゼンシュテインを監督として指名したのは、ドライサーにとって喜ばしい事態だったはずだ。

　だが、パラマウントの経営陣は、エイゼンシュテインによる脚本を最終的に却下した。「芸術的にはもうしぶんないが、ヒット作になることはありえない」というビジネス的判断と（Bulgakowa 294）、反共的姿勢がいよいよ顕著となった当時のアメリカ社会において、ソ連出身の監督による作品を公開するのは危険だという政治的配慮によるものだった。

　のちにエイゼンシュテインは、『アメリカの悲劇』映画化の頓挫のいきさつについてエッセイを記したが、そこにおいて示される彼の原作への理解は、前節において引用したドライサーの主題解説とほぼ完全に一致している。

　　グリフィス［＝クライド］の犯した罪とは、彼の社会とのかかわり合いが積み重なった結果であると考えられる。彼の生い立ちや人となりは、あらゆる側面において、そうしたかかわり合いの影響下にあったという

ことを、映画では徐々に明らかにしていく。なぜなら、小説『アメリカの悲劇』の興味深い点は、それに尽きるからだ。(Eisenstein, "Collisions with American Realities" 295)

エイゼンシュテインが映画を通じてたどるのは、周囲からの影響によって結果的に犯罪者となってしまった若者の来し方と行く末である。原作の意図を汲む試みだと言えるが、それを表現するにあたって、エイゼンシュテインは映画ならではの方法を追求した。

　エイゼンシュテインは、文学一般が、〈個人の内面〉と〈周囲の状況〉を等配分で表現する力に欠けていると感じていた。激しい葛藤にさいなまれている個人が、ごく普通の日常的場面に置かれているという状況は、〈人間心理〉という内的空間と〈日常空間＝社会〉という外的空間が拮抗した状態だと言える。クライドがロバータを湖でのボートに誘い出したとき、彼の内面は殺害を実行するか否かの二者択一で引き裂かれているが、殺害の対象であるロバータは美しい湖上にて恋人と二人きりでいることを楽しんでいる。〈極限的な心理状況〉と〈日常的な社会環境〉が限りなく隣接した瞬間を表現することについて、エイゼンシュテインは原作の限界を次のように指摘する——こうした拮抗状態は本作の主題であるはずなのに、小説ではクライドが「内心でぶつぶつ呟く＝ inner murmurings」ことでしか表現されていないのだ、と。

　　例のボートでの「事故」が起こるまでのクライドの内面の動きを描くにあたっては、ことのほか精妙な手法を採らねばならない。クライドの外面描写を通じて表現するなどということでは、とうてい不十分だ。
　　眉をひそめる、目をむく、息をあらげる、身をよじる、顔をこわばらせる、あるいは無意識のうちにせわしなく動いてしまう両手を接写する——こうしたお定まりの手法では、微細に揺れ動くクライドの葛藤を、あますところなく表現することができない。
　　カメラはクライドの「内面」にまで踏みこまねばならない。彼の思考の奔流は、音声と視覚の両面から捉える必要がある。そして、日常という外的世界の要素も適宜差しはさむ必要がある——ボート、向かい合わ

| 7 | 小説的社会と映画的世界　　**111**

せに座る恋人、クライド自身の身体的動作。……

　文学ですら、こういった領域にかけては、ほぼ無力である。せいぜいドライサーのように、クライドが内心ぶつくさ言うといったような粗雑なやり方ですませてしまうか、もしくはオニールが『奇妙な幕間狂言』で用いたさらにまずいやり方、すなわち、登場人物たちが、あたかも古典劇の作法を踏襲しているかのごとく、「傍白」という形式を通じて、互いのやり取りでは表現しきれぬ思いを観客に対してぶちまけるといったことでしか伝えられないのだ。この件については、むしろ演劇のほうが、オーソドックスな散文作品よりも悲惨な様相を呈する。（297）

しばしば指摘されるように、原作『アメリカの悲劇』の文体的特徴は、描出話法の頻用にある。描出話法とは、三人称の地の文が特定の登場人物の視点に占拠される事態を基本的には指すのだが、本作の地の文は、かなりの部分がクライドの内的な「つぶやき＝murmur」に覆われている。murmurという表現には、傾聴に値しないというニュアンスが込められているが、本作では、視野が狭く語彙に乏しい主人公のmurmurが、本来は客観指向の地の文にとってかわる傾向にあるのだ。ドライサーに関する最良の研究者の一人、エレン・モアズは以下のように指摘する。

　クライドの心にあれこれとよぎる考えが、ドライサーのこの長尺の小説において占める割合は、じつに半分に達するかと思われる。とはいえ、それらが基本的に示すのは、クライドの意識がうすっぺらく、行き当たりばったりで、とりとめがないということだ。……彼はほとんど何もわからないし、めったに反芻をしない。彼の言うことなど聴くに値するわけがないのだ。（Moers 230）

「聴くに値しない」クライドの内面のつぶやきとは、同時に「おもてに出してはならない」言葉たちでもある。彼のつぶやきが最も熱を帯びるのは、妊娠中の恋人を捨て、裕福な女性に乗り換える算段について思いをめぐらすときであるため、それはあくまでも彼の内面に留め置かれる。通常二重引用符によって括られる小説内の発話的空間から疎外されたクライドのつぶやき

は、地の文に身を寄せるほかはない。その結果、本作の地の文は、外界と内面のインターフェイスとしては、バランスを欠いた様相を呈する。

　興味深いことに、エイゼンシュテインは、こうした原作の弱点を、ドライサーという作家個人の技術力不足によるものとは考えていない。それは、さらに悪しき例としてオニールの戯曲を挙げていることからもわかるだろう。彼が問題視するのは、小説であれ演劇であれ、文学という媒体そのものが、〈個人的葛藤〉と〈社会的穏便〉のせめぎ合いを表現するには、いささか個人へと肩入れしすぎてしまうという、文学の本質的な偏向性なのだ。

　〈個〉と〈社会〉の対等なぶつかり合いを表現するにあたってエイゼンシュテインが着目したのは、〈モンタージュ〉という映画の編集技術である。通常、大衆映画において、音声と視覚は調和を保つが、エイゼンシュテインは、観客の違和感を喚起するような方法で両者を組み合わせる。たとえば、のどかな湖面でボートを漕ぐクライドが、幸せそうな恋人を目の前にして、彼女を溺死させるべきか激しく煩悶する様子を捉えるにはどうすればいいのか。エイゼンシュテインは、クライドの脳裏に鳴り響く「殺せ！」「殺すな！」という背反的な命令の声を、オールが水面にあたるタイミングで交互に流すというアイディアを述べている。ボートを漕ぐという反復動作が、主人公の内面に充満する殺害への逡巡を、左右に振れるメトロノームのようなリズム音として呈示するという仕組みだ（"The Surface of Big Bittern Lake'" 299）。

　このように、エイゼンシュテインの思い描いた『アメリカの悲劇』は、日常と極限の相克を、小説版よりも複合的な手段を用いて表現することを目的としていた。その芸術的野心ゆえに、ハリウッド映画として結実することはなかったが、エイゼンシュテインによる脚本およびその創作録は、〈内的心理〉と〈社会機構〉のバランスの良い併置が文学においては表現困難な課題であること、ひるがえって映画はその困難を乗り越える可能性があることを模索した点において、理論上の貢献を果たしたと評価できるだろう。

4　『陽のあたる場所』における魅了の世界

　エイゼンシュテインにとって、『アメリカの悲劇』映画化の試みとは、「社会に翻弄される個人」という原作の自然主義的主題を、小説以上の精度において呈示することであったのに対し、原作出版から20年の時を経て公開さ

れた『陽のあたる場所』は、原作の意向を汲むどころか、まるで別の方角へと舵を切っている。登場人物たちの名前は一新され、時代設定も原作の1920年代から製作当時の1949年へとアップデートされた本作は、もはや原作と比することに意味があるのかとすら思わせる。クライドの生い立ちを扱う原作第一部は、スタンバーグ版以上に容赦なくカットされ、エイゼンシュテイン版では念入りに表現される予定であったロバータ殺害の場面は、不自然なまでのロングショットで束の間捉えられるに過ぎない。また、ドライサーとしてはおそらく細心の筆さばきでその魅力を描こうとしたロバータというキャラクターは、本作ではアリスという名前をまとって登場し、ある批評家の言を借りると、「男だったらだれでも殺したくなるような女」として映し出される（Parker 27）。つまり、公開当時の映画評にあるように、「本作を観るにあたって、われわれは原作から何らかの変更が加えられているものと当然予測するわけだが、スクリーン上に映し出されるのは、原作をすっかり作りかえたものである……本作の主題は、原作のそれを反転させたのではない。まったくの別物なのだ」（Barbarow 326）。

　前節で述べたように、エイゼンシュテイン版は「強大な社会における非力な個人」を焦点とすることで原作の主題に同調し、スタンバーグ版は「社会を意のままに操ろうとする狡猾な個人」を描くことで原作とは真逆の道を歩んだ。言いかえると、エイゼンシュテイン版が原作の正統進化を志向していたのに対し、スタンバーグ版は原作の主題を反転させたことで、小説のネメシスと化したのである。とはいえ、両作は、〈社会的存在としての個人〉を中枢に据えた点において、原作と問題意識を共有していると言えるだろう。

　一方、『陽のあたる場所』における個人とは、ロマンティックな世界に絶えず飛翔する存在として映し出される。本作の監督ジョージ・スティーヴンス（George Stevens, 1904-75）が、映画化の着想時において、どのような青写真を描いていたのかということは、専門家たちのあいだでも意見が分かれるところだが、本章は、現時点で最も広範な資料調査を行ったマリリン・アン・モスの考えに信を置きたい。従来の説によると、スティーヴンスは、原作を範として厳しい社会告発を行うつもりが、パラマウントからの要請で断念したとあるが、モスはそうした見立てを「伝説」にすぎないと退ける。彼のプロダクション・ノートを参照すると、構想当初から若者たちに広く受け入れ

られるような当世風のラブストーリーを描くことを企図していたことがうかがえるからだ（Moss 154）。[2]

　『アメリカの悲劇』を下敷きにしてスティーヴンスがめざしていたのは、当時の若者たちが「こうなりたい」と思わせるような理想的なカップル像を提示することであり、それはドライサーの社会告発的な創作姿勢とはまったく異なるロマンティックな企てだった。エイゼンシュテイン版が、文学そのもののあり方を問いただすような批評性の高い映画化を志向していたことを考えると、スティーヴンス版は知的衰退であると断じることも可能だろう。だがやはり、スティーヴンスの手堅い大衆志向により生まれた本作の功績も評価せねばならない。その筆頭は、モンゴメリー・クリフト（役名ジョージ・イーストマン）とエリザベス・テイラー（役名アンジェラ・ヴィッカーズ）の起用である。西部劇『赤い河』において、大御所ジョン・ウェインを引き立て役へと降格させかねない存在感を示したクリフトは、当時ハリウッドで最も注目すべき若手俳優の一人であり、17歳のテイラーは、子役から女優へと鮮やかな変身を遂げる好機を待ち望んでいた。『陽のあたる場所』において、両者がそろって登場するシーンのほぼすべてが、スティーヴンスによる新たな付け加えであるという事実は、この作品の力の入れどころが原作とはまるで異なることを如実に示している。

　若手俳優界の頂点に登りつめる手前の二人を、みずからの手腕によって、真にアイコニックなカップルへと昇華させようとするスティーヴンスの意気込みは、カメラマンとして出発した彼らしく、本作の撮影法に最も顕著に発揮される。本作のカメラはクリフトとテイラーを絶えず接写しようとするのだが、独自なのは、通常あますところなく被写体を捉えるはずの接写が、本作においては、むしろ観客にすら踏み込むことのできない不可侵の領域を指し示すものとなっているということだ。

　オープニングを確認しよう。原作第一部がまるごと省かれた本作において、クリフトはどこの者とも知れぬヒッチハイカーとして登場する。クレジットが流れるあいだ、カメラは、なかなか車をつかまえることのできないクリフトの後ろ姿を若干引き気味に捉えている。空振り続きの状態をもてあましたクリフトは、ふと思いついたかのように後ろ歩きでカメラに歩み寄る。クレジット表記の終了と同時に振り返った彼の顔は、大写しとして観客の視線に

| 7 | 小説的社会と映画的世界　　**115**

図1 『陽のあたる場所』 ▶ 00:01:24

さらされる。直後、カメラが動き出し、すでに接写状態のクリフトの顔をさらにズームインで捉える。スクリーンは彼の顔でいっぱいだ(図1)。

台詞を介さず、もっぱら主人公とカメラの一対一の遠近法によって表現される冒頭シーンは、本作が、ドライサーやエイゼンシュテインの想定するパノラミックな〈社会〉における非力な個人ではなく、その顔だけでスクリーン上の〈世界〉が成立してしまうような、隔絶された個人を表現するものであることを端的に示す。

クリフトの顔によって立ち現れる世界とはどのようなものか。しばし観客をじらした後に披露された彼の顔は、ことさらにカメラを度外視している。彼は、われわれには見えない何らかのものに心を奪われている様子だ。画面が切り替わり、彼の凝視の対象がビルボードの水着姿の女性であることが判明するのだが、そうした種明かしはさほど問題ではない。重要なのは、〈顔〉をめぐるクリフトとカメラの駆け引きである。カメラとの距離を縮めんとする彼の足運びは、それが後ろ歩きであるがゆえに、かたくなにカメラに背を向ける行為としても読み取れる。ようやく振り返ったかと思いきや、彼の視線はもっぱらフレーム外のビルボードへと注がれている。つまり、クリフトがカメラに歩み寄ってまで示すのは、どんなに極端な接写をもってしても、観客には共有されることのない〈世界〉が自分の内面には広がっているということだ。

クリフトの恍惚とした表情が示すように、彼の内面世界は魅了の感覚に満ちている。確認しておくと、原作『アメリカの悲劇』において、主人公はやはり絶えず華やかな存在に魅了され続けているのだが、その感覚はあくまでも社会的な枠組みにとどまっている。彼が最も魅了されるソンドラは、ひとたび彼が投獄されると、事態に混乱するばかりで、解決はもっぱら父親まかせにするような〈世間知らずのお嬢様〉である。社会に揉まれても同じ失敗を繰り返すばかりの主人公と、そもそも社会に放り込まれたことのないヒロインという組み合わせは、魅了の世界へと羽ばたくには、あまりにも足元が

おぼつかないのだ。

　対して『陽のあたる場所』における魅了とは、社会を超越した〈世界〉を創造する原動力であることが示される。かの有名なラブシーンを見てみよう。多数の招待客でごった返すダンスパーティにおいて、テイラーは、クリフトとの交際をとがめる両親の視線に気づき、"Look!"と叫ん

図2　『陽のあたる場所』　▶ 00:43:43

で、無人のベランダへとクリフトを連れて行く。ここで注意すべきは、テイラーが"Look!"と声をあげるとき、彼女の視線がカメラに向けられているということだ。プロット上では親の視線に気づいたことを示すテイラーの反応は、カメラワークによって、観客に向けての直視として提示される。こうすることで、彼女のベランダへの愛の逃避行とは、親の監視というストーリー内の状況からだけではなく、始終見守る観客の視線からの解放を希求する行為と化すのである。

　文字通り人目を忍んでベランダで愛を交わすクリフトとテイラーの姿は、さながらどこまでも追ってくるカメラとの攻防戦の様相を呈する。矢継ぎ早に愛の言葉を交わす二人の顔は、それぞれ極端なクロースアップで捉えられるのだが、そうすることで今度はスクリーンの半分が相手の頭部のバックショットで覆われることになる。互いの熱情が最も示されるのは、テイラーがクリフトの顔をなで回し、クリフトがその手に幾度も口づけする箇所だが、その際、カメラはテイラーの背後に位置しており、彼女の表情はうかがい知れぬものとなっている。一方、接写されるクリフトの顔は、愛撫するテイラーの手によって半分以上覆い隠されている（図2）。カメラはごく近い距離から被写体の二人を捉えているにもかかわらず、観客に明かされるのは一部にとどまっているのだ。これは、あからさまなラブシーンの撮影を規制するプロダクション・コードへの配慮であると同時に、本作における「魅了」のプライベート性を保つ役目を果たすことになる。スクリーンに大々的に映し出されるのは、クリフトとテイラーが互いの体を用いて、カメラに把捉されない二人だけの世界を作りあげている様子なのだ。

図3 『陽のあたる場所』 ▶02:01:45

かくして接写は〈社会〉の介入を拒むような〈世界〉を創出するのに不可欠なカメラワークとして機能するのだが、本作は必ずしも原作が示す社会的な問題意識を排除するものではない。それは本作のきわめて恣意的なディゾルヴの使用法に見て取れる。通常ディゾルヴは、場面転換のために用いられる編集技法だが、本作におけるディゾルヴは、プロットの進行を促すものではなく、主人公とヒロインの出自の隔たりを視覚的に示すものとして機能する。最も目につくのが、クリフトとテイラーの邂逅直後のシークェンスである。遠く離れた場所で貧困院を運営するクリフトの母親が息子の行く末を案じる姿と、華やかな社交場でダンスを踊る精巧なオルゴール人形のようなクリフトとテイラーの円舞姿が、二重写しとなることで、恋人たちの階級格差が暗示されるのだ。

　かくしてパーソナルな指向を有する接写は、明白に社会意識を示すディゾルヴと対置されることによって、本作はそれなりに〈社会〉への目配りを示しつつ幕を閉じるかのように思わせるが、最終場面において、接写とディゾルヴの拮抗状態は瓦解する。電気椅子へと向かうクリフトのショットが、キスシーンにおけるテイラーの顔の接写と重ね合わされることにより、社会的意図を有した視覚的表現として機能してきたディゾルヴが、クリフトの心象風景を示すものとして立ち現れるのだ。ディゾルヴによって映し出されるクリフトの脳裏には、殺人を犯したことの悔恨や、おのれの出自に対する怨嗟は一切存在しない。浮かび上がるのは、テイラーの顔だけだ（図3）。こうして電気椅子に向かうクリフトの姿が、口づけに応じるテイラーの接写へとディゾルヴすることによって、本作における〈社会〉は、最終的には〈世界〉に包摂されることが示されるのである。

5　おわりに——原作者、監督、観客、それぞれの立場について

　原作の英語表記が *An American Tragedy* であることからもわかるように、ドライサーの提示する悲劇とは、単独的な偶発事ではなく、アメリカにお

いてであれば、いつでも、どこでも、だれにでも降りかかるようなとある悲劇である。ドライサーは本作の執筆動機について、あまりにも同じような事件を新聞記事で日々目にしてきたからだと述べているが（"I Found the Real American Tragedy" 5）、それはつまり、野心に身を滅ぼす若者が日夜大量生産されるというアメリカの競争的な社会のあり方こそが悲劇の源なのだと彼が考えていたことを意味する。

　悲劇の大量生産を問題化する小説は、別の媒体に移し替えられても忠実に再現されるはずだ、なぜなら本作の主題はアメリカにおいて悲劇があまりにもパターン化してしまっていることなのだから——そうしたドライサーの見通しは、スタンバーグ版によって出鼻を挫かれる。商業映画として適切な上映時間を守るために、スタンバーグ版の主人公はプロットを滞りなく進める存在として、みずからの運命を巧みに操作する狡猾な若者へと作りかえられた。エイゼンシュテイン版は、脚本の段階で商業映画としては失格の判断を下されたが、それはエイゼンシュテインが原作の主題を先鋭的な映画的技法を用いることで真に実現せんと試みたからである。一方、スティーヴンスの『陽のあたる場所』は、これぞハリウッド映画と形容したくなるような作品に仕上がったが、本作を子細に検証すると、原作の社会意識とは別個のロジックで成立する〈世界〉を示そうとしていることが読み取れる。

　原作とは別の〈世界〉を描出しようとしたスティーヴンスの企図は、原作以上の作品を作ろうとしたエイゼンシュテインの野心と、どこか相通じるものがある。とどのつまり、エイゼンシュテインとスティーヴンスにとって、『アメリカの悲劇』という小説は、みずからの創作の足がかりにすぎなかったのだ——というと、いささかドライに響くかもしれないが、彼らがそれぞれ原作とは一定の距離を置いて製作に励んだことは、念頭に置いておくべきだろう。アダプテーションという枠組みにおいて、原作への忠実度という観点がとかく取りざたされるが、当の作り手のエイゼンシュテインとスティーヴンスが、いずれもその尺度をたいして重視していない以上、われわれも彼らの提示する世界観を、原作からの派生系として捉えるのではなく、原作の示す世界と同一線上に併置して評価を下すべきだろう。エイゼンシュテインとスティーヴンス、そしてドライサーは、三者三様のやり方で、〈社会〉〈個人〉〈世界〉というアメリカの本質にかかわる問題を追及した。最終的にわ

| 7 | 小説的社会と映画的世界　　**119**

れわれは、三者のうちのいずれかを多とするかもしれないし、すべてを却下するかもしれない。いずれにせよ、受け手であるわれわれが三者の姿勢になんらかの範を取るとするならば、それは、われわれもやはり各人が、出来合いのものではない作品評価の座標軸を作成した上で作品に向き合うべきだということだ。

註

1) 草稿段階の脚本というごく初期の段階でついえてしまったエイゼンシュテインによる映画化の試みを、時系列のどこに組み込むべきかは悩ましい問題だ。パラマウントからの依頼の順番でいうと、エイゼンシュテインのほうが、スタンバーグよりも一年早い。だが、正式に完成した作品という基準で考えると、スタンバーグ版が最初に来る。本論はスタンバーグ版の意義を、作品そのものよりも、原作者を激昂させたことで、原作理解の一助となる資料を後世に遺すきっかけを作ったことにあると考えるため、原作と併せて最初に論じた。

2) 『陽のあたる場所』製作時において、スティーヴンスが、原作とは異なった物語を提示する心づもりがあったことを証明するものとして、モスは本作のアソシエイト・プロデューサーを務めたアイヴァン・モファットによる以下のようなエピソードを紹介している。モファットは本作のみならず、『シェーン』（*Shane*, 1953）など、スティーヴンスと長年にわたって協業した。引用部で言及されるマイケル・ウィルソンは、当時、新進気鋭の脚本家で、本作によってアカデミー脚色賞を受賞した。なお、後年、ウィルソンは共産主義者としてハリウッドの赤狩りの対象となった。

> 彼〔＝ジョージ・スティーヴンス〕はわれわれを愛車のリンカーン・コンチネンタルに乗せて、ハリウッド大通りへと連れていった。工具店で、ちょっとした買い物をするためだった。そのあいだ、彼はまったく脚本のことについて触れなかったから、マイケルは気を揉むばかりだった。そりゃそうだ。だからオフィスに戻って、ジョージが、「アイヴァン、すまないけれど、マイケルとちょっと話してもいいかな？」と言ったとき、内心気にはなったけれど、席を外した。30分後ぐらいに、マイケルが私のところに来た。顔面蒼白だった。「スティーヴンスは、ぼくがこの作品の脚本を書くなんて70年は早いって言ってきたんです。お前はこの作品がどうあるべきか、まるでわかっちゃいないって」……私が思うに、おそらくマイケルのアイディアは、スティーヴンスではなく、ドライサーの『アメリカの悲劇』にあまりにも肩入れしていたのだろう。だから、マイケル・ウィルソンの採るべき方策は、別のやり方を考えることだった。ジョージの導きのもとでね。（156）

| 7 | 小説的社会と映画的世界　　**121**

8 モダン／ポストモダンな 『グレート・ギャツビー』

バズ・ラーマン監督『華麗なるギャツビー』

杉野　健太郎

　Ｆ・スコット・フィッツジェラルド（F. Scott Fitzgerald, 1896-1940）は、ア メリカの第一次世界大戦後の時代を代表する作家であり、アーネスト・ヘミ ングウェイ（Ernest Miller Hemingway, 1899-1961）とともにロスト・ジェネレー ションの一員として知られる。アメリカの 1920 年代を「ジャズ・エイジ」 と名づけたのは彼である。

　そのフィッツジェラルドが 1925 年に刊行した『グレート・ギャツビー』（*The Great Gatsby*）は、言わずと知れたと書いていいほどアメリカ文学のキャノン（代 表的作品）の一つである。モダン・ライブラリー社の編集委員会が 1999 年 に選定した「20 世紀英語圏小説ベスト 100」では、アイルランド生まれのジェ イムズ・ジョイス（James Joyce, 1882-1941）の『ユリシーズ』（*Ulysses*, 1922） に次いで 2 位にランクインしている。議論の余地はあるだろうが、このラン キングによれば、20 世紀アメリカ小説の第 1 位ということになる。

　『グレート・ギャツビー』のあらすじを確認しておこう。貧しい生まれのジェ イ・ギャツビーは、第一次世界大戦中に上流階級のデイジーと恋仲になるが、 出征のため離れ離れになる。デイジーは、ギャツビーを待ちきれず大富豪の トム・ブキャナンと結婚してしまう。1919 年にアメリカに帰ったギャツビー は、1922 年までにはブキャナン家の対岸に豪邸をかまえ豪華なパーティを 開催し、デイジーが偶然に導かれてパーティに参加するのではと期待する。 デイジーと再会し再び恋仲となったギャツビーは、デイジーと結婚すべくト

ムと対決するが素性を暴かれ、さらにはデイジーが起こした交通死亡事故の犯人と間違えられ殺されてしまう。隣の家に住むニックは、ギャツビーの死の直前に真実を打ち明けられ、その死後ほとんど誰も顧みないギャツビーの葬儀を取り仕切り哀悼を示す。

　章ごとのプロットを書くと次のようになる。ニック・キャラウェイは、1922年初夏、証券会社で働くために、中西部の故郷からニューヨークへと到着する。ニューヨークに着いて間もなく、またいとこのデイジーとイェール大学時代の同級生トムのブキャナン夫妻に招待される。同席したゴルファーのジョーダン・ベイカーから初めてギャツビーの名前を聞き、家に戻り隣の豪邸にギャツビーらしき人を見かける（1章）。富豪のトムにはマートルという愛人がおり、ニックは、彼らのマンハッタンの愛の巣に強引に連れていかれパーティで一夜を過ごす（2章）。隣家のギャツビーから招待状が来て、ニックは、7月8日にギャツビーの豪邸でのパーティに初めて参加し、ギャツビー本人と会う（3章）。ある朝、突然訪れたギャツビーとともに彼の車でマンハッタンのオフィスへ向かい、その道中にギャツビーからその履歴（後で多くが嘘であることが判明する）を聞かされる。その日の昼食はギャツビーととり、その友人マイヤー・ウルフシャイムを紹介されるが、トムとも遭遇する。また同日の夜には、ジョーダンと過ごし、彼女からギャツビーとデイジーとの約5年前の恋愛のことを聞くとともに、ニックの家でデイジーとお茶をしたいというギャツビーの願いをきく（4章）。家へ帰ると、ギャツビーが待ち構えていて、デイジーとのお茶の日程を決める。7月21日に、ギャツビーはデイジーと再会し、ギャツビーは、デイジーとニックにみずからの豪邸を案内する（5章）。ギャツビーに関する悪評が立ちそれを嗅ぎつけたレポーターがギャツビー邸を訪れる。ニックは、ここで、実際はギャツビーが殺される直前に本人から聞いたその貧しい生い立ちとダン・コーディとの関係を前もって語る。トムは、連れをともなってギャツビー邸を寸時訪問する。そして、デイジーとともにギャツビーのパーティに初めて参加する（6章）。ギャツビーは、いよいよ決着をつけデイジーを取り戻すべく、9月18日にトム邸でデイジー、ニック、ジョーダンを交えてランチをとるが、車でマンハッタンへ行くことになり、プラザ・ホテルの一室で話し合う。この対決でトムはギャツビーの素性を明らかにし、動揺したデイジーとギャツ

ビーは先にホテルを離れ、帰宅途中に、ギャツビーの車をトムの車と誤認したトムの愛人マートルをひき殺してしまう（7章）。翌日早朝にギャツビーが帰宅する音を聞き、ニックはギャツビー邸を訪れ彼から打ち明け話を聞く。しかし、ギャツビーは、ギャツビーが自動車事故の犯人だと誤認したマートルの夫ウィルソンによって殺害されてしまう（8章）。ニックは、ギャツビーの葬儀を取り仕切る。葬儀後に中西部の故郷へ帰ることを決めたニックは、ニューヨークでの最後の夜をギャツビーに想いをはせながらギャツビー邸で過ごす（9章）。

　このような物語内容を持つ小説『グレート・ギャツビー』は、1925 年の刊行から現在までに 4 回映画化されている。

　　　1926 年　ハーバート・ブレノン監督、白黒・サイレント
　　　1949 年　エリオット・ニュージェント監督／アラン・ラッド主演、白黒・
　　　　　　　トーキー
　　　1974 年　ジャック・クレイトン監督／フランシス・フォード・コッポラ
　　　　　　　脚本／ロバート・レッドフォード主演、カラー
　　　2013 年　バズ・ラーマン監督／レオナルド・ディカプリオ主演、カラー・
　　　　　　　3D

一番古い映画化作品である 1926 年版は現存しない。また、これら以外では、TV 映画版（2001 年、ロバート・マーコウィッツ監督／トビー・スティーヴンス主演）とすべて黒人キャストの自由なアダプテーションである『G』（*G*, 2002）がある。[1]

　本章は、直近の 2013 年公開のバズ・ラーマン監督（Baz Luhrmann, 1962- ）の『華麗なるギャツビー』（*The Great Gatsby*）を取り上げる。ラーマン監督みずからがかなり前から映画化権を購入して映画化に取り組んだ作品である。なお、1974 年のジャック・クレイトン監督による映画化作品と同様に『華麗なるギャツビー』という邦語タイトルがつけられているが、映画の原題は小説と同じで「偉大なるギャツビー」という意味の *The Great Gatsby* である。

　ラーマン監督の『華麗なるギャツビー』は、デジタル技術全般を駆使するとともに、3D でも公開された。1950 年代にはじめてハリウッドで導入された 3D だが、21 世紀のはじめにそれまでにはないほどの 3D 映画が製作された。高額な予算を必要とする 3D はブロックバスターと呼ばれる大作映画で

使われ、その代表的作品は世界中でヒットしたジェイムズ・キャメロン監督の『アバター』(*Avatar*, 2009) であり、3D は、ティム・バートンやマーティン・スコセッシら野心的な監督を惹きつけた。ラーマン監督の『華麗なるギャツビー』も、3D でも公開された。

　さて、本章の第 1 節ではラーマン監督の『華麗なるギャツビー』の語りを、第 2 節ではその物語内容を、第 3 節ではその映画におけるギャツビーのモダニティを扱い、第 4 節では、その映画自体のモダニティを扱う。なお、本章では小説『グレート・ギャツビー』は「原作」と表記する。ラーマン監督の『華麗なるギャツビー』は「ラーマン監督映画」、しばしば比較の対象とする 1974 年公開のクレイトン監督の『華麗なるギャツビー』は「クレイトン監督映画」と呼ぶ。

1　映画的一人称語り

　小説『グレート・ギャツビー』は、ニック・キャラウェイによって語られる。ニックは、物語世界内の（homodiegetic）語り手、すなわち、みずからが語る物語の登場人物でもある語り手である。ただ、その物語の主人公はギャツビーである。一人称の語り手とも呼ばれる、この小説のニックの語りを映画で可能な限り忠実あるいは近似的に実現するとなると、以下の三つの方法が考えられるだろう。

(1) ニックの視点ショットのみで伝える

(2) ニックの認識内の出来事のみ伝える

(3) ニックのヴォイスオーヴァー・ナレーションを用いる

(1) は、映画では通常は用いられない。ほぼ映画全体を登場人物の視点ショットで通すのは、映画史的に有名なロバート・モンゴメリー監督『湖中の女』(*The Lady in the Lake*, 1947) くらいであり、きわめてまれである。クレイトン監督映画は、（2）と（3）を採用している。

　ラーマン監督映画も同様であり、（2）と（3）を採用している。ただし、若干の差異がある。クレイトン監督映画が映画の最初と最後（原作では 1 章と最後の 9 章にあたる部分）にのみヴォイスオーヴァーを用いるのに対して、ラーマン監督映画は、映画全般にわたってヴォイスオーヴァーを用いている。いずれにせよ、両監督の映画は、映像では、ニックの文字通りの視点ショッ

| 8 | モダン／ポストモダンな『グレート・ギャツビー』　**125**

トの映像ではないが、ニックの認識あるいは見地の範囲内[2]の出来事を映し出している。また、音声では、ヴォイスオーヴァーによって、ほかの登場人物の心中を伝えることはないが、ニックのナレーションを伝える。すなわち、ニックの見地と思考のみを伝える両映画は、小説で言えば、ニックを視点人物にしていると言えるだろう。ただし、ラーマン監督映画は、ニックのヴォイスオーヴァーを最初から最後まで頻繁に用いる。さらに、ニックのヴォイスオーヴァーは、その場面でのニックの心中の思考や感情を伝えるものではなく、その後のニックの思考や感情すなわちナレーションを伝えている。したがって、ラーマン監督映画は、ニックを原作同様の一人称小説の語り手のような立場にしていると言えるだろう。[3]

　ここまでは、ラーマン監督がフランシス・フォード・コッポラ（クレイトン監督映画の脚本家でもある）から多くを学んだ結果だろう。ラーマン監督は、みずからの作品に関して率直に語る監督だが、あるインタヴューで、フィッツジェラルドがジョゼフ・コンラッドの小説『闇の奥』（1899）の大ファンであったこと、そして『闇の奥』の映画化であるフランシス・フォード・コッポラ監督『地獄の黙示録』（*Apocalypse Now,* 1979）が自分の大好きな映画であることを述べた後で、次のように語る。

> コッポラのナレーターであるウィラードにとって、カーツとの遭遇が彼自身を変容させる。キーとなる登場人物はウィラードなんだ。コッポラは、『地獄の黙示録』において『闇の奥』を語るための素晴らしい方策を見つけた。これが、クレイグ［クレイグ・ピアース、ラーマンの共同脚本家］と僕が『グレート・ギャツビー』の語りを解決する大きな道標になった。（Kelly viii）

主人公と深い関係にある登場人物のヴォイスオーヴァーを頻繁に入れるという手法はコッポラ監督・合同脚本の『地獄の黙示録』からの影響なのである。

　しかし、ラーマン監督映画は、語りにさらなる工夫を加える。原作では、ニックが1922年にニューヨークで起きたギャツビーを主人公とする物語を語っている時は、その翌年1923年以降で、場所は推測だが故郷ミネソタにおいてであろう。[4]一方、ラーマン監督映画においては、語り手ニックがギャ

ツビーの物語を語り書く場所と時が明確に提示され映像によって場面化されており、そのシーンが最初と最後を含めて 5 回（▶ 00:01:34-00:03:14, 00:13:30-00:14:43, 00:23:09-00:23:25, 01:25:21-01:25:50, 02:08:45-02:09:20）配置され、1922年に起きたギャツビーの物語の枠物語あるいは一次的物語になっている。ニックは、パーキンズ・サナトリムという精神病院で、原作より後、大恐慌が起こった暗黒の木曜日 1929 年 10 月 24 日後の 1929 年 12 月 1 日から（▶ 00:02:02）ギャツビーの物語を医師に話し、また医師にすすめられて文字で書く。[5] すなわち、枠物語に入れ込まれたギャツビーを主人公とする物語がその映像も音声もすべてニックの精神が再現したものであることが、1974年のクレイトン監督版はもちろん、原作以上に明確に前景化されているのである。

2　ニックとギャツビー

　小説『グレート・ギャツビー』のニック・キャラウェイによって語られるギャツビーを主人公とする語りは、主に 1922 年のニューヨークにおける物語を時間軸にそって語る。だが、過去の物語が 7 回ほど差しはさまれる。[6]小説はこういう時間構造になっている。

　さて、バズ・ラーマンは、ブルーレイディスクに特典として付されたインタヴュー映像のなかで、原作に忠実に『グレート・ギャツビー』を撮るなら7 時間かかるので、2 時間にするために物語内容を削らなければならかなった、また、ギャツビーの死後はニックとギャツビーとの関係に焦点を絞ったと発言している（**ブルーレイ特典映像「バズ・ラーマン監督によるイントロダクション」**）。映画には、映画館での上映興行のために 2 時間前後という制約がある。ラーマンが言うように 7 時間かかるかどうかは別にして、『グレート・ギャツビー』のような中編小説（novella）でも、大幅に物語内容を削減しないと 2 時間前後の映画にできないことは想像に難くない。ラーマン監督映画の物語内容を検証してみよう。

　原作では、マートルの轢死事故の翌日の明け方から朝にかけてニックは、ギャツビーから打ち明け話を聞き別れの際に「彼らは、腐った奴らだ。あなたは、奴らをみないっしょに束ねた分の価値がある」と「唯一のほめ言葉」を直接伝える（120）。ニックのギャツビーに対する評価は、揺らいでいたが

| 8 | モダン／ポストモダンな『グレート・ギャツビー』　　**127**

ここで確定する。バズ・ラーマンは、このニックのギャツビーに対する評価が確定する場面およびギャツビーがウィルソンに殺害されるまでを忠実に映画化するが、ギャツビーの死後はニックとギャツビーに関わらない部分はすべて削除し、ニックのギャツビーに関する内省に焦点を絞る。その削除された部分は、原作の9章の冒頭直後からエンディング（140-41）の直前にいたるまでの9章の8割程度である。以下にそれを示そう。

9-1. ウルフシャイムに使いを出す（128-30）

9-2. 原作のギャツビーの父の来訪（130-32, 134-35）

9-3. ウルフシャイムとのやりとりとオフィス訪問（132-34）

9-4. 父が語る、若きギャツビーと本に書き込まれた決意（134-35）

9-5. ギャツビーの葬儀（135-36）

9-6. ニックの学生時代の帰省の思い出（136-37）

9-7. 中西部と東部について（137）

9-8. ニックとジョーダンとの別れ（138）

9-9. トムとの遭遇（138-40）

ブルーレイディスクの「未公開シーン集」を見ると、9-1、9-6、9-7を除いて撮影はされていたようである。いずれにせよ、このように、ラーマン監督映画は、ギャツビーの死後はニックのギャツビーに関する内省、ラーマン自身の言葉を使うと「ニックの内的経験（Nick's internal experience）」（ブルーレイ特典映像「バズ・ラーマン監督によるイントロダクション」）に集中する。

　しかし、ラーマン映画の原作の物語内容の削除はそれだけにとどまらず、女性の神秘化の機能を果たしているのではないだろうか。予め除外され撮影されなかった原作のシーンは、女性の神秘化をもたらす、いや脱神秘化をもたらさないと言うべきであろう。まず、原作ではニックの愛の対象となるジョーダンは、原作ではゴルフでの不正が新聞記事になったこととその運転をニックが「君はひどい運転手だ」と非難したことが語られている（47-48）が、ラーマン監督映画は、そのいずれをも割愛する。また、ラーマン映画では、ニックとジョーダンとの恋愛も、すでに述べたように、「9-8. ニックとジョーダンとの別れ（138）」も、すなわちその恋愛の破局も割愛される。

　ラーマン監督映画では、ギャツビーの愛の対象であるデイジーに関しても脱神秘化が行われていない。原作では、プラザ・ホテルでのギャツビーとト

ムとの対決の前に、トム邸の前で、ニックとギャツビーは次のような解釈が
難しいやりとりをする。

> 「彼女の声は分別がない」と私は言った。「いっぱいだ、何かで。」
> 私はためらった。
> 「彼女の声はカネでいっぱいだ（Her voice is full of money）」と彼［ギャ
> ツビー］は突然言った。
> それだ。このときまで私には理解できなかった。カネでいっぱいだ──
> それが、尽きることのない魅力がそこで立ち現われ降りていくのだ。そ
> のチリンチリンという音、そのシンバルの歌……白亜の宮殿の高みにい
> る王様の娘、金の少女……（95-96）

ニックの発話の「いっぱいだ、何かで」を「彼女の声はそれ［ギャツビーへの愛］
でいっぱいだ」に変えて、ラーマンは、原作の地の文（ヴォイスオーヴァー
でナレーションされるべき部分）なしで台詞だけで屋内で撮影したが、観客
にとっては「デイジーへのネガティヴな評価に聞こえる」、ギャツビーのデ
イジーへの一途な思いを疑わせる可能性もあるために（「デイジーの声」）完
成版ではカットした。

　また、原作では、ギャツビーの死後デイジーは、ニックの前に一切姿を現
さず、ニックによって8回言及され、そのうち6回は中立的だが2回はデ
イジーに対する否定的見解である。ラーマンは、その2回の「デイジーは［葬
儀に］メッセージも花も送ってこなかった」（136）、「彼らはケアレスな人間
だ、トムとデイジーは」（139）のうちより否定的な後者を割愛した。

　これに対して、ラーマン監督映画は、デイジーから電話があるというギャ
ツビーの期待をかなえることはないが、プールでウィルソンに銃殺される
ギャツビー、ギャツビーに電話をかけようとするニック、原作にはないが同
じく電話をかけようとして電話を置くデイジー、この三者をクロスカッティ
ングで映し出す（▶02:01:02-02:03:27）。このクロスカッティングにおいてデ
イジーのショットは、考え事をしている彼女のショット（図1 ▶02:01:14）と
その視線の先にある電話のショット（図2 ▶02:01:18）から始まり、このクロ
スカッティングに5ショット挿入されている。

図1 『華麗なるギャツビー』（バズ・ラーマン監督）
▶ 02:01:14

図2 『華麗なるギャツビー』（バズ・ラーマン監督）
▶ 02:01:18

これに比して、クレイトン監督映画の非ロマンティック化、女性の脱神秘化は徹底している。すでに論じたように（杉野 [2013] 155-58）、クレイトン監督映画は、小説のジョーダンのゴルフでの不正も、ニックのジョーダンに対する非難「君はひどい運転手だ」も割愛しない。ゴルフでの不正にいたっては、小説では語り手ニックが言及するだけだが、クレイトン映画はシーン化する（▶ 00:27:28-00:27:49）。

また、クレイトン監督映画は、ジョーダンに加えて、デイジーをも脱神秘化する。原作ではギャツビーとデイジーの会話は、再会のシーン以外にはない。また、デイジーのギャツビーとの再会後の二人の密会はギャツビー自身によってニックに対して電話で「デイジーがすごく頻繁にやってくるんだ。午後に」(88)と話されるのみである。ラーマン監督映画ではその密会は、ニックの短いヴォイスオーヴァーとともにロマンティックな数ショットがクロスカッティングで挿入される（▶ 01:25:59-01:26:48）。しかし、クレイトン監督映画では、その密会には3シーンと長い時間が割かれている（▶ 01:01:09-01:04:41, 01:04:53-01:09:19, 01:19:29-01:24:32, 01:27:13-01:28:41）が、第二のシーンでギャツビーの「なぜ僕を待てなかったのか？」という問いに「金持ちの女の子は貧乏な男の子と結婚しないものなの」と2回答える。それに加えて、原作でもラーマン監督映画でもギャツビーが殺されて以降はデイジー本人はニックと対面しないが、クレイトン監督映画では、ニックは、原作のトムに加えてデイジーとも遭遇する。その際、ギャツビーの死などなかったかのように新居に遊びに来てねとニックに言って去る（図3 ▶ 02:19:36-02:20:13）。

ここで、クレイトン監督映画の観客は、ギャツビーの熱烈な愛の対象であったデイジーに幻滅するだろう。いずれにせよ、ラーマン監督映画は、もちろんクレイトン監督映画以上に、そして原作以上に、女性を神秘化、ロマンティック化している。

図3　『華麗なるギャツビー』（ジャック・クレイトン監督）
▶ 02:20:03

さて、本節の最後に、ラーマン監督映画が原作から予め割愛した物語内容でまだ論じていないものを列挙してみよう。

D1　マートルの犬の購入（24）
D2　ニックがマッキーのアパートに寄る（32）
D3　物語への自己言及（45-48）
D4　デイジーにお茶してギャツビーとの再会に誘う（65-66）
D5　失われた言葉 lost words（87）
D6　大戦から帰還したギャツビーのルイヴル再訪（119）
D7　トムとスローンと女性が訪問（179, 79-81）
D8　ニックの「いかがわしい言葉（obscene word）」の削除（140）

D2とD8を除くすべては、物語の展開あるいは意味に大きな影響を及ぼさない余計な部分として予め削除されたのだと判断する。D2とD8に関しては次節で触れる。

3　モダンなギャツビー

さて、第2節では、原作とラーマン監督映画およびクレイトン監督映画とを比較し、ラーマン監督映画が原作の物語内容を縮減することによってニックとギャツビーの関係に焦点を絞るとともに、女性を神秘化し物語全体をロマンティック化していると論じた。では、それがラーマン監督映画の意味をどのように構築しているのかを本節で論じよう。

まず、ラーマン監督は、ギャツビーの死後にニックとギャツビーの関係に

専心することに関しても、率直に語っている。編集の段階でギャツビーの死後の撮影シーンを削除しニックとギャツビーの関係に絞っていったことを語った後で次のように話す。

> 同僚や共同製作者たちといっしょにフィルムを見ながら私が発見したことは、ギャツビーの死後にニックとギャツビーとの関係だけに焦点を絞れば絞るほど、実際にこの映画が何についてか（what the film is about）ということがますます実感できた。［ニックとギャツビーとの関係は］ギャツビーとデイジーとの関係よりも大切な関係だ。この映画は、不道徳でごみのような人間であるとみなが打ち捨てるような人間が今まで出会ったなかで最も希望に満ちた人間（the most hopeful human being）であり、こんな人物とは二度と出会うことはないだろうというニックの理解に関するものなのだ。ニックがその物語を書いたギャツビーという名の男が実際になぜグレートかを理解する物語なのだ。（ブルーレイ特典映像「バズ・ラーマン監督によるイントロダクション」）

ラーマンが発言する「今まで出会ったなかで最も希望に満ちた人間であり、もうこんな人物とは二度と出会うことはないだろう」は、ニックのギャツビーに対する判断である。原作では、冒頭でギャツビーを賞賛する箇所（6）で1回だけ登場する。ラーマン監督は、映画では、原作のこの冒頭の部分を言葉を少し変えながら2回登場させ強調する。1回目は、外枠の物語で医師にギャツビーがどういう人物かと聞かれてのニックの回答としての発話（▶00:02:37-00:03:00）であり、2回目はギャツビーに打ち明け話をされたときのヴォイスオーヴァー（▶01:57:11-01:57:33）である。さらには、ラーマン監督映画では、エンディング直前でニックは、みずからが書いた物語『ギャツビー』の表紙のタイトル「ギャツビー」に「偉大な（THE GREAT）」を付加する（▶02:09:06-02:09:20）。いずれにせよ、ラーマン監督は、みずからの映画をニックがギャツビーの偉大さを認識する物語だと強調する。ラーマン監督映画のこのギャツビー解釈をギャツビーの偉大化と呼ぼう。

　自己超越を志向する希望にあふれたギャツビーの偉大化は、この小説が1950年代にキャノン化されて以来今もこの小説の「標準的解釈（standard interpretation）」（Curnutt 639-40）であるアメリカン・ドリーム解釈と親和性が高い。原作『グレート・ギャツビー』は、25年に刊行された当時は高く評価されず、30年代には忘れ去られた存在であった。しかし、40年代に再び批評的関心の的となり、キャノンへの道を進む。ニコラス・トレデル（Tredell 80-81）を参考にすれば、『グレート・ギャツビー』のキャノン化に最も重要な役割を果たしたのは、ライオネル・トリリングの1951年刊行の『リベラルな想像力』所収の論考であり、その系統の解釈は、アメリカン・ドリーム解釈と呼ばれる。アメリカン・ドリーム解釈とは、ギャツビーが「〈アメリカン・ドリーム〉（the American dream）」という理念あるいは「プラトン的観念から生じた」「アメリカそのものを象徴」するという解釈である（Trilling 251-52）。現在では経済的・社会的成功という意味で使われることが多いと思われるアメリカン・ドリームという言葉は、啓蒙主義を起源とするアメリカ合衆国の理念、独立宣言の人権（自然権）の部分「われわれは次の真理を自明のこととみなす。すべての人間（men）は平等に作られている。奪うことができない一定の諸権利を創造主によって与えられている。その諸権利には、生きること、自由、そして幸福の追求が含まれている」の意味で使われた。[7]「ギャツビーの執拗な衝動自体は、個人の自己の可塑性を肯定する、換言すれば「グレートなことを行う」ことを妨害する障壁は想像力の欠如だけだと主張する起業家的自己実現神話を肯定する、アメリカ的衝動の象徴である」（Curnutt 639-40）というカーナットの言葉は、いささか現代化されすぎたきらいがあるが、いずれにせよ、アメリカン・ドリームは最初は人権が実現することを意味し、現在では経済的・社会的地位の上昇を意味することが多い。すべての人に機会を保障する人権とその結果である経済的・社会的地位の上昇は表裏一体である。いかなる出自の人物にせよ才能と努力次第で経済的・社会的地位が向上するとしたら、人権が社会において実現していることの証左だからである。自己の現状を超越する可能性への強い希望を持ち、貧しい生まれで人種などに関しても決して優位とは言えないと推測できるが経済的地位を著しく上昇させたギャツビーは、啓蒙主義に起源を持つモダンなアメリカの理念の体現である。

　さて前節で論じたギャツビーの死後のニックとギャツビーの関係への集中はその偉大化を物語の核とする効果をもたらす。また、女性を脱神秘化しな

いことは、ニックとギャツビーの関係の焦点化に貢献するとともに、アメリカン・ドリームの幻滅化に抵抗する効果がある。前節で保留した削除箇所、しばしばニックのホモセクシュアリティが疑われる箇所「(2) ニックがマッキーのアパートに寄る (32)」にしても、ギャツビーの偉大化に反する「(8) ニックの「いかがわしい言葉（obscene word）」の削除 (140)」にしても同様である。[8]

　本節をまとめれば、ラーマン監督映画は、主にニックとギャツビーの関係に焦点を当て、また女性を脱神秘化しないことによって、モダンな理念であるアメリカン・ドリームの象徴であるギャツビーの偉大さを強調しているということになる。ジャン＝フランソワ・リオタールにならってポストモダンを大きな物語、メタ物語に対する不信感だと定義 (8) すれば、モダンな理念を実践し体現するギャツビーはポストモダンとは程遠い人物である。あるいは、こうも言えるだろう。ギャツビーはロスト・ジェネレーションの一員ではないと。

4　モダン／ポストモダンな『華麗なるギャツビー』

　前節で論じたように、ラーマン監督映画は、原作のギャツビーのモダニティをより強調している。しかし、クレイトン監督映画は、過去に論じたように女性を脱神秘化あるいは脱ロマンティック化しニックと観客に幻滅感を与えるだけではなく、エンディングのニックのヴォイスオーヴァーにおいて原作の下線部を割愛し、アメリカン・ドリームに幻滅感だけではなく、強い終結感をもたらす（杉野［2013］158-61）。

　　そして、そこ［ギャツビー邸のプライベートビーチ］に座って、昔の未知の世界を思いやりながら、デイジーの家の桟橋の端っこに緑の灯を見つけた時のギャツビーの感じた驚きについて考えた。彼は、長い道のりを経て、この緑の芝生にたどり着いた。そして、つかみそこねることがほとんどありえないくらい、彼の夢が近くにあると思えたに違いなかった。彼は、すでにそれが自分の背後に、都市の向こうの膨大な暗がりに、夜に共和国の暗い平原が広がっている場所にあることに気づかなかった。

ギャツビーは、緑の灯を、われわれの前から年々後退していく陶酔に満ちた未来を信じた。そして、それは、われわれの手には入らなかった。──明日、もっと早く走って、もっと遠くまで手を伸ばそう……そうすれば、ある晴れた朝──

　だからこそ前へ進もう。流れに逆らうボートのように、過去へと絶えず引き戻されながらも。(141)

　クレイトン監督映画は、ギャツビーは自分の夢がすでに背後に消え去っていることに気づかなかったというニックの認識で終わり、アメリカン・ドリームあるいはモダンな夢の未成就と消滅の物語となっていると言えるだろう。

　これに対して、ラーマン監督映画のエンディングは、原作を少し改変して次のニックのヴォイスオーヴァーをエンディングの前半部に置く。

　ギャツビーの死後、ニューヨークは幽霊に憑りつかれたよう僕には見えた。あの都市は……僕のかつては黄金色に輝いた蜃気楼（mirage）は、そのときは私の気を滅入らせた。ニューヨークでの最後の夜、もう一度あの巨大なちぐはぐで一貫性に欠ける家に行った。ウルフシャイムの関係者が片付けた後だった。……記憶に残っているのは、みな僕たちがギャツビーの家にやってきて、ギャツビーが僕たちの前に立っている間、彼の腐敗（corruption）を取りざたしたことだ、しかし、ギャツビーは腐敗することのない夢（incorruptible dream）を隠し持っていた。……月が高く昇った。(▶ 02:06:12-02:07:35)

　そして、原作のエンディング、すなわち上記の引用をまったく割愛せず、ヴォイスオーヴァーに加えて最後の2行をニックが打つタイプライターの文字としてインタータイトル（説明字幕）で浮かび上がらせ、強調する。9)

　ギャツビーは、デイジーとの結婚という個人的な夢とともにアメリカン・ドリームという共同体的でナショナルな夢、ナショナルであるだけではなくモダンでもある夢を実践し体現する。また、ニックは、ギャツビーという人物とそのイデオロギーをノスタルジックに強く信奉する。第2節で論じたようにニックのギャツビーに対する思いに専念し、青みがかった映像ととも

にやつれたニックを映し出すラーマン監督映画のエンディング（▶ 02:06:09-02:09:41）は、ギャツビーとギャツビーが実践し体現していたモダンな夢への哀悼とノスタルジアを濃厚に表現している。ラーマン監督映画のエンディングは、クレイトン監督映画はもちろん、原作以上に、モダンな夢への哀悼とノスタルジアを強調していると言えるだろう。

　しかし、ラーマン監督映画は、ニックのこのモダンな強い思いを宙づりにする。ただ、予め申し添えれば、クレイトン監督映画のようにモダンな思いを否定しポストモダンの色合いを深めるわけではない。モダンとポストモダンを緊張関係あるいは対話的関係に置くと言うのが適切だろう。それをミザンセヌそして語りの 2 点から説明しよう。まず、ミザンセヌから。トマス・エルセサーの 3D 論を受けて、ルシアらは、次のように主張する。

> 　F・スコット・フィッツジェラルドの古典的ジャズ・エイジ小説のバズ・ラーマンによるアダプテーションは、物語の主要人物とその夢や理想との間の距離、そしてまた登場人物間の距離を表現するために 3D を用いている。3D を用いることによって、ラーマンは、映画のなかの多様で共通点のない物質的そして想像上の構成要素を引き離し対話［dialogue］的関係に置くことができ、アメリカン・ドリームの達成困難さと人工性［synthetic nature］の両方を前景化するミザンセヌを構築できた。多様な要素が十分に調和することなく補完しあい利用しあうこの緊張［tension］によって、ラーマンは、オーソン・ウェルズの明確ではないが興味深い後継者になっている。ウェルズもまた、多様で共通点のない文字的、視覚的そして音声的領域を結集し編成することによって、アメリカ文化を描いたからだ。(Lucia 321-22)

オーソン・ウェルズとの対比の問題はさておき、「アメリカン・ドリームの達成困難さと人工性［synthetic nature］の両方を前景化するミザンセヌ」には同意する。ただ、それは、3D ならなおさらそうだが 2D でも、さらにはデジタル一般でも実現しているだろう。たとえば、ラーマン監督映画では、原作（126）同様にデイジーと結婚できないままギャツビーはウィルソンに殺されるが、プールに浮かぶマットの上で殺される原作およびクレイト

ン版映画と異なり、ギャツビーがプールのはしごの上で殺される際に遠視するのは対岸のデイジー宅と緑のライトである（▶ 02:02:07-02:02:29）。そのギャツビーがデイジー宅の緑のライトに向かって腕を伸ばすシー

図4　『華麗なるギャツビー』（バズ・ラーマン監督）
▶ 02:08:25

ンを、原作通り最初のほうだけではなく、エンディングでもニックが見るフラッシュバックとして再び映し出す（▶ 00:13:22, 02:22:05 図4）。ラーマン映画は、原作の3回を上回り、これらを含めて12回緑のライトを描き、映画自体が緑のライトで始まり緑のライトで終わる。このミザンセヌは、デイジーの記号である緑のライトへの渇望とギャツビーとの距離を表現し、アメリカン・ドリームの魅力だけではなくその達成困難性をも見事に伝えている。

　ミザンセヌ同様に、さらに、ラーマン映画をモダンとポストモダンの対話的緊張関係に置くのは、第1節で論じた枠物語である。モダニティへの幻滅と決別を強く感じさせるクレイトン監督映画とは異なり、ラーマン監督映画の1922年を舞台とするニックの回想の物語のなかでは、ニックは、ギャツビーとそのモダニティを強く信奉し哀悼したまま物語を終える。しかし、この枠物語構造によって、モダンだがほとんどの人が打ち捨てるギャツビーを偉大だとしノスタルジックに強く深く哀悼するニックの物語はニックの視野から見た物語にすぎないことが映像によって可視化され強調される。この可視化により、ラーマン自身の言葉を使えば「不道徳なごみのような人間であるとみなが打ち捨てるような人間」であるギャツビーをグレートだとするニックの考えは強く相対化される。すなわち、クレイトン監督映画はもちろん、原作と比較しても、ラーマン監督映画は、モダンなギャツビーに対するニックのロマンティックな信仰を強く強調するが、同時にその思いがニックの主観的思考あるいは信仰にすぎない可能性があることも同じく強調し、信仰と懐疑の両方を緊張関係あるいは対話関係に置く。ラーマン監督映画は、モダンとポストモダン、夢と現実、超越と内在、信仰と不信仰といった対立のあいだのせめぎ合い、対話あるいは葛藤を、クレイトン監督映画よりも、

さらには原作よりも見事かつ明確に物語る映画なのである。

註

1) 劇場映画版 4 映画に関しては、デイジーのセンチメンタル化を中心に論じた Morgan に詳しい。
2) ただし、小説も二つの映画もニックの直接的経験ではない出来事を伝えている。たとえば、ウィルソンがギャツビーを殺害するにいたるまでの行動である。報道や他人を媒体にして（mediated）知った出来事だと推測できる。
3) 登場人物以外の声によるヴォイスオーヴァーの場合は、小説の三人称の全知の語り手の役割、すなわち画面内のアクションの解説という役割に近くなる。また、登場人物のヴォイスオーヴァーの場合も、画面内のアクションの解説という語り手の役割の場合と、その登場人物が心中で考えていることの伝達の二つの場合がある。
4) 小説の語り手ニックは、現在語っている時点から 1922 年の彼がニューヨークを離れた秋を「昨秋」(5) と呼び、1922 年のギャツビーが殺された日から 2 年経った（「2 年後」[125]）と書いている。ケンブリッジ全集版の注（180）でブルッコリが論じている通り、フィッツジェラルドあるいは語り手のニックが時間を間違えていると考えることもできるが、ニックの語っている時点は、いずれにせよ、翌年であり、5 頁から 125 頁まで書く（語る）のにかなりの時間を要したと考えるのが最も妥当だと判断する。
5) 妻ゼルダと統合失調症、『グレート・ギャツビー』の次の長編小説『夜はやさし』(1934) のニコールなど、フィッツジェラルドと心の病は深い関係にあるが、ラーマンによるとこの映画でのニックが精神病院から語るという設定は、未完の最後の長編小説『ラスト・タイクーン』でフィッツジェラルドが案として持っていたものである（「小説から映画へ」）。
6) ここに示しておく。
   (1) 1 章の冒頭（5-6）ニック自身のこと、ギャツビーとの関係
   (2) 4 章のまんなか（59-62）ジョーダンが口頭でギャツビーとデイジーとの約 5 年前の恋愛について話す
   (3) 6 章の冒頭の少し後（76-79）ギャツビーの出自とダン・コーディとの関係について
   (4) 6 章のまんなかあたり（86-87）ギャツビーとデイジーとの約 5 年前の恋愛
   (5) 8 章の最初のほう（115-18）ギャツビーとデイジーとの約 5 年前の恋愛
   (6) 8 章のまんなかあたり（119）デイジーがトムと結婚し、フランスからアメリカに帰ったギャツビーがルイヴィルを訪ねたときのこと
   (7) 9 章のまんなかあたり（136-37）ニックのプレップスクール時代の帰省の思い出
7) 杉野（2009）も参照のこと。
8) ジェンダーとセクシュアリティに関しては、Fraser と Suwabe を参照のこと。マッ

キーのアパートにニックが寄るシーンを削除することは、ニックのジェンダーやセクシュアリティの揺らぎを顧慮しないことにつながる。

9) ラーマンは、みずからが「詩的接着剤（poetic glue）」による「映画詩（cinematic poem）」と呼ぶ方法を用いている。「詩的接着剤」とは、「画像、思想、言葉、モンタージュ、視覚効果を 3D において融合する」方法である（「小説から映画へ」）。映像を重ねたり、映像のなかに映像を埋め込んだり、映像にニックのヴォイスオーヴァーの言葉をタイプしたりと、CGI や視覚効果だけではなく文字をも駆使する方法である。

9 ひとりで歩く女

ウィリアム・ワイラー監督『噂の二人』

相原　直美

1 『噂の二人』前史

　ハリウッドの代表的な映画監督ウィリアム・ワイラー（William Wyler, 1902-81）は、晩年のインタヴューのなかで、映画監督としての長いキャリアを振り返りつつ「撮らなければよかった映画」の一本として、1961 年に製作された『噂の二人』（*The Children's Hour*）を挙げている（Miller [2010] 140）。自身の監督作品であるにもかかわらず、ワイラーは機会あるごとに『噂の二人』に対して否定的なコメントをくりかえしているが、それはただ単にこの映画が興行的にも評価的にも振るわなかったから、という理由からばかりではない。そこには、裏を返せば、監督のこの映画に対する深い思い入れと、その思い入れを裏切るような結果に対する忸怩たる思いとが潜んでいると言ってもいいだろう。

　『噂の二人』は、ワイラー自身が 1936 年に撮った映画『この三人』（*These Three*）のリメイクである。この二本の映画の原作は、20 世紀アメリカを代表する女性劇作家リリアン・ヘルマン（Lillian Hellman, 1905-84）のブロードウェイ・デビュー作『子供の時間』（*The Children's Hour*, 1934）という戯曲である。別の言い方をすれば、『子供の時間』はこれまでに二度映画化されており、その二本ともワイラーが撮ったということになる。この特異な出来事の背景には、この作品における「レズビアニズム」表象をめぐって、ハリウッド側の検閲の問題があったのであるが、その事情を検討する前段階として、まず

140

は原作のあらすじを確認しておきたい。

　スコットランドで実際に起きた事件を下敷きにした原作『子供の時間』は、ニューイングランド地方の女子寄宿学校を舞台に、二人の若い女性教師が、邪悪な一人の女子生徒から発せられた嘘をきっかけに、社会的、精神的に窮地に追い込まれていくさまを丹念に描き出していく三幕劇である。大学時代からの親友同士であったカレン・ライトとマーサ・ドービーは協力し合って女子寄宿学校を創設し、そこで教師としても働きながら充実した日々を送っていた（第一幕）。しかし、常々彼女たちに強い不満を抱いていた女子生徒メアリーがその寄宿学校を抜け出し、学校に連れ戻されたくないばかりに、その土地の有力者である祖母のティルフォード夫人の耳に「カレンとマーサは同性愛的関係にある」という嘘を囁いた途端、女性教師たちの平穏な日常は破壊されてしまう。溺愛する孫娘の嘘を鵜呑みにしたティルフォード夫人が、寄宿学校に子どもを預けていた親たちにその誤った情報を流すと、たちまち女子生徒たちは親に引き取られていき、カレンとマーサは閉校を余儀なくされる（第二幕）。二人はティルフォード夫人を名誉棄損で訴えるものの、彼女たちの訴えを裏付ける重要な証人となるはずであったマーサの叔母で女優のモーター夫人が旅巡業を理由に出廷を拒否したことから、その裁判にも負け、社会的にも精神的にもますます追い詰められていく。カレンの婚約者である医者のジョー・カルディンもカレンとマーサの関係を内心疑っており、そのことに気づいたカレンは彼との婚約を破棄する。その最中にマーサはカレンへの同性愛的感情を告白し、みずから命を絶ってしまう。しかし、その直後、メアリーの告発が嘘であったことを知ったティルフォード夫人が、謝罪のためカレンのもとを訪れるのである（第三幕）。

　この劇は当時タブー視されていた「レズビアニズム」を扱った問題作であったためにボストンやシカゴでは上演禁止の憂き目に遭うが、ブロードウェイでは上演回数691回というロングランを記録し、その後ハリウッドで映画化されることになる。ワイラーはまず1936年にこの劇の第一回目の映画化に取りかかるが、劇中のレズビアニズムをめぐる表象が、当時「映画界の十戒」（木谷 52）としてハリウッドで猛威をふるっていた自主検閲規定「プロダクション・コード」（Production Code「映画製作倫理規定」）に抵触することから、その内容に大幅な修正を施さなければならなかった。映画製作倫理規

定管理局（Production Code Administration［PCA］）の局長ジョゼフ・ブリーンは、『子供の時間』の映画化を許可するにあたって、「映画の題名も含め、映画の宣伝などにおいても原作の『子供の時間』に直接的、間接的に言及するようなことが一切ないようにすること」、また「レズビアニズムを示唆し得る一切の要素を排除すること」という条件をプロデューサーのサミュエル・ゴールドウィン宛てに提示した（Miller［2013］64）。この指示を受けて、この映画の脚本も担当することになっていた原作者ヘルマンは、メアリーの「カレンとマーサが同性愛的関係にある」という嘘を、マーサがカレンの婚約者ジョーと不倫関係にある、という異性愛的三角関係の内容に変更し、原作にあったマーサの自殺も映画では削除した。映画のエンディングは原作とは異なり、マーサがメアリーの嘘を暴き、そのことをティルフォード夫人に伝えたあと、一人学校を立ち去る。一方、カレンのほうは、マーサの尽力でジョーとのあいだの誤解も解け、この二人が将来的に結ばれるであろうことが示唆される。この映画は『この三人』（These Three）という題名で公開され、ワイラーはこの映画で高い評価を得ることになる。

　しかし、『この三人』が製作されてから 25 年後の 1961 年、徐々にプロダクション・コードの規制も緩和されていくなか、ワイラーはオードリー・ヘップバーンとシャーリー・マックレーンという当時の二大人気女優を主演に迎え、再び『子供の時間』の映画化を試みる。二度目の映画化に際しては、原作と同じ『子供の時間』（The Children's Hour〔邦題『噂の二人』〕[1]）という題名を冠し、ワイラーはヘルマンの原作に忠実な映画化をめざした。原作が湛える「悲劇性」に惹かれていたワイラーにとって、映画製作倫理規定管理局の介入により、レズビアニズム的要素が取り払われ、ハッピーエンドとして終わらせざるをえなかった『この三人』は、いわば妥協の産物にほかならなかったからである。ワイラーは「私は『この三人』には満足していなかった。あの映画は私が意図した映画ではなかったのだ……あの映画は骨抜きにされてしまっていた。舞台上では悲劇だったのだが」と語っている（Miller［2013］327）。しかし、当の原作者ヘルマンは、私生活上のパートナーであったハードボイルド作家ダシール・ハメットの病状の悪化や大学での教職と時期的に重なっていたことから、この映画化には参加していない。つまり、原作に忠実であることをめざしたはずの二度目の映画化が、原作者ヘルマン不在のな

かで行われたということである。この映画は、プロダクション・コードの「性倒錯や、それと推定されるものすべてが禁止されている」（木谷 205）という条項が、「時代の文化、道徳観、価値観に合わせて、ホモセクシュアリティとそのほかの性的倒錯は配慮をもって慎重かつ控えめに取り扱われること」（Russo 121-22）という一文に修正された 1961 年に、公開された。いったん封切られてみると、ワイラーの意気込みとは裏腹に、この映画に対する評価は芳しくなかった。ワイラー自身は当時の反応を次のように要約している。「30 年代には強烈過ぎた主題も、この映画が製作された 1960 年代までにはインパクトが薄まってしまっていたのだ！　この映画はたかだか「女子寄宿学校の二人の女性教師が同性愛的関係にある」というだけの噂で、彼女たちの学校が閉鎖され、その一人は自殺に追い込まれ、彼女たちの人生が破滅の一途をたどる、というあまりにも酷い悲劇が導き出されている点で批判された。批評家のなかには、これらのことが単なる空騒ぎのようにしか思えないという者さえいたのだ」（Miller [2010] 71）。結局、ワイラー自身も大方の評価を受け入れ、この映画は「酷い出来だった」（Miller [2013] 327）と結論づけており、「他人の作品ならともかく、自分自身の作品をリメイクするなんてことはやめるべきだった」（Miller [2010] 123）とみずからの行動を悔いているかのようなコメントも残している。

　しかし、果たしてワイラー自身によるこの結論は妥当であろうか。ワイラーにしてみれば、この映画は彼の輝かしい経歴の汚点なのかもしれない。しかし、かといってこの映画にはそれだけの価値しか認められないのか、というと、それも決して当たらない。何よりも、この映画は一人の監督がみずからの評価の高かった作品を敢えてリメイクするという、一つの素材に賭ける監督の強い情熱と執念を示す特殊な具体例をわれわれに提示してくれている。さらには、この映画は、もともと原作の段階から絶えず論争の的となっている作品自体の本質的問題——果たして『子供の時間』はレズビアニズムについて語っているのか——を再考する貴重な機会をわれわれにあらためて与えてくれるのである。

　どの映画にもその映画なりの歴史がある。上記からもわかるように、『噂の二人』は原作、翻案、そしてそれらを取り巻く社会とのあいだで幾重にも重ねられてきた対話と交渉の記録にほかならず、本質的に重層的なアダプ

テーション・プロセスの結晶という側面を持っている。したがって、本章ではアダプテーション的実践を視野に入れつつ『噂の二人』を検証してみたい。そうすることによって、原作に込められたヘルマンの成熟した女性共同体の実現への希求が、一回目の翻案を経て、最終的に二回目の翻案である『噂の二人』において、「一人で歩く女」の表象へと集約されていったことが確認できるはずである。また同時に、この作業は、「アダプテーション」に着目する批評的実践が、性質の異なる媒体の境界線を尊重しつつも越えようとするこの創造的営みに光を当てることで、互いの新たな一面を提示しうる有効な視座であることを確認する試みでもある。

2 「自然化」のリスク

　『噂の二人』は、映画批評家のみならず、ヘルマンの戯曲の研究者のあいだでも決して評価は高くない。なぜならば、彼らが評価を下す場合、大体において原作への忠誠度がその判定基準となるからである。ワイラーは二度目の映画化において「原作に忠実」であることをめざしながらも、アダプテーションの過程のなかでそれを実現できなかった。この映画の脚本を担当したジョン・マイケル・ヘイズとワイラーは、原作のあらすじの大枠は残し、「レズビアニズム」的要素もそのまま採用したものの、「演劇」を「映画」へと翻案する過程のなかで生じる「自然化」の一端として、終盤の一連の出来事の順番を入れ替えている。その結果、映画のコンセプトと原作のそれとのあいだに大きな差異が生じてしまったのである。

　劇も映画も両方とも「見せる」表現形式——パフォーマンス・メディア——という共通点はあるものの、その本質においては似て非なるものである。ハッチオンは『アダプテーションの理論』（2006）のなかで、「オペラやミュージカルのような明らかに人為的なパフォーマンス形式がスクリーン向けにアダプテーションされる」際に行われる二種類の手続きを、以下の通り端的に説明している。「手続きとして考えられる方法は二つあるようだ。技巧が認知され、映画的リアリズムは自己言及性のために犠牲になる。もしくはそうでなければ、技巧は「自然化される」」（58-59）。ハッチオンの説明によると、一つ目の手続きは、たとえば人工性が際立つオペラなどを映画化する場合、映画のなかで敢えて「反自然主義的舞台装置」を用いたり、俳優たちに

「大いに型にはまった物腰」で演技させたりすることで、「映画的リアリズム」を犠牲にする代わりに、その人工性もしくは技巧性を前景化させる手法である。二番目に挙げている手続きは、「人為的」な部分を「自然化」する――たとえば、舞台ミュージカルを映画化する場合、ミュージカル・ナンバーを登場人物全員に歌わせるのではなく、役柄の上で「クラブの歌手」である人物にのみ、クラブの店内で歌わせることで「リアリズム」的に自然な状況を作り出す――というものである (58-59)。とくにこの「自然化」の手続きは、人工的要素の強い戯曲を、基本的にはリアリズムのメディアである映画に落とし込む際にはよく採用されるものである。『子供の時間』の映画化においても、ハッチオンの言う「原作にあった芝居じみた奇想を映画的で写実的なものへと変更する」(63) 手続きが踏まれていることは確かである。

　そのなかでもワイラーとヘイズが行った一番大きな変更は、終盤にある一連の出来事――マーサのカレンへの告白、マーサの自殺、ティルフォード夫人の訪問――の順番を変えたことである。この一連の出来事の順番が、戯曲『子供の時間』と映画『噂の二人』では異なっているのだ。

　ヘルマンの戯曲は、一部の批評家のあいだで「メロドラマ」的、あるいは「ウェルメイド・プレイ」(well-made play) と評されることが少なくない (Adler 121)。この指摘は、ヘルマンの劇には、多くの場合、プロットを推し進めるために、出来過ぎたタイミングで物事が起きたりする構造的もしくは状況的な不自然さがある、ということを意味している。この点は『子供の時間』においても例外ではない。とくに批評家たちの批判が集中しているのが、まさにワイラーたちが変更した部分である最終幕（第三幕）のマーサの自殺から劇の最後まで、いわゆるヘルマン自身が「最後の要約」（"the last summing up"（[Hellman [1942] viii]）と呼ぶカレンとティルフォード夫人の「対決」部分まで、である。この場面では、マーサが、実は自分はカレンを「まわりの人たちが言うような意味で愛していた」(71)[2] と告白した後、必死に否定するカレンを舞台に残したまま自室に退き、その数分後にピストル自殺を図る。観客は舞台上のカレンとともに、舞台袖の扉の向こうで響く鈍い銃声の音でマーサの死を知らされることになる。カレンは一瞬その場に凍りついたように静止しているが、我に返ってすぐに部屋の扉を開け、マーサの死を目の当たりにする。その後、銃声を聞きつけて二階から降りてきたモーター夫人が

| 9 | ひとりで歩く女　　**145**

事の次第を知り、「誰かを呼びにいかなくては」と言いかけるが、カレンは「もう少ししたら」とだけ答える。その直後、ティルフォード夫人が謝罪に訪れるのである。カレンはティルフォード夫人の身勝手な謝罪を、マーサの死体が残された部屋の扉を指さしながら「激しく」「苦々しく」次のように非難する。

　……あなたは、ご自分の良心にほっと一息つかせるために、こうして出かけてきたのですね。でも、わたしはあなたの告白を聞いて差し上げようとは思っていませんの。息がつまりそうでしょう、え？　……あなたは過ちを犯したから、それを正さないかぎり気が休まらない。正義の側につきたいのでしょう。……公の場で謝罪をし、お金を払いさえすれば、また眠り、食べることができるようになる。それがすんだら平和が戻るのですよ、ね。あなたは年をとっている。年寄りというものは鈍感で、あなたも 10 年、あと 15 年というところかしら。でもわたしはどうなるの？　わたしにとっては一生のことですのよ。ただ忌々しいだけの人生。（突然静かになり、右手ドアを指し示す）そして、あの人はどうなるのです。(76)

初演当時から、この場面については「構造上の欠陥がある」と指摘する声が多かったが、具体的な指摘は以下の二点に集約される。一つ目は、ティルフォード夫人の再登場のタイミングと、隣の部屋に親友の死体が横たわったままであるにもかかわらず、カレンが平然とティルフォード夫人と対峙する状況が不自然である、という批判 (Bigsby 275)、そして二つ目は、マーサの自殺の直前か直後でこの劇は終わるべきであり、そもそも最後のカレンとティルフォード夫人のやり取りは不必要である、という指摘である (若山 4, Atkinson 23)。雑誌『ニューヨーカー』のコラムニストであるロバート・ベンチリーは「劇の終盤はいろいろなことが詰め込まれ過ぎており、いくつもの結末が出来上がってしまった」と書いている (Benchley 166)。
　ワイラーらは、このような戯曲上の「欠陥」を映画『噂の二人』においては、一連の出来事の順番を入れ替えることによって巧みに「自然化」している。戯曲では「マーサの告白」のあと「マーサの自殺」があり、そのあとに

「ティルフォード夫人の謝罪」が続くのであるが、『噂の二人』では「ティルフォード夫人の謝罪」が先にあり、その後に「マーサの自殺」がくる。具体的にその場面を見てみよう。

　この場面では、マーサ（シャーリー・マックレーン）がカレン（オードリー・ヘップバーン）に思いを打ち明けた直後、孫娘のメアリーが嘘をついていたことを知ったティルフォード夫人が二人のもとにやってくる。憔悴しきっているティルフォード夫人の謝罪を、カレンは、冷たくつき返す。それに対してティルフォード夫人は「何か私にできることがあるはずです。お願いですから、私を助けてください」と訴える。そこで、それまで黙って聞いていたマーサが「助けてほしいですって？」とつぶやき、ヒステリックに笑い出す。戸惑うカレンとティルフォード夫人を残して、マーサは二階へと続く階段を駆け上がっていく。カレンは、ティルフォード夫人を追い返したあと、二階のマーサの部屋に行き、「私は別の土地で出直すわ。いっしょに来てくれない？」と話しかける。しかし、マーサは微かな笑みを浮かべ「ありがとう、カレン。明日話しましょう。いまは眠りたいわ」とだけ答え、毛布を首元まで引き上げる。カレンは眠りに就こうとするマーサをそっとしておき、数か月ぶりに寄宿学校の外に散歩に出る。しばらくするとモーター夫人がマーサを何度も呼ぶ声がするものの、マーサの反応が返ってこない。突然不安に駆られたようにカレンは走り出し、マーサの部屋に戻るが、ドアには鍵がかかっている。カレンは近くにあった金属の燭台で錠を壊し、ようやく部屋のなかに入ると、マーサが首をつって死んでいるのである。

　このようにワイラーらは一連の出来事の順序を入れ替えることによって、演劇における構造的欠陥を回避している。「マーサの自殺」を「ティルフォード夫人の謝罪」の後に持って来ることによって、まずはマーサの遺体を隣の部屋に残したまま、カレンがティルフォード夫人と向き合う、という不自然さは解消される。また、多くの批評家の希望通り、映画そのものは、マーサの痛ましい死が前景化される。この変更はワイラーにとっても好都合であったはずである。なぜならば、ワイラーはそもそも原作である戯曲『子供の時間』の悲劇性に惹かれたのであり、悲劇性を高めるためには、マーサの死を前面に押し出す必要があったからである。マーサがピストルではなく首をつって自殺する、という変更もマーサの悲劇性をより高める結果となっている。こ

の場面は、部屋の外での「マーサ！」と叫びながら重たげな燭台で何度も何度も錠を激しく叩いて壊そうとするカレンの姿と、静まり返った部屋の内部の、歪んだ十字架のように交差する黒々とした梁の中央から垂れ下がっている紐の陰がマーサの重みに不気味に揺れている光景とがカットバックで提示され、緊迫感と絶望感が高まる。ようやくドアの錠が叩き壊されドアが開いた瞬間、カレンの顔がアップになる。カレンの怯える視線が下から徐々に上へと移動するにつれて彼女の表情は絶望と苦悩に歪み、次の瞬間ガクンと膝をつく彼女の全身像へと場面は切り替わる。カレンのうずくまる姿を背景に、自殺を図るために倒されたと思われる椅子と、壁に映るぶら下がるマーサの足の黒い影が前面に大きく映し出されることで、マーサの死のリアリティ、その現実の重さと悲劇性が強烈に観客に迫ってくるのである。

　しかし、一方で、この一連の手続きは、同性愛者についての「負のイメージ」を衝撃的に前景化する結果も同時にもたらしてしまうものであった。シークェンスの入れ替えによって、すでにカレンへの告白を終えていたマーサは、ティルフォード夫人の謝罪を聞き、みずからの「身の潔白」も今後公的に証明される見通しであることを知らされるが、それでもなお、自室で自殺を図ることを選ぶ。それはつまり、マーサの自殺の理由が世間の不当な迫害に追いつめられたからではなく、「同性愛者である」というマーサ自身の自己認識以外の何ものでもない、ということを決定づけることになり、ひいては「同性愛者である」ということは、マーサが語るように「罪深く」（71）、「汚れた存在」（72）、すなわち「死ぬべき存在」である、という強烈なメッセージを映画の最後に放つことになってしまうのである。フェダマンによると、1930年代のアメリカ演劇で描かれるレズビアンは「惨め」で「神経症」で「悲劇的」（120）であったとのことだが、『噂の二人』はまさにそのようなレズビアン像を結果的にスクリーン上に提示してしまったことになる。つまり、「自然化」というアダプテーション上の手続きの結果、「同性愛者が自殺する最初の映画」（Russo 139）というレッテルが、その後この映画につきまとうことになるのである。

3　ヘルマンの思惑

　上記の議論から明らかなように、ワイラーも、そして、「マーサの自殺で

この劇は終わるべきである」と強く主張していた劇評家たちも、原作『子供の時間』を「レズビアンの悲劇」として捉えていたことは確かである。ワイラーは、「『噂の二人』はレズビアニズムについての映画ではない、これは人間の人生を破滅させてしまうほどの力を持つ嘘についての映画である」（Russo 126）ということを事あるごとに語っており、ワイラーの評伝の著者であるミラーも、ワイラーの「この映画の主題はモラル的なものであり、本質的な意味においてレズビアニズムについてではないし、それについて私は興味もない」という発言を取り上げ、「では、なぜわざわざ再度リメイクをする必要があったのだろうか」（Miller [2013] 327）と幾分皮肉を込めて自問している。ここで整理しておかなくてはならないのは、ワイラーは、恐らく『噂の二人』が「レズビアニズム」についての映画だとは思っていなかったが、マーサがレズビアンである、ということには疑問を抱いていなかった、ということである。ワイラーはこの作品を「悲劇」として捉え、そのように仕立て上げるために、マーサの同性愛的側面を強化せざるをえなかったのだ。劇評家たちも、レズビアンとして死ぬマーサの悲劇性を高めるためにこそ、「最後の要約」部分は削除すべきである、と主張したのである。

　では、当の原作者ヘルマンはどうだったのだろう。ヘルマンもまた、常々「この劇はレズビアニズムについてではありません、これは嘘についての劇なのです」（Gilroy 25）とワイラーと同様の説明をしている。しかし、ヘルマンとワイラーとでは、作品の解釈において本質的な違いがあったように思われる。興味深いことに、ヘルマンは劇評家たちの最後の場面に対する指摘に対して、以下のような一文を後年書き残している。

　　恐らくこの劇はマーサの自殺で終わるべきだった。あの最終場面は張り詰めており、過剰に盛り込み過ぎでもある。その当時もそのことは理解していたが、しかし、私はあのようにせざるをえなかったのだ。私はモラリストの作家であり、しばしばあまりにも作家としてモラリスト過ぎるところがある。それ故に私はどうもあの「最後の要約」を避けて通ることができないのである。（Hellman [1942] viii）

ここでヘルマンは初演時からくりかえされる『子供の時間』に向けられた批

判に対して一定の理解を示しつつも、多くの劇評家たちにとって不必要とし
か思えない「最後の要約」こそが、ヘルマンにとっては『子供の時間』にお
けるモラルを提示する要となる場面であることを明らかにしている。先に確
認した通り、原作における「最後の要約」では、カレンは、ティルフォード
夫人の独善性、排他性、そして自分の決断がもたらす社会的影響に思いもい
たらないほどの社会性のなさを厳しく批判し、これらのことがマーサの死を
招いたのだということを強く訴える。このカレンの主張こそが、ヘルマンの
考えるこの劇のモラルなのである。つまり、ヘルマンは原作を「悲劇」で終
わらせるのではなく、この悲劇の原因とその責任の所在の究明までをも試み
ているのである。厳密に言えば、『子供の時間』は、嘘に翻弄され、その毒
牙にかかる大人の女性たちについての劇なのである。この劇は、少女が放っ
たその場しのぎの嘘を前にして、大人の女性たちがみずからの独善性や社会
に対する無責任さをさらけ出し、窮地に陥る仲間の女性を見殺しにしていく
その過程を、情け容赦なく暴き出していくのである。

　ヘルマンは「レズビアニズム」を採用した理由を「嘘は大きければ大きい
ほど良かったのです」（Gilroy 25）とインタヴューで答えているが、ある意味
では、「レズビアニズム」でなければならなかったとも言えるのだ。『子供の
時間』はカレンの婚約者ジョー以外の主要な登場人物はすべて女性である。
演劇がその性質上、人間同士のあいだに生じる葛藤を起点とするものである
ならば、この劇は女性同士のあいだで生まれる葛藤が物語を動かしていると
言ってもよい。その意味において『子供の時間』は女性同士の関係性を検証
する劇なのであり、「レズビアニズム」はそのことを浮かび上がらせる装置
として機能しているのだ。このことは、マーサのレズビアニズムの曖昧さと
いう点からもうかがえる。実際のところ、マーサの告白が「もしかしたら」
（"maybe"）という表現を過剰に使った、かなり曖昧な印象を与えるもので
あることから、マーサは果たして本当にレズビアンなのか、と問う批評家も
少なくない。たとえばハートは「ヘルマンのテクストに果たしてレズビアン
はいるのだろうか。マーサが唯一のありえそうな候補者ではあるが、彼女自
身はっきりわかっていないようである」（Hart 277）と指摘しており、フレッ
チェも「この劇には、ある意味レズビアンは存在しない……というか、はっ
きりとレズビアンだと言える人物がいない――しかし、結局のところ、はっ

きりとそうだと言うことなど誰もできないのである」（Fleche 17）と書いている。このマーサの存在の曖昧さは、この劇はレズビアニズムについての劇ではないのかもしれないが、その一方で、少なくとも女性同士の、なにか名付けようのない強い結びつきについて描こうとしているようだ、という密やかな示唆をわれわれに与えるものとして機能していることは確かである。そして、これこそがこの劇の本質に直結しているのだ。この劇は、女性から成る共同体の機能不全と破綻を描いている。そのことは、周りに何人もの女性がいながらも、誰一人として、罪のない女性たちが破滅させられていくのを阻止することができなかった、という紛れもない事実が証明している。しかし、ヘルマンは、ティルフォード夫人に象徴される未熟な女性共同体に別れを告げ、一人毅然と旅立つカレンの姿に、理想的な女性共同体への実現を託している。理想の女性共同体とは、集団に群れることなく、自立的存在でありながら、マーサのような犠牲者を出すことなく、互いに支え合える連帯関係を結べる成熟した女性たちから成る共同体のことである。原作の最終場面では、カレンが一人舞台上に残される。一時は女性たちで賑わっていた舞台上に、カレン一人がいることは象徴的である。ヘルマンにとって、自立した個として存在する女性こそが理想的な女性共同体の原子なのである。カレンは出ていったばかりのティルフォード夫人のほうを振り返ることはない。ただ、しばらくしてから片方の手を挙げ、「さようなら」とつぶやく（78）。長い沈黙のあとに発せられるこのカレンの決別の言葉にこそ、この劇におけるモラルと未来的ヴィジョンが見事に集約されているのである。[3]

　興味深いことに、この原作の主題はヘルマンが脚本家として参加した最初の映画化作品『この三人』にはっきりと反映されている。ヘルマンは自分の戯曲を映画化するにあたって、映画製作倫理規定管理局からの要求に抵抗することなく、進んでその変更要請に従っている。その当時のことをヘルマンはインタヴューでも次のように語っている。「レズビアニズムというテーマは許されなかったので、私たちは変えました。これ自体は私にとっては重要ではなかったのです。なぜなら私のなかではこの劇はレズビアニズムについての劇ではなかったからです」（Gardner 111）。

　『この三人』のなかでひときわ興味をそそられるのがマーサの人物造形である。この映画のマーサはことさら「一人」であることが強調されている。

たとえば原作にはないマーサの孤独な子ども時代が映画『この三人』ではマーサ本人の口から語られる。それによると、マーサの子ども時代は、親代わりであった叔母のミセス・モーターが旅劇団の女優であったことから、旅巡業につき合わされて 16 回転校し、学校の宿題は叔母の出演する舞台の楽屋ですませなくてはならず、一日の終わりは叔母とともに安い宿に戻るだけ、というものだった。彼女が「一人」であることは、カレンとジョーが親密になっていき二人が同じフレームに収まる割合が高くなるに従ってますます強調されていくことになる。しかし、同時に、原作におけるカレンの重要な台詞の大半が、この映画のなかではマーサの台詞に変えられており、とくに映画の中盤以降、人物の重点がカレンからマーサへと移行している。映画の終盤にかけては、単独でメアリーの嘘の真相を突き止めようと奔走するマーサの姿だけが集中的に描かれ、いつのまにか「一人」であることが「惨めさ」ではなく「主体性」の具現化として立ち現れてくる。映画の終盤ではマーサが真相を告げにティルフォード夫人の屋敷まで出向き、原作ではカレンの台詞であった「最後の要約」の台詞を語る。ティルフォード夫人がこの先のマーサのことを案じると、マーサは毅然と「私は大丈夫です。本当に」と答え、最後に、カレンへの伝言として「ジョーのところに戻るよう伝えてほしい」とだけティルフォード夫人に頼み、原作のカレンと同様に「さようなら」という一言を残してその場を一人立ち去るのである。

　この場面ではカメラワークにおいても「個」としての女性が浮かび上がるような工夫がなされている。マーサが一人で立ち去る場面では彼女の後ろ姿が捉えられているが、その後ろ姿を見送るティルフォード夫人の後ろ姿も重なるようにじっくりと映し出されている。さらには場面が切り替わり、一人見送るティルフォード夫人の姿だけが正面からのロングショットで捉えられている。この一連のショットは、この後に続くカレンとジョーが「対」で収まるハッピーエンドのラストシーンと明確な対比をなすように、ことさらに「一人」の女性たちの姿が強調されている。しかし、その姿は「孤独」というよりも、むしろみずからの責任を引き受け、威厳に満ち、自立した個として存在する女性の姿として浮かび上がっている。ティルフォード夫人がカレンにマーサの伝言を届ける次の場面では、マーサの伝言を聞きながらうっすらと感謝の涙を浮かべるカレンの姿が映し出される。この場面に、原作には

描かれずとも、ヘルマンが透視していた成熟した女性たちの連帯関係の実現を、われわれは見ることになるのである。

4 「噂の二人」から「一人で歩く女」へ

　ヘルマン不在のなかで製作された『噂の二人』は、公開当時の映画批評家たちからは「時代遅れ」と揶揄され、近年の批評家たちからは「同性愛者に対する負のイメージを拡散させるきっかけを作った罪深い映画」と見なされてきたことは、先の議論で確認した通りである。しかし、その一方でこの映画のなかにワイラーの映像技術の進化を見て取った者も少なからずいた（Sinyard 5168）。ワイラーと『この三人』に続き二本の映画（『デッドエンド』（*Dead End*, 1937；シドニー・キングズレー原作）／『偽りの花園』（*The Little Foxes*, 1941；リリアン・ヘルマン原作））で脚本家としてともに映画作りに関わったヘルマンも、ワイラーの映像処理の才能には一目置いており、「彼は素晴らしい絵画的センスを持ち合わせている──彼は一つの場面にさまざまな要素を詰め込むことに長けており、私はウィリー［ワイラー］が上手く撮ってくれることを知っていたので、内容によってはあえて台詞にしなくてもよい、と思っていた」（Miller [2013] 70）と語っている。ここでは、最後に、ワイラーが如何に映像に積極的に「語らせる」ことで、『この三人』で提示した「対」と「個」の対比を、『噂の二人』においてさらに発展させ、ヘルマンが『子供の時間』と『この三人』で探求し続けた自立的個人としての女性像を映像化したかについて検証してみたい。

　興味深いことに、原作では、カレンを除くほかの登場人物たち全員が何らかのかたちで血縁関係にあり、それ故にカレンを自立した個人として際立たせている。これはそのまま『噂の二人』でも受け継がれている。たとえばモーター夫人とマーサは叔母と姪の関係にあり、ティルフォード夫人とメアリーは祖母と孫の関係にある。さらには、カレンの婚約者のジョーでさえ、ティルフォード夫人を「叔母さん」（"Aunt Amelia" [21]）と呼び、メアリーとは「いとこ」同士（"Cousin Joe" [52]）であることから、ティルフォード家と親族関係にある。このカレンを取り巻く血縁のネットワークは、カレンが置かれている環境の閉鎖性が「家族」と関連していることを示唆している。マーサが冗談めかしてジョーに言う「ジョー、あなたの家系には白痴はい

| 9 | ひとりで歩く女　　**153**

図1 『噂の二人』ウィリアム・ワイラー監督
▶ 00:33:17

図2 『噂の二人』ウィリアム・ワイラー監督
▶ 00:12:22

るの？　近親相姦は？　……ほら、あの犯罪で悪名高いジューク一族だって、古い家柄でしょ」(21)という台詞からもうかがえるように、ここで示される血縁関係は、決して愛情深い関係性ではなく、むしろ「よからぬもの」として提示されている。ジョーが産婦人科医であることも偶然ではない。ジョーが最初の登場場面で開口一番「黒い種牛」を話題にし「このあたりの牝牛があいつの種をはらむことになる」(16)と言ったり、あるいは病院の仕事が忙しいと言う代わりに「発情期の結果が出る時期なんだ」(45)と言ったりすることで、彼が「生殖」と結びついている人物であることが明確に示されている。しかし、その「生殖」が動物のイメージと重ねられていることによって、それが愛情に基づくものというよりは、むしろ野蛮で無機質なものとして提示されている。そのようななかで、カレンの「子どもが欲しい」という表現で言い表されるカレンとジョーの結婚が「よからぬもの」として示唆されていることは否めない。したがって物語の終盤、ジョーとの婚約を破棄するカレンにおいては、生物学的再生産性を目的とした異性愛的な「対」関係を基礎とする人間関係から解放された「個人」という属性がさらに際立つことになる。

　ワイラーは、ヘルマンが提示した「異性愛的家族主義」の対極に位置する「個人」としてのカレン像を『この三人』で採用した「対」と「個」の対比をさらに発展させた映像表現を編み出すことで、映像化している。異性愛的家族主義に囚われた関係性を「対」をなす人間関係に象徴させ、彼らを「内」に閉じ込めることでその閉鎖性を表す一方、「個人」を文字通り「外」に解

放しているのである。前者については、ワイラーは設定として頻繁に「家のなか」や「車のなか」を用いている。この映画では登場人物二人の親密な関係性を表す場所として幾度となく車が用いられている。たとえば図1で示されているように、メアリーがティルフォード夫人に嘘を囁くのは車のなかである。また、図2の通り、カレンが「一年後には子どもが欲しいわ」と語りかけジョーとの結婚の約束を交わすのもやはり車のなかである。彼らは同じフレームに収まってはいるが、その関係性が閉鎖的で息詰まるものであることが、狭い車内に閉じ込められている二人を通して示されている。

図3　『噂の二人』ウィリアム・ワイラー監督
▶ 00:11:23

図4　『噂の二人』ウィリアム・ワイラー監督
▶ 01:41:33

　このように、ワイラーは、同じ構図の場面を映画のなかでくりかえすことによって、その構図の意図を徐々に明確化していく手法を採用している。そのもう一つの例が図3と図4に見られるように主役の女性二人が、それぞれ単独で寄宿学校の周りを散歩する場面である。図3は、カレンとジョーがドライブに出かけた後、一人残されたマーサが、子どもたちも寝静まった学校の周りを一人歩く場面である。図4は、ティルフォード夫人からの公的謝罪と補償の申し出を受け、束の間の安堵のなかで歩くカレンの姿である。この二つの場面は、構図的にほぼ同じであり、どちらの場面も彼女たちがゆっくり歩く姿を追っている。この場面は「車のなか」の場面と明確な対比をなしており、カレンとマーサがそれぞれに「一人」であることが提示されている。しかし、彼女たちは「一人」でありながら、心のなかでは大切な人を想っているという意味でも共通している。マーサの心のなかには叶わぬ愛の対象と

図5 『噂の二人』ウィリアム・ワイラー監督
▶ 01:46:41

してのカレンの姿があるであろうことは、この場面にいたる経緯からも明らかである。一人歩くカレンのなかにも、自分への愛を告白したマーサへの真摯な思いやりと、別の場所でやり直す二人の未来の姿が去来しているはずである。つまり、この二つの場面は、どのようなかたちの愛であっても「愛する」行為が基本的に「個人」に始まるものである、ということを映像だけで表しているのである。

　映画のラストシーンでも、この「一人で歩く女性」の姿は、再びくりかえされる。マーサの葬儀のあと、カレンは原作と同様に、彼女の属していた共同体に別れを告げる。舞台の上のカレンは、一人「さようなら」とつぶやくが、映画のカレンは遠巻きからマーサの埋葬を見ている町の人々に対して無言を貫く。葬儀にやってきた人々のなかにはティルフォード夫人やジョーの姿もあるが、カレンは一瞥もくれないまま、彼らのなかを黙って歩いていく。そのカレンの姿は図5のように遠くから長回しで捉えられている。ワイラーは一人歩き続けるカレンがフレームから外れてもなお、しばらくのあいだ、彼女を見送るジョーをはじめとする町の人々を写し続ける。墓地にたたずむ人々の姿は、この共同体そのものの「不毛性」を意味している。その後に続くラストシーンでは、辺りの木々を見回し、空を見上げながら歩き続けるカレンの顔がアップで捉えられている。彼女の表情は映画の冒頭で見せたような無邪気な明るさを湛えてはいない。しかし、毅然とまっすぐ前を見据える彼女は、すでに成熟した一人の大人の女性の顔をしているのである。

5　ラストシーン

　一人の女性がまっすぐ前を向いて歩いていく最も有名な映画のワンシーンといえば、イギリスの作家グレアム・グリーンの同名小説の映画化『第三の男』(The Third Man, 1949)のラストシーンである。イタリアの女優アリダ・ヴァリ演じる若い女性が、長い並木道を、ただひたすら歩いていく、あまりにも

有名なシーンである。その先には、彼女の恋人を裏切った男性が待ち受けている。その男性は彼女にほのかに思いを寄せているが、彼女は彼に一瞥もくれずに、ただひたすら前を向いて歩いていく。彼女はその男性の裏切りを絶対許さないのだ、ということがその映像からはっきりと伝わってくる。逢坂剛は、川本三郎との対談のなかで、『噂の二人』のラストシーンを「『第三の男』のアリダ・ヴァリのスタイルだね」（128）と表現している。『第三の男』の製作年が 1949 年なので、ワイラーがキャロル・リードのこの有名な映画を観て、『噂の二人』のラストシーンを思いついた可能性もあるかもしれない。

　人間がただ黙々と歩く姿とは、なんと雄弁なことだろう。これが映像の力である。ワイラーはヘルマンが舞台上では実現できなかった表現方法で、彼女の戯曲を語り直している。『噂の二人』のラストシーンが、ヘルマンがこだわり続けた原作の「最後の要約」の映像化であることは言うまでもない。原作の戯曲では舞台上に一人残されたカレンが、『噂の二人』では、一人で、しっかりとした足取りで前を向いて歩き出している。ワイラーは、ヘルマンが舞台上で思い描き、その実現を切望していた成熟した女性共同体へと、カレンを送り出して、映画を終わらせている。ワイラーは、彼なりのやり方で、最終的にヘルマンの原作に見事に寄り添ったのである。これがアダプテーションの価値であり、快楽なのである。

註

1) 以下、二度目の映画化（1961 年）版については、原作と区別するため、邦題の『噂の二人』を採用する。
2) 以下、原作の戯曲からの引用は（　）内の頁番号で示す。なお、翻訳については、基本的に小池美佐子訳に依拠しているが、適宜改訂を施した箇所もある。
3) 原作の戯曲についての議論は、拙論「回想の未来――リリアン・ヘルマンの『子供の時間』再読」（『アメリカ文学　日本アメリカ文学会東京支部会報』第 68 号、2007）参照のこと。

10 アメリカ大衆文化における民衆の想像力

ジョン・フォード監督『怒りの葡萄』

中垣　恒太郎

1　アメリカ大衆文化における『怒りの葡萄』の文化的遺産

　『怒りの葡萄』（*The Grapes of Wrath*）は、1939 年 4 月に小説が発表された直後の 1940 年 1 月に映画化公開がなされており、製作会社 20 世紀フォックスにとっても一大事業であった。以後 21 世紀を越えて現在にいたるまでアメリカ大衆文化の精神文化を象徴する物語であり続けている。なかでもポピュラー音楽やアニメーションなども含めたアメリカ大衆文化に継承されている点に特色があり、たとえば、アニメーションの『シンプソンズ』（*The Simpsons*, ファースト・シーズン、第 11 話、1990）や『サウスパーク』（*South Park*, シーズン 12 第 6 話、"Over Logging," 2006）において大家族がおんぼろの車に乗って移動する場面がパロディとして描かれ、コメディの題材としても機能している。さらに 2008 年に起こったサブプライムローンに端を発する世界同時不況以後あらためて注目がなされており、スティーヴン・スピルバーグがプロデューサーとして名を連ねるドリームワークスがリメイク版の制作を予定していることを 2013 年に発表している。[1]

　本章ではアメリカ大衆文化における映画『怒りの葡萄』の意義を探ることに力点を置く。総合芸術文化であり娯楽文化でもある映画メディアは音楽をも内包するものであり、民衆の音楽としてのアメリカ民謡はこの作品において重要な役割を果たしている。さらに、現代アメリカのフォーク・ソングの原型に位置づけられるウディ・ガスリー（Woody Guthrie, 1912-67）がこの

映画版に触発されるかたちでアルバム『ダストボウル・バラード』（*Dust Bowl Ballads*, 1940）を制作し、ギター一本を抱えて町から町へと放浪するミュージシャン像を創り上げていったこともアメリカ大衆文化史において重要な意味を持つ。映画版を媒介に『怒りの葡萄』の物語およびその精神文化が音楽やアニメーションなどメディアや時代を越えて継承されている。

　まず簡単に物語および作品の成立過程をたどっておくことにしよう。米国の国外で上映する際に字幕による時代背景の説明（「土地を追われたある農民一家の物語である。彼らは平和と安定と新たな故郷を求めて果てしない旅に出た」）がプロローグとして付されたように、『怒りの葡萄』は 1930 年代後半のアメリカに特有な社会状況を反映した時代の産物であり、原作小説が刊行された翌年に映画の発表がなされていることからも同時代の息吹や光景を記録している点に特色がある。

　20 世紀フォックス社の副代表でありプロデューサーを務めた、ダリル・F・ザナック（Darryl F. Zanuck, 1902-79）は、小説の主要な筋と社会的なメッセージを忠実に再現するという条件でスタインベック原作の映像化権を 10 万ドルで獲得した。脚本を担当したナナリー・ジョンソン（Nunnally Johnson, 1897-1977）は、アメリカ批判が込められた政治的な面を削ぎ落とし、ヒューマニズムの要素と家族のドラマを強調し、原作の最後の 3 分の 1 ほどを削除して、主人公トム・ジョードが母親と別れる場面をエンディングとして再構成した。監督のジョン・フォード（John Ford, 1894-1983）はその前年の 39 年に代表作『駅馬車』（*Stagecoach*, 1939）を含む 3 作品を監督しており多作をきわめていた時期であった。『怒りの葡萄』は第 13 回アカデミー賞にて 7 部門にノミネートされ監督賞と助演女優賞を獲得するなど高い評価を得る。

　プロダクション研究（製作研究）としてスタッフワークの観点から探るメディア研究が近年活発な動きを示している。[2] アダプテーションおよびプロダクション研究の観点からメディアを横断する物語の生成と流通過程を捉え直す動向を参照しながら検討するならば、監督ジョン・フォードおよびプロデューサーのザナック、脚本家のジョンソンによる脚色の戦略を分析する試みが有効となろう。さらに、「西部劇」ジャンルの生成と発展に対するフォードの多大な貢献からもジャンル形成の系譜にも目を配りながら、アメリカ大衆文化における民衆の視点の源泉として『怒りの葡萄』を位置づける。

| 10 | アメリカ大衆文化における民衆の想像力　**159**

2 『怒りの葡萄』にいたる道—— 映画製作の背景

　世界恐慌のただなかにあった 1930 年代、オクラホマ州をはじめとする中西部ではダストボウルが甚大な被害をもたらしていた上に、トラクターなどの最新テクノロジーを導入して大規模農業化が進むなか、小作農に従事していた農民が流民と化していた。ダストボウルとは「黒い大吹雪」とも呼ばれる砂嵐のことで、旱魃が数年にわたって続いていたオクラホマでは、農作物の収穫量が劇的に落ち込み、不況もあいまって困窮を極めていた。土埃が数千メートル上空まで巻き上がり、太陽が隠され気温も急激に低下してしまう。窓を閉ざして目張りをしても、細かい土埃が家のなかに入り込み床に積もっていった。『怒りの葡萄』においても 4 年の刑期を終えて実家に帰ってくる主人公のトム・ジョードが変わり果てた惨状を目の当たりにする冒頭の場面においても描写されており数年間の変化が劇的であったことを際立たせている。映画版『怒りの葡萄』はダストボウル、当時の農業経営や労働者募集のあり方、キャンプの様子が克明に映像で描かれており、「ニューズリール」と称されるニュース映画の要素を導入したかのようなドキュメンタリー的表現を物語にはさみ込んでいる点に特色がある。

　主人公のトム・ジョード（ヘンリー・フォンダ）は、物語開始前にある殺人事件を起こしてしまったことにより 4 年間の懲役に服していた。仮釈放され実家に帰ってくるところから物語は始まる。農業に従事していた家族の姿はすでになく、一家はオクラホマを離れることを決断し、仕事と新しい生活を求めてカリフォルニアをめざし出発の準備をしているところであった。家財を売ることで入手した中古のおんぼろトラックに、元説教師のジム・ケイシー（ジョン・キャラダイン）も加わった総勢 13 名が乗り込み、オクラホマからニューメキシコ、アリゾナへと「ルート 66」（国道 66 号線）をたどりカリフォルニアをめざす旅が繰り広げられる。

　アリゾナ砂漠からロッキー山脈を越える旅程中に祖父母が亡くなってしまうなどの苦難を経た後にようやく目的地カリフォルニアにたどり着いてみると、そこには仕事を求める人たちがあふれかえっており、オクラホマからの移住者たちは「オーキー」と呼ばれ蔑まれながら貧民キャンプを転々とし、低賃金の日雇い労働に甘んじることしかできない状況であった。労働者の団結を試みた元説教師のケイシーは地主に雇われた警備員に撲殺されてしま

う。トムはケイシーを殺した警備員を殺害し、再び警察に追われる身となり、一家と離れることを決意して単身で旅に出る。

　ここまでが脚本段階で構想されていた物語の結末であり、「でも私たち民衆は違う。死なない。しぶとく生きていく。永遠に生きるのよ、民衆だから」という母（ジェーン・ダーウェル）の台詞で有名なラストシーンは、撮影終了後にプロデューサーのザナックによりスタインベックの承諾を得て、原作に存在しない言葉がナレーションとして付け加えられたものである。

　ジョード一家がオクラホマの地から、豊饒な「約束の地」としてのカリフォルニアへと脱出する展開は『旧約聖書』の「出エジプト記」をモティーフとするものであり、多難な道のりのなかで勇気と信仰を試される「ヨブ記」の連想が新大陸アメリカをめざした移民の物語と重ね合わされる。『怒りの葡萄』の題名に込められている「葡萄」もまた聖書からの引用であり、神の怒りによって踏み潰される「人間」を意味するものと解釈されている（新約聖書「ヨハネの黙示録」第14章）。より直接的には、「ヨハネの黙示録」を下敷きとする南北戦争時の北軍の行軍曲「リパブリック賛歌」（「**共和国の戦いの歌**」、"Battle-Hymn of the Republic," 1861）に由来するものであり、スタインベックの当時の妻キャロル（1930年に結婚、1943年に離婚）が見出したとされている。『怒りの葡萄』の監督フォードのお気に入りの曲でもあるこの曲はジュリア・ウォード・ハウという女性詩人による一節、「主は、怒りの葡萄がたくわえられた搾り場を踏みつける」（He is trampling out the vintage where the grapes of wrath are stored）に基づく。「葡萄」は豊穣の象徴であり、「怒りの葡萄」はある集団の怒りや苦しみが発酵して大きくなり、それらがいつ爆発するかわからない危険な状態を指している。つまり、「葡萄」は民衆の「怒り」そのものを表し、ここでの「怒り」は、「神の怒り」、「正義の憤激」であり、当時の政治に対する「怒り」を示している。

　スタインベックがダストボウル難民にまつわる小説の構想にいたるのは、労働争議を扱った小説『疑わしき戦い』（*In Dubious Battle*, 1936）からの流れによるもので、「ピーチ・ストライキ」（フレズノの南、チュラーリ郡におけるタガス農園、1933）や、カリフォルニア州南部（インペリアル・ヴァレー）の綿農場での「コットン・ストライキ」（1933）などを取材していた。ダストボウル地帯からの移住農場労働者たちのキャンプを訪問し、実態調査記

事を書く過程を通じて、ベイカーズフィールドの南に新しく建設されたアーヴァイン国営キャンプの管理人トム・コリンズと知己を得る。さらに 1936 年秋に難民キャンプ見聞記を『サンフランシスコ・ニューズ』紙に連載し、書籍『収穫するジプシー』[The Harvest Gypsies] としてまとめられる。オーキーたちの悲惨な生活の実態を記録したノンフィクション作品であり、こうした取材体験が小説『怒りの葡萄』の下地となる。

スタインベックは 1937 年 8 月から 9 月にかけてジョージ・カウフマン（『二十日鼠と人間』[Of Mice and Men, 1937] の舞台版の演出家）が所有するペンシルヴァニア州バックス郡にある農場に妻キャロルとともに招かれた後、ニューヨークからカリフォルニアまでの自動車旅行による大陸横断を夫婦で敢行している。ルート 66 を通ってカリフォルニアをめぐる旅程であり、国営キャンプの管理人トム・コリンズの協力を得て、移住農場労働者たちと生活をともにする取材も行っている。「オーキーたちの物語」として当初構想されていたこの企画は、「中間章（general）」として移住農民たちの苦境や当時の社会背景、カリフォルニアの歴史を描くパートと、「物語章（particular）」としてジョード家の人々をめぐる物語のパートとが原則、交互にくりかえされる構成の長編小説『怒りの葡萄』として結実する。

3 「ルート 66」の想像力——地域文化の時代

映画版『怒りの葡萄』はルート 66 が描かれる最初期の映像作品として位置づけられる。原作小説においてもルート 66 を通して西へと向かう道の描写が詳述されており、「マザー・ロード」（第 12 章）と称されるその呼称は物語の枠を越えてルート 66 の別名として定着している。1960 年代後半にかけて沸き起こるアメリカン・ニューシネマやロード・ムーヴィーのジャンルの源泉として、さらに遡り、アメリカ大衆文化のフォーク・ソングに対してもその源流に『怒りの葡萄』が位置づけられる。ルート 66 はやがて州間高速道路の発展にともない 1985 年にその役目を終え廃線になるが、その後も歴史的街道として人気があり観光客を今でも惹きつけている。

ルート 66 は、1926 年に最初の国道の一つとして指定され、同名のジャズやテレビドラマがもたらされるほどアメリカ大衆文化において絶大な人気を誇るものであるが、軽快な音楽に合わせてルート 66 をたどる映画『怒り

の葡萄』の表象はその人気に大きな役割を果たしている。ルート 66 と地名の標識を映し込みながら車が道を走っていく構図がくりかえし描かれるように、移動の足跡と当時の風景が丹念に描かれており、実際のロケ地とされる箇所を特定することができるのも映画『怒りの葡萄』およびルート 66 がアメリカ大衆文化のアイコンと化す要因となっている。『怒りの葡萄』の足跡をたどる旅行者は現在も多く存在する。映画のなかの構図と同じ風景を探し、写真や動画を撮影し発信する SNS 時代においてその傾向は強まっているとも言える。[3] 道中、コロラド川で水浴びをする休息の場面などもあり、『怒りの葡萄』を「ロード・ムーヴィー」ジャンルの先駆的作品に位置づけることもできるであろう。『怒りの葡萄』における移動の視点をめぐり、俯瞰した視点から運転手の視点まで使い分けがなされている点も特筆に値する（Archer 15）。ビング・クロスビー、ボブ・ホープによる「珍道中シリーズ」（1940-62）の第一作『シンガポール珍道中』（*Road to Singapore*）も 1940 年の作品（パラマウント映画製作）であることからも『怒りの葡萄』をロード・ムーヴィーの系譜から捉えることも有効であろう。

　自然災害と経済問題に翻弄される貧しい一家をめぐる物語であるはずの『怒りの葡萄』がアメリカ大衆文化の想像力の源泉と化していく過程を探るためには、プロデューサーであるザナックによるアダプテーションの戦略に注目することが肝要であろう。スタインベックの原作小説はベストセラーとなったが、保守派からはそのアメリカの資本主義社会の描き方に対して政治イデオロギー色が強すぎると批判され、その一方でリベラル派からは映像化作品がセンチメンタルなヒューマンドラマに堕してしまうことを懸念する声が高まっており映画化の動向は注目を集めていた。ザナックは脚本や製作の過程がマスメディアに露見しないように努め、「ハイウェイ 66」という別の作品名をダミーとして用いたほど情報統制を徹底し、外部の介入を遮断していた（Krim 109）。「ハイウェイ 66」という別名が示すように、車での移動をめぐる物語が焦点化されるのも必然と言える。

　映画版『怒りの葡萄』において音楽が果たす役割も大きい。挿入歌「レッド・リヴァー・ヴァレー（赤い河の谷間）」は古いアメリカ民謡であり、西部開拓時代の白人男性とネイティヴ・アメリカン女性とのあいだの悲恋について女性の視点から歌われている。正確な起源は未詳であるが 1870 年頃と

| 10 | アメリカ大衆文化における民衆の想像力　　**163**

される。レッドリバーとはテキサス州に源を発し、アーカンソー州、ルイジアナ州を経てミシシッピ川に合流する約 2000 キロの川である。

　アメリカ民謡を作品の基調とする映画『怒りの葡萄』の精神文化は音楽を通してさらに継承されていく。アメリカ「フォーク・ソングの父」と称されるウディ・ガスリーが映画『怒りの葡萄』に触発され発表したアルバム『ダストボウル・バラード』（1940）のなかでも、「トム・ジョード」と題された曲は映画版『怒りの葡萄』のストーリーをなぞった歌詞であり、小説から映画、映画から音楽へとメディアを越えたアダプテーション作品となっている。オクラホマ出身であるガスリーは大恐慌時代に季節労働者としてカリフォルニアに移住する「オーキー」たちと行動をともにする放浪生活を送り、労働者階級が直面する問題意識を育んでいた。スタインベック自身もガスリーに対し、「圧迫に耐え、それに抗して立ち上がろうとする意志」に「アメリカの精神」の継承を見ている（フォーク・ソングの歴史をまとめた書籍［*Hard Hitting Songs for Hard-Hit People*］に「序文」を寄稿）。

　さらに、政治・社会状況に対して最も活発に表現活動を展開している現役ミュージシャンの一人であるブルース・スプリングスティーン（Bruce Springsteen, 1949- ）は、ウディ・ガスリー、ピート・シーガーらフォーク・ソングの先達に敬意を示し、伝統的なフォーク・ソングのカバー曲集を意欲的に発表することで「民衆」の文化の継承者となることに自覚的なふるまいを示している。その分岐点としてアルバム『ザ・ゴースト・オブ・トム・ジョード』（*The Ghosts of Tom Joad*, 1995）を挙げることができる。「トム・ジョードの亡霊たち」という題名が示すように、1930 年代にスタインベックが提起したアメリカの社会問題が 20 世紀末になってなおも解決されていない現実に目を向けている。オーキーから、メキシコ系移民に代表される移民労働者に変わり、違法密入国や大企業化する産業構造の問題も含め状況はより複雑になっている。スタインベックの小説が映画版を経て、ガスリーらフォーク・ソングに伝播し、継承されていることは『怒りの葡萄』の受容史を特別なものにしている。『怒りの葡萄』におけるルート 66 をめぐる旅程は苦難に満ちたものであるが、映画版でのルート 66 の旅路は音楽による軽快さがその深刻さを和らげている。

　ジャズのスタンダード・ナンバーである音楽「ルート 66」は 1946 年に発

表され、ナット・コールから、チャック・ベリーを経て、英国出身のローリング・ストーンズにカバーされロックンロールの伝統に継承される。アメリカのルーツ・ミュージックであるリズム＆ブルースに多大な影響を受けたストーンズがこのカバー曲をデビュー・アルバムの第一曲目に配置していることからも、英国出身の彼らにとってのアメリカ文化への憧憬が示されている。ルート66をめぐるアメリカ大衆文化の想像力の系譜をたどる際に、映画版『怒りの葡萄』はその源流に位置づけられるものである。

4　アメリカ移民の叙事詩──アダプテーションから比較文化へ

　『怒りの葡萄』は「西部劇」ジャンルを確立したとされるジョン・フォード監督の代表作『駅馬車』の翌年に製作されている。フォードはアイルランド系の両親のもとに育ち、『怒りの葡萄』に対してもアイルランド系移民としての共感を示し、自分の親世代が郷里を離れ新生活のためにアメリカをめざした歴史的背景を重ね合わせている。スタインベックも（スプリングスティーンも）アイルランド系の由来を有しており、アメリカ移民の物語としての『怒りの葡萄』がアイルランド系移民の手によって継承されることで大衆文化の系譜が形成されている点は注目に値する。この時代を代表する映画『風と共に去りぬ』（*Gone with the Wind*, 1939）もまたアイルランド系移民をめぐる物語であり、映画は移民労働者にとっての主要な娯楽であった。

　ジョン・フォードはアイルランド系移民二世であり、もともとはアイルランド系のショーン・オフィーニー（Sean Aloysius O'Feeney）という名前であった。父親は、「スピーク・イージー」と呼ばれる故郷を同じくする者たちのたまり場を拠点に港湾労働者に酒を売る仕事をしていた。フォードは1914年、20歳でハリウッドに渡る。兄フランシスが所属していたユニヴァーサル映画に小道具係として雇われ、当時の映画産業は分業制ではなかったためにさまざまな仕事に携わることで映画技術を学ぶことができた。スクリューボール・コメディやギャング映画の全盛期であった1930年代に当時すでに廃れていた西部劇のジャンルを『駅馬車』の成功により復興させる。

　『怒りの葡萄』をはさみ、貧乏白人を描く『タバコ・ロード』（*Tobacco Road*, 1941）、イギリス、ウェールズ地方の貧しい炭鉱町を描く『わが谷は緑なりき』（*How Green Was My Valley*, 1941）といった作品が続くが、いずれもザナックがプ

| 10 | アメリカ大衆文化における民衆の想像力　　**165**

図1 『怒りの葡萄』 ▶ 00:10:50

ロデューサーを務めている。その後、第二次世界大戦期には海軍に入隊し、戦時情報局（OWI）にて戦争ドキュメンタリー映画の製作に携わり、野戦撮影班が制作したプロパガンダ映画（*The Battle of Midway*, 1942, *December 7th*, 1943）に関与している。

『怒りの葡萄』の映像表現技法に目を向けてみるならば、撮影監督を務めたグレッグ・トーランド（オーソン・ウェルズ『市民ケーン』[*Citizen Kane*, 1941] なども担当）によるカメラアングル、モノクロームの映像美がとりわけ高い評価を得ている。図1は、主人公のトム・ジョードが出所後、実家に帰ってみると家は荒んでおり一家の姿もなく不安に戦く場面であるが、人物の下からライトを当てる「フットライト」の技法が多用され、光と影の対照によりその不安が適確に表現されている。

苦難の末ようやく目的としていたカリフォルニアにたどり着いたはずであるのに、キャンプにはすでに人々があふれており一家が車に乗ったまま行き場を失ってしまう場面に目を向けてみよう。車は新しい世界に希望を託す移動の手段であると同時に、安住の地としての「ホーム」を見出しえない移動の途上を表すものでもある。『西部劇論』の著者である吉田広明はフォードの『駅馬車』を論じるなかで、「乗り物の内部が共同体の一つの構図になるというのはジョン・フォードが好んで用いる作劇の構図」（**吉田 71**）であると指摘している。このフォードが好む「乗り物の内部が共同体の一つの構図」は『怒りの葡萄』においても同様に散見されるものであり、行き場のない一家の閉塞感が象徴的に表されている。

ジャンル文化の観点からは、物語の冒頭、主人公トム・ジョードが一人でやってくる遠景の場面（図2）を見てみよう。アウトロー映画の系譜における「流れ者」のように遠くからやってくる姿を描いている。その後、運送会社（オクラホマシティ運送会社）の駐車場に出向き、一人のトラック運転手にかけあいヒッチハイクの交渉をして乗せてもらう冒頭場面においてトムが殺人を犯した罪で刑務所に4年入っていたことが運転手とのやりとりから明かされる。親切にヒッチハイクをさせてくれた運転手に対し、あれこれ詮索

してくることに辟易したトムは「人殺し」の罪で刑務所に服役していたことに触れ凄んで見せる。トムの背景、直情的な性質が見てとれる場面（図3）であり、トラック運転手が感じる底知れぬ不穏さも表現されている。物語の終盤でトムは果樹園のストライキ騒動に巻き込まれ、再び逃亡の身になり、愛する家族の元を離れることを余儀なくされる展開をたどることになる。アウトロー映画のジャンルの系譜をここに見ることもできるであろう。

図2　『怒りの葡萄』▶ 00:01:48

図3　『怒りの葡萄』▶ 00:04:34

　実家にたどりつく前にかつて説教師であった顔見知りのケイシーと出会うのだが、彼はトム・ジョードの不在中に浮浪者となっている。前科者と浮浪者の二人が連れ立ってジョード一家の行方を探るために移動する遠景の構図（図4-1）は後に反復される。

　おんぼろの車で移住をめざす一家に対し、ケイシーは自分も西部を見てみたいという願望を伝え移動をともにすることになる。家財道具と大家族を載せたおんぼろの車には余裕がないにもかかわらず、夢を追い求める者を排除しないアメリカの理想形がこのおんぼろの車に込められている。[4]

　物語の結末に関しては、脚本においても実際の撮影においても主人公のトム・ジョードが一家と別れ一人で去る場面（図4-2）で終わる構想であった。これは物語冒頭の一人でやってくる主人公の姿（図2）とも呼応するものであり、相棒を得て二人で移動する図4-1の構図を反復しながらも、再び一人で去っていくことが強調される構成になっている。監督フォードもそのように物語を締めくくっていたところを、でき上がった作品の印象が暗いことを懸念したプロデューサーのザナックが母親のナレーションをエピローグとして継ぎ足したものが完成版となっている。すでに撮影を終え休暇に入ってい

| 10 | アメリカ大衆文化における民衆の想像力　　**167**

図 4-1 『怒りの葡萄』▶ 00:23:20

図 4-2 『怒りの葡萄』▶ 02:04:36

たフォードはザナックから追加撮影の提案を受けるも全権をザナックに委ね自身では関与しなかった。

　最終的に安定した仕事や家を手に入れられないまま終わる物語の結末はアメリカン・ドリームの現実面を表すものであり原作小説の力点が置かれている要素であったが、現実に直面しながらも「民衆の力」を信じる母の姿を最終場面に据え強調する映画版では物語が与える効果は異なるものとなる。

　原作小説の結末では、土砂降りの雨のなかでローザシャーンの陣痛が始まる。男たちが洪水を避けようとして必死で堤防を築くも堤防は決壊した上に、ローザシャーンの子どもは死産となってしまう。死産児は箱に入れられ川に流される。高台の小屋に身を寄せると、そこには老人と、その息子の少年がいる。飢えて死にかけているその老人にローザシャーンは自分の乳房をふくませ、母乳を与える場面が小説のラストシーンとなっている。救いはないが文学史においても崇高な名場面であり、砂嵐で始まり洪水で終わる構造からは大自然の脅威に翻弄される人間の姿、生と死の問題が焦点化されている。しかしながら、「ヘイズ・コード」と呼ばれる表現規制が制定される最中の 1930 年代の映画を取り巻く状況においては、年老いて飢えている男性に乳房をふくませる場面や死産児を川に流す場面をそのまま映像化することはできなかったであろう。

　また、1941 年にアメリカが第二次世界大戦に参戦後、フォード自身も戦争ドキュメンタリー映画製作に関与していることからも、戦時中およびその後の冷戦下の時代思潮ではアメリカ社会に批判的な内容を持つ作品の製作は困難であり、社会主義を推進していると思わせる言葉を削除し、労働者を鼓舞する主張を弱める代わりにヒューマニズムの面を強調する戦略を必要とし

た。20世紀フォックスの筆頭株主にはチェイス銀行が名を連ねていることからも資本家批判のメッセージ性は和らげざるをえなかった事情もあった。

　映画に翻案する際に契約上、原作の物語を踏襲することになっていたが、大筋を踏まえつつ映画版では翻案の工夫が随所に凝らされている。ヒューマニズムを強調した場面として、トムの父親がダイナーに立ち寄る場面を挙げることができる。最低限の食糧としてパンを購入したいのだが長旅の途上であり販売されている額で購入するだけの予算はない。15セントで売られているものに対して10セント分だけ切り分けて売ってくれと懇願するトム・ジョードの父親に対し、店員の女性は売値以下では販売できないと断るが、奥にいる店主はその申し出を認めパンを売るように促す。さらにその直後に店に入ってきた子どもたちがキャンディを欲しがる様子を見た店員は同情心から実際の値段よりもずっと安い値段を提示する。一家が店を出て行った後、様子を見ていたほかの客であった長距離トラック運転手たちが不足分をチップとして渡すという場面である。

　ハイウェイ上でダイナーを営む店主、店員、店に集うトラック運転手たちはみな、アメリカのスモールタウンに暮らす庶民である。そのなかにあってもジョード一家は蔑みや憐憫の対象となる立場である。カリフォルニアの州境でオーキーたちを追い返すことが現実にも公然となされており、物語中でも、途中で立ち寄ったガソリンスタンドの店員たちの会話から差別が蔓延していることが示されている。みなも決して裕福ではないが庶民が集うダイナーでは相互扶助の理想、店主およびトラック運転手に代表される労働者たちの矜持が強調されており平等な空間として描かれている。

　また、原作小説では解決の糸口がない結末を迎えるのだが、映画版では小説の大筋を踏襲しながらも旅路の順番を操作した配列がなされている。フーパー農場の収容所の場面、ケイシー殺害の場面の順番を入れ替えることにより、ジョード一家が職を見つける手ごたえを感じさせるように再構成され、自然災害や飢えなどの悲惨さが際立つ原作の読後感と比して、より前向きな印象を与えている。

　原作小説では清潔なキャンプから劣悪な環境の農場に進む展開となるところを、映画版では物語が進むにつれて経済状況が好転しはじめ労働条件も改善する流れに変更されている。カリフォルニア州ベイカーズフィールド近く

図5 『怒りの葡萄』 ▶ 01:46:31

の「ウィードパッチ・キャンプ」は水洗トイレや洗濯場も備わっており、国営であるが住人たちによる自治的な運営がなされており民主主義の理想像として描かれている。近辺の農場には仕事がないために一家はそこに留まることはできないのだが、図5は、苦境のなかで子どもたちが新しい世界の扉を開くような構図となっており物語中で救いをもたらす場面になっている。

　まぎれもなくアメリカ映画を代表する作品であり、このように政治性を和らげる趣向が凝らされているにもかかわらず、『怒りの葡萄』の日本での公開は1963年までなされなかった。フォードによる『駅馬車』に対する日本での人気と高い評価に比しても、『二十日鼠と人間』をはじめとするスタインベック作品の翻訳受容史と比しても、映画『怒りの葡萄』の日本公開の遅れは特筆に値する。[5] スタインベックがノーベル文学賞を受賞した1962年の翌年のことであり、1962年のケネディの文化政策により初めて輸出許可がなされた。戦後、1952年に日本での公開がなされている映画『風と共に去りぬ』の受容と比べても異例なほど遅く、資本主義批判が社会主義運動を増長させる懸念が背後にあったとされる。

　民衆、とりわけ労働者の苦しい生活を描く文学は政治的な作品として扱われる傾向があり、第二次世界大戦から冷戦期を経て、それに対する抑圧がさらに増していくなか、脱政治化された映画版『怒りの葡萄』を経て大衆文化に継承されていく。『怒りの葡萄』がルート66をめぐるアメリカ大衆文化の想像力を呼び起こした系譜についてアメリカのポピュラー音楽の受容史を通じてその変遷をたどったが、映画版を通じて『怒りの葡萄』に根差す民衆の精神文化は日本の大衆文化にも受け継がれている。

　黒澤明監督による『七人の侍』(1954)は「ジョン・フォードみたいな時代劇が作りたい」という動機に基づいて構想されたとされており、フォードの西部劇から大きな影響を受けていることが公言されている。『七人の侍』のエンディングにおける「勝ったのはあの百姓たちだ、わしたちではない」の台詞は『怒りの葡萄』における民衆の力を想起させるものであるが、『怒

りの葡萄』自体の日本公開が遅れていた背景を参照するならば、西部劇ジャンルを軸にしたフォード作品における民衆との比較考察が有効な視座をもたらすだろう。

　また、『男はつらいよ』シリーズ（1969-95）で知られる山田洋次監督は、流れ者を描くジャンル映画として日本でとくに人気の高い『シェーン』（*Shane,* 1953）に触発され、日本でのロード・ムーヴィーを確立することに意識的であった。なかでも『家族』（1970）と『怒りの葡萄』との比較考察は興味深い試みとなるであろう。『家族』は九州・長崎の伊王島から北海道（中標津町）へ酪農開拓移民として一家で移住する物語であるが、開業まもない東海道新幹線や特急、青函連絡船などを乗り継いでいく鉄道ロード・ムーヴィーの側面もある。『怒りの葡萄』において一家をめぐる死と生は主要なモティーフとなっているが、『家族』においても移動のなかで死と生の物語が繰り広げられるヒューマンドラマに特色がある。『怒りの葡萄』における民衆の想像力は映画版や音楽を経てメディアや国境を越えた物語として伝播し継承されている。

5　21世紀への継承──「分断」の時代における民衆の想像力の行方

　アメリカの叙事詩としての映画『怒りの葡萄』を21世紀にさらにどのように継承することができるだろうか。映像文化史として、この作品が原作発表時とほぼ同時代の時代思潮、風景を映像で表現、記録しえており、とりわけダストボウルなどの気象現象について、また、労働争議、キャンプなどについて、写実的な描写を通して当時の様子を探ることができる。この作品が文学の枠組みを越えて、フォーク・ソングやロード・ムーヴィーなどを含めたアメリカ大衆文化の想像力の源泉となってきたことを本章でたどってきたように、とりわけルート66に代表される移動の過程を通して描き込まれたアメリカン・ロードのさまざまな風景こそがこの作品をアメリカ映像文化史のなかでも特別なものにしている。

　また、比較メディアの観点から捉える際に、政治の時代とも称される1930年代に議論を招いた話題のベストセラー作品の映画化ということもあり、作品の政治イデオロギーの扱いに慎重にならざるをえなかった背景にも留意しなければならない。第二次世界大戦から冷戦期を経て、この作品が日

| 10　アメリカ大衆文化における民衆の想像力　　**171**

本で公開されるにいたるまでに長年の歳月を必要としたことからも、占領期から冷戦期のアメリカ当局からすれば、不都合な暗部を示した作品として扱われていたことを示している。実際の筋立てや台詞の多くを原作に依拠し、原作の刊行後ほどなくして映画版も発表されながらも、小説と映画版とでは印象を異にする効果がもたらされている。脱政治化されながらアメリカ大衆文化に継承されていく戦略と変遷をたどることで、メディアと時代の特質を探ることができる。

　百年に一度の大不況とされるリーマンショックの時代、およびその後の「トランプ現象」を誘発する下地となった貧困層の拡大が社会問題化している 21 世紀現在、『怒りの葡萄』が提起する問題はより切実に映るものである。スプリングスティーンの音楽が現代の問題として継承していることからも、過去の物語ではなく現代の物語であることを示している。トレーラーハウスを住処とする層はかつても存在していたが、リーマンショック後に定職と貯蓄を失い住居を追われ車上生活を余儀なくされる人々、車で労働現場を転々とする人々、さらにそれまでに「ふつうの生活」を送っていたはずの人たちが高齢となってから車上放浪生活者となっている例がトランプ時代の社会現象として注目されている。[6] 『怒りの葡萄』は 21 世紀現在のアメリカにおいてよりいっそう切実に映る。

　フォード／ザナック／ジョンソンによるスタッフワークによるアダプテーションとしての 1940 年映画版についてその後のアメリカ大衆文化の系譜から捉え直すことにより、原作が持つ精神文化が映画や音楽といったメディアの領域を越える物語として拡張しえた要因を見出すことができる。

註

1) 『怒りの葡萄』のリメイクを含む映像化企画はスタインベックの著作権をめぐる問題により頓挫してしまっている。1950 年にスタインベックと結婚し最後の妻となったイレインに著作権が移譲されていたが、2003 年にイレインが亡くなって以降、出版契約の再交渉をめぐりかつての妻たちの遺族を交えた法廷闘争が展開されている。

2) 「プロダクション研究／製作研究」(production studies) は、製作体制の人事などにも目を配ることにより文化作品を多角的に捉えるメディア研究、カルチュラル・スタディーズの一領域である。ハリウッドのスタジオ・システムの発展期においては職域、権限、契約のあり方も時代や状況に応じて変遷を遂げており、この観点により作家主義やテーマ主義では見えてこない側面に光を当てることができる。『怒

りの葡萄』の主演俳優ヘンリー・フォンダに関しても、原作に共鳴しトム・ジョード役を演じることを熱望していた彼に対しザナックが 20 世紀フォックスとの 7 年もの長期契約を条件としたために役者としての活動に制約を受けることになった。

3) 『怒りの葡萄』の旅程をめぐる旅行記として、Bill Steigerwald, *Dogging Steinbeck: How I Went in Search of John Steinbeck's America, Found My Own America, and Exposed the Truth about 'Travels with Charley'* (2012) などがある。『怒りの葡萄』の旅程に加えて、スタインベック自身の旅行記的エッセイ『チャーリーとの旅』(*Travels with Charley*, 1962) も併せてその足跡をたどる試みは今でも人気がある。

4) ウディ・ガスリーの代表曲の一つである「我が祖国」("This Land Is Your Land," 1946) では、アメリカがその理念に反してアメリカの栄光にそぐわない者たちを排除する傾向を「鉄道」の比喩を用いて嘆いている。もともとはアーヴィング・バーリンによる「神よ、アメリカを祝福したまえ」("God Bless America," 1918) という愛国的な歌詞の曲が第二次世界大戦期に人気となったことに対する反発から生まれた背景があるが、この「我が祖国」を踏まえた上で、スプリングスティーンは自作曲「ランド・オブ・ホープ・アンド・ドリームズ」("Land of Hope and Dreams" 1999) にて、誰をも排除せず求める者みなを乗せる「鉄道」にアメリカの理想を込めており、ガスリーの社会批判を反転させるかたちでアメリカの理想像を示した。この理想のアメリカの姿は『怒りの葡萄』におけるおんぼろトラックを想起させる。

5) 新居格による翻訳『怒りの葡萄』上巻 (四元社、1939 年)、上下巻 (第一書房、1940 年) が同時代に刊行されている。第一書房版には 8 頁にわたる序文が付されており、翻訳にあたり西南部ならびに中部アメリカの西方部の移住農民たちの言葉、「田舎言葉」の扱いが厄介であったことに触れている。また、太平洋戦争直前期に検閲をかいくぐるために植字された後に活字が削除されて空白になっている箇所もある。

6) リーマンショック後に職や貯蓄、家を失い、車上生活を余儀なくされながら派遣労働で生計をたてる層が社会問題となっていることを、ジェシカ・ブルーダー『ノマド──漂流する高齢労働者たち』はルポルタージュ作品としてまとめあげている。不動産価格が高騰する一方で所得は下落する傾向にあり、補助を受けられる低所得者層のセーフティネットからも零れ落ちてしまう中間所得者層が厳しい状況に置かれ、中流程度の生活を送っていたはずの人たちが住所不定者となってしまっている現象である。取り上げられている人々の暮らしは一様に過酷なものであるが、人生を明るく前向きに捉える姿勢に貫かれており、ここに『怒りの葡萄』の精神をたどることもできるであろう。

| 10 | アメリカ大衆文化における民衆の想像力　　**173**

11 プロダクション・コードを抜けて

エリア・カザン監督『欲望という名の電車』の
軌道をたどる

山野　敬士

1　ブロードウェイ、ハリウッド、テネシー・ウィリアムズ

　20世紀アメリカにおいて、ブロードウェイとハリウッドは手を携えて成長してきた。ハリウッドはシナリオの源を演劇作品に求め、ブロードウェイは斬新な手法の可能性を映画のなかに探ってきたのである。この文化的同盟の象徴と言える人物が劇作家テネシー・ウィリアムズ（Tennessee Williams, 1911-83）であろう。

　ウィリアムズはミシシッピ州コロンバスに1911年に生まれた。自伝的な作品『ガラスの動物園』（*The Glass Menagerie*, 1945）の高評価とともにアメリカ演劇界に登場すると、その後『欲望という名の電車』（*A Streetcar Named Desire*, 1947）、『焼けたトタン屋根の上の猫』（*Cat on a Hot Tin Roof*, 1955）、『イグアナの夜』（*The Night of the Iguana*, 1961）などの傑作でアメリカ演劇を牽引した。抑圧された性的欲望を南部ゴシック的設定のなかに抒情的な台詞を駆使して捉えたウィリアムズ演劇は、1983年の彼の死後以降も世紀を超えて評価され続けている。

　短期間だが映画会社MGMでアダプテーションに従事した経験を持つウィリアムズは、映画的要素をみずからの劇作に活用してきた。全盛期の彼の演劇の多くはハリウッドで重宝されたメロドラマ構造を保持しているし、音楽の効果的使用や短いシーンの小気味よい連結の背後に映画の影響を推測することは容易い。何よりも、ブロードウェイで上演されたウィリアムズの15

の演劇のうち7本が映画化されたという事実は、ウィリアムズが、似て非なる二つのメディアを両輪に、独自の美学を構築してきたことを物語っている。

　なかでも、舞台（ピューリッツァ賞など）と映画（アカデミー主演女優賞など）の両者で成功を収めた『欲望という名の電車』（以下『欲望』）は演劇と映画の関係性を考えるに相応しい作品である。劇は、南部貴族階級出身の元女性教師ブランチ・デュボアがニューオリンズに住む妹（ステラ）夫婦を訪れる場面で始まる。ブランチを驚愕させるのは義弟スタンリー・コワルスキーで、暴力的で野蛮な彼の姿にブランチは恐怖心を抱く。没落したにもかかわらず貴族的ふるまいを場違いに続けるブランチにスタンリーは苛立ち、彼女を排斥しようとする。一方でブランチはスタンリーの友人ミッチと心を通わせる。ブランチは、16歳のとき若い男性と結婚したことや、その夫（アラン）が同性愛を苦に自殺したことをミッチに告白し、ミッチはブランチに深い同情と愛情を表す。しかし、スタンリーは情報網を駆使しブランチの過去（色情狂的に男性たちと肉体関係を持っていたことや、17歳の教え子との不適切な関係により解雇されたこと）を暴露する。ミッチから別れを告げられ精神状態を悪化させたブランチは、ついには、出産のためステラが不在となった夜にスタンリーにレイプされ、狂気の世界に落とされる。劇はブランチが精神病院へと移送される場面で閉じられる。

　演劇界に衝撃を放った『欲望』の映画化はワーナー・ブラザーズにより進められ、1950年に撮影、翌1951年に公開された。ハリウッドは当時下降線をたどっていた。観客数減少と撮影費高騰に苦しみ、テレビの急速な普及は多大なる脅威だった。〈家族向け娯楽の象徴〉という立場への固執がハリウッドから大人へのアピール力を奪い、性意識に直結するリアリスティックな人間心理を芸術の名のもとに描くヨーロッパ映画が、ヴィクトリア朝的美学を掲げ続けるハリウッドに侵入した。この危機的状況の救世主として製作されたのが『欲望』だった。〈大人向けハリウッド映画〉の第一歩は『欲望』が踏み出す以外には考えられなかったのである。[1]

　演劇にあふれていた、〈新旧社会の対立〉という叙事詩的構図に〈個人の孤独な性意識〉という抒情詩的要素が絡み合う〈南部ゴシック〉の熱量は、映画においても損なわれることなく受け継がれていると言える。以下の議論では、相似形だからこそ逆に意識される両者の差異を考察する。そこでは、

作家や演者の内面を創作や映画化の過程に照合すること、また、当時のハリウッド映画では不可避だった〈プロダクション・コード〉を道標にすることで分析を深めたい。[2]

2 どこまでもメソッド——内から外への心理的リアリズム

映画版『欲望』は、クロースアップの多用やスピーディなカメラ操作（乱闘シーン）など映画の利点を活用してはいるが、基本的には、演劇を素直にスクリーンに転写する企てだった。ウィリアムズ自身がシナリオに参加することで抒情あふれる特異な台詞の大半は残され、舞台となるアパートの外にカメラが出ることも極力回避された。舞台演出を務めたエリア・カザン（Elia Kazan, 1909-2003）がメガホンを取り、スタンリーを演じたマーロン・ブランド（Marlon Brando, 1924-2004）をはじめ、ステラ（キム・ハンター）、ミッチ（カール・マルデン）は初演と同じキャストだった。唯一、ヴィヴィアン・リー（Vivien Leigh, 1913-67）がジェシカ・タンディーに代わりブランチを演じたが、彼女も『欲望』のロンドン公演（1949）でその役を経験していた。

カザンとブランドと言えば〈メソッド演技法〉である。[3] 役者が自分の内面を掘り下げ、みずからの経験や記憶を役に投射し情感を再現働化するこの演技法を、舞台でも映画でも実践しているのはブランドで、その演技はスタンリーという役のみならず、小道具にさえも（叩き割る食器から耳にはさんだタバコにいたるまで）想像的接触を成立させているかのようだ。

この〈内から外へ〉の演技法と離れたキャリアを持つのはリーである。リーの夫はメソッドに批判的なローレンス・オリヴィエで、ロンドン公演も彼が演出を担当した。しかしながら、個人的経験の演技への活用がメソッドの一部であるならば、リーはきわめてメソッド的なのだ。『風と共に去りぬ』（*Gone with the Wind*, 1939）の成功と常に比較されたリーは、不安定な 40 年代を過ごした。ヒステリックな感情は色情狂的な性のゴシップへ発展し、その根源にオリヴィエとの不和（とくに夫の両性愛の性癖）が推測された。[4] 〈風とともに〉崩壊した大農園神話から脱出できず、孤独な欲望を見知らぬ男との性行為に紛らわせ、同性愛の夫を自殺に追い込んだ心的外傷を持つブランチは、内面を驚くほどリーと共有している。

〈内から外へ〉の芸術的ふるまいはウィリアムズの創作意識にも当てはま

る。彼は実人生を作品に強烈に反映させてきた。しかも、実在の人間と登場人物たちの関係は決して〈一対一〉ではなく、さまざまな実在人物が分離しながらさまざまな登場人物のなかに忍び込み融合された。つまり、ウィリアムズ演劇はきわめて多重層のメソッド技法の産物なのである。

　ウィリアムズは 1981 年のインタヴューで、『欲望』の原型が「恋した男性からの電話を待ち続ける姉（ローズ・ウィリアムズ）の姿」（Devlin 330）だったと述懐しているが、それは、半ば虚構の男性を希求するブランチの姿に発展した。1937 年に統合失調症と診断された姉は、家族に性的不道徳者がいるという妄想を抱いていたが、5) それはみずからの一族を「姦淫の叙事詩（epic fornication）」（490）と罵倒するブランチの言葉に呼応する。ローズは最終的に前頭葉切開手術を強制され無感情の世界に移送されるが、その姿はまさに結末のブランチのそれにほかならず、悔恨の念で姉を見送るステラには、ウィリアムズの罪悪感が重なる。

　典型的な DV カップルであるスタンリー／ステラの背景には、ウィリアムズと当時の恋人パンチョ・ゴンザレスの暴力的な同性愛関係が頻繁に指摘されてきた。6) ウィリアムズはスタンリーから暴力を受けるステラでもブランチでもあるが、その立場は時に入れ替わりもする。同性愛者の詩人アランはウィリアムズの自己投影だが、彼を拒否したブランチの罪悪感にも、みずからの性意識を肯定しきれない劇作家の感情が流入する。ウィリアムズ作品の〈心理的リアリズム〉とは、ジェンダーの境界を踏み越えながら、実在の人物たちが複雑な作者の自我に取り込まれ、分裂した自己を持つ登場人物として再形成されることで創出されたのだ。モリー・ハスケルは、ウィリアムズ作品の女性登場人物を「服装倒錯的なホモセクシャルの幻想の産物」（249）といささか唐突に断定した。この断言が妥当に見えるのは、ウィリアムズ作品においては、作品の背後に作家の心理を意識することが〈当然のもの〉とされているからにほかならない。われわれの比喩で言えば、作品を〈メソッド的〉創造物として解釈するように誘惑する声が強いのである。

3　コードをすり抜ける――ストレートって何？

　素直なアダプテーションが採用された映画版『欲望』が全体的に原作の雰囲気を維持していることは間違いない。一方で、微妙に異なる印象を抱かせ

ることも事実である。演劇と映画の相違点は大小さまざまだが、アパートの番地（戯曲；「632」、映画；「642」）、ブランチの故郷の町名（戯曲；「ローレル」、映画；「オリオール」）、第5場でブランチがはいているスカート（戯曲；「白」、映画；モノクロ映像なのに「ピンク」）など些細なものもある。印象の相違は、この微小な差異がもたらす感覚に類似する。比喩的に言えば、演劇と映画の比較には、欲望という名の二本の電車が、同じ線路を走るも異なる駅に到着するような感覚が常につきまとう。

　この相違を具体的に例証するために、考察の軌道に停留所を設けてみたい。それらは、〈映画製作倫理規定管理局〉（Production Code Administration, 以下 PCA）から製作会社や監督に出された指示である。この組織は映画産業界が保守系団体などへの対応のため設立したもので、検閲というより製作側との交渉を経て改変へ導く手法を取っていた。[7] 改変の基準が〈ヘイズ・コード〉としても知られる〈プロダクション・コード〉（以下、コード）であり、時の責任者ジョゼフ・ブリーンはカザンやウィリアムズに対し、『欲望』をコードに適合するかたちに変えることを依頼した。PCA の指示は主に、(1) 同性愛の表象、(2) ブランチの色情狂的描写、(3) レイプシーンの取り扱い、の3点だった。

　外圧の代わりに内患を意識させ改善へ誘導する PCA の手法を、R・バートン・パーマーは「危険なものを曖昧なものに翻案させる」（2009: 70-71）と解説するが、改変への憤怒を抑えカザンが選択した解決法も PCA の意図に沿っていたと言える。つまり、問題点の削除ではなく曖昧な表現で、映画版『欲望』はコードをすり抜けようとしたのだ。そもそもウィリアムズ演劇自体が〈危険〉なものを〈曖昧なかたち〉で提示する傾向が強く、結論めいたことを前倒しにすると、改変は『欲望』の内臓を抜く行為とはなりえていない。

　まず同性愛の表象に関して言うと、ブランチが、同性愛者だった夫アランを独白的台詞で述懐する場面を改変することで解決が図られた。第6場でブランチは以下のように述べる。アランには「どこか人と変わった（something different）」ところがあり、「見た目が女っぽい（effeminate）わけではないが、男性らしからぬ（which wasn't like a man's）過敏さや柔和さや優しさ」（527）を持つ人物だったこと。ある日「誰もいないと思った部屋」に、夫と

年老いた男性がいるのを目撃したこと。その後彼女は夫を「気持ち悪い（You disgust me）」（528）と罵り自殺へと追い込んでしまったこと。

　映画中のブランチの台詞（▶ 01:11:27-01:14:50）からは、ブランチが二人の男性の性愛を発見する場面が当然削除された。そして、「夜、寝たふりをしていたら、彼が泣いているのが聞こえた。迷子の子どものように泣いていた」との言葉が加筆されることで、〈同性愛の欲望〉が〈異性愛における不能〉に変形された。その不能も「子ども」の言及により〈性的欲求自体の欠如〉に並置され、さらに「その少年は詩作以外には何もできなかった」の台詞により、欲望と芸術の二項対立の構造に挿入され、性から遠ざけられた。同性愛の存在を暗示しうる「人と変わった」「女っぽい」「男性らしからぬ」「口に出せない」などの言葉も削除された。ステラはブランチの乱れた性の原因が不幸な結婚にあったと説明する際に（第 7 場）、アランを「性的変質者（degenerate）」（533）と述べる。映画ではこの言葉も含めステラの発言自体がカットされた。夫を自殺に追い込んだブランチの「気持ち悪い」という言葉は、映画では「あなたは弱い。私はあなたに対する尊敬を失った。私はあなたを軽蔑する」に変化し、異性愛の不能が芸術家としての尊厳を無化する地平を描き出したのである。

　そもそもウィリアムズ演劇は同性愛を真正面から扱う意思に乏しく、その存在を曖昧なかたちで匂わせる傾向が強い。『欲望』の映画化においてカザンやウィリアムズは、その匂いを弱めて映像化したのだ。異性愛の不能と同性愛は決して同一ではないが、相互の比喩としては機能しうる。つまり、鋭敏な観客ならば映画においても同性愛を感知することは可能なのだ。匂いは存在し続けるのである。

　逆に興味深いのは第 9 場の取り扱いである。ブランチの過去を知ったミッチは彼女を激しく非難する。彼は、現実を幻想に変える紙提灯（ブランチの象徴）を引き破り「あんたはまとも（straight）だと信じた俺が馬鹿だった」（545）と述べる。異性愛を表すことができる "straight" が、ブランチに欠落するものとして意識されるとき、同性愛の存在に紙提灯を通したような薄明りが照射される。同性愛表象を後退させた映画版において、逆にこの言説が強調されているのは面白い。「アランの死後、見知らぬ人に身をまかせること以外に、虚ろな心を満たしてくれるものはないように思われた」（546）と

| 11 | プロダクション・コードを抜けて　　　**179**

告白するブランチに、映画ではミッチが「あんたはまともだと思っていた（I thought you were straight）」と繰り返す。それに対しブランチは、「まとも（まっすぐ）ってどういうこと？　線や道路ならまっすぐなものもあるけど、人間の心は違うわ」と返すのである（▶ 01:38:00-01:38:13）。ジーン・D・フィリップスはこのブランチの台詞が映画版に「付け加えられた」（226）と述べたが、『欲望』は夥しい改変を経ており、劇の最終稿で削除された台詞かもしれない。いずれにしても、性をめぐる心理が“straight”を基準に語られ、そこにアランの言及がある限り、同性愛は別の匂いを身にまとい姿を現す。同じ構造をウィリアムズは多少露骨に『回想録』（*Memoirs*, 1975）に使用している。行きずりの青年との性行為を回想した段落に続き、劇作家は映画内の「まとも（まっすぐ）」の台詞を引用しているのだ（53-54）。

　同性愛の表象をめぐり映画がコードをすり抜ける姿を見てきたが、映画製作関係者がコードに屈するか抗戦するかの二者択一に解答を求めなかったことは重要だろう。その二者択一においては、コード自体はそのまま存在するからだ。コードをすり抜けた後、映画は確かにかたちを変えるがコードの輪郭もまた変化するのである。

4　ニンフォマニアの改変──削除対象の問題点

　ブランチの「色情狂的」側面の改変も PCA から示された。ブランチの狂乱の性は、スタンリーの暴露（第 5 場、7 場）とブランチの告白（第 5 場、9 場）に語られる。つまり、この主題は二人の権力闘争的対立の道具として機能しており、メロドラマ的プロットが要請するものとも言える。スタンリーはブランチの性を〈排斥すべき逸脱〉として攻撃し、ブランチは〈弱い人間が庇護を求める行為〉として自己弁護する。

　二人の台詞を演劇と映画のあいだで比較すると、PCA の要求に、映画は売春を想起させる部分をカットすることで対応したことがわかる。そしてそれは、多分に安易な手段だったと言わざるをえない。具体的に見ると、まず、第 5 場でブランチがみずからの過去をステラに語る台詞からは、「誘惑的」「一夜の雨露をしのぐためだけの一時的な魔法」「男たちはあなたの存在さえ認めてくれないわ、セックスできないなら」（515）といった部分がカットされた（▶ 00:57:11-00:57:30）。

スタンリーがブランチの過去を残酷に暴露する第 7 場からは、ブランチが「ローレルの町から事実上の退去命令を出されていた」ことや、「町の近くに軍兵舎があり」、彼女の家は軍によって「「立ち入り禁止区域」と呼ばれていた」（531）ことが削除されている（▶ 01:18:09~01:38:24）。

　第 9 場、ブランチがみずからの過去を告白するシーンでは（▶ 01:36:28-01:38:00）、まず、「私は見ず知らずの人たちと何度も深い仲に（intimacies）なった」（545-46）という台詞の "intimacies" が、"meetings" に置き換えられた。そしてその回想は、酔った兵士たちがデュボア家の敷地に入り込みブランチの名前を呼ぶところで終了し、演劇には存在した「でも私は、時々こっそり外に出て、彼らの声に答えてやった」（547）という台詞がカットされている。[8]

　同性愛の改変と同様、これらの削除は致命的なものではない。鋭敏な観客なら映画内の言説だけで、ブランチが売春まがいの性交渉を行っていたと十分に推測できるからだ。しかしながら、削除が売春や色情狂的セックスに関するほかの描写に及んだことは多少問題含みとなる。なぜなら、最終章で議論するが、『欲望』を社会的主題に拡大する際に、ブランチの性が〈社会から逸脱するもの〉として捉えられることが、劇の道徳的判断と深く関係するからである。

　たとえば、第 4 場でブランチは冗談交じりに「私は街の女になる」（508）と語るが、映画では削除され、ブランチの欲望が娼婦に類するものとして把握される可能性を狭める。また、ブランチが第 5 場で新聞集金の若い男性を誘惑する直前に、その若者に対して町の黒人女性が「ベルトの前で指を鳴らし、聞き取れない声で何かを言い、若者が激しく首を振る」（518）場面があるが、これも映像化されなかった。このシーンは、ブランチが「深々と椅子にもたれ」、上階に住むスティーブとユーニスの「ヤギのような奇声」（517）を聞きながら身もだえるという官能的な場面と並置されるため、売春婦の不在はブランチの〈度し難い欲望〉を希薄なものにしてしまう。

　さらに印象的なものが第 10 場のレイプシーンにある。ここでは、部屋の後方の壁が、ガーゼ状の幕に照明の工夫が施されることで、「透明になり、その向こうの歩道が見えてくる」状態となり、その歩道では「酔った男と売春婦のつかみ合い」（553）がアパート内の衝撃シーンと並行して演じられる。

| 11 | プロダクション・コードを抜けて　　**181**

並行モンタージュやディゾルヴなどの映画手法が意識されるだけに、映画版で、この工夫が売春婦ごと削除されたのは残念である。それ以上に残念なのは、〈社会規範の逸脱〉としてブランチの欲望が描かれる哀感を、観客が認識する可能性も削除されてしまうことであろう。

5 レイプシーンの描写（1）──二枚の楕円形の鏡

劇のクライマックスがスタンリーによるブランチのレイプにあることは疑いの余地はないが、それに対する PCA の改変要求も執拗なものだった。〈幻想が現実に駆逐され、旧社会が新興社会に粉砕される〉という主題を、残酷が故に明確に描き出すのはレイプシーンであるため、その削除はカザンにもウィリアムズにも容認不可能だった。同様に〈家族向け娯楽〉を謳うハリウッド映画の倫理を守るべき PCA にとっても、レイプシーンを原作のまま維持することは受け入れ難いことだった。結果として両者は妥協点を見出すことで譲歩した。それは、パーマーの言葉を借用すれば、「観客のなかで最も若く最もナイーヴな人間には」、ブランチに何が起こったかが「完全には理解できない」（2009: 87-88）という描写方法の採用だった。

割れた瓶を手にしたブランチが、スタンリーに立ち向かうも捕まってしまう瞬間までは、映画は原作に忠実である。しかし、その後、二人の姿は楕円形の大きな鏡に映される。鏡のクロースアップには苦痛の表情を浮かべたブランチの上半身が映し出され、スタンリーの「瓶を放せ」の言葉とともに、その鏡は激しく割れる（▶ 01:53:02）。「ブランチはうめく。瓶の上半分が手から落ちる。彼女はがっくり膝をつく。スタンリーは動かなくなった彼女の体を抱え上げ、ベッドへ運ぶ」（555）という劇のト書きが、ブランチの無気力な姿を通しレイプを不可避なものとして描くのに対し、映画の描写は、たとえば確かに子どもには何が起こったか判然としないだろう。場面はその後、ホースから勢いよく水が噴出し、町のゴミが洗い流されるカットに切り替わる（▶ 01:53:09）。そこでは、ホースという男根的象徴がレイプを暗示し、ブランチの幻想世界が社会から排斥されることも比喩的に示される。これらの間接的描写により、〈大人ならレイプが理解できる可能性〉を製作サイドは獲得し、コードをすり抜けることに成功したのである。

鏡は原作でも使用されていた。ブランチは、第 5 場における前述の官能的

シーンの直後に「手鏡を取り上げる」(518)。また、第10場の冒頭、精神的に常軌を逸し始めたブランチは幻想世界で紳士たちと戯れるが、その直後のト書きには「彼女は震える手で手鏡を取り上げ、自分の顔をもっと間近に見直す。ハッと息をのみ、鏡の面を伏せて激しく机に叩きつけるので、鏡が割れてしまう」(548)とある。この手鏡は、クロースアップが不可能な演劇において、〈欲求を望むかたちで成就するには年を取りすぎている〉という現実をブランチに突きつけ、それを観客に意識させる役割を果たしている。

映画版では、クロースアップの導入が手鏡を抹消した代わりに、壁掛けの鏡がさらに複雑な内容を象徴するものとして新たに導入された。とくに注意を引く点は、この鏡の形態が奇妙にも変化することにある。劇の序盤（演劇のシーンで計ると第4場まで）では、この楕円形の鏡は一般的な木枠にはめられている。たとえば、ステラの妊娠を知らされたブランチの表情はこの鏡に映し出される（図1）。また、ステラが、スタンリーや

図1　『欲望という名の電車』▶ 00:29:52

図2　『欲望という名の電車』▶ 01:52:48

図3　『欲望という名の電車』▶ 01:58:26

| 11 | プロダクション・コードを抜けて　　**183**

ニューオリンズを非難するブランチを「そんなにお高くとまっているのは場違いだと思わない」（509）と叱責するシーンでも、二人の姿はこの鏡に映る（▶ 00:49:31）。

しかし、演劇の第5場以降にあたる映画内のシーンでは、同じ位置にある鏡の木枠が大きく変化する。蛇腹のようなギザギザの装飾が楕円形を乱すように鏡の縁に出現するのだ。この鏡には、前章で考察した、過去の性行為を告白するブランチの姿などがきわめて印象的に映される。また、前述のレイプシーンを暗示する場面で使用されたのもこの鏡である（図2）。さらに驚くべきことに、最終11場では、鏡は序盤で使用されたものに再び戻されているのだ（図3）。

この変化を〈小道具のケアレスミス〉と即断せず、秘められた象徴を推測すると、〈第一の鏡〉は劇中の手鏡と同じ役割、つまり現実をブランチに突きつける機能を果たしていると言える。対照的に、歪な縁を持つ〈第二の鏡〉は、第一の鏡の役割を保持しながらも、ブランチの内面を映し出す役割も持っているだろう。ブランチの過去を夫から聞かされたステラはこの鏡をのぞき込む（▶ 01:22:11）。残酷な現実を前にステラは姉の心の奥底を不安な気持ちで見入るのだ。メアリー・A・コリガンは「スタンリーとブランチの葛藤は、ブランチの内面における幻想と現実の間の葛藤の外面化」（34）と述べたが、第二の鏡はその主題を強化している。このように考えると、第二の鏡にレイプが映されたことは、レイプの現実性を後退させたが、ブランチの心理が徹底的に破壊されたことを、劇よりも印象的に表現したと結論づけることが可能になるのだ。

6　レイプシーンの描写（2）──映画が受けた罰

レイプの映像化に関して PCA は別の改変──レイプが存在するならば、それを行ったスタンリーへの罰を明示すべき──も要求していた。この問題の処理の困難さを凝縮した台詞が、レイプの直前にスタンリーが発する「こうなることは最初からわかってたんだ（We've had this date with each other from the beginning!）」（555）である。つまり、〈性暴力の原因がブランチにもある〉という、極度に不適切な見解を誘発する要素を劇は保持している。第10場、ブランチは白のドレスとティアラを身に着け（548）、ス

タンリーは「結婚式の夜に着た絹のパジャマ」（551）を着ている。トーマス・P・アドラーが言うように、レイプシーンは「冒瀆の結婚式の雰囲気（the aura of a desecrated marriage）」（45）のなかに描かれるのだ。

　劇中、一貫してブランチはスタンリーの動物的な性を卑下しながらも、それに強く惹かれてもいる。スタンリーにドレスの背中のボタンを留めさせ、香水を吹きかけ、野蛮極まりない姿に「今の私たちにはああいう人の血を混ぜる必要があるのかもしれない」（492）と無防備に述べるブランチは、酷い恐怖と強い欲望をスタンリーに同時に感じてしまうのだ。映画も同様で、「女房の姉さんでなけりゃ妙な考え起こすとこだぜ」（489）というスタンリーに、ブランチが「たとえば？（such as what）」と返すシーンなどは、クロースアップされたリーの表情の演技により、矛盾する感情が同居するブランチの欲望が、原作よりも巧みに表現されていると言えるだろう（▶ 00:26:20）。

　レイプの直前のスタンリーのセリフは映画では削除された。〈運命づけられたレイプ〉の印象を軽減することで、PCA の道徳観に接近しようとしたのだろう。しかし、それにしたところで、ブランチのスタンリーに対するアンビバレントな欲望が消去されない限り、〈大人の観客〉は（レイプを想像しなくても）二人の性交渉を〈予感〉し、場合によっては〈期待〉して『欲望』を見つめてしまう。9)

　二人の関係内でスタンリーを罰することが不可能な以上、第三者が判断を下さざるをえないのは当然で、それを担うのがステラであることもまた当然である。改変はエンディング寸前のステラの描写に行われた。原作においては、ブランチ退場後、ステラは舞台に立ち尽くす。その様子をト書きに「思い切り涙に身をまかせ、どこか満ち足りた（something luxurious）ものがある」と示される。スタンリーは「官能的に（voluptuously）、なだめるように」妻に愛の言葉をかけ、「彼女の傍にひざまずき、ブラウスの合わせめを指でまさぐる」（564）。舞台は、夫婦間の性の欲望と愛情が、静かに拡散しブランチの悲哀を包み込むなかで幕を下ろす。

　この場面は映画で大きく改変された。ステラはスタンリーに「二度と私に触らないで」と怒りをあらわにし、「二度と戻らない。今回は戻らない。絶対に戻らない（I'm not going back in there again. Not this time. I'm never going back）」と決意を述べ、階上のハベル家に駆け上がる（▶ 02:03:20-

02:04:02）。そこには原作の結末を支配した官能的雰囲気は存在しない。映画は夫婦の別離の可能性のなかに、〈スタンリーへの罰〉を提示したのだ。実は、〈コードをすり抜ける〉企みはここにも見られる。それこそ「最もナイーヴな観客」ならステラの言葉を信じるかもしれないが、ほとんどの観客はステラの決意を〈一時的なもの〉と判断するだろう。原因は第3場にある。泥酔し錯乱したスタンリーに殴られたステラはハベル家に避難する。スタンリーは戸外から妻の名を叫ぶ（「ブランドと言えば」のシーンである）。ブランチの静止を振り切りステラはスタンリーの元へ戻る。「動物のような低いうめき声をあげて駆け寄る」（503）二人の性的欲望が強烈に描写され、映画では劇以上に官能的に演じられた（▶ 00:43:30-00:45:33）。つまり、映画結末におけるステラの言葉を字義通り受け取るには、観客は欲望の主題に関する二つのシーンの整合性を否定する必要があり、端的に言えば、それは不可能なのである。

　ステラはブランチを精神病院に送ることに対して「正しいことをしたかどうかわからない」「彼女の話を信じるなら、私もスタンリーといっしょに生き続けることなどできない（I couldn't believe her story and go on living with Stanley）」（556）と述べるが、そこには、悔恨の念に苛まれながらもみずからの決断を肯定するしかない諦観もうかがえる。ステラの感情を理解するユーニスは「信じちゃだめ。人生は続いて行くんだから。何が起きてもあんたは進んで行かないと」（557）と激励する。それが、映画では、ステラはわずか数分後に「二度と戻らない」と変心する。ステラの人物としての一貫性が揺らぐと同時に、現状維持に固執せねばならない彼女の苦痛も真実味を失ってしまうのだ。ウィリアムズは『回想録』で、映画が「ハリウッド的結末のためにやや損なわれた」（170）と苦言を述べた。前述の通り、改変は〈コードをすり抜ける〉ことに再度成功し、製作者側の意図を観客が読み取る可能性は維持された。しかし、この〈ハリウッド的結末〉によって失われたものは、ほかの改変に比べ大きかったように思えるのだ。

7　観客に向けられた鏡

　ブランチが社会から排除される原因は、性の規範に収まらない欲望を持つからだ。その規範はハリウッドの倫理基準でもある〈家族〉だろう。映画も

性も〈家族向け〉である必要があったのだ。その基準において女性は〈欲望する主体〉とはなりえず、常に〈男性の欲望の対象〉として機能しなければいけない。そして欲望を持つのであれば、それは〈家族という制度〉の内部にとどめ置かれる必要があり、異端者（オールドミス、神経症の女性、売春婦、そして男性同性愛者）は排除される。その意味で、異端者の一部に関する表象が映画で削減されたことは、やはり問題だろう。

　演劇、映画ともに『欲望』が画期的だったのは、性の規範をほかの誰よりも理解しながら、それを超えて〈欲望する主体〉になってしまう女性を主人公に据えたことだろう。さらに注目すべきは、女性が欲望の主体となる過程が〈欲望される男性〉を通して表現されたことにある。本能的欲望の象徴スタンリー・コワルスキーの表象がそれで、台詞などの戯曲性ではなく、第一章で見たブランドの演技を通して具現化された。その意味では、この主題の表象に関しては、クロースアップが多用された映画のほうが演劇を上回る力を保持していたと言える。鍛え上げられた肉体を惜しげもなくさらし、二の腕や背筋を強調する動きをブランドが行うとき、ハリウッドに常に君臨してきた〈男らしい男〉の特徴をすべて兼ね備えながらも、異次元に突き抜けたような男性像が現れる。ブランド演じるスタンリーは「一目で女たちを性的な分類でもって評価する」（481）能力を保持すると同時に、みずからの欲望に声を与えることを社会によって禁じられていた女性に、同じ能力を意識させてしまう人物でもあるのだ。

　『欲望』はハリウッド映画の特徴を維持しながら、それをことごとく溶解させる。内田樹はハリウッド映画に「骨がらみの女性嫌悪」（213）という特徴を見出した。内田による構造分析を援用すると、「男のテリトリーに女性が侵入し、男性世界の秩序を混乱させるも、最後は力を合わせた男たちに排除される」というハリウッド映画のメロドラマ的〈話型〉に、『欲望』は驚くほど忠実である。[10]　しかし、『欲望』の結末で、〈家族の名のもとに〉回復される秩序は、もはやハリウッド的なものではない。ブランチは「私は真実は言わない。私は真実であるべきことを言う（I don't tell the truth, I tell what ought to be truth）」（545）と述べた。ブランチの虚偽を非難し、彼女を排斥したスタンリーやミッチは、レイプという真実を〈隠蔽する〉ことによってのみ、〈男性社会の秩序〉を維持できる。ステラも同様に、スタンリー

の虚偽を信じることでのみ、生きていくことが可能となるのだ。つまり、〈幻想と現実の対立〉における勝者側の全員が、ブランチと同様に、ある種の幻想世界で「真実であるべきこと」を述べ続けるしかないのである。そして、このアイロニーが、映画版では、結末のステラの変心により希薄になったと言わざるをえない。

　真実と虚偽の審判が二重規範的になることが前景化されるとき、観客はみずからの基盤である社会規範を意識するだろう。メロドラマ構造において排除されることが予感（期待）されていたブランチの悲劇的退場が、何故か気高く、そこにはもはや虚偽が存在しないように感じられるとき、『欲望』は観客に対し、そのほとんどがブランチ以外の主要登場人物と共有し、疑ったこともなかった〈家族を基盤とした異性愛の規範〉を見つめ直すことを要請する。規範の輪郭はそこから逸脱するものが描き出す。その輪郭は、当然、『欲望』を見る前のそれと異なっているのである。

　映画とコードの対立は、コードが時代風潮や観客の興味にもはや合致しなくなったという事実から生じたものだ。ウィリアムズやカザンが〈コードをすり抜ける〉ことが可能だったこと自体がそれを示している。そして、そのような時代風潮は４年前に上演された演劇版『欲望』が作り上げたものでもあっただろう。しかし、さらに重要なのは、『欲望』が、演劇であれ映画であれ、コードの基に存在する規範——それは演劇や映画だけのものではない——を再考させる地平を生み出すことにある。つまり『欲望』は、読者や観客に向けられた鏡なのだ。

　映画では最終シーンで、例の楕円形の鏡が〈第一の鏡〉に戻されていた。現実を映す鏡である。この鏡を作品解釈の比喩に使うと、映画の観客は、規範が浮き彫りにされるのを〈見る〉ことは可能だろう。対して、原作は個人の心理の奥底を深く映し出す〈第二の鏡〉としての機能を保持していたと言えるだろう。『欲望』の原作は、読者や観客に〈規範と自分の関係〉を、みずからの内面深く潜入し、考えることを要求するのである。そして、映画が〈第一の鏡〉にとどまってしまった原因は、映画が製作過程で、〈コードをすり抜ける〉ために行った（それ自体は非常に巧妙なものであったが）工夫のなかに存在するように思えるのだ。

註

1) パーマーは "Hollywood in Crisis" で、当時の映画業界の状況を調査し、『欲望』の映画化に対する〈時代の期待〉を考察している（210-12）。

2) 演劇の脚本は上演版や映画のシナリオに最も近い Library of America 版を使用する。また映画 DVD は、カザンの意図が公開時のヴァージョンよりも正確に反映されている〈オリジナル・ディレクターズカット版〉を使用する。

3) メソッド演技法については、*The Cambridge History of American Theatre. Vol. III* に詳しい（502-03）。また拙論の〈内から外へ〉の着想は、ジョン・ディレオによるメソッド演技法の解説中にある "Inside and Out" という言葉から得た（6）。

4) ダーウィン・ポーターは当時のリーの混乱した生活、とくに〈スキャンダラスな性生活〉を赤裸々に報告している（267-80）が、ブランドやウィリアムズもそこに登場し、リーの狂乱の生活に深く関係していたことが描かれている。

5) ジョン・ラー（359）参照のこと。

6) ポール・アイベル（51）やマーガレット・ブラダム・ソーントン（440, 464）の考察を参照のこと。

7) パーマーは *Hollywood's Tennessee* のなかで、PCA の歴史、検閲的行動の目的や方法などを細かに分析している（61-97）。

8) ブルース・マクナッキーは、『欲望』の上演と上映のあいだの4年のギャップに存在したアメリカの時代変化を演劇と映画のそれぞれの〈レヴュー〉の差異に読み込む。そのなかで、演劇が「まだ第二次世界大戦の影のなかに作成され」、一方、映画が上映された 1951 年には「戦争の記憶の一部が消滅していた」（181-82）との考察がある。その意味で、〈ブランチの狂乱の性〉の背景に「軍兵舎」があったことが映画ではカットされたことは示唆的であろう。

9) ブレンダ・マーフィーが詳細に考察しているように（20-23）、『欲望』は最終稿にいたるまで幾度も書き直されていた。そのなかには、ブランチとスタンリーが同意の上で性行為を行うシーンが描かれたものもあった。さらに、レイプ直前のスタンリーの問題の台詞に関して、ジャクリーン・オコナーは、〈同意の上の性交渉〉においてもスタンリーからその台詞が発せられ、それを「ブランチが肯定する」(42)場面があったことを指摘している。

10) 内田が想定する「もっとも頻繁に反復される」ハリウッド映画の「話型」（222）はわれわれの定義より細かで具体的なものである。

| 11 | プロダクション・コードを抜けて　　**189**

12 裏切りの物語

『長いお別れ』と
『ロング・グッドバイ』

諏訪部　浩一

　レイモンド・チャンドラー（Raymond Chandler, 1888-1959）の文学史的な
位置づけは、ロサンゼルスの私立探偵フィリップ・マーロウを主人公とした
7冊の小説によりアメリカのハードボイルド探偵小説を完成させた作家、と
いうことになるだろう。そうした「大衆小説家」——よく知られているよう
に、彼自身はハードボイルド探偵小説をシリアスな「文学」の域に高めたい
と願っていたが——に相応しくと言うべきか、彼の作品は第7長編『プレイ
バック』（*Playback*, 1958）を除いてすべて映画化されているのだが、後期の代
表作『長いお別れ』（*The Long Goodbye*, 1953）の刊行から20年後、[1] ロバート・
アルトマン（Robert Altman, 1925-2006）が映画化した『ロング・グッドバイ』
(1973)の公開時の評判は、控え目な言い方をしても、決して好意的ではな
かった。ロサンゼルスでの封切り時は「ひどい大コケ」であり（Altman 80）、[2]
『ニューヨーク・タイムズ』ではその年のベストテンに選ばれたものの、一
般的には肯定的に評価されたとはとても言えない（Phillips 160）。
　しかしながら、こうして『ロング・グッドバイ』が当時の観客の期待を裏
切る作品だったという事実は、それが失敗作であることを意味しない。この
ことは、この映画がその後、アルトマンの作品として、そして1960年代後
半から70年代にかけての「アメリカン・ニューシネマ」の代表作の一つと
しても、確固たる位置を占めるようになっていったことからも確認されるだ
ろうが、より重要なのは、そもそも『ロング・グッドバイ』が、同時代にお

190

ける「観客の期待」を裏切ることを目的（の少なくとも一つ）として撮られた映画だという点である。

　では、その「期待」とはどのようなものだったのか。アルトマン自身の簡潔な説明では、評者たちの不満は「エリオット・グールドはハンフリー・ボガートではない」という一点に集約される（Altman 81）。つまり、チャンドラーの第 1 長編『大いなる眠り』（*The Big Sleep*, 1939）を原作とするハワード・ホークスの『三つ数えろ』（1946）でボガートが演じたマーロウが、観客が心中に抱く「マーロウ像」を決定づけてしまっており、グールドのマーロウに拒絶反応を示させたというわけだが、これはもう少し敷衍して理解すべき発言だろう。

　強調しておきたいのは、ボガートを「理想のマーロウ」にした映画とは、1940 年代から 50 年代にかけて流行した「フィルム・ノワール」だった点である。事実、ボガートがマーロウを演じたのは一作にすぎないが、第 2 長編『さらば愛しき女よ』（*Farewell, My Lovely*, 1940）は 1944 年（『ブロンドの殺人者』）に、第 3 長編『高い窓』（*The High Window*, 1942）と第 4 長編『湖中の女』（*The Lady in the Lake*, 1943）は 1947 年にというように、チャンドラーの前期作品はすべてこの時期に映画化され、3) ボガート以外が主人公を演じた作品も同種の雰囲気を備えている。つまり、『ロング・グッドバイ』の観客が感じた「裏切り」は、単なる「ミスキャスト」の問題ではなく、チャンドラーの作品が、フィルム・ノワール的な世界の外へ移植されたことに起因するのだ。

　本章の文脈においては、このジャンル的な「移植」は、原作の根本的な「改変」と理解していいように思えるかもしれない。詳しく論じる余裕はないが、チャンドラー作品に限らず、30 年代から 40 年代にかけて出版されたハードボイルド小説は次々とフィルム・ノワール化されていった。ハードボイルド小説とフィルム・ノワールは相性がよく、相互影響的な関係にさえあったのである。4) その点において、上で触れた前期 4 作品の映画化は、多少の改変を加えたとしてもチャンドラーの小説に「忠実」なアダプテーションだったのだし、そこで提示されたチャンドラーの世界、あるいはボガートのイメージに（原作を読んでいなくても）馴染んでいる観客が、グールドを主役としたアルトマンの映画——『M★A★S★H マッシュ』（*M★A★S★H*, 1970）の印象はまだ鮮明だったはずだ——に「期待」を裏切られたと感じたのは当

| 12 | 裏切りの物語　　**191**

然なのである。

　原作の 20 年後にわざわざ「マーロウもの」を映画化したアルトマンが、この「裏切り」に「意味」を込めたことは間違いない。それは「マーロウ＝ボガート」というイメージをいまだに抱いている（ノスタルジックかつセンチメンタルな）観客への批判であることはもとより、フィルム・ノワールという先行ジャンルに向けた後発作家としての批評性の発露でもあっただろう。そしてフィルム・ノワールとハードボイルド小説の密接な関係に鑑みれば、この「批評性」は、チャンドラーの原作そのものに対しても発揮されていると考えてよさそうに思える。

　しかしながら、事態はさらに複雑である。というのは、『長いお別れ』という後期チャンドラーを代表する小説自体が、フィルム・ノワールと「マーロウ＝ボガート」のイメージを生み出した前期チャンドラーの世界を（完成しつつも）乗りこえようとして書かれた作品と見なしうるためだ。こうした観点からすれば、『長いお別れ』のチャンドラーと、『ロング・グッドバイ』のアルトマンは、時代や媒体といった文脈は異なっても、問題意識を共有しているということにもなるだろう。

　以下の議論は、チャンドラーの原作とそのアダプテーションを並べてみることによって、それぞれがめざしたものを浮かび上がらせることを主たる目標とするが、そうするにあたっては、アルトマンの映画に加え、2014 年にNHK でテレビドラマ化された『ロング・グッドバイ』（堀切園健太郎演出）も考察の対象としたい。このドラマ版は、舞台を戦後日本に移してはいるが、ストーリーや登場人物に関しては原作の設定にかなり正確に従っており、「マーロウもの」に読者／観客／視聴者が抱く——抱いてしまう——「期待」を体現しているように思えるためである。

　『長いお別れ』は当時としては例外的に長い探偵小説であり（Pendo 138）、映画版の脚本を担当したリー・ブラケット（ウィリアム・フォークナーとともに『三つ数えろ』の脚本も担当）が、原作をそのまま映画化したら上映に5 時間はかかると述べたことはよく知られている（Swires 23）。[5] この言葉は小説の映画化についてまわる問題——程度の差はあれ、物語の単純化・簡略化は避けがたい——を示唆するし、アルトマンの映画版におけるストーリー

上の大きな改変が、かなりの程度不可避だったことも強調しておきたい。実際、原作にかなり忠実なテレビドラマ版は、まさに５時間の作品となっているのだ（全５回で、それぞれの放映時間は１時間弱）。

　『長いお別れ』が長い小説になった理由の一つは、マーロウとテリー・レノックスの個人的関係に関する物語が、彼が探偵として関わるウェイド夫妻の物語を、包み込むかたちで提示されていることにある。ストーリーを簡単に要約しておこう。ある夜、マーロウは泥酔していたテリーを介抱して友人になる。その約半年後、テリーにティファナの空港まで送ってくれと頼まれた彼は理由を聞かずにそうしてやるが、戻ると刑事が待っており、テリーの妻シルヴィアが殺されたと告げられる。テリーとの関係について訊問され、３日間拘留されたのち、テリーが犯行を自供した遺書を残して自殺したという理由で釈放される（数日後、テリーから五千ドル紙幣が同封された詫びの手紙が届く）。億万長者であるシルヴィアの父ハーラン・ポッターの意向で事件は終結したものとされ、テリーに戦地で命を救われたギャングからも首を突っ込むなと脅迫される。同じ頃、テリーの隣人だったアイリーン・ウェイドから、姿を消した夫ロジャー（アル中の作家）を見つけてほしいと依頼される。その任務を果たし、夫婦と関わり続けているうちに、彼らとレノックス夫妻の関係がわかっていく。そしてロジャーが殺され、マーロウはアイリーンを追いつめる。アイリーンは戦前、テリーと結婚しており、彼女が（ロジャーと不倫関係にもあった）シルヴィアと、ロジャーを殺したのだった。マーロウは彼女の告白を新聞に載せてテリーの汚名をそそぐ。後日、テリーの手紙を投函したという人物が事務所を訪れる。それは整形手術で顔を変えたテリー本人だった。自分が逃亡したためにウェイド夫妻が死ぬことになったことについて何も思っていないテリーをマーロウは受け入れず、テリーは去っていく。

　テレビドラマ版は、このストーリーを丹念に再現しているのだが、もちろんいくつか変更点はある。そして興味深いことに、そうした処置は、このドラマを原作よりもウェルメイドな作品にしているように思えるのである。たとえば、原作のマーロウはシルヴィアの姉リンダ・ローリングと性的関係を持つが、増沢磐二（浅野忠信）は高村世志乃（冨永愛）とそのような関係にはならない。マーロウが前期作品において「女嫌い」であること（それだけに、

図 1　▶ Disk 3　00:52:31

リンダが次作『プレイバック』の最後で電話をかけてきて、未完の『プードル・スプリングス物語』(*Poodle Springs*, 1989) で彼と結婚する設定にされたことは意味深いのだが) を想起して言えば、磐二と原田保 (綾野剛) の友情を特権的主題とする物語から、磐二の恋愛という夾雑物は排除されているのだ。テレビドラマ版の宣伝文句が「さよならを言うのは、少しだけ死ぬことだ」であるのはさらに示唆的だろう。これは一夜をともにしたリンダが去ったあとのマーロウの言葉だが (Chandler 722)、ドラマ版では磐二と保の関係についてのものと解釈するほかないはずだ。

　実際、テレビドラマ版における最大の改変は、磐二が最終的に保に「さよなら」と言う点にある。原作においては、マーロウは「じゃあな、アミーゴ。さよならとは言わないよ。それはもう、その言葉に意味があるときに言ってしまったからね。それを言ったとき、そこには哀しみがあり、孤独があり、二度と戻らないものがあった」と言う (733)。だが、磐二は背中を向ける保が別人であるふりをしたまま「時代が違えば、彼とはまたギムレットをいっしょに飲めたのかもしれません。……さよなら」と、口もとにかすかな笑みを含ませながら言ってやるのだ (図1)。マーロウは、たとえ戦争のせいであっても (733)、心に「何もなくなってしまった」人間を許すことはできない (734)——おそらくはそもそもテリーの心が空っぽだったからこそ惹きつけられたのだが、というよりはまさにそれゆえに。だが、磐二は保を許してやるのである。

　磐二が保を許せる大きな理由の一つは、テリーがアイリーンのことを「自分にとってどうでもいい存在」であると言ってしまうのに対し (731)、保の逃亡と遺書を残しての偽装自殺が上井戸亜以子 (小雪) を守ろうとしての行為で (も) あったことだろう。保は空っぽの人間ではない。彼は磐二との交友の最初にも、横浜港から台湾へ向かう別れ際にも、そして最後の場面においても、磐二に向かって「あなたのような人間になりたかった」と言う。保

にとっての磐二とは、単なる友人ではなく、ロールモデル＝「父」なのである。これは磐二が保（という「息子」）に抱く親愛の情を、マーロウのテリーに対するそれよりも、はるかに理解しやすくするだろう。

しかも、その「父子関係」のモチーフを、戦後日本を舞台としたドラマは全体のテーマに収斂させる。注目したいのは、保の義父に関する設定である。原作のポッターは、時代遅れのマーロウが驚くほど、現在の世の中を嫌悪し、自分だけの場所を確保しようとしている老人だが（613）、原田平蔵（柄本明）はテレビを普及させ、衆議院議員になり国を動かそうとする人物なのだ。そうした平蔵の婿養子となり、指示に従って台湾に身を隠す保は、磐二ではない「父」を選んでしまったのである。この選択は、もちろん、戦後日本の進路を象徴する。磐二は新時代の「父」にはなれない存在なのであり（彼の名が長男ではないことを示唆するのも象徴的だろう）、事実、ドラマの最後ではナレーター役の記者（滝藤賢一）が「さらば増沢磐二」と言って、2020年の東京オリンピックのポスターが映し出されることになるのだ。

かくして保の「裏切り」は、いわば「時代」の宿命とされることになり、磐二はその「宿命」を受け入れて、「時代が違えば……」と述べて「息子」を許す。そこで許されるのが保だけではなく、このドラマを見ている人々であることは明らかだろう。日本にはかつて磐二のような男がいたという幻想を、国営放送の視聴者は、物語の舞台から60年以上を隔てた安全な場所で享受する——ノワール的な灰色の世界は、21世紀から眺めやると、ノスタルジックなセピア色に染まっているのである。その意味においては、このきわめてウェルメイドなテレビドラマは、現在の読者がチャンドラーを心地よく楽しむ方法を、自意識的に現前させているとさえ言えるかもしれない。

このようにして、テレビドラマ版は舞台を戦後日本に移し替えることで安全な距離を担保しつつ、『長いお別れ』という小説を、いかにもチャンドラー的な物語として映像化してみせている。だが、そこで提示される「チャンドラー的」な雰囲気が、「前期チャンドラー」のそれであることは強調しておかねばならない。女と寝ないマーロウが、ファム・ファタールの餌食となる男たちにシンパシーを抱くという構図は、『さらば愛しき女よ』においてすでに完成の域に達していたし、それを「父子関係」の主題と絡めて提示するという洗練されたストーリーも、チャンドラーはフィルム・ノワールの傑作

| 12 | 裏切りの物語 **195**

『深夜の告白』（*Double Indemnity,* 1944）の脚本というかたちで見事に書いていた。

　テレビドラマ版の結末が、原作と大きく異なるにもかかわらず、優れて「チャンドラー的」に感じられるのは、そうした前期チャンドラーが確立したスタイルが、見事に移植されているためである。亜以子の夫である譲治（古田新太）は、原作のロジャーに比べて、ファム・ファタールの魅力をはるかに強く（殺されても仕方がないと思うほどに）意識しているが、そこに保が亜以子を虚しく守ろうとしたという設定を加えることで、磐二の男たちに対する視線は、前期作品におけるマーロウの超越的な——ハードボイルドな信条を貫くことで「安全な距離」を保持した——視線が備えるシンパシーを、豊かにたたえることになるのだ。

　しかしながら、すでに指摘しておいたように、『長いお別れ』のチャンドラーは、マーロウがテリーを許すという、既定路線的な方向に物語を構築しなかった。これはチャンドラーがマーロウから「安全な距離」を奪ってしまったことを意味するように感じられるし、そう考えてみればマーロウがこの小説ではじめて女性との関係に深くコミットするようになったことも示唆的に思えてくるのだが、マーロウがテリーを許さないことが、チャンドラーによる先行作の意識的な乗りこえである点について考えるためにも、ここでアルトマンの映画に目を転じておくことにしたい。

　アルトマンの『ロング・グッドバイ』は、原作とは大きくストーリーが異なる作品なので、まずあらすじを確認しておこう。1970年代の南カリフォルニア、猫と暮らすマーロウを友人テリー（ジム・バウトン）が訪れ、ティファナまで送ってくれと頼む。その後、警察に連行されて釈放される経緯や、ウェイド夫妻（スターリング・ヘイドン／ニーナ・ヴァン・パラント）と関わることになるのはほぼ原作通りだが、やがてギャングのマーティ・オーガスティン（マーク・ライデル）があらわれ、テリーに金を盗まれたと言い、お前が何とかしろと脅迫してくる。マーロウはメキシコで警察に話を聞くが納得がいかず、アイリーンにレノックス夫妻との関係について問いただそうとしたとき、ロジャーが自殺する。オーガスティンに再度脅迫されるが、金が突然返却されて解放される。そのアジトを出たときに見かけたアイリーンを追いかけるが車にはねられ、病院を抜け出してウェイド邸に行くも、彼女

は引っ越している。再びメキシコに行き、テリーの生存と居場所を知った彼は、妻を殺し、彼を利用し、裕福なアイリーンと暮らそうとしているテリーを撃ち殺す。

図2 ▶ 01:49:21

　こうしたあらすじからだけでも、この映画がチャンドラーの小説からかけ離れた筋立てになっているとわかるだろうし、それだけに原作との単純な比較が難しいということにもなるのだが、テレビドラマ版に関する議論をふまえた文脈においては、やはりマーロウとテリーの関係を中心に考えていくべきだろう。実際、そうした観点からすれば、映画版がテレビドラマ版とはまったく逆の方向を向いたアダプテーション作品であることが見えてくるはずである──物語のクライマックスに、そこにいたるまでのすべてが収斂するのだとすれば、テレビドラマでは磐二が保を許すのに対し（図1）、映画ではマーロウがテリーを撃ち殺してしまうのだから（図2）。

　アルトマンの『ロング・グッドバイ』の結末は、マーロウのファンがこの映画を好まない最大の理由だとも言われるし（Ferncase 88）、テレビ初放映の際には殺害場面がカットされさえしたという（Phillips 160）。確かに、チャンドラーのマーロウが直接人を殺したのは第一作の『大いなる眠り』における一回だけであり、相手（ラッシュ・カニーノ）はあからさまな悪役で、正当防衛でもあったのだから、彼がテリーをあっさり殺してしまうというのは、原作におけるマーロウのイメージにはそぐわないと言っていい。だが、アルトマンがこの結末を変更しないことを条件に『ロング・グッドバイ』を撮ることを承諾したという事実は（Altman 75）、まさしくマーロウという「イメージ」を転覆することに掛け金を投じたということになるはずだ。

　この結末の改変は──マーロウにテリーを殺す根拠を与えなくてはならないのだから──ストーリー全体に影響を与えることになる。まず、ブラケットが回顧して述べるように、テリーは「はっきりとした悪者」にされる（Brackett 140）。シルヴィア殺害はアイリーンでなくテリーの所業とされ、「マーロウもの」においては概して「最大の敵」であるファム・ファタール

は不在になる。[6]マーロウとテリーの関係も、大学に入るような年齢以前からの友人とされるだけで、テレビドラマ版の「父子関係」といったものと異なることはもちろん、原作におけるテリーの魅力——「その男には、私の心をとらえる何かがあった。それが何なのかはわからなかった……」とマーロウに思わせるようなもの（Chandler 423）——は問題にされない。原作では幾度となく言及される戦争体験が、ここでは与えられていないことを想起してもいい。映画版のテリーは、私欲のためにマーロウを利用するだけの、情状酌量の余地がない悪役なのであり、あまつさえ再会した彼に「お前は学ぶってことがないんだ。お前は生まれついての負け犬なのさ」と言ってしまって撃ち殺されるのである。

　このように見てくると、テリーは裁かれてしかるべき人物に思えるのだが、問題はその「裁き」をマーロウが与えることだろう。ある論者は、マーロウがテリーを唐突に殺したことについて、「プロットの提示を正当化する因果性」が、主人公の動機の面でもそれまでの物語の提示の仕方においても欠けていると考え、そこにこの映画の古典的ハリウッド映画ナラティヴからの逸脱を見る（小野 195-97）。これは「暴力」の噴出がしばしば起こるアメリカン・ニューシネマ一般——その噴出は、1934 年から導入されたハリウッドの検閲制度ヘイズ・コード（1968 年に廃止）によって抑圧されていた暴力が回帰したようにも思えるし、『ロング・グッドバイ』の結末が、ヘイズ・コードの時代（フィルム・ノワールの時代）にはありえなかったことは、ブラケット自身も言及している（Brackett 140）——にも敷衍しうる重要な観察だと言えようが、少なくとも「動機」に関しては、マーロウが友人に裏切られ、ギャングに殺されてもまったく不思議でなかったことを思えば、それなりに理解できるとも言えるだろう。これがたとえばミッキー・スピレインの探偵マイク・ハマーを主人公とした映画であれば、むしろ復讐を果たさないほうが意外に感じられたに違いない。

　したがって、この結末の「問題」は、やはりあのマーロウが私的制裁を下したということにあるように思われる。もちろん、この映画の観客は「あのマーロウ」を知らなくてもいいはずだとは言えるだろうが、40 年代の古い車に乗り、（深夜にキャットフードを買いに行くときにも）ネクタイを締め、両切り煙草にロウマッチで火をつけてひっきりなしに吸いまくる（少なくと

も40本以上は吸っているが、強調すべきはマーロウ以外に喫煙者が一人も存在しないことだろう［Luhr 165-66］）マーロウが、古典的なハードボイルド探偵のパロディであることは容易に見てとれるだろうし、それは取りも直さず、この時代錯誤の探偵が、「あのマーロウ」に通じるような規範を頑固に抱いているという「期待」を観客に抱かせることをも意味するはずだ。そうした観点からは、ある批評家が、マーロウはテリーを殺すことで「時代に追いついた」と示唆しているのも（Niemi 52）、理解できるところかもしれない。

　だが、いま述べたように、この映画のマーロウが「パロディ」である以上、そうした「期待」は常にすでに転覆されているはずでもある。初期の批判には、マーロウにはハードボイルド探偵に相応しい積極的な好奇心も、隠された道徳的中心もないという指摘があるが（Gregory 47）、その意味においてマーロウは、見かけこそ50年代風であっても、実際には同時代化＝70年代化されているのだ。原作のマーロウも時代錯誤の人間ではあるが、50年代の「時代錯誤」と70年代の「時代錯誤」は同一ではありえない。アルトマンはマーロウという本質的に（つまり原作においても）時代錯誤の人物を70年代の世界に放り込むことによって、同時代の社会を諷刺したとされるが（Abbott 204n13）、その「諷刺」される社会にマーロウ自身も組み込まれていることを看過すべきではない。

　テレビドラマ版の磐二は、「時代錯誤」の規範を貫くことで50年代の社会から「安全な距離」を保ち、21世紀の聴衆にとってノスタルジーの対象となった。だが、観客と同じ時代を生きる映画版のマーロウはそうはいかない。「タフ」なハードボイルド探偵である原作のマーロウは、自分の信条を心的な鎧とし、我慢できなければためらわずに警官やギャングを殴る。しかし70年代のマーロウには、そうしたふるまいができないのだ。警官への反抗といえば、取調室で顔にインクを塗って（『ジャズ・シンガー』［*The Jazz Singer*, 1927］のパロディをして）ふざけてみせるのが関の山だし、ギャングに小突きまわされても、一度たりとも「暴力」を行使しない（だから結末が「唐突」に感じられるわけだ）。ふざけてみせることも、いたずらに暴力をふるわないことも、「現実」から「距離」をとる方法だとは言えるだろうが、それが確固たる信念に基づくものではない以上、その「鎧」はどうしても脆弱なものに

図3 ▶01:18:07

なってしまうのである。

　とりわけ、マーロウがしょっちゅう独り言を言うのは徴候的だ。原作のマーロウもしばしば独り言を言うし、そもそもその語り全体が「独り言」のようなものではあるのだが、少なくとも「読者」はそれを聞き、その主義と孤独に思いを馳せる。フレドリック・ジェイムソンはマーロウの声を「ヴォイスオーヴァー」と呼び、その声のために、読者はマーロウの視線がシニカルなのか同情的なのか決定しがたくなると述べている（Jameson 35）。だが、70年代のマーロウは、そのフィルム・ノワール的＝チャンドラー的な「声」を与えてはもらえず、自分自身に呟くだけだ。「別にいいけどね（Okay with me）」という（説得力を欠いた）口癖は、自分には理解できない世界から「距離」をとろうとする弱々しい身ぶりにすぎない（Gregory 48, Ward 239）。

　映画版のマーロウがこのように弱々しく独り言を呟くだけの存在になってしまうのは、アルトマンが諷刺する70年代の社会では、「誰も自分以外に関心がない」からである（Maine 112）。猫の行方を心配するマーロウに対し、彼が猫を飼っていたことさえ知らないと言う、ヨガとマリファナに耽溺する隣人の娘たちが端的な例だろう。彼女たちは、オーガスティンにコーラの瓶で鼻を殴られた情婦が泣き叫びながら連れ去られていくときもまったく関心を示さないのだ（Ward 241）。あるいは、ウェイド邸のパーティで、ロジャーに「治療費」を請求しに来た医師ヴェリンジャー（ヘンリー・ギブソン）が、彼の顔をいきなり平手打ちしても、周囲の人々が動揺をまったく示さない場面を想起してもいい（図3）。彼らに比べれば、オーガスティンが情婦を殴打したときのギャングたちの反応のほうが、はるかに「人間的」に思えるだろう（図4）。

　こうしてアルトマンは、他人の問題には関心を示さない70年代の人々を諷刺していくのだが、そこで最後に強調したいのは、その諷刺の対象に観客が含まれることである。絶えず動き続けるカメラワークが、観客を「窃視者」の位置に据えることを意図してのものだということはよく知られているし

(Altman 77)、多くのシーンがガラス窓越しに撮られているというのも、そうした印象を強めるだろう。だが、そのようにして「傍観」する観客は、いったい何を見ているのか。『ロング・グッ

図4 ▶ 00:52:54

ドバイ』という映画を見ながら、マーロウのなかに「あのマーロウ」を見ようとする観客とは、「このマーロウ」の「問題」に無関心であると言わざるをえないはずだ。

　だとすれば、最後にマーロウが放つ銃弾は（図2）、「この映画」を見ていなかった観客に向けられた不意撃ちでもあると言うべきだろう。そしてその「仕事」を果たしたマーロウは、アイリーンとすれ違いながら──『第三の男』（*The Third Man*, 1949）のパロディ──ポケットからとり出した（煙草ではなく）ハーモニカを吹き鳴らし、「ハリウッド万歳」のメロディをバックに去っていく。そこに含まれる「たかが映画さ」というメッセージは（Altman 75）、目の前の映画を見なかった観客にとっては、とりわけ耳障りに響くだろう。磐二が保と聴衆を許してやるテレビドラマ版は聴衆を物語世界に引き入れ、ノスタルジアに浸らせるかたちで終わっていたが、マーロウがテリーと観客に向けて銃を放つこの映画は、叙情的な余韻を遮断して閉幕するのである。

　『長いお別れ』という小説は、このようにして、大きく異なる二つのアダプテーション作品を生み出した。21世紀の日本と1970年代のアメリカという製作状況の違い、テレビドラマと映画という媒体の違い、そしてそれらにともなう想定される視聴者／観客の違いといったものを掛酌しても、同一の小説からこれほどまでに異なる作品が産出されたことには驚かされるし、その事実自体が「アダプテーション」の可能性を豊かに実証すると言っていいだろうが、最後に確認したいのは、そうした「可能性」が原作のうちに存在することである。

　本章がとくに注目したのは、結末においてテレビドラマ版では磐二が保を許し、映画版ではマーロウがテリーを殺すということだった。この結末の違

いは、「マーロウ」のイメージを肯定するか転覆するかという点に関する、両作品の方向性の違いを如実に表すものであったわけだが、チャンドラーが選んだのはその中間とも言える道である。小説のマーロウは、テリーを許すわけではないが、さりとて罰するわけでもない。映像作品を先に見て、それから原作を読んだ人であれば、この結末にはいささか煮え切らないところがあるように感じるのではないだろうか。そうした小説が、ときに「[チャンドラーの]最も複雑かつ野心的な作品で、彼がジャンルの限界を超越する地点に最も近づいたもの」と言われはしても（Porter 108）、概して前期作品ほど評価が高くなく、論じられることも少ないのは自然なのかもしれない。7)

　だが、この「煮え切らなさ」こそが、『長いお別れ』の核となる部分だったし、後期チャンドラーが自分の作品世界を完成させると同時に「先」に進むためにとり組まねばならない文学的課題だった。ここまでの議論を思い出せば、自分を裏切ったテリーでさえ「罰さない」ところはいかにも「マーロウ」らしいということになり、「許さない」ところはそうした「マーロウ」像を乗りこえようとしているということになるだろうが、そのように整理した上で注目したいのは、そもそもマーロウが他人に「裏切られる」こと自体が、それまでの作品ではなかった点である。「裏切られる」ことがもたらす心の痛みを、チャンドラーは主人公にはじめて経験させたのだ。

　もちろん、「裏切り」自体はチャンドラー作品に頻出する。だが、それは『さらば愛しき女よ』のムース・マロイとヴェルマ・ヴァレントの関係のように、ほかの男性人物に起こることであり、ハードな探偵はそれを「安全な距離」をとって傍観し、裏切られる男たちにシンパシーを感じていればよかった。『リトル・シスター』（*The Little Sister*, 1949）の依頼人オーファメイ・クエストのように、最初から彼を利用しようとして接近してくる女性もいるが（そして『リトル・シスター』が後期キャリアの第一作であることには言及しておきたいが）、マーロウがその罠に引っかかることはない。女嫌いのハードボイルド探偵は、「ファム・ファタール」の誘惑には耐性がついているのである。

　しかしながら、『長いお別れ』のマーロウは、いわばみずから進んでテリーに誘惑されてしまう。女でもなく、彼に何かを求めているわけでもないテリーとの「友情」は、その関係性に根拠や必然性がないからこそ彼を惹きつけるのだ。テレビドラマ版のように「父」として慕われるわけでもなく、映画版

のように「昔からの友人」というわけでもないテリーのことを、彼が守らねばならない外的理由は何もなく、それゆえに純粋な「友情」ということになるのだろうが、これはかなりナイーヴな論理だろう（だからこそ、アダプテーション作品では「理由」がつけ加えられたわけだ）。マーロウがテリーとの友情に固執すればするほど、そこには「無」があらわれる——テリーとの関係が「友情」なのはマーロウがその関係を「友情」と思いたいからだという、ロマンティックなトートロジーがあらわれるのだ。

　この出口のないトートロジーは、この小説のマーロウを、前期作品よりもはるかに内省的にする（語り口も、「マーロウ」的な皮肉な比喩が減り、より直接的で「シリアス」な言葉が目立つ [Irwin 60-61]）。『長いお別れ』の彼は、ハードボイルド的な規範に基づいて行動するというより、その「規範」自体に、あるいはそれを抱えた自分自身に拘泥していると言ってもいい——「どうして［私立探偵としての人生］を続けているのかわからない。……何か理由があるはずなのだ」（Chandler 549）。

　こうした文脈に照らすと、マーロウがテリーとの「友情」に基づく自分のふるまいを、しばしば「探偵」としてのアイデンティティに（強引に）結びつけようとするのは興味深い。小説の冒頭近くにおける「テリー・レノックスは私にさんざん面倒をかけた。だが、結局のところ、そうしたことが私の仕事なのだ」という総括的な言葉がわかりやすい例である（421）。この二つのセンテンスは論理的につながっていないように思えるが（テリーは彼の「依頼人」ではないし、だからこそ「友人」であったはずなのだから）、まさにそれゆえに、テリーという存在が、マーロウ自身の意識をこえたところで、彼のアイデンティティと直結していることを示唆するだろう。ひとことで言ってしまえば、テリーは——まさしく「空っぽの人間」であるがゆえに——彼にとって「ダブル」ないし「鏡」なのである。

　実際、チャンドラーはこの小説を通して、というのはつまりウェイド夫妻との「探偵」としての関わりを通してということだが、マーロウに自分自身の姿を見つめ続けることを要求する。テリーの本名が「ポール・マーストン」であり「フィリップ・マーロウ」と頭文字を同じくすることは、アイリーンによって言及されて「ダブル」の主題を前景化するが（570）、その上でさらに注目に値するのは、アイリーンがやはりテリー（＝ポール）に裏切られた

という事実である。戦後、夫と再会したときには「わたしたちはお互いにとって、失われた存在になっていました」と彼女は言う（672）。

> わたしはいつか彼に再会できると思おうとしていましたが、それはかつての彼、情熱があり、若く、駄目になっていない彼でした。ですが、あの赤毛の淫売と結婚するなんて──ひどすぎました。……［ロジャー］はただの夫でした。ポールはそれをはるかにこえた存在で──そうでないならただの無だったのです。（672-73）

これを、精神を病んだ人間の妄言として片付けることはできない。なぜなら、これはまさにマーロウがテリーに対して思っていることであるはずだからだ。

正確には、アイリーンからこの言葉を引き出したときのマーロウは、まだテリーを信じていたわけだが、それがつまり「かつての彼」を信じようとしていたということである以上、アイリーンとの立場の相似は明らかだろう。彼がテリーにシルヴィアとよりを戻してほしくないと思っていたことを想起すれば、アイリーンが（いわば「現実」を否認しようとして）シルヴィアを殺したことは、彼の願望を満たしてくれたとさえ言えるはずだ。その皮肉に彼が気づいているかどうかはわからない。だが、彼がアイリーンを警察に引き渡さず、自殺させてしまう（彼女の遺書によりテリーの「無実」を公にできたわけだが、これは結果論にすぎない）ことは、自分の罪深い願望を直視せず、隠蔽する行為のようにも思える。そこで話が終われば、彼のテリーは──テレビドラマ版の保と同じく、女たちの犠牲者として──「かつての彼」のままでいられるのだから。しかしながら、亜以子の自殺を予期しなかった磐二とは異なり、マーロウが実質的に自殺幇助をしたという事実は重い。純粋な友情を──自分の正しさを──守るためにはそこまでしなくてはならないのなら、それはおそらく、すでに純粋でもなければ、正しくもないと言わねばならないはずである。

したがって、テリーが最後にあらわれてしまうことは、まさに詩的正義と呼ぶべき事態なのだろう。マーロウにはテリーを受け入れることなどできない──アイリーンが再会したテリーを受け入れられなかったのと同じよう

に。だが、彼はテリーを罰することもできない。映画版のマーロウとテリーのあいだには、10代の頃からの交流があり、かつては「友情」があったのだろう。だが、原作のマーロウとテリーのあいだにあったのは、マーロウの思い込みだけだった。汚れた世界に生きる私立探偵が、自分がその世界に染まっていない証拠を求めていただけだったのだ。仮にテリーを殺したとしても、問題は何も解決しない。だからアイリーンと同じく、彼は違う名前であらわれた（「マイオラノス＝Maioranos」という名は、スペイン語で「better years」を意味する［Marling 138］）テリーを「否認」するだけなのだが、その虚しさを彼は知りつくしている。その虚しさから逃れるには、アイリーンのように——彼が手伝ってやったように——死の世界に行くしかないのだ。

　この結末は、それまでのチャンドラー作品の定型である、マーロウが「現実」の悲哀を噛みしめ、前よりも少し孤独になるというレヴェルの事態ではない。それは彼のアイデンティティの根幹を——そしてチャンドラーの創作原理そのものを——突き崩すものであり、結局マーロウは——そしてチャンドラーも——そこから先にどう進めばよいのかわからなかったように思える。チャンドラーが『プレイバック』の最後にリンダを再登場させ、痛々しいほどに孤独な探偵にそのプロポーズを受諾させることにしたのは、もはやマーロウが「あのマーロウ」ではいられなくなったことを、作者自身が認めざるをえなくなったことを示すのかもしれない。

　だが、どのマーロウであっても、マーロウはマーロウである。そのことは、本稿が論じた二つのアダプテーション作品を見れば明らかなはずだ。時代が変わり、舞台が変わっても、そこには確かに「マーロウ」がいる。それは原作のマーロウが普遍的な存在だからではない。そうではなく、マーロウというキャラクターが（そして『長いお別れ』という小説が）、時代や場所、そして媒体の変化にも適応できるだけの複雑さと奥行きを、豊かに備えているためなのだ。そうした原作の「豊かさ」を引き出してくれる「裏切り」は、マーロウとチャンドラーが夢見ていた『長いお別れ』の「先」の世界ばかりか、それがすでに『長いお別れ』という「裏切りの物語」のなかに存在していたことを、われわれに新鮮な驚きをもって発見させてくれるはずなのである。

註

1) *The Long Goodbye* の邦訳は『長いお別れ』と『ロング・グッドバイ』という二つの
　 タイトルで流通しているが、本稿ではアダプテーション作品との区別をわかりやす
　 くすることを理由の一つとして、チャンドラーの原作は『長いお別れ』と表記する。

2) 詳しくは Pendo 151 を参照。

3) 主人公が「マーロウ」ではないために除外したが、『高い窓』は *Time to Kill* という
　 題で（やはり同時代である 1942 年に）映画化されてもいる。

4) この時期の小説と映画の「幸福な関係」については、拙著 45-77 の議論を参照され
　 たい。

5) 別のところでは、最短でも 4 時間はかかるし、ほとんどが会話になってしまっただ
　 ろうと述べている（Brackett 138）。

6) ある批評家は、チャンドラーの映画化作品で、唯一ファム・ファタールが出てこな
　 いのがこの映画であると指摘している（Phillips 158）。

7) 『長いお別れ』は日本では最もよく読まれているチャンドラー作品だろうが、英米
　 では事情が異なる。たとえば、優れた批評家であるジョン・T・アーウィンは、チャ
　 ンドラーの優れた作品として『大いなる眠り』『さらば愛しき女よ』『湖中の女』を
　 挙げているし（Irwin 56）、ジェイムソンのチャンドラーに関するモノグラフも、基
　 本的に彼が「正典的（canonical）」と呼ぶ前期の 4 作品を扱っている（Jameson
　 58）。

| 12 | 裏切りの物語　**207**

13 ユダヤ人／黒人の表象としてのレプリカント

『アンドロイドは電気羊の夢を見るか?』と
『ブレードランナー』

大地　真介

1　史上最高の映画『ブレードランナー』

　フィリップ・K・ディック（Philip Kindred Dick, 1928-82）は、サイエンス・フィクション史上最も優れた作家の一人というのが通説であり、彼の小説は、アメリカを代表する著作物を後世に残すことをめざす権威あるライブラリー・オブ・アメリカ（The Library of America）からも出版されている。ポストモダンの代表的な思想家ジャン・ボードリヤール（Jean Baudrillard, 1929-2007）が、「現代で最も偉大な実験的作家の一人」と見なすディックの作品は（Sutin, *Shifting Realities* x-xi）、ひとことで言えば、ポストモダニズム的な SF の先駆けということになる。ディック自身も述べている通り、彼の作品に共通するテーマは、「真の人間とは何か」、「現実とは何か」という相関する哲学的な問題であり（Dick, "How to Build a Universe" 260, 278）、彼の主要な作品は、人間性と非人間性、現実と非現実、本物と偽物の二項対立を脱構築するポストモダン小説だと言える（SF という大衆文学と純文学を融合しているという意味でもディックの小説はポストモダニズム的である）。このような特徴が最も顕著な作品は、ディックが「［自作のなかで］最も深遠かつ想像力豊かな小説」と説明している『アンドロイドは電気羊の夢を見るか?』（*Do Androids Dream of Electric Sheep?*, 1968、以下『アンドロイド』）である（"Electric Dreamer"）。同作品は、火星から地球に逃亡してきた奴隷のアンドロイドたちを狩る賞金稼ぎの物語であり、非情なはずのアンドロイドのほうがある意

味人間よりも「人間的」であるさまを描き、「真の人間とは何か」という奥深いテーマを探究している。

　ディックは、スティーヴン・キング（Stephen King, 1947- ）を除き、作品が今日最も頻繁に映画化の対象となっている作家であり（Sutin, *Divine Invasions* xi）、「アジャストメント」（1954）、「マイノリティ・リポート」（1956）、「トータル・リコール」（1966）、『スキャナー・ダークリー』（1977）などこれまで映画化されたディックの小説は 15 作品を超えている。そのなかで最高傑作とされる映画が、先に述べた『アンドロイド』をリドリー・スコット監督（Ridley Scott, 1937- ）が映画化した『ブレードランナー』（*Blade Runner*, 1982, 1992, 2007）である（Sutin, *Divine Invasions* xi）。[1]

　『ブレードランナー』は極度の難産の末に生まれた映画であり、脚本は何度も書き直され、また、完璧主義者のスコット監督が撮影に凝ったりしたことなどから予算を大幅に超過したため、スコットは、同作品を劇場公開するにあたって映画会社の意向を大幅に受け入れざるをえなかった（Raw 39）。『ブレードランナー』には大きく分けて五つのヴァージョンがある。最初のヴァージョンは、劇場公開前に観客の反応を知るための試写用に作られた粗い編集の「ワークプリント版」（1982）であり、試写の結果は、作品内容が陰気で難解すぎるといった否定的な意見が多かった。これを受けて映画会社は、作品全体にわたる主人公の説明的なモノローグ、ハッピーエンディングのラストシーンを追加することをスコットに強いる。それで生まれたのが、「オリジナル劇場公開版」（1982）であり、アメリカではこれが公開された。一方、ヨーロッパやアジアで公開されたのが、「インターナショナル劇場公開版」（1982）であり、暴力シーンが数点追加されている（「完全版」として発売されたビデオはこのヴァージョン）。『ブレードランナー』は、興行的には失敗したものの、ビデオ化されると最も人気のある作品の一つとなったため（Raw 40）、映画会社は、『ブレードランナー』を自由に編集することをスコットに許可し、その再編集ヴァージョンを劇場公開した。これが、「ディレクターズ・カット版」（1992）である（「最終版」と銘打ってビデオ発売された）。『ブレードランナー』は、ディレクターズ・カット版を出す映画の先駆けとなった（Brandon 46）。「ディレクターズ・カット版」では、主人公のモノローグとハッピーエンディングが削除されている。また、主人公が見る

| 13　ユダヤ人／黒人の表象としてのレプリカント

図1 『ブレードランナー』ファイナル・カット版

ユニコーンの夢のシーンが追加され、主人公がアンドロイド（映画では「レプリカント」と呼ばれる）であることが明示された。[2] 最後に、劇場公開25周年を記念し、スコットが再度編集をして劇場公開したヴァージョンが「ファイナル・カット版」（2007）であり、同ヴァージョンは、「ディレクターズ・カット版」に「ワークプリント版」と「インターナショナル劇場公開版」からのシーン数点を追加した上で、最新の技術を駆使して、画質を高めたり、撮影や編集のミスを修正したりしたものである（図1は「ファイナル・カット版」のBlu-ray／DVDジャケット）。本章で『ブレードランナー』に言及する際は、この決定版たる「ファイナル・カット版」を指すこととする。

　『ブレードランナー』は、監督リドリー・スコット、特撮担当ダグラス・トランブル、デザイン担当シド・ミード、音楽担当ヴァンゲリス、俳優ルトガー・ハウアーおよびハリソン・フォードといった具合に超一流のスタッフによって製作された。[3] 同映画は、サイバーパンクの先駆けとなった作品であり、また、映画、文学、美術、建築などさまざまな分野に多大な影響を及ぼしており、しばしばSF映画史上最高の作品と見なされている。[4] ただし、筆者は、『ブレードランナー』はSFに限らずこれまで製作されたすべての映画のなかで最高傑作だと考える。その根拠は次の通りである。まず、映画には物語性のない作品もあるが、これまで製作された映画のほとんどが物語性のある作品と言える。しかしながら、物語性に関しては、映画は文学に遠く及ばない。なぜなら、映画には、劇場公開を前提とすることによる約2時間という長さの制約や製作予算による制約があるが、文学においては、基本的にそのような制約はなく、作家は自由自在に物語ることができるからである。文学にはない映画のメリットは鑑賞者の視覚や聴覚に訴えることができる点だという意見もあるだろうが、文学でも描写次第でそれは可能である。映画が文学に勝る特性は何か？　それは、読者／鑑賞者が想像もできない非日常的な世界を視覚的に表現できることであり、その特性はSFというジャ

ンルにおいて最も力を発揮する。SF そのものは大変魅力的なジャンルだが、SF 文学は、荒唐無稽な話をする傍流文学と見なされがちである。たとえば、SF 文学で空飛ぶ車が多量に登場したりすると、読者は、未来の話とはいえばかばかしい絵空事として捉えたりすることもあるだろうが、車が空を行きかう様子が、(『ブレードランナー』のように) 映画でリアルに表現されると、ばかばかしいどころか見たこともない光景に鑑賞者は圧倒されることになる。それは、ちょうど、「右手で握ったコインを左手のなかに瞬間移動させます」とマジシャンに言われた観客が、そんなことはありえないと頭ではわかってはいても、実際にその手品を目の前で巧みにやられると本当にコインが瞬間移動したように錯覚して感銘を受けるのと同じである（視覚は脳をだましやすい）。要するに、SF こそ、映画が文学に勝るジャンルであり、映画の強みを最大限に生かすことができるジャンルなのだ（実際、映画創成期を代表するジョルジュ・メリエス監督［Georges Méliès, 1861-1938］の作品『月世界旅行』［Le Voyage dans la Lune, 1902］を嚆矢としておびただしい数の SF 映画がつくられてきたし、なおかつ、映画の世界歴代興行収入の上位は SF が占めている）。[5] したがって、SF 映画の最高峰である『ブレードランナー』は、自ずとすべての映画の頂点に輝く作品ということになるのである。

2　『アンドロイドは電気羊の夢を見るか？』と『ブレードランナー』の相違点

　『ブレードランナー』は、一見したところ、原作『アンドロイド』からかなりかけ離れた作品のように見える。両者の違いを見ていくと、まず、『ブレードランナー』の脚本を最初に執筆したハンプトン・ファンチャーが、「アンドロイドは電気羊の夢を見るか？」というタイトルは映画会社に拒絶されると踏んだプロデューサーの要請でタイトルを変更し（Sammon 38）、最終的に、(ナイフの刃の上に身を置くような危険かつ不安定な主人公の状況を暗示する)「ブレードランナー」というタイトルにした（Wheale 93）。作品の舞台は、原作では 1992 年のサンフランシスコだが、映画版では 2019 年のロサンゼルスに変更されている。これは、作品に登場するアンドロイドや空飛ぶ車は 21 世紀にならないと開発されないであろうと判断されたためと、ファンチャーが『ブレードランナー』の主人公を造形する際、レイモンド・チャンドラー（Raymond Chandler, 1888-1959）の小説の主人公であるロサンゼルス

の私立探偵フィリップ・マーロウをイメージしていたためである（中子 116, 269）。

　また、映画版と違って原作では、主人公のリック・デッカードがアンドロイドを狩るのは、第三次世界大戦による放射能汚染で数少なくなった動物（電気製ではない本物の動物であり、それを飼うことがステータスシンボル）を報奨金で購入するためであるが、この設定に加えて、デッカードの妻イラーン、アンドロイドのガーランド、賞金稼ぎのフィル・レッシュ、バスター・フレンドリーのテレビ番組、新興宗教のマーサー教などは映画版には登場しない。これは、前節で述べた通り映画には約 2 時間という長さの制約や製作予算による制約があるため、原作の設定・登場人物・エピソードを数多く削る必要があったからだと考えられる。

　映画版が原作と最も異なる点は、（ハリソン・フォード演ずる）デッカードが、レプリカントのロイ・バティ（原作ではベイティ）と対決するも結局ロイに命を助けられ、愛する（レプリカントの）レーチェルを捨て身で守ろうとする過程で自身もレプリカントであることを知るというエンディングである。映画版のこの結末は、人間性と非人間性、現実と非現実、本物と偽物の二項対立を脱構築する原作のポストモダニズム的テーマをより強めていると言える。

　そのほかの原作と映画版の大きな違いとしては、原作と異なり映画版ではアジア的な要素がちりばめられているということが挙げられる。1968 年発表（執筆はそれより前）の原作にはない 1982 年公開の映画版に横溢するアジアン・テイストは、1968 年に国民総生産（GNP）が世界第 2 位となった日本の経済的急成長（1980 年には日本車の年間生産台数がアメリカを抜いて世界一）、1973 年のヴェトナム戦争からのアメリカの撤退（アメリカの事実上の敗北）、1980 年にアメリカへのアジア系移民数がヨーロッパ系を超えたことなどの影響を受けていると考えられる。このようなアメリカの（白人にとっての）社会問題を反映する複雑な暗い内容の『ブレードランナー』は、「強いアメリカ」への回帰を謳う保守的なロナルド・レーガン政権の時代にそぐわなかったため、公開当時は興行的に失敗したのである（同時代の映画で言えば、『E.T.』（*E.T. the Extra-Terrestrial*, 1982）や『スター・ウォーズ──ジェダイの帰還』（*Star Wars: Episode VI— Return of the Jedi*, 1983）といったハッピーエ

ンディングのわかりやすい作品が大ヒットした）。

　以上述べてきたように映画化にあたっての原作の内容の変更にはそれなり
の理由があるが、いずれにせよ、『アンドロイド』と『ブレードランナー』
には相違点がきわめて多く、両者は、一見非常に異なる作品のように見える
——原作に忠実な映画化ではない——ものの、実は、両者は深いテーマで通
底していることを以下で指摘していきたい。

3　ナチス／ユダヤ人の表象としてのアンドロイド（レプリカント）

　きわめて多くの相違点がある『アンドロイド』と『ブレードランナー』は、
人間とアンドロイド（レプリカント）の二項対立を解体している点では一致
しているが、この二項対立は、実はナチスの問題と密接に結びついている。
『高い城の男』（*The Man in the High Castle*, 1962）でナチズムを扱ったディックは、
「ナチスやファシズムは自分が生涯憎み続ける敵だ」と述べており（Wagner
77）、また、『アンドロイド』のアンドロイドの冷酷非情な面はナチスの「非
人間性」の象徴だと説明している（Dick, "*Blade Runner* Interviews"）。ただし、『ア
ンドロイド』と『ブレードランナー』において、アンドロイド（レプリカント）
は、ナチスを表象すると同時にユダヤ人も表象している。たとえば、加藤幹
郎は、『ブレードランナー』が多用している光と〈ガス（煙）〉の明暗対照法
の観点から、アンドロイドがユダヤ人の象徴であることを指摘している。

> 　光の拡散を利用したこうした照明法は、もっぱら一九三〇年代に欧州か
> ら米国に亡命してきたユダヤ人たちによって創造された。「暗黒映画」
> ［フィルム・ノワール］と呼ばれるこの新ジャンルは、数百万のユダヤ
> 人を強制収容所のなかで虐殺したナチス・ドイツの悪夢を反映する……
> こうした意味で、一九八〇年代にSF映画として撮られたはずの『ブレー
> ドランナー』は、じつは人間の寓話を物語る四〇年代の暗黒映画を継承
> するものとして製作されている。光と影の重層的な交錯によって、この
> 映画は人間が人間を理解することの困難さを隠喩的に物語り、ひいては
> ユダヤ人たちが強制収容所のなかに見た地獄をレプリカントの苦境へと
> 翻案することに成功している。（125）

| 13 | ユダヤ人／黒人の表象としてのレプリカント　　**213**

『ブレードランナー』におけるレプリカントの「苦境」について確認しておくと、ハリー・ブライアント警視は、「奴ら［レプリカントのロイ・バティたち］は、感情以外は人間そっくりに設計された」と説明しているが、人間に狩られるレプリカントのロイが、盟友レオン・コワルスキーが殺されたことを恋人プリスに伝えるときとそのプリスも殺されたとき、言葉を詰まらせて深い悲しみに顔をゆがめる場面は、レプリカントが感情豊かであることはもちろん、むしろ人間のほうがレプリカントよりも非情であることを明示する。これに加えて、(ロイに返り討ちにされて瀕死状態のデッカードに向かって放つ) ロイの言葉──「恐怖にまみれて生きるのはひどい体験だろう？それがまさに奴隷の境遇というものだ」──は、『ブレードランナー』が、人間に奴隷扱いされるレプリカントたちのすさまじい「苦境」を強調する作品であることを如実に表している。

　ポール・M・サモンによると、このような点が原作と映画版の違いだとディックは主張していた。

　　　ディックによれば、彼とリドリー・スコットの論争の主な原因は根本的なものだった。すなわち、その主因は、「『アンドロイドは電気羊の夢を見るか？』──『ブレードランナー』もだが──を何の物語だと考えるか」ということについてのディックとスコットの根本的な違いだったのだ。

　　　「私にとって、レプリカントは許しがたい存在だ。残忍で、冷酷で、非情なんだ。彼らは感情移入をする能力を欠いているし（だからフォークト゠カンプフ検査で正体がばれる）、他の生き物がどうなろうと気にしない。彼らは本質的に人間より劣る存在なんだ。

　　　ところがリドリーは、彼らを飛べないスーパーマンとみなしていると言った。人間よりも賢く、強く、反射神経もいいとね。「なんてこった！」と返事をするのがやっとだったよ。つまり、リドリーの見解は、もともとの私の見方からはかなり逸脱していたんだ。だって、私の本のテーマは、デッカードがアンドロイドたちを追いつめる過程で非人間的になっていくというものなんだから。」（Sammon 285）

確かに、ディックが、講演「アンドロイドと人間」（"The Android and the Human," 1972）や講演の草稿「人間とアンドロイドと機械」（"Man, Android, and Machine," 1976）でも説明しているように、ディックにとってアンドロイドは一義的には「非人間性」を表すものであるが（"The Android" 209; "Man" 211-12）、しかしながら——「スーパーマン」というのは言い過ぎだとしても——『アンドロイド』を誤読しているのは、スコットではなくて作者のディックのほうである。まず、『ブレードランナー』と同じく『アンドロイド』においても、「感情移入をする能力を欠き残忍で冷酷で非情」なのは、ある意味アンドロイドではなくて人間だと言える。アンドロイドを狩る賞金稼ぎのデッカードに向かって妻イランは、「あなたは警察にやとわれた人殺しよ。……かわいそうなアンドロイドたち」と言うし（*Do Androids Dream of Electric Sheep?* 435）、デッカードに対してアンドロイドのレーチェルも、「あなたは、アンドロイドを無生物とみなして平気なのね。だから、アンドロイドをいわゆる「破棄」することができるんだわ」と言っており（462）、「明らかにアンドロイドは迫害されるマイノリティ」（D'Ammassa 119）としても描かれている。また、先ほど引用したようにディックは、「アンドロイドは感情移入をする能力を欠いているためフォークト＝カンプフ検査で人間と区別できる」と主張しているが、フォークト＝カンプフ検査は必ずしも有効でなく、やがてまったく無効になると『アンドロイド』に記されている（461, 569）。「アンドロイドはほかの生き物がどうなろうと気にしない」というディックの主張に関しては、『アンドロイド』において、自分は動物を飼育してかわいがっているのでアンドロイドではないと言うフィル・レッシュに向かってデッカードは、アンドロイドが動物をかわいがる例は、自分が知っているだけでも 2 件あると述べている（527）。

　また、先ほどの引用でディックは、「私の本のテーマは、デッカードがアンドロイドたちを追いつめる過程で非人間的になっていくというものなんだ」とも主張しているが、『ブレードランナー』と同様に『アンドロイド』でも、デッカードは、「非人間的」になるどころか、むしろ「人間的」になっている——「迫害されるマイノリティ」のアンドロイドに「感情移入」するようになっている。まず、歴史的名歌手に匹敵するとデッカードが見なすアンドロイドのオペラ歌手ルーバ・ラフトが、殺される前にエドヴァルド・ム

ンクの絵の複製を求めるので、デッカードは高価な画集を買ってやり、また、彼女を殺そうとするフィル・レッシュを制止しようとさえする。結局殺害されたラフトについてデッカードは、「彼女は本当にすばらしい歌手だった。……わからない。あれだけの才能がなんで私たちの社会の障害になりうるっていうんだ」と思い（532）、さらに、次のようにラフトに「感情移入」している。

　　……デッカードは、自分が殺すアンドロイドにみずから感情移入したことなど今までは一度もなかった。自分は、精神のすみずみまで——意識的に——アンドロイドを賢い機械とみなしているとこれまでずっと思いこんでいたのだ。ただし、フィル・レッシュと比べてみて、レッシュと自分の違いが明らかになった。そして、自分が正しいと本能的に感じたのだ。彼は自問した。人工物に感情移入するだって？　生きるまねごとをしているだけの物に？　だが、ルーバ・ラフトは〈本当に〉生きているようだった。まねごとなんかじゃなかった。（535）

さらに作品の終盤でデッカードは、アンドロイドのレーチェルと情を交しており（レーチェルも、「朗らかになって、確実に、彼が知っているどの娘にも劣らず人間らしく」なる［574］）、また、作品の最後で彼は、生命が宿っているならば人工のものかどうかは大した問題ではないという認識にさえ到達するのである（606）。

　以上論じてきたように、ディックは自作『アンドロイド』を読み誤っており、「アンドロイドは感情移入をする能力を欠き残忍で冷酷で非情だ」という彼の主張は必ずしも正しくない。つまり、先述した通り実質的にはナチズムの問題を扱う『アンドロイド』と『ブレードランナー』においては、アンドロイド（レプリカント）は、ディックが述べているようにナチスの「非人間性」を表象するだけでなく、本節で論じたように「迫害されるマイノリティ」、すなわちユダヤ人をも表象しているのである。この点は、無論、二項対立の脱構築という両作品のポストモダニズム的テーマの一つの表れと言える。

4 アフリカ系アメリカ人を表象するアンドロイド（レプリカント）

　前節で考察したように、『アンドロイド』と『ブレードランナー』のアンドロイド（レプリカント）は、ナチス／ユダヤ人の象徴であるが、それと同時にアフリカ系アメリカ人（以下、「黒人」と記す）の象徴でもあると筆者は考える。両作品でアンドロイドは「奴隷」と呼ばれているが、アメリカで奴隷といえば、やはり旧南部の黒人奴隷であろう。実際、『アンドロイド』で、アンドロイドが黒人奴隷に結びつけられている箇所があり、それは、次のようなテレビのコマーシャルにおいてである。「テレビが叫んだ、「──南北戦争以前の南部の絶頂期を再現します！　従者として、あるいは疲れを知らぬ作男として、オーダーメイドの人型ロボットが提供されます……」」(445)。つまり、人間とアンドロイドの関係は、白人と黒人の関係にも重ねられているのである。

　ディックは、随筆「ナチズムと『高い城の男』」("Naziism and *The High Castle*," 1964) において、「私たちにとってドイツ人の戦争犯罪は他人ごとではないかもしれない。というのも彼らは私たちとよく似ているからだ」というある批評家の見解を支持し、ファシズムはヨーロッパだけでなくアメリカの問題でもあると述べている (112-13)。そして、ナチスとユダヤ人について論じながらディックは、アメリカで白人が黒人の児童たちに爆弾を投げつけた事件に言及しており、社会的に迫害された者としてユダヤ人と黒人を同一視しているのである (116-17)。したがって、ユダヤ人を表象するアンドロイドは、上記のテレビ・コマーシャルも示すように黒人も表象しているのだ。公民権法成立直後で全米的な人種差別撤廃運動のさなかの 1966 年に、アメリカのリベラリズムの本拠地であるサンフランシスコ・ベイエリアで書かれた『アンドロイド』は、黒人にまつわる当時の社会問題を反映しているのである。[6]

　『アンドロイド』においてアンドロイドが黒人を彷彿させるほかの箇所を見ていくと、同作品のアンドロイドの筆頭と言えるレーチェルは、顔は「浅黒い（dark）」とされ (562)、髪とまつ毛と瞳は「黒」であるとくりかえし描写されている (462-63, 465, 567, 596)。レーチェルと同型のアンドロイドで瓜二つのプリスも当然ながら上記の容姿である (479)。また、アンドロイドが奴隷の境遇から逃れようとして人間に殺される状況は、黒人が、奴隷制度

図2　『ブレードランナー』　▶ 00:19:31

図3　『ブレードランナー』　▶ 01:23:34

から逃亡しようとしても、しばしば白人に捕らえられてリンチされたことを連想させる。さらに言えば、人間とアンドロイドの結婚は法律で禁止されているという設定だが（575）、それは、『アンドロイド』が執筆された1966年の時点でも依然として白人と黒人の結婚を禁じる法律がアメリカの16州で残っていた（Wilson 187）ことを想起させるものである。

つぎに、『ブレードランナー』でレプリカントが黒人を連想させる箇所を見ていくと、まず、同作品に登場するレプリカントはみな、黒のイメージを帯びている。レーチェルは、原作と同じく髪が黒く、また、レプリカントと判明する場面では全身まっ黒な服を着ており（図2）、レオン・コワルスキーとロイ・バティが着ているコートもまっ黒であり（そのロイと対峙する〈人間〉のエルドン・タイレル博士は〈白い〉ガウンを着ている［図3］）、ゾーラの肌は浅黒く、プリスは、J・F・セバスチャンにレプリカントとして正体を現す場面で、顔の一部を黒く塗っている（図4）。また、アディリフ・ナーマも述べているように（Nama 56-57）、レーチェルが、デッカードに向かって、「私が北に向かったら──姿を消したら──どうする？　追ってくる？」と言うシーンは、逃亡黒人奴隷が北をめざしたことを思い起こさせる（未公開のエンディングシーンにも、北に逃げたというデッカードのナレーションが登場する）。さらに言えば、『ブレードランナー』は多民族都市であるロサンゼルスが舞台であるが、きわめて不自然なことに黒人は登場しないに等しい。大都会の群衆として大勢のエキストラが登場するが、ほぼ全員、白人と黄色人種であり、黒人は4名程度しか確認できない。作品の最後のクレジット・タイトルに挙げられている19名の主要登場人物にいたっては、白人と黄色人種だけで黒人は皆無である。これらのことは、実は黒人はレプリカントとして登場していること、

すなわちレプリカントは黒人の象徴であることを暗示していると考えられる。

以上のように、『アンドロイド』と『ブレードランナー』において、アンドロイド（レプリカント）は黒人をも象徴しており、人間とアンドロイドの二項対立は白人と黒人の二項対立をも表しているのである。

図4 『ブレードランナー』 ▶01:12:56

とすれば、両作品において、人間とアンドロイドの二項対立が脱構築されている以上、白人と黒人の二項対立も解体されているのかということが当然問題になってくる。ここでまず着目したいのは、人間とアンドロイドは見分けがつきにくいという点である。一見、白人と黒人は見分けがつくように見えるが、実はそうとも言えない。少しでも黒人の血を引く者は黒人と定めるかつてのアメリカの因習（the one-drop rule）によれば、白人と見分けがつかない〈黒人〉もおり、それは白人の血が多く入った混血黒人である。それでは、アンドロイドは、そのような〈白人の血を多く持つ混血黒人〉のみを指し、普通の黒人は指さないのかと言えば、そもそも今日のアメリカの黒人は、ほとんどが混血黒人である。すでに黒人が奴隷としてアメリカに連れてこられる前にポルトガルの植民地で白人の血が入る場合も多々あったし（Wilson 184）、また、『アンドロイド』と『ブレードランナー』で女性のアンドロイド（レプリカント）が人間の愛人にされていたように（*Do Androids Dream of Electric Sheep?* 537,『ブレードランナー』ではたとえばプリスが〈慰安用〉のレプリカントだった）、アメリカで女性の黒人奴隷はしばしば白人から性的に搾取されていたことは公然の秘密である（Wilson 185）。つまり、アメリカでは白人は自分たちと黒人たちを区別しようしてきたが、そもそもその黒人の多くは白人の〈血を分けた兄弟姉妹〉なのである。したがって、『アンドロイド』と『ブレードランナー』における白人と黒人の二項対立は、基本的に白人と〈白人の血を持つ混血黒人〉の二項対立であり、両者の境界が曖昧である以上、その二項対立は最初から解体されていると言える。

『アンドロイド』が執筆された1960年代半ばのアメリカでは、法律上は

何とか黒人の公民権が認められたかたちだったが、人種差別撤廃運動がまだ盛んだったことが示すように、黒人差別はなお根強く残っていた。その黒人差別は、かつて白人が黒人を奴隷制度で縛ったり集団でリンチしたりしていたことの延長であり、ユダヤ人に対するナチスの常軌を逸した差別や虐待と本質的には同じものである。そのことをディックが見抜いていたことは、先述したように随筆「ナチズムと『高い城の男』」からも明らかであり、彼の『アンドロイド』は、ファシズム的黒人差別を批判的に反映しているのだ。イェール大学ロー・スクール教授のジェームズ・Q・ウィットマン（James Q. Whitman）が近年発表した研究書によって、ナチスの人種主義政策が実はアメリカの異人種混淆禁止法（anti-miscegenation law）をモデルにしていたことが明らかにされており、つまりナチスのユダヤ人差別は実際にアメリカの黒人差別と深くつながっていたのであり、ディックの洞察は正しかったと言える。[7]

　以上論じてきたように、『アンドロイド』と『ブレードランナー』は、非常に多くの相違点があるものの、人間とアンドロイド（レプリカント）の二項対立の解体が主要なテーマだという点で一致しており、なおかつ、そのテーマは、原作においても映画版においても、ナチズムや黒人差別という深刻かつ重大な問題と密接に結びついているのだ。『ブレードランナー』は、原作に忠実な映画ではないが、『アンドロイド』のエッセンス、すなわち同小説のきわめて奥深いテーマを大変見事に活用した傑作映画なのである。

註

1) 先ほど、『アンドロイドは電気羊の夢を見るか？』はポストモダン小説だと述べたが、その映画版の『ブレードランナー』もポストモダニズム的である。同映画は SF とフィルム・ノワールを融合させており（いわゆるフューチャー・ノワール［future noir］）、また、登場する建築はさまざまな時代や文化の様式から成っている（Booker 61-62）。

2) 主人公が、同僚の作ったユニコーンの折り紙に気づくラストシーンは、主人公が見るユニコーンの夢を同僚が知っていたこと、すなわち、ユニコーンの夢は人工的に移植されたものであり、主人公がレプリカントであることを意味している。

3) 悲劇のレプリカント、ロイ・バティを演じたルトガー・ハウアーは、神がかった演技を披露しただけでなく、脚本に書かれたロイの死に際の台詞をみずから改変し、有名な「ティアーズ・イン・レイン」スピーチ（the "tears in rain" speech）を生み

出した（*Dangerous Days*）。雨に打たれながら息も絶え絶えのロイが遺した言葉は次の通りである。「俺はお前たち人間が信じられないようなものを見てきた。オリオン座の肩のあたりで燃える戦艦。タンホイザー・ゲート近くの暗闇で攻撃ビームがきらめくのを見た。それらの記憶も結局はすべて消える。雨のなかの涙のように。死ぬ時が来た」。マーク・ローランズは、このスピーチは映画史上最も心揺さぶる辞世の言葉ではないかと述べている（Rowlands 235）。

4)『ブレードランナー』は、ガーディアン紙、ニュー・サイエンティスト誌、SFマガジン誌、トータル・フィルム誌、IGN.com、MSNムービーズなどにおいて、歴代のSF映画のなかで第1位に選出されている（添野 74-75）。スタンリー・キューブリック監督（Stanley Kubrick, 1928-99）の『2001年宇宙の旅』（*2001: A Space Odyssey,* 1968）もSF映画の金字塔だが、宇宙の探索／旅行を観客に疑似体験させることにかなりの力点が置かれており（キューブリックは、『2001年宇宙の旅』の観賞を「純粋に視覚的な体験」と見なし、劇場の大画面で観ることを推奨した［Baldwin 441]）、それが画期的だったのは言うまでもないが、物語の内容は深いように見えて案外薄っぺらいのではないだろうか。なお、『ブレードランナー』の続編として製作された4作品、すなわち渡辺信一郎監督による短編映画「ブレードランナー──ブラックアウト 2022」(2017)、リドリー・スコットの息子ルークによる短編映画「2036──ネクサス・ドーン」(2017) と「2048──ノーウェア・トゥ・ラン」(2017)、ドゥニ・ヴィルヌーヴ監督による長編映画『ブレードランナー2049』(2017) は、おおむね好評だが、『ブレードランナー』の完成度があまりにも高いため、いずれの作品も蛇足の域を出ていないように思われる。

5) 映画の世界歴代興行収入トップ10のうち8作品がSFに含まれる。その内訳は、1位『アベンジャーズ──エンドゲーム』(2019)、2位『アバター』(2009)、4位『スター・ウォーズ──フォースの覚醒』(2015)、5位『アベンジャーズ──インフィニティ・ウォー』(2018)、6位『ジュラシック・ワールド』(2015)、7位『アベンジャーズ』(2012)、9位『アベンジャーズ──エイジ・オブ・ウルトロン』(2015)、10位『ブラックパンサー』(2018) である（IMDb.com）。

6) 実生活におけるディックの黒人との関係について言えば、彼は、近所の黒人と親しく付き合い、急進的な黒人人権活動家の友人もおり、警察からは「黒人びいき (nigger lover)」とみなされていた（Williams 36-39）。

7)『アンドロイド』では、デッカードは、自分が人間なのかアンドロイドなのかわからなくなって苦悩するが、アンドロイドが黒人を表象していることを考慮すれば、同作品は、自分が白人か黒人かわからず苦闘する人物を描くアメリカ文学の古典、すなわちアメリカの代表的作家ウィリアム・フォークナー（William Faulkner, 1897-1962）の『八月の光』（*Light in August,* 1932）の重いテーマを引き継いでいると言える。実際、『アンドロイド』と同じく『八月の光』においても人種差別はファシズム的であり、フォークナーは、ジョー・クリスマスを黒人とみなして虐殺するパーシー・グリムはまるでナチ突撃隊員のようだと述べている（Faulkner 41）。

｜13｜ユダヤ人／黒人の表象としてのレプリカント　**221**

14 そのまなざしを 受けとめるのは誰なのか

『冷血』と『カポーティ』

越智　博美

　トルーマン・カポーティ（Truman Capote, 1924-84）の代表作『冷血』（*In Cold Blood*, 1966）は、カンザス州で実際に起こった凄惨な殺人事件を元にしたニュー・ジャーナリズムの作品としてトム・ウルフやノーマン・メイラーの諸作品と並べられる作品であり、本人が名づけるところの「ノンフィクション・ノヴェル」である。カポーティの作品を元にその後さまざまなかたちで映画やドキュメンタリーが作られたが、なかでも出版直後リチャード・ブルックス監督によって製作されたハリウッド映画『冷血』（*In Cold Blood*, 1967）、および殺人事件を取材して『冷血』を書くカポーティを描いたベネット・ミラー監督による映画『カポーティ』（*Capote*, 2005）が代表的なものだろう。

　1967年の映画は、原作に忠実に筋を追ったという印象を与える作品である。単行本の刊行直前に雑誌『ニューヨーカー』が4週連続でこの物語を紹介した際、カポーティの文章のイメージを決定するのに一役買ったのはリチャード・アヴェドンのモノクロの――犯人二人が腕まくりをして、腕のタトゥーがいやがうえにも目立つポーズや、カンザスの田舎道に身を置くカポーティを捉えた――写真であった。この映画『冷血』は、犯罪とその犯人に迫るプロセス、そしてその処刑にいたるまでがリズミカルな運びで提示された作品である。だが、1966年の単行本の刊行、そして翌年のこの映画へと、カポーティの絶対的な存在がその作品からは消えていくように見え、作家カポーティはむしろ社交の人として露出度を高めていく。そして消えた作家を

作品内に取り戻そうとするかのように発表されたのが、2005年の『カポーティ』である。

　はたして、ノンフィクション・ノヴェルの「ノヴェル」部分を支えた作家カポーティの、どのような部分が、今となっては消え失せているように感じられ、また2005年の映画はそれを取り戻しえているのだろうか。そのことを小説、そして2本の映画から探ってみたいと思う。皮肉な成り行きかもしれないが、2005年の映画において、演出を裏切った、つまりは演技としてのトルーマン・カポーティを演じきれなくなった主演俳優フィリップ・シーモア・ホフマンの慟哭こそ、カポーティその人を裏切りながら再現していたようにも思える。

1　カンザスの殺人事件──ノンフィクション・ノヴェル『冷血』

　すでに作家として名をなしていたカポーティは、みずからの代表作を作りたいという野望にとり憑かれていた。そんな折りに彼の目に留まったのが、カンザス州ホルコムという田舎町で起きた一家4人の惨殺事件だった。1959年11月15日、信望厚い裕福な小麦農家クラター家の全員が縛られて至近距離から撃たれて殺された。しかも金目当てではなさそうだとなると、いったい何が起きたのか。目撃者もないこの事件に惹かれ、カポーティは、長年の友人で『アラバマ物語』(*To Kill a Mockingbird*, 1960) の作者としても知られることになるネル・ハーパー・リー (Nelle Harper Lee, 1926-2016) とともにカンザスに出向き、事件を追い始める。タイプした覚え書きは4000ページ以上に及んだが、それでもまた事件は本当の意味では終わることがなかった。[1]

　結果として物語は彼らの処刑までを扱うものとなった。冒頭ではクラター一家の何の変わりもない平穏な1日、そして迫りくるディックとペリーという殺人者たちが交互に描かれ、緊迫感を高めていく。凄惨な殺人現場を残して犯人が立ち去ったのちのホルコムの町では、人々が第二の事件を恐れて疑心暗鬼になるなか、動機も証拠もつかみがたく、カンザス州調査局のアルヴィン・デューイらによる捜査は難航をきわめていた。そのような折り、刑務所で服役中の人物が、クラター氏が現金を大量に持っているという情報をディック・ヒコックという刑務所仲間に教えたところクラター家に興味を

持っていたという情報を得る。それを糸口にディックがペリー・スミスというやはり刑務所仲間と組んで起こした犯罪であるということが判明した。ディックとペリーの車による、メキシコへ、そこから再度アメリカに入りカンザス、フロリダ、再度西へ向かっての逃避行は、最終的にはラスヴェガスで終わりを迎える。捕らえられた二人は死刑をもって罪を贖うこととなる。物語の最終場面は、平和を取り戻したある日、デューイがクラター家の墓で、やはりクラター家の知人に会い、彼らの人生もまた再度進みつつあることを確認して終わる。

　カポーティはこの作品を「ノンフィクション・ノヴェル」というジャンルであると述べている。すでに『詩神の声聞こゆ』（*The Muses Are Heard*, 1956）でノンフィクションを書いた経験があることからすれば、この分野にはまったくの無縁ではなかったとも言えるが、『詩神の声聞こゆ』は旅行記の体裁を取っており、作者が語り手「わたし」としてそこに存在する。しかし『冷血』の構想の段階で、カポーティはそれを小説家にしか書けない作品にしようと決心する。それが、まるで小説のごとく作者が直接に登場せず、小説のような技法で編み上げるノンフィクション・ノヴェルである。

　ノンフィクションと位置づけた瞬間、作家は事実に縛られ、振り回されることになるが、同時に事件全体のどこまでをノンフィクションとして切り取るのかは、作家の自由であろう。ジェラルド・クラークの伝記によれば、当初、カポーティはどちらかといえば無慈悲かつ不条理な犯罪の犠牲になる「善良で道徳的な一家が、知ることも制御することもできない力に追われて破滅させられる」、いわば「悲劇」（404）を書こうとしていたのであり、だとすれば犯人逮捕をもってその物語を終えることが実のところできないわけではなかった。しかしカポーティは田舎の人々と同じだけ犯人についても調べることを決意し、結果として犯人二人の裁判と死刑判決（当初は 1960 年 5 月を予定）、その後はくりかえされる上告や陳情による死刑＝物語の終わりの遅延に我が身を巻き込んでいくことになった。したがって作品にも彼の調査の成果が大量に入れ込まれている。二人の生い立ちはもちろんのこと、両親へのインタヴューや医者の見立てなど、その資料は多様である。カポーティは服役中の犯人二人に、何度も面会に行きさえし、彼らの思いや人となりを直接理解しようとした。とりわけ脚が悪く芸術家肌のペリーに感情移入したカ

ポーティは、物語の三分の一近くをペリーにかかわる記述——彼の日記や絵画作品も含めて——を描き込み、読者の共感を誘うことになる。

　最終的に死刑の延期は 1965 年 4 月 14 日の二人の処刑をもって終わることになるが、物語の最後を二人の死と決めてしまったことにより、出版は遅延につぐ遅延を被ることになる。そのあいだにネルの『アラバマ物語』は出版されて評判を呼び、早くも 1962 年には映画化されて、出演したグレゴリー・ペックはアカデミー賞主演男優賞を受賞した。このあいだ延々と 5 年にわたって、予定された「結末」だけを待つしかない状況に追い込まれたカポーティは、物語を書き終えることが二人の死を願うことにつながりかねないという、クラークによれば「道徳的ジレンマ」（430）に陥ってしまう。実際、作品の発表当初、舞台批評家のケネス・タイナンは彼の倫理性に疑義を呈し、「第一級で影響力の大きい作家が死を目前にした犯罪者と特権的に親密になるという立場に置かれていながら……彼らを救うためにもっと何かできたであろうに、それをしなかった」（Tynan 133）と痛烈に批判している。

　詳しくは次節で述べるが、1967 年の映画化作品が比較的カポーティの作品に忠実に見える原因は、映画の冒頭と書き出しが、メディアは違いながらもあまり違和感を感じさせない点が大きい。むしろ、カポーティの『冷血』がすでに映画的ですらあるのだ。

　有名な冒頭部分は映画で言えば、ロングショットである。

　　ホルカムの村は、カンザス州西部の小麦畑の広がる台地にあり、カンザス州でもよその地域に住む人たちから「あの向こうのほう」と呼ばれるような、ものさびしい地域である。コロラドとの州境から 70 マイルほど東で、この田舎は、くっきりした青空と砂漠のように澄んだ空気もあいまって、中西部というよりはむしろ極西部の風情をたたえている。土地の訛りには平原地域の鼻声と、牧場労働者特有の鼻音がともなっていて、男たちは、その多くが、細身の開拓地風ズボン、ステットソン帽、つま先が尖ったヒールの高いブーツという装いである。土地は平らで、展望は荘厳なまでに広々としている。馬、牛の群れ、ギリシアの殿堂のごとく優美にそびえ立つ穀物倉庫の白い建物は、旅をする者がそこに到達するはるか以前から視界に入ってくる。（3）

| 14 | そのまなざしを受けとめるのは誰なのか　　**225**

「あの向こうのほう」は、カウボーイたちのふるさとで、典型的な中西部アメリカのコミュニティとして、神々しささえ湛えながら姿を現す。むろんこのような属性をイメージさせる表現の数々（「ものさびしい」「ギリシアの殿堂」「荘厳」など）は、単純な事実の記述にとどまらないノヴェルを書く技法である。「旅をする者」の動きを借りたこの遠景描写による冒頭部分のあと、その語りの視点はホルカムへ、次の節ではクラター氏へとズームインしていくのだ。

　映画的といえば、クラター氏の日常の後の切り替えの部分も同様である。「リトル・ジョエルというカフェで朝食をとっている若者もクラター氏と同様コーヒーを飲まなかった」（14）で始まるセクションは、「クラター氏と同様」という語句ゆえに前とつながりながらも場所も場面も一気に切り替わり犯人の「若者」を提示するのであり、映画でいうクロスカッティングに相当する。このあと作品はこの切り替えを頻繁にくり返して、殺人犯二人が落ち合い、さらにはクラター家に出向くまでを緊迫感をもって描き出す。カポーティは、映画とは無縁ではなかった。すでに『ティファニーで朝食を』(*Breakfast at Tiffany's*, 1958) が 1961 年に映画化されていたというだけではなく、カポーティ自身ジョン・ヒューストンの映画『悪魔をやっつけろ』(*Beat the Devil*, 1953) の脚本を書いてもいる。

　「ノヴェル」としてのこの作品の技法は、むろん映画的なものだけではない。ノンフィクションであっても「ノヴェル」であるために、著者カポーティその人は登場しない。むしろ古典的な全知の語り手の背後に姿を隠している。作者がいるとすれば、それはむしろその素材の配置や見せ方、また記述の分量といった技法の部分である。二人の犯人についてもカポーティは自在にその意識まで描写する。描出話法を使い、あるいはフラッシュバックのような過去の回想にいたるまで、それはやはり「ノヴェル」の技法であって、ルポルタージュではない。ことにカポーティが感情移入していたペリーについては、その生い立ち、内面などが細かく描写される。おそらく探求するカポーティ本人のまなざしに近い位置にいるのが、捜査官デューイであろう。しかも彼はペリーの心情を理解しようとし、カポーティのまなざしや心情をかなりの程度代弁してもいる。デューイは、確たる動機もないままに犯人二人が出会っていっしょになってしまい、降りることもできなくなったために

起こったようなところのある
この殺人を、事故のようなも
の、すなわち「実質的には、
特定の個人が行った行為では
ない」と理解する。カポーティ
の心情を仮託されたデューイ
は、被害者の恐怖と苦しみを
理解しながらもスミスへの同
情を禁じえなかった。という
のも「ペリー・スミスの人生

図1 *Life* Jan. 1, 1966. pp.58-59.
Photographs by Richard Avedon,
©The Richard Avedon Foundation

は、薔薇のしとねどころか哀れむべきもの、一つの幻からまた別の幻へと進む、醜く、孤独なみちのり」（Capote 245）だと感じられたからである。物語の終盤、死刑はデューイの視点から描かれる。後日、クラター家の墓地から帰宅する彼のまなざしがこの物語を終わらせるが、この墓参の場面は「平和」なかたちでこの物語を終えたいカポーティによる完全な創作であった(**クラーク** 439)。

　ノンフィクションだがノヴェルであるということによって、またその技法によって、生身のカポーティは実のところ巧妙に作品の陰に隠蔽されていた。作品中にカポーティの姿はないが、小説の技法そのものに彼は宿っている。また、おそらくそれは、単行本に先駆けた雑誌連載によっても強化されている。インタヴューそのほかで何度もその執筆を宣伝していたために、すでに十分にメディア・イヴェントと化したこの作品は、『ニューヨーカー』に掲載されたほか、『ライフ』1966年1月号において、リチャード・アヴェドンの撮影で、カポーティがカンザスの景色に身を置く写真（図1）やタトゥー入りの腕を見せた犯人二人の写真などが再度生々しく提示されてもいたからである。たとえ語りそれ自体が「わたし」というカポーティそのものの一人称でなくとも、クラークの言う「道徳的ジレンマ」がそれによって見えなくなっているとしても、クラター家殺人事件は、まさしくカポーティの『冷血』として人々に印象づけられたのであるし、自分の最高傑作を狙っていたカポーティにしてみれば、そうでなければならなかった。

2 犯罪ドキュメンタリーとしての映画『冷血』

　1967 年の映画『冷血』は、カポーティの『冷血』の成功を受けて日をお
かずにコロンビア映画により製作された。監督、脚本はリチャード・ブルッ
クス、音楽はクィンシー・ジョーンズが担当し、犯人二人の役柄は、本人に
見た目が似ているロバート・ブレイク（ペリー役）とスコット・ウィルソン
（ディック役）が務めた。ほぼカポーティの本に沿いながらも、原作では無
名のジャーナリストとして登場していた人物が、「ジェンセン」という名で、
とりわけ死刑制度への疑念を口にするという重要な役割を担って登場する点
が異なる。

　予告編で強調されるのは、それが「本当の(true)」話であるという点である。
事件も本当なら、ロケ地もカンザス。たとえばペリー本人が使った電話があ
る場所でロケをしたのみならず、陪審員のうち 7 人は「本人」であるといっ
たことが語られる。この本物らしさは、まさしく「暴力を嫌悪しつつもそ
れに惹かれるこの時代」（▶ 0:02:39-0:02:42）の物語であると締めくくられる。
この映画は、「ノンフィクション」という性質を「本物（true, actual）」と
して提示することで体現しようとするものであり、また「暴力」に惹かれる
わたしたちを見越したかのような犯人二人の目をそのポスターに大きくあし
らっている。二人の犯人がこちらを見る、やや斜めからこちらに向かう視線
に、わたしたちはさらされ、そのことが恐怖を呼ぶ仕掛けになっている。

　映画はクィンシー・ジョーンズのジャズのリズムを背景に犯人が車を走ら
せるシーン、クラシック音楽を思わせる弦楽器主体の音楽を背景にした平和
なクラター一家の様子を、クロスカッティングを組み合わせながら並置しつ
つ、スピーディに犯罪の夜へと迫っていく。犯人のうちの一人で、原作の 3
分の 1 近くを占めるペリー・スミスをめぐる描写が、映画においては強調さ
れながらも大きく刈り込まれていることも手伝って、事件と犯人の逮捕、裁
判、そして処刑という一連の流れが強調されている。実際の犯罪に基づいて
いるという点が前面に出される結果、小説が犯人の生い立ちや心理その他に
紙幅を割いて犯罪それ自体をとりまく状況や背景を丹念に追うものであった
のに対し、映画は、冒頭の演出こそ小説に寄り添うようでありながら、むし
ろ「犯罪」の発生から犯人の処刑までを中心に据えることにより、犯罪ドキュ
メンタリーと言えるジャンルへと改変されている。

実際、この映画において印象的なのは、カラーの時代にあってモノクロで撮影されているという点である。犯罪に向かうときも、逃げるときも車に乗っているので、無軌道な若者を中心に据えたロード・ムーヴィーの趣すら漂う。むろんそのモノクロと犯罪とを結びつけるイメージは、『ライフ』でアヴェドンが提示したイメージを引き継ぐものでもあるが、同時に夜の闇や雨のなか車を飛ばす犯人二人の陰影に満ちた画像は、犯罪やサスペンス映画にはつきもののフィルム・ノワール的な視覚効果を持つものだ。たとえば、クラター家の平和な場面から一転、二人がハイウェイを飛ばす場面を見てみよう。緊迫感あふれるハイテンポなリズムの音楽を背景に、フラッシュバックがはさまれ、かつてペリーが無軌道な運転で事故を起こしたさまが描かれ、その後二人の横顔がクロースアップになる。そこでは常にこの犯罪を主導するディックが、ペリーに「法律には二種類あってね、ハニー。ひとつは金持ちのためのもの、もうひとつは貧乏人のためさ」（▶ 00:14:33-00:10:37）と小説にはない言葉を口にする。これが彼らの犯罪を正当化しているとすれば、この映画は、やはりスピーディな展開のノワール的な犯罪物の系譜に連なると言ってよいだろう。

　そしてまた同時に、犯罪を犯す若者という点では、『俺たちに明日はない』（*Bonnie and Clyde*, 1967）、『明日に向かって撃て！』（*Butch Cassidy and the Sundance Kid*, 1969）など1960年代後半以降に次々と製作されたいわゆるニュー・シネマとその誕生の土壌を共有していると言えるかもしれない。期せずして『俺たちに明日はない』と同じ年に公開された『冷血』は、その犯罪に決して大義はないし、最後は当然のように処刑されるが、ニュー・シネマの主人公となる犯罪者と同様に、犯人、ことにペリー・スミスは、共感の対象ですらある。『冷血』ではペリーが過去において愛情に恵まれなかった人物であることが提示され、犯人の処刑の場面は、たとえば往年の西部劇において正義のヒーローが敵を倒す解決のようなものにはならず、むしろ死刑への疑念を引き起こす。

　映画『冷血』においては、あらたに登場したジャーナリストのジェンセンが、原作においてカポーティが敢えて書き込んだ「サッテン博士」による見立て——スミスの殺人行為には動機がないように見えながら、実は、父であれ孤児院の尼僧であれ、軍隊の上官であれ、ともかくも彼をいじめ抜い

| 14 | そのまなざしを受けとめるのは誰なのか　　**229**

図2 『冷血』 ガラスを通して涙のように映る雨の水滴 ▶ 02:10:26

てトラウマの元となった人物をむしろ殺していた（Capote 299-302）——を紹介し、カポーティの代理として、カポーティよりも明瞭に死刑という刑への疑念を表明する。またそれは映像の編集においても明らかである。処刑の夜、ディックが一足早く命を絶たれたことを知ると、ペリーは自分の番を待つあいだ教誨牧師に向かって若い頃に父とぶつかった辛い記憶を吐露するが、その場面は明らかにペリーへの共感を誘うものになっているからである。

　原作においては逃亡中に思い出す若い頃のエピソードは、映画では終盤の教誨牧師との場面におかれ、印象的な映像を与えられている。ペリーは、牧師に向かって思い出を語り続ける。父の狩猟シーズン用ホテル経営がうまくいかず、そのために荒れた父に暴言を浴びせられたことで逆上して父を襲ったこと。しかし父が今度は銃で逆襲し「俺を見ろ、ペリー、俺がお前が目にする最後の生きた者だ（Look at me, Perry. I'm the last thing living you're ever gonna see）」（Capote 135）と凄む。憎らしいが憎むことのできない父をめぐるこのエピソードは、ここでは牧師に対して語る物語になっており、原作第一部のタイトル「生きた彼らを最後に見た者（The Last to See Them Alive）」と皮肉な照応を見せる。まるで父のせりふをなぞるように、ペリーは父への復讐をクラター氏殺害として果たしたのだというサットン博士の見立てを、映画のこの演出は強調している。そしてペリーは、すべてを諦めたような表情で、ひとつ恋しくなるものがあるとすればその父と、父の「希望のない夢」だと述懐する。この一連の思い出を語る彼は窓際に立っている。降り続く雨が窓を伝い、そのシルエットがクローズアップで映されるペリーの頬に映って、それがあたかも彼が涙を流しているような効果を出している（▶ 02:08:12-02:10:37 図2）。頬に流れ落ちる雨の影は、ペリーが心のなかで流していたかもしれない涙の表出として、見る者の共感を誘う。

　ペリーについては、このあとの処刑のシーンにおいてもディックの処刑シーンとまったく違う描かれ方をしており、共感の喚起という点で一貫して

いる。ディックの処刑は彼が処刑台の階段を上るところで途切れるが、ペリーについては詳細に描かれている。原作においてはその一部始終は捜査官のデューイの視線から語られるが、この映画においてはあたかも全能の語り手がそうするようにカメラはペリーに肉薄する。処刑台の下での緊張した面持ちのアップから始まり、階段を上る姿、次いでその顔のアップとその視線の先に見えている縄が順番に映され、さらには縄を掛けられるところから彼が吊された姿にいたるまで、処刑の手順が省略されずに描かれる。彼の顔をアップで捉え、その視線の先に縄が見えるや、効果音として彼の心臓の鼓動のような音だけが響き、死刑執行時に死刑囚にほどこす目隠しが見えたその瞬間、一瞬画面も暗くなり、観る者はペリーと同じように視界を喪失する。死刑はまさしくペリーの経験として描かれるのである。最終的に床が開いて彼の身体がぶら下がるとき、その鼓動のような音は途絶え、ペリーの死が示唆されるとともに場面も暗転し、そこで映画は終わる。このシーンのキャプションでもあるかのように差し入れられるのが、ペリーが死刑台に到着する直前に交わされるジェンセンと若いジャーナリストの死刑の無意味さをめぐる会話であり、そこから浮かび上がるのは、映画監督の死刑反対のメッセージである。

　とはいえ、二人の犯人はニュー・シネマのアンチ・ヒーローたちのような友情を感じさせる絆でつながっていたというわけではなく、観る者の共感はペリーにのみ向かうように描かれている。「サッテン博士」の議論が示唆するように、偶然に犯罪で結びついた関係であった。別の言い方をすればディックがペリーをそうした犯罪の相棒として離さず、ペリーがそこに依存した。ディックはペリーをくりかえし「ベイビー」（▶00:13:04, 00:15:58, 00:19:55 など）、「ハニー」（▶00:13:15, 00:14:33, 00:40:39 など）と呼んで絆を作り上げ、ペリーにとって大切な友人ウィリー・ジェイの位置を占め、ついにペリーに「死が二人をわかつまで」（▶00:22:34）と言わしめるのだから。殺人という罪において結ばれてともにあるというこの二人のこうした台詞やそのほかの場面からホモセクシュアルのサブテクストをそこに読み取るのはさほど難しいことではない。しかしそのような、当時の性規範からの逸脱も含め、彼らは、ニュー・シネマの潮流が生じるあわいに生まれた反社会的な若者である。[2]実際、ディックとペリー役については、当初、コロンビア映画側からはス

ティーヴ・マックィーンと『明日に向かって撃て』で主演することになるポール・ニューマンという60年代を代表するアンチ・ヒーロー俳優たちがキャストとして提示されていた。(Voss 154)

ジャンルを意識しながら見るときに、おそらく配役の意味は大きい。リンダ・ハッチオンも言うように、見る側が「ある監督や俳優が特定の種類の映画」を製作したりそれに出演したりしたことを知っているなら、その「インターテクスト的な知識もまた視聴している翻案作品の解釈に影響を与える」(157)ことになる。ここではむしろ映像によってジャンルを示唆し、むしろキャストは同じジャンルの有名な俳優ではなくむしろ犯人に酷似した有名ではない俳優を充てることで「本物」らしさを追求している。仮に「インターテクスト的な知識」がそこに入り込むとすれば、それはすでにメディアにおいて有名になっていたこの殺人事件とカポーティのテクストについての知識である。有名俳優を出すことによる連想を断ち切ることによって、むしろノワール的犯罪ドキュメンタリーのイメージを強調しているのである。その点からしてもこれは、犯罪ロード・ムーヴィーとでも言えそうなニュー・シネマという当時世に問われようとしていたジャンルとその枠を十分に共有しながらも、むしろ「実話」のドキュメンタリーのように提示する犯罪映画なのである。

3 『カポーティ』——「真実に迫る」ことの暴力

もしもカメラがほぼ物語作者としてのカポーティの事件に迫るまなざしを体現するものだとすれば、それはたしかに「原作」に迫るものだ。しばしば差しはさまれるペリーの回想は、ペリーが鏡を見ることがその端緒となる。カメラはあくまでフィクションのまなざしだ。そしてそのカメラに対して、ポスターとは違って、彼らはまっすぐな目を向け続けることはない。それはたとえば牢獄に訪ねていったカポーティに向けられたまなざしを、カポーティの代理を果たすような登場人物に対してであれ、カメラは決して再現しないということだ。

ひるがえってカポーティの手になる原作に戻るなら、カポーティが再現しえた人々の人生——つまり取材を始めたころには知りもしなかったクラター氏一家や犯人二人の人生や内面は、すべてカポーティの綿密な取材によるも

のである。とりわけペリーの書いたものを作品に反映させるにいたっては、いかにカポーティがペリーと近しい関係を結んだかを物語る。カポーティは確かに作品を「ノヴェル」と称して単なるドキュメンタリーではないと言う。しかし、ノヴェルの技法を使ってまで事件に真に迫るということ、言いかえればニュー・ジャーナリズムの手法によって、同じくこの潮流を担っていたトム・ウルフと同様「自分が書く対象となる人たちと一度に数日、時には数週間ともに過ごす習慣」（Wolfe and Johnson 21）を育みながら事件の深層に迫ることは、犯人にとっての大切な思い出を含めた私的領域をもその執筆の材料にするということだ。深層を明らかにすることは、こうなると、通常個人のうちに秘匿されたものまでも人の目に触れさせ、果てはその死の瞬間までも見届けてそれを文字にするというきわめて残酷なまなざしの所産である。小説がデューイの墓参りのシーンという創作されたエピソードで終わるのは、やりきれない事件の結末にもどこかで希望を見いだせるようにという小説家の工夫かもしれないが、同時に処刑を見届けることで仕事を終えたカポーティの残酷なまなざしを隠蔽する役割を担ってもいるだろう。

　映画『冷血』が撮影されていた頃と時を違えずして、「取材」のまなざしを考える上で、きわめて重要な事件が起こった。1967 年 9 月 20 に起こったヒュー・オコナー（Hugh O'Connor）殺害事件である。1960 年代、リンドン・ジョンソン大統領の「貧困との闘い」において、とりわけケンタッキーやウェスト・ヴァージニア州といったアパラチア山脈の南部地域の人々とその生活は、貧困の典型として理解されていた。ジョンソンが「貧困ツアー」として 1964 年に複数回アパラチア地域を回った映像は有名だが、それに呼応するかのような 1964 年の CBS のドキュメンタリー「アパラチアのクリスマス」など、アパラチアの炭鉱地域のコミュニティは、しばしばテレビをはじめとするドキュメンタリー作品の対象になっていた。カナダの映像作家オコナーは、アメリカの商務省の依頼を受けたドキュメンタリーの一部を撮影するためにケンタッキー州東部の炭鉱地帯に入り、そこで典型的に貧しい炭鉱夫を取材していたところ、その家を貸している地主ホバート・アイソンが、自分の地所に住む者を「貧しい者」としてカメラに収めることに怒り、オコナーを銃で撃ち殺害したのである。

　この事件を扱ったドキュメンタリー『カメラを担いだよそ者』（*Stranger with*

a Camera, 2000）は、この事件についてさまざまな角度から迫り、「真実に迫る」カメラ、およびカメラを回す者のまなざしがはらむ暴力を露わにする。カメラ、あるいはカメラを持ったよそ者は、貧しい地域をステレオタイプ化し、センセーショナルな他者としてその地域を映像として切り取っていく。そのまなざしにさらされ、「貧困の典型」として表象されることに、ともすれば抗う地元の人たちの声は、カメラの暴力を雄弁に語っている。オコナーの死は、地元の人物による苛烈な抵抗の表出として、カメラ（を回す者）の暴力を明るみに出したのである。

　同様のことが、『冷血』という映画にも当てはまる。映画『カポーティ』を取り上げた波戸岡景太は、脚本家ダン・フォダーマンが、カポーティの『冷血』を読んだ感想を援用しながら、ノンフィクション・ノヴェルというジャンルを作ることで、作者カポーティが巧妙に「語り手としての自分を、現実の自分とオーバーラップさせながらもその完全な一致を否定」（58）していることを指摘しているが、「真実の物語」に迫ろうとした映画『冷血』が行ったのは、原作において小説家としてその内容をコントロールしていたカポーティの、とくにその巧妙な技法を、言いかえれば小説らしさの部分を、排除することでもあった。たとえばカポーティの語りの技法によるかわりにジェンセンを登場させてサットンの説を語らせ、死刑への疑念を語らせる。また物語に平和な結末を与える「墓地」のシーンではなくペリーの処刑で終わる。小説家ならではの技法を採らないというむしろそのことによって、映画『冷血』は、はからずもカポーティの作家としてのまなざしの暴力をあぶり出しているように思われる。つまり、カポーティを原作以上にさらに背後に追いやることにより、カポーティにとっての物語の最終場面は、処刑そのものであったことを、言いかえれば彼が「ペンを持ったよそ者」にほかならなかったことを、映画『冷血』は容赦なく示唆してしまうのだ。

　2005年の映画『カポーティ』が描き出すのは、なによりその暴力と、みずからの暴力を受けとめきれないカポーティである。ノンフィクションにもかかわらず、それをノヴェルであると言うための操作そのものが隠蔽しうるのは、まさしく中垣恒太郎が町山智浩の「取材対象への搾取」という洞察を援用しつつ指摘する問題、すなわち「犯罪ノン・フィクション」においては作者が「物語る視点の政治的力学」にいかに自覚的であるかという問題であ

り（127）、それを『カポーティ』は物語として提示しているのである。

　『カポーティ』は、『冷血』というノンフィクション・ノヴェルを書くまでのカポーティを、事件発生後から追いかける。映画DVDの特典映像が語るよう

図3　『**カポーティ**』　郡拘置所に入る犯人を見に来た群衆のなかにいるカポーティ　▶︎ 00:27:47

に、カポーティの作品に姿を現さないカポーティ本人を捉えるために、ジェラルド・クラークの伝記から情報を得ながら作られたこの映画は、必然的に事件とカポーティとの関わりを、その事件を描くにあたって、カポーティがどこまで入り込んでいたのかを映像に捉えていく。事件に引き込まれ、デューイ一家と近づき、仲良くなり、またネルの助けを得て、ホルコムの住人たちとも親しく話す関係を築く。犯人が捕らえられると刑務所に面会に行き、また家族にも会い、徹底的にその事件の加害者の人生に関わっていく。しかしその執筆過程でメディアに露出し、執筆を宣伝している一方で、犯人の死刑が延期されるたびに焦りを募らせる。最終的にペリーの取材を終えると、カポーティはペリーに弁護士を探すよう乞われてもはねつけ、面会にも行かず、電話に出ることもない。処刑当日、執行の直前に面会し、彼らの死を見届けて、打ちのめされるところでこの映画は終わる。

　この筋書きからすれば当然だが、この映画においては『冷血』の原作と映画において描かれていた場面にカポーティ本人の存在が映り込むように作られている。たとえば郡の拘置所に連行されて入っていく場面。原作と映画の『冷血』であれば二人がカメラの放列のなか引き立てられていくところが客観描写で描かれているのに対し、『カポーティ』においては、カポーティとネルがその群衆に交じっていて、彼らの視線の先に犯人がいるということを映像として見せる（図3）。また処刑の場面において、『冷血』原作においてはデューイがそれを見届ける視点の持ち主だが、『カポーティ』の同じ場面においてはデューイの視線をいったんは映し出しながらも、カメラが彼の背後に回り込むとそこにはカポーティがいる。デューイの背後に立ち、デューイの視線の先で行われる処刑を見届けるカポーティの後ろ姿が映るのである。

| 14 | そのまなざしを受けとめるのは誰なのか　　**235**

図4 『カポーティ』 執行直前の死刑囚の前で泣くカポーティ　▶01:42:31

なにより大きく異なるのは処刑直前の場面である。原作においては誰とも面会せずに処刑の場面のみデューイの視点から描かれ、映画『冷血』においては教誨牧師とペリーの「雨の涙」の場面になる部分は、『カポーティ』においては、カポーティが作品には決して書かなかった部分——執行直前の死刑囚との最後の面会——が重要な意味を持つものとして描かれている。『カポーティ』DVDに収録された監督や脚本家の談話映像によれば、カポーティを演じるホフマンは、カポーティは泣かなかったはずだという打合せの上で演技に臨んだものの、涙を流すのだ（図4）。こうした場面で、カポーティ本人なら泣いたほうが楽かもしれないとしても、そうして自分を許すよりも泣かないほうを選んだであろうという解釈がまずあり、それにもかかわらず涙を流す。ここでのホフマンの真実らしさは、カポーティ本人ならばおそらく泣かずにこらえようとした（少なくともホフマンらはその解釈で意見が一致していた）涙を、はからずも外へとあふれさせ、ある意味カポーティ本人を裏切ることによって逆にカポーティの心情を語るという点で、映画『冷血』におけるペリーの頬を伝う雨の影に照応していく。この時点でカポーティは、彼らのまなざしを受け、それをみずからのうちに抱え込んでしまうのである。

　落ち込むカポーティにネルが放つ一言は、カポーティの涙がともすれば欺瞞であることを——その意味でホフマンの涙はカポーティの嘘でありまた真実でもあるのだ——鋭く突く。

　　ネル：あの人たちはもう死んだのよ、トルーマン。あなたは生きている。
　　トルーマン：でも、ぼくには彼らを救うためにできたことは何もなかったんだ。
　　ネル：そうかもしれないわね。でも、本当のところ、あなたは救いたくなどなかったのよ。（▶01:46:53-01:47:09）

カポーティは、ノンフィクション・ノヴェルなる語を造り出すことによっ
て、みずからを背景に退かせ、それにより、そのペンの暴力を巧妙に隠蔽し
ようとした。あるいはそのようにすることで、抱え込んだ業の深さを多少な
りとも和らげようとした。しかし、そのドキュメンタリー性を強調すること
で、「創作する」カポーティをさらに隠蔽することになる映画『冷血』は、
事件に忠実であろうとすることによって、カポーティのペンの暴力をカメラ
の暴力さながらに裏書きする。最終的に映画『カポーティ』が見せるのは、
作家の暴力を振るうカポーティ本人こそが、その冷徹な取材を敢行する最後
の段階において「生きた死刑囚が最後に見た者」として、彼らのまなざしを
抱え込まざるをえなくなったというアイロニーなのである。

　このように2本の映画を通して見たときに、ノンフィクション・ノヴェ
ルとしての『冷血』は、「ノヴェル」という用語の裏に、きわめて暴力的な、
ペンによるアダプテーション作業を潜ませていたということが、遡及的に露
わになる。そしてその暴力性こそ、作家本人に名声を与えもすれば、彼の心
を苛むものでもあったのだ。

註

1) この作品の成立過程についての伝記的記述は基本的にジェラルド・クラークの伝記
　 第38－42章の記述（338-446）による。

2) ヴォスによれば、そもそも原作の『冷血』においては、草稿段階でディックとペリー
　 を同性愛者であると想定している記述があったが、出版されたヴァージョンでは削
　 られていた（104-05）。しかし、映画においては、ディックが、むしろペリーを犯
　 罪という絆で結ばれたカップルであるということを語り、実際そのようにふるまっ
　 ていく。原作にはなかった「死が二人をわかつまで」という台詞のあとにディック
　 はさらに「あと必要なのは指輪だけだな、シュガー」（▶ 00:22:39）と返している。

15 覇権調整の シネマトグラフィー

スティーヴン・スピルバーグ監督『カラーパープル』

宮本　敬子

　1983年、ピューリッツア賞、全米図書賞をダブル受賞した『カラーパープル』(*The Color Purple*, 1982)は、アリス・ウォーカー(Alice Walker, 1944-)を一躍、現代アメリカの黒人女性作家として世に知らしめた作品である。小説は1900年代から30年代を舞台に、アメリカ南部ジョージア州の農村における黒人女性の人生に焦点をあて、白人主流社会における人種差別を背景に、黒人共同体内部における性差別や性暴力を赤裸々に描いたものだ。この小説の映画化を打診されたとき、当時すでに著名な映画監督となっていたスティーヴン・スピルバーグ(Steven Spielberg, 1946-)は難色を示した。黒人女性の小説は「一般大衆向きではないし、自分の手に負える領域ではないと思っていた」からだ(Breskin 74)。しかし小説を読んだ彼は、映画化を強く希望することになる。[1]

　『カラーパープル』映画化の経緯およびその制作過程については、ウォーカーが10年後に発表した回想録 *The Same River Twice: Honoring the Difficult* (1996)に詳しい。スピルバーグをウォーカーに仲介したのは、音楽プロデューサーでジャズ・ミュージシャンのクィンシー・ジョーンズ(Quincy Jones, 1933-)だ。1984年2月、映画化の承諾を得るため、ジョーンズとスピルバーグはサンフランシスコのウォーカー宅を訪問する。ウォーカーは、ハリウッド映画が商業主義的な文化的生産の慣習や主義に則って制作されることを理解しており、その歴史におけるステレオタイプ的な黒人表象についても知っ

238

ていた。長い話し合いの末「小説の重要なメッセージをより多くの人々に届けたいという思いから」ウォーカーは映画化を承諾する（Bobo 93）。彼女が脚本を書き、コンサルタントとして制作にも関わるという方向で映画『カラーパープル』のプロジェクトは始動した（*The Same River* 17-18）。[2]

　ハリウッドで最も経済的に成功した監督の一人だったとはいえ、スピルバーグはこのときの会見を「監督としてオーディションを受けた」（*The Same River* 137）と語っている。[3] それまでスピルバーグが撮った映画は、スリラー・パニック映画『ジョーズ』（*Jaws*, 1975）、『未知との遭遇』（*Close Encounters of the Third Kind*, 1977）や『E.T.』（*E.T., the Extra-Terrestrial*, 1982）のような SF 映画、そして皮肉にも「レーガン＝ブッシュ時代に植民地主義や帝国主義の冒険物語を復活させた」（Shohat and Stam 124）と評されるアクション・アドベンチャー映画『インディアナ・ジョーンズ』シリーズである。アレン・ウォルも指摘するように、それまでのスピルバーグ映画は、役者の演技よりもスペクタクルを特徴とし、重要な社会問題への関心が薄く、何よりもアフリカ系アメリカ人がほとんど登場しない。「それまで 15 年間、映画の世界でアフリカ系アメリカ人の経験を無視してきたスピルバーグが理想的な監督候補でありうるだろうか」（Woll 193-94）という懸念はもっともであった。

　ハリウッド映画に脈々と受け継がれてきた支配的イデオロギーが「白人家父長制資本主義」（Benshoff and Griffin 8-12）であるとするならば、『カラーパープル』ほどハリウッド映画にそぐわない原作はなかったであろう。しかしながら、黒人女性作家台頭の時代とされた 1980 年代の趨勢をハリウッドは察知していた。50 年代の公民権運動、60 ～ 70 年代の第二波フェミニズム運動にほとんど無関心か反動的な映画制作をしていたハリウッドだったが、1980 年、3 人のワーキング・ウーマンを主人公にしたコメディ『9 時から 5 時まで』の大ヒットを皮切りに、女性映画や女性観客の視座を取り込むことで興行成績を上げることを学んでいた。また黒人映画に関しては、1971 年、メルヴィン・ヴァン・ピーブルズがインディペンデント映画『スウィートスウィートバック』（*Sweet Sweetback's Baadasssss Song*）で成功を収めて以来、ハリウッドはいわゆる「ブラックスプロイテーション映画」によって収益をあげていた。[4]

　もちろんハリウッド映画産業は単純に社会趨勢に従おうとしたわけではない。その 100 年の歴史は、ハリウッド映画が時代思潮や社会の変遷、人々

の価値観の変化に対応しつつも、その主流イデオロギーのヘゲモニーを巧みに保持し続けてきた覇権調整（hegemonic negotiation）の歴史でもある（Benshoff and Griffin 10-11）。小説『カラーパープル』がハリウッド映画に翻案されるにあたって、そのような覇権調整を免れえないのは当然予測されることであった。[5]

1　小説から映画へ

　ここで少し長くなるが、小説のあらすじを確認しておきたい。14歳の主人公セリーは、（義）父にくりかえしレイプされ、二度妊娠させられ、産んだ赤ん坊も取り上げられてしまう。小説の冒頭「神さま以外の誰にもこのことを言うんじゃないぞ。お前の母さんが聞いたら死んでしまうから」という（義）父の脅迫を受け、セリーはまさに神に宛てて、みずからの言葉でその壮絶な体験を綴っていく。全90通からなる書簡体形式の小説は、その約3分の2までは神に宛てられた手紙となっている。69通目でその宛先は、黒人宣教師夫妻とともにアフリカに渡った生き別れの妹ネッティーにかわり、それ以降は、アメリカ南部とアフリカに離れて暮らす姉妹が互いに宛てた手紙として構成されている。セリーは（義）父の決めた男性ミスター（本名アルバート、以後ミスターと記す）と結婚させられ、家庭内暴力に耐えながら、家事労働と3人の先妻の子どもの世話に奴隷のように明け暮れる。あるときセリーは、ミスターの元愛人でジャズ・シンガーであるシャグ・アヴェリへの同性愛に目覚め、彼女との交流を通して、みずからの欲望を知り、自尊心を培い、自由と自立への道を模索し始める。セリーの成長は、義理の息子ハーポのパートナーであり、南部社会の暴力と迫害に抵抗する屈強な女性ソフィアによっても促される。やがてミスターによって隠されていた妹の手紙が見つかり、アフリカに渡ったネッティーと、セリーの二人の子どもの消息が明らかになる。ネッティーの手紙を通して、セリーの人生は、ヨーロッパに植民地化されたアフリカの人々の経験につなぎ合わされ、自分の経験する個人的なことを、より広い地理的、歴史的コンテクストにおいて捉え直す契機を与えられる。妹との絆を断ったミスターへの怒りを創造力に昇華するようシャグに勧められたセリーは、ミスターと別れ、ズボン作りによって自己実現への道を歩み始める。ビジネスを軌道に乗せたセリーは、亡くなった実

の両親から店と家を相続し、そこにアフリカから帰還した妹夫妻と子どもたちが戻ってくる。

ウォーカーの小説は高く評価されると同時に、そこに描かれた黒人男性による家庭内暴力や性差別、同性愛の描写や伝統的キリスト教批判などが論議を呼んだ。とりわけ黒人男性像が黒人共同体を貶めるものであると非難されたが、ハリウッドの白人男性監督が映画化することになると、さらに論争は激しいものとなり、制作中より反対運動が展開された（Haskell 115）。映画が公開されると、黒人男性表象やメロドラマ性は小説と同様であると非難される一方、小説の内容を変更したり省略したりしていて、その複雑さや豊かさが表現されていないとも批判された。[6]

スピルバーグは映画『カラーパープル』が「いつもウォーカーの小説と比較されるばかりで、映画そのものは分析されていない。小説という鏡に照らしあわされた形でしか見られていない」と不満を述べている（Lyman 24）。たしかに、多くの批評は原作と映画の違いに焦点があてられていて、スピルバーグの映画そのものが十分に分析されているとは言い難い。ウィリアム・ルアーはこのスピルバーグの言葉を引用し、「原作との比較というアプローチ」は「翻案の個人性を無視し矮小化する傾向がある」と指摘している。どんな翻案も、制度的、文化的、そしてインターテクスト的なものを複雑にはらんでおり「重要なのは何が翻案されているかであり、それはあらゆる場合において、原作以上のものである」と述べている（Luhr 279）。[7]

これまで小説と映画の違いについては、数多のレヴューや先行研究において言及されてきた。スピルバーグが、ウォーカーの小説におけるジェンダーやセクシュアリティに関する（当時としては）ラディカルな考えや、伝統的キリスト教に対する批判を大衆向けに和らげ、小説の内容を保守化したというのは批評的コンセンサスであり、ハリウッドの覇権調整という観点からも頷くことができる。しかし、小説と映画のテーマは父権制や性差別に苦しめられてきたセリーの救済である。そのような改変は小説だけでなく、映画の中心的メッセージにもダメージとなることは明らかであろう。スピルバーグはそのような矛盾をどのように解決しようとしたのだろうか。

すでに指摘されているように、小説と映画のナラティヴとの大きな違いは、映画では（1）シャグとセリーの同性愛関係が曖昧にされている、（2）シャ

グと彼女の（説教師である）父親との和解という小説にはないエピソードが挿入されている、（3）結末におけるミスターとセリーの和解が省略されている、ことである。これら3つの改変点はそれぞれ独立した項目として指摘されることが多いのだが、映画のナラティヴ構造やシークェンスのなかでは密接に接続されている。本章では、上記のスピルバーグやルアーの言葉を念頭におきつつ、スピルバーグのシネマトグラフィーやミザンセヌに焦点をあて、3つの改変点がどのようにつながって覇権調整が行われているのか明らかにする。またそれによって生じる矛盾が、スピルバーグのシネマトグラフィーによってどのように処理されているのかを考察したい。

2　同性愛［レズビアニズム］から姉妹愛［シスターフッド］へ

　ロブ・エプスタインとジェフリー・フリードマン監督のドキュメンタリー映画『セルロイド・クローゼット』（*The Celluloid Closet*, 1995）が明らかにしているように、ハリウッド映画産業は異性愛洗脳装置として機能してきた長い歴史を持つ。ハリウッドの主流イデオロギーである父権的家族制度を支えるのは、異性愛中心主義（ヘテロセクシズム）であるから、同性愛は隠蔽されるか、または否定されるかしてきた。ハリウッドが1943年に制定した映画製作自主倫理規定によって「性倒錯」的な愛はことごとく画面（セルロイド）から放逐された。映画製作自主倫理規定が解除された1970年代以降も同様であり、ゲイ解放運動を経た1980年代もなお、ハリウッド主流映画において同性愛をあからさまに描くことは困難であった。ハリウッド大作を得意とするスピルバーグ監督の『カラーパープル』も、もちろん例外ではない。

　映画『カラーパープル』は、原作に描かれたレズビアニズムを「排除した」あるいは「曖昧にした」としばしば批判されてきた。[8] しかしながら、ウォーカーの小説が、その性暴力、同性愛、黒人男性表象について激しいバッシングを受けていた1980年代の現実の磁場のなかで、スピルバーグが主人公の同性愛的欲望をかなり原作に忠実に描いていることは評価しなければならないだろう。ジャン・ウィットも指摘するように、セリー（ウーピー・ゴールドバーグ）がシャグ（マーガレット・エイヴリー）の写真に一目惚れするところから始まって、ミスター（ダニー・グローヴァー）とのベッドシーンでシャグに想いを馳せるセリーのレズビアン的欲望は、比較的原作に忠実に描

かれている。映画で曖昧にされているのは、二人に性的な関係があったかどうかなのだ（Whit 52-53）。

　ここでは問題のシーンを中心に、映画のナラティヴだけではなく、シネマトグラフィーやイメージにも注目しながら、どのように同性愛が曖昧にされているのかを分析する。またそれが「シャグと父との和解」という新たに付け加えられたエピソードと、どのように関わっているのか明らかにしたい。

　リリアン・フェダマンは、「レズビアン文学とは何か——歴史的キャノンの形成」において小説『カラーパープル』を取り上げ、その「情動の中心は、セリーとシャグが慈しみ愛しあう、明らかに性的な関係にある。セリーにとってシャグとの関係は最後までエロティックなものであり、人生において唯一満足のいく性体験である」（53）と述べている。セリーとシャグの同性愛関係は、ウォーカーのウーマニスト思想の一部に回収されがちであるが、レズビアニズムこそ、セリーを成長させ、家父長制の牢獄から解放する大きな力となっている。小説では、セリーのシャグへの憧れが同性愛であること、またシャグがバイセクシュアルであることは明らかであり、二人の身体的親密さや性行為もはっきりと描かれている。それまで男性の視線によって「醜い」とされる身体像を自己形成していたセリーは、シャグの勧めにより鏡の前に立ち、自身の身体各部の美しさを確認する。また、性的快楽の主体となることを学ぶために、股間に鏡を置いて自身の女性器を観察しさえする（78-79）。それまでセリーの身体は、（義）父による度重なるレイプや、夫であるミスターの性欲処理の道具として扱われていた。セリーがみずからの身体をとり戻し、欲望の主体となる様子は、その後に続く、二人の情熱的なキスや愛撫などのセックスシーンにおいて描かれている（114-15）。

　しかしながら映画では、上記のようなグラフィックなシーンは登場しない。セリーはシャグの真紅のドレスを身にまとい、シャグとダンスをし、ともに鏡に映った姿を見つめる。シャグを通して新しい自己像を形成するセリーの様子は、彼女が初めて見せる満面の笑顔のイメージによって表現される。（義）父に「笑うととくに醜い」（▶ 00:03:16-00:03:19）と言われたセリーは、笑うとき手で口元を隠す癖があるが、シャグは背後からセリーを抱擁し、口元で組まれた手を解こうとして、鏡のなかで微笑む二人の姿が重なり合う。その後、ベッドに座る二人のクローズアップとなり、シャグは「あな

図1 『カラーパープル』 ▶01:18:41

図2 『カラーパープル』 ▶00:02:14

たは美しいと思う」と言い、セリーの両頬、額、そして唇にキスをする（▶01:16:49-01:18:45）。撮影現場にいたウォーカーは、二人が「恋人」（lovers）であることをより明らかにするよう要望するが、彼女の願いは聞き入れられなかったという場面である（Walker, *The Same* 167, 219）。[9]

多くの批評家は、ウォーカーが不満を抱いたというこの「控えめなキスシーン」（*The Same* 219）を取り上げて、映画が小説の重要なテーマであるレズビアニズムを排除したと批判している。たしかにその後のベッドでの行為は「風鈴」によって暗示されるだけであり（▶1:18:47）二人がどうなったのかはわからない。しかし、このキスシーンで注目すべきは、カメラがまず、セリーの「握りしめた両手」が口元から膝へと降ろされる動きに（シャロウ）フォーカスし、キスし合う二人のクローズアップから、それぞれが「相手の肩にのせる手」にパンすることであろう（▶01:18:19-01:18:29 図1）。フランク・マーシャルの言う、同性愛を曖昧にするためにスピルバーグのとった象徴的な演出（Bouzereau ▶00:22:09）とは、単なる「控えめなキス」や「風鈴」ではなく、おそらくはこの「手の象徴」と思われる。この映画は姉妹の「手遊び歌」の場面（▶00:02:12-00:02:20 図2）によって始まり、約20年後に再会した姉妹が同じ「手遊び歌」（▶02:28:52-02:29:46）をするところで終わっている。また子ども時代の二人がミスターに引き裂かれる場面でもこの「手遊び歌」が登場する（▶00:27:41-00:28:09）。そしてシャグが「ミス・セリーのブルース」において、「シスター」と呼びかけながら歌う場面でも、セリーの手を握っているように（▶01:07:16-01:07:30）、手はシスターフッドの象徴である。スピルバーグは「手の象徴」によって、二人の同性愛的な関係を、姉妹愛や女の友情へと重ねているのである。[10]

この同性愛が曖昧にされた寝室シーンについては、レズビアン・コミュニ

ティからは不十分だと批判される一方、保守的な黒人グループからは、性的関係があったことは明らかだと非難された（Friedman 261）。言いかえるならば、このスピルバーグの手法は、ハリウッド映画が女同士の愛を「印象的なキスシーンやダンスシーン」として視覚的に表象しつつも、それを女の友情／姉妹愛に翻訳してきた歴史（竹村 10-15）を思い起こさせる。寝室という親密な空間での、衣装の共有、ダンス、同一化する鏡像、視線、クロースアップ、そしてキスは、ハリウッドがレズビアニズムを暗示する常套的イメージと手法である。したがって、スピルバーグが「手の象徴」を通して同性愛を女の友情／姉妹愛へと翻案する手法は、同性愛が隠蔽されていることをかえって想起させるとも言えるだろう。

　この場面の直後には、セリーの「彼女は蜂蜜で、私は蜂。どこまでもついていく」というヴォイスオーヴァーとともに、シャグの後ろ姿を見つめるセリーの姿が映し出される（▶ 01:18:54-01:19:03）。セリーのヴォイスオーヴァーはレズビアン宣言ともとれるが、「なぜ彼女はそんなに悲しそうなのか」という問いとともにシャグの向かう先が父親の教会であることが示される。この教会の場面で、シャグは牧師の父親（ジョン・パットン・ジュニア）に拒絶され、父の愛を必死に求める彼女の孤独と苦しみが強調されている。

　映画のなかのシャグが父の愛を切望する〈父の娘〉であることは、セリーが彼女の入浴を手伝うシーンにおいて最初に明らかにされる。心身ともに衰弱してミスターの元にやってきたシャグであったが、セリーの献身的な看病によって次第に回復に向かう場面である。小説における入浴シーンで、憧れの女性の全裸を初めて目のあたりにしたセリーは、その「スラリとした黒い体と、彼女の口とそっくりの黒いすもものような乳首を見て、男になったような気持ち」（49）[11] になる。セリーの同性愛的欲望が描かれ、二人が初めて親密な会話をする場面である。二人は子どもの話をし、シャグは子どもを彼らの祖母にあずけていることに対してなんの寂しさも感じていないと語っている（49）。小説と同様に映画でも、「何を見とれているの？　裸の女を見たことないの？」とシャグが問い詰めているように、セリーの同性愛的視線は描かれている。しかし、その後に続く子どもの話は唐突に父の話に変わる。シャグの言葉は「子どもにはパパが必要よ。あなたはパパに愛されている？私は愛されているよ。パパは今でも私を愛しているけど、自分でそれに気づ

いていないだけ」という台詞に変えられていて、親に勘当されているシャグが、父親の存在を必要としており、その愛に飢えていることが示される（▶ 00:55:59-00:56:30）。セリーの同性愛的欲望が示される浴室の場面は、映画においては、シャグが父の愛を希求する場面へと変えられているのである。小説では終盤になって、シャグが子どもの一人に会いに行ったエピソードが語られるが、そのときシャグの両親が 10 年以上も前に亡くなっていたことが明らかになり、彼女は「両親のことを考えたこともなかった」（273）と語っている。

　このように同性愛的関係を暗示した後、シャグが〈父の娘〉であることを強調するシークェンスは、どのような効果を狙っているのだろうか。シャグが父の愛を求め、父親との絆を回復しようとすることは、ファミリーロマンスを想起させ、バイセクシュアルであるシャグの異性愛を強調する。小説と映画の両方において、シャグとセリーのレズビアン的親密さは、シャグを愛するミスターへの反撃となり、異性愛中心主義に基づく父権的家族のあり方を揺るがすものとして描かれている。また、性的に自由奔放なシャグに振り回されるミスターとセリーとのあいだの奇妙な連帯感も描かれているが、それは、暴力的にセリーを支配していたミスターの地位が揺らぎ、セリーと同じ立場に置かれているということである。ネッティーの手紙を見つけたり、ズボン作りを仕事にするようセリーに勧めたり、そして汎神論的な神について教えたりと、シャグはセリーの成長を促進し、セリーを家父長制の牢獄から脱出するように導いている。スピルバーグの映画は、そのようなシャグをキリスト教の牧師である父との和解を希求する〈父の娘〉として描くことによって、ハリウッド流の覇権調整を行っていると言えるだろう。映画『カラーパープル』は、レズビアンの黒人女性を主人公とすることによって、ハリウッドの主流イデオロギーである白人男性中心主義、父権主義、異性愛中心主義から脱却しているかのようだが、セリーの同性愛的欲望の対象であるシャグを〈父の娘〉に改変することで、家父長制の優位を維持しようとしているのである。

3　映画のはらむ矛盾──父と娘の物語

　多くの批評家が指摘しているように、映画が進むにつれて、シャグの外見

や行動は保守化していく。シャグを〈父の娘〉へと改変し、原作にはない物語を挿入することは、「小説が、そしてときには映画自体が掘り崩そうとしている父権制の特権を強化する」（Friedman 261）という自己矛盾をはらむことになる。

　シャグと父親との関係は、3度にわたって描かれている。最初は父の教会で拒絶される場面、次は馬車で通りかかった父に結婚を報告する場面、そして最後が、音楽を通して父と和解する場面である。この3回はすべて、同性愛／姉妹愛、そして汎神論的神の概念が示される場面と前後していて、小説の中心的メッセージのラディカルさを弱めるような形に配置されている。

　セリーとの同性愛関係が暗示された後、父の愛を求めるシャグが教会で拒絶される場面が続いたように、2回目の父の登場も同性愛／姉妹愛のテーマと接続されている。父の馬車が通りかかるのに偶然気づいたシャグは、グラディーと結婚したことを、結婚指環を見せながら大声で報告する（▶ 01:38:58-01:39:13）。つまり異性愛を前提とする父権的家族制度のなかに入ったことを知らせようとするのだが、父は馬車を止めようとすらしない。シャグは落胆し「ミス・セリーの歌」を悲しげにハミングしながら家に戻るが、その直後、ポストに入れられたネッティー（アコースア・ブシア）の手紙に気づく。小説では、ネッティーの手紙の発見は、シャグとセリーの親密さを、心身ともにさらに深める出来事として描かれている。映画においては、ネッティーの手紙発見の直前に、シャグが〈父の娘〉であることが再び強調され、二人の同性愛的親密さは描かれない。

　同じようなシークェンスは、シャグがセリーに汎神論的神について語る場面においてもくりかえされる。小説の中心的メッセージである汎神論的神の概念がシャグによって披瀝され、その後にシャグと父親との和解の場面が続くという流れを見ていきたい。シャグとの対話を通して、セリーは自分が抱いていた神のイメージが「青っぽいグレーの目」をした「背の高い白髪の白人の男」（195）であることに気づき、手紙の宛先を神から妹へと変えて、次のように語る。

　　頭からあの年寄りの白人男を追い出そうとしているけれど、その男のことばかりを考えていたから、神がつくったものにまで目がいかなかった。

| 15 | 覇権調整のシネマトグラフィー　　**247**

トウモロコシの葉一枚にも（神様はどんなふうにつくったの？）、紫色（どこからやってくるの？）にも。野に咲く小さな花々にも。私はなんにも気づかなかった。(198)

　『カラーパープル』の題名が示すものは何なのか、紫色はどこからやってくるのか、と問いかけるこの重要な手紙は、セリーの人生の転機を示している。人種差別はもとより、黒人女性を苦しめる父権制、性差別、暴力への批判は、伝統的キリスト教の神が白人男性とされていることへの疑念を経て、シャグの汎神論的神の発見──「神はすべての人のなかにいる」(196)「神はすべてのものであり、今あるすべてのもの、今まであったすべてのもの、これからあるすべてのもの」(197)──へと展開していく。シャグとセリーの神をめぐる対話は小説では数ページにわたって（195-99）続くが、映画においては、紫色の花が咲き乱れる花畑を二人が散歩する、わずか１分ほどの短い場面で描かれている（▶2:16:54-2:17:59）。フリードマンも指摘するように、スピルバーグはこのシーンをロングショットで撮ることによって人物と一定の距離を保っており、鳥のさえずりとともに聞こえる神についての対話は、小説中の会話がそのまま使われているにもかかわらず、言葉というよりもむしろ風景の一部であり、あふれんばかりの紫の花のイメージとして表現されている（264）。
　このように小説の伝統的キリスト教批判が弱められ、シャグの汎神論が風景やイメージとして曖昧にされた後、牧師である父親とシャグの「感動的」な場面が用意されている。ブルースシンガーであるシャグが、ゴスペルを歌いながら、酒場の客を率いて礼拝中である父親の教会に向かうのである。スピルバーグは、酒場と教会の場面を、歌いながら行進するシャグの一団と礼拝中の人々と聖歌隊の姿を、クロスカッティングの手法で撮影しながら、シャグが父親に受け入れられるかどうかという緊張を高めていく。この場面はまさにリベレット・ミュージカルであり、メロディとドラマが合体した映画的メロドラマの原型とも言えるシーンである。引き裂かれた親子の再結合、ジャズとゴスペルという黒人音楽による共同体の一致などメロドラマ的要素に満ちあふれたこの場面で、観客は父と娘の和解が成就することを期待せずにはいられない。聖歌隊の「神よ、私に語りかけてください」「私を救って

ください」「神はあなたに何か伝えようとしている」という歌詞が、牧師の説教と、聖歌隊と、そしてシャグの一団とのあいだで、コール・アンド・レスポンスのように反復される。「罪人にも魂はあるのよ」という言葉とともに父親を抱きしめる

図3 『カラーパープル』 ▶ 02:22:56

シャグを父も抱擁し、酒場の客と礼拝中の人々は混じり合い、ともに歌いながら歓喜する。

　フリードマンは「ヴィンセント・ミネリのミュージカルを思わせる」この場面を、スピルバーグのメロドラマ技術の卓越性を示すものとして高く評価している（266）。[12] しかしながらこの場面が、汎神論の象徴である紫色の花束を抱えたセリーの、淋しげで当惑したような顔と、かすかな微笑み（▶ 02:22:47-02:22:56）で終わっていることにも注目すべきであろう（図3）。主人公であるセリーは、歓喜する共同体の一員にはなっていない。この感動のシーンにおけるセリーの当惑した表情は、映画の矛盾はメロドラマによって覆い隠されてはいないことを示している。

4　二つのメロドラマ——エンディングをめぐって

　スピルバーグが監督デビューした1970年代から『カラーパープル』を製作発表した1980年代半ばは、文学と映画の両分野において、メロドラマ研究[13] が発展した時期と重なっている。文学研究の領域では、古典的名著となったピーター・ブルックス（Peter Brooks）の *The Melodramatic Imagination*（1976）や、ジェイン・トンプキンズ（Jane Tompkins）の *Sensational Designs*（1985）が出版され、メロドラマや感傷小説が再評価された。また映画研究の領域では、クリスティーン・グレッドヒル（Christine Gledhill）が *Home Is Where the Heart Is*（1987）を編纂し、1970年代以降のメロドラマ研究の重要文献を網羅している。そこに収められたローラ・マルヴィ（Laura Mulvey）やリンダ・ウィリアムズ（Linda Williams）などのフェミニズム映画批評が、メロドラマの複雑性とその歴史的、文化的、社会的意義を論じて、その後の研究に大きな影響を及ぼしたことは言うまでもない。

スピルバーグがそのようなメロドラマ研究の動向にどこまで通じていたかはともかく、当時の『カラーパープル』の映画評の多くは、アカデミアの成果とは無縁であり、映画を小説の感傷性に忠実な（軽蔑的な意味での）メロドラマであるとして批判していた。[14]一方で、上記のようなフェミニズム映画批評、とりわけマルヴィによる観客と映画の相互作用研究は、その理論における「女性観客」の抽象性や男女にジェンダー化された観客という概念に疑問を付すかたちで議論を呼びおこした。映画『カラーパープル』についても、1988 年にジャクリーン・ボボが黒人女性観客に関する研究を行っている。ボボは、多くの黒人女性が、映画におけるステレオタイプ的な黒人表象や小説のメッセージの保守化に気づきながらも好意的に受けとめ、セリーが苦難に満ちた環境を生きのびて自由を獲得し、生き別れになった妹と再会する物語に感動する理由を、歴史的、文化的に考察している。[15]

　ボボの観客研究を受け、ジェイン・シャトックは「メロドラマにおける情動の政治的力」を拒むことの「人種的意義を認めようとしない」フェミニズム批評を批判している（Shattuc 148）。彼女は、女性文学やスレイヴ・ナラティヴが、メロドラマを「自分たちが犠牲となってきた物語の形式」（149）として選択し、「感傷の力を政治的に頼みとしてきた長く力強い文学的伝統」（153）にも言及しながら、小説と映画のメロドラマ性が、人種やジェンダーにおけるマイノリティの人々にとって、エンパワーメントの契機となっている政治的意義を評価すべきだと主張する。映画が、黒人女性の自立、経済的成功、家族の再会に感動する肯定的な読みと、それを支えるブルジョワ・イデオロギーに対するきわめて批判的な読みを引き出すことを分析しつつも、フェミニズム批評が、家父長制や主流社会の価値観に対して抵抗的か共犯的かによってメロドラマを二分化し、アイロニーや複雑さのあるメロドラマのみを評価しがちであることを批判した。[16]

　しかしながらシャトックが結論で述べているように、映画『カラーパープル』は「メロドラマ批評家がイデオロギーに距離をおくものとして評価するアイロニックな中断がほとんど、あるいはまったくない」（Shattuc 154）と言えるだろうか。映画テクストの映像分析よりも、受容や観客研究に重点を置くシャトックの議論は、映画と小説の結末の違いに注目せず、そのメロドラマ性を同一視する点では、初期の映画評と似通っている。小説とともに最も

メロドラマ的と批判される映画の結末は、挿入された〈父と娘〉の和解の場面と同様、スピルバーグの改変が加えられた箇所である。ここでは、小説とともに最もメロドラマ的と批判される映画の結末に注目することによって、スピルバーグのメロドラマには、アイロニーや複雑さがあることを考察したい。

　小説では、ミスターは子どもの頃から縫い物が好きだったことが明らかにされ、家父長制のもと女性の仕事とされてきた裁縫を始める。セリーのズボン作りを手伝いながらさまざまな話をするうちに、ミスターのジェンダー意識は変化し、二人は和解して友人となる。ミスターはシャグとともにネティーとその家族が帰国する手助けをし、最後の家族の大団円にも加わっている。映画ではミスターのそのような変化は描かれない。映画のミスターは、シャグと父親の和解の場面で、教会から聞こえてくるゴスペルのメッセージ（神があなたに何かを伝えようとしている）に応答して変化する（▶02:22:58-02:24:06）。彼は罪滅ぼしをするかのように密かにネティーの帰国を手配するが、最後は家族の再会の場面を遠くから見つめているだけである。

　この小説と映画の結末におけるメロドラマの違いを考察するロビン・R・ウォーホールは「映画が、男女の問題は思い切り泣くことによって解決されると暗示しているとすれば、小説は、ジェンダー・セクシュアリティ規範の根本的な転覆があってこそ、男女の問題に癒しをもたらすことができると主張している」（55）[17]と述べている。たしかに映画では、ミスターがジェンダー規範を逸脱して女の仕事とされてきた縫い物をしたり、セリーに再度プロポーズして断られても、彼女のセクシュアリティ（シャグとの同性愛）を受け入れて友人となったりすることはない。ミスターが小説のように変化せず、セリーに許された様子もなく、最後の家族の大団円から排除されていても、映画の観客は、ネティーの帰国とセリーと子どもたちの再会というハッピーエンディングに涙を流し、何かが解決したような気持ちになるのかもしれない。

　しかしながら最終場面のミザンセヌは、スピルバーグのメロドラマがそれほど単純ではないことを示している。ネティーの名を呼ぶセリーの渾身の叫びとともに始まる感動の場面では、少し離れたところから家族の再会を見守るシャグの顔が２度クローズアップされている。２度目のクローズアップ

図4 『カラーパープル』　▶02:28:15

図5 『カラーパープル』　▶02:26:01

のあとにカメラが捉えるのは、シャグの視線の先にあるミスターの姿である。父と娘の和解の「感動的」なメロドラマシーンが、セリーのかすかな微笑みと当惑した顔のクロースアップによって映画のはらむ矛盾を暗示していたように、この家族の再会を遠くから見つめるミスターの顔もクロースアップされ、悲しげな顔とかすかな微笑み（図4）が映し出される（▶02:28:14-02:28:36）。スピルバーグは最もメロドラマ的と言われるこの2つの場面において、映画の矛盾を涙で覆い隠すというよりは、セリーやミスターの複雑な表情のクロースアップによって、むしろ問題が未解決であることを暗示している。

　この場面では、ミスターは馬を引いており、紫の花畑の外側にいる姿が小さくロングショットで映し出される（図5）。すでに見たように、紫の花畑は、シャグとセリーが神について話し合い、シャグの汎神論的神の概念が語られた場である。小説のタイトルである「カラーパープル」は、「あなたが野原のどこかで紫色（color purple）のそばを通り過ぎて、それに気づきさえしなかったら、神は本気で腹をたてると思う」（197）というシャグの言葉からきている。小説では、人が気づかずに通り過ぎるかもしれない紫色だが、映画では画面いっぱいにあふれんばかりの〈過剰〉な紫の花畑の映像がくりかえし映し出される。メロドラマの特徴とされるこの〈過剰〉さが、ロラン・バルトのいう映像における「第三の意味」すなわち「エピソードの物語的意味とは融合不可能な意味」（53）を示しているとすれば、〈過剰〉な紫の花畑の映像は、汎神論的な神の発見が、映画の物語とは融合できないものであることを示しているのではないだろうか。

　小説の中心的メッセージと言える汎神論的世界に対するスピルバーグの演出は、ミスターがキリスト教のメッセージによって罪滅ぼしをし、最後の場

面では、花畑の外部に立っていることによっても暗示されている。[18] 小説の最後の手紙の宛名はネッティーではなく、「親愛なる神さま、お星さま、木々、空、人間たち、すべてのものたち、神さま」(291)となっている。この宛名は、新たなる神を発見したときのことを話すシャグの言

図6 『カラーパープル』 ▶ 02:29:06

葉、「私があの年取った白人の男から自由になったのは、木がきっかけだった。それから空気。それから鳥たち。それから他の人間たち」(197)の反響である。最終場面でこの手紙は読まれないが、紫の花畑の外部にたたずみ、和解や許しがはっきりとは与えられていないミスターは、セリーの宛名にある「親愛なるすべてのものたち」に含まれていないことを暗示し、汎神論的メッセージそのものと矛盾する存在となっている。

映画のファイナルシーンでは、夕陽を背景に、花畑のなかで年老いたセリーとネッティーが再び「手遊び歌」をする。すでに見てきたように「手遊び歌」は姉妹愛の象徴として映画を貫くイメージである。その背景をミスターと馬の影が横切る（▶ 02:29:05-02:29:10 図6）のだが、馬はミスターの暴力的な「男性性の象徴」(Digby 168)であり、彼がネッティーをレイプしようと馬に乗って追いかけた場面を思い起こさせる。[19] つまり彼女たちを苦しめた暴力的な男性性は、背景の影として過ぎ去っていく。姉妹の絆が回復し家族が再会したハッピーエンディングではあるが、最後まで姉妹愛／女同士の絆と暴力的男性性は対立的イメージとして提示されているのである。

多くの批評家に指摘されるように、小説『カラーパープル』では女性の創造性が賛美されている。セリーは、神と妹に手紙を書くという創造行為によって、そのおぞましい人生を生きのびる。シャグやメアリー・アグネスは音楽を作り歌うことによって生きていく。そして小説が進むにつれて、キルトを作ることやパンツを縫うことによって協働する女性たちの、さまざまな創造行為が描かれる。最後にはミスターも、シャツを縫ったり、紫色のカエルを彫ったりすることによって、創造行為に加わっている。そしてウォーカー自身が、小説『カラーパープル』を「精霊に」捧げ、「精霊がいなければ、この本も私も書かれなかった」とエピグラフに記したように、さまざまな創造

行為は、より大きな普遍的な神の創造行為に参加することであると示唆されている。

　スピルバーグは結末の大団円からミスターが排除されている理由について、映画が「セリーとネッティーの物語であり、女性の物語である」ことを強調しているが（Bouzereau ▶ 00:23:43-00:23:48）、[20]映画では女性の創造行為は十分に描かれず、またミスターもそれに参加していない。また映像において、シャグの汎神論的世界は遠景化され、小説のように女性の創造行為を神の創造へとつなぐ広がりをもたらすこともない。そのような意味において映画のメロドラマは「女性文化の肯定的価値を認めていない」（Warhol 55）と言えるのかもしれない。[21]

　小説『カラーパープル』のエンディングは、しばしば「楽観的」で「ユートピア的フェミニズム」であると評されてきた。[22]公民権運動を経て、第二波フェミニズム運動の絶頂期に執筆している黒人女性として、ウォーカーはそのような楽観性を表現することができた。一方、ユダヤ系監督として、小説『カラーパープル』における家族のディアスポラに強く惹かれたスピルバーグであったが（Friedman 230）、両運動において周縁化された白人男性としてのスピルバーグは、ウォーカーの楽観性を共有できなかったのではないだろうか。映画のファイナルシーンは、ジェンダー規範がそう簡単には乗り越えられないことを、また男女の問題は解決したわけではないことを示していて、ウォーカーのユートピア的フェミニズムに対するスピルバーグの応答とも言えるだろう。

註

1) スピルバーグが映画化を望んだ理由は、（『イナゴの日』、『怒りの葡萄』、『ドクトル・ジバゴ』などのような）文芸映画への憧れと（Freer 148）、（『12人の怒れる男』、『追憶』のような）社会派映画へと監督の幅を広げたいという希望（Collins 1）と説明されている。

2) 回想録には、ウォーカー自身による脚本およびシノプシスとともに、当時のウォーカーの日記、新聞や雑誌の記事（映画への反対や批判も含む）、関係者への書簡、友人や支持者からの手紙などが収められている。ウォーカー自身による脚本は本人の希望で採用されなかったが、若い脚本家メノ・メイエス（Menno Meyjes）が書きウォーカーが最終版を認めた。ウォーカーは撮影現場にも関わり、言語やセッ

ティングについてアドバイスしさまざまな提案もしたが、すべてが受け入れられたわけではない（*The Same River* 178-89）。

3) 2003 年発売の DVD の特典映像インタヴューでは、ウォーカーが回想録に記した、スピルバーグの映画に対する批判や複雑な思いは和らげられており「映画はすべての人々に捧げられた贈り物です。ある種の薬のようなもので、かなり苦いところもあるけれど、やがて自分のためになります」（Bouzereau ▶ 00:25:30-00:25:55）と結んでいる。また、スピルバーグや制作スタッフのコメントも、それまで映画に対してなされてきた批判に対する丁寧な説明や応答になっている。

4) ハリウッド映画史に関しては、ベンショフとグリフィン、ショハットとスタム、ボーグル等を参照した。

5) 覇権調整（覇権交渉）とは「主流イデオロギーと対立する思想が、主流イデオロギー内に取り込まれるとき、対立的思想の批判はしばしば和らげられたり調整されたりすること」（Benshoff and Griffin 418）。たとえばボーグルやボボなどの批評家によると、『カラーパープル』はアフリカ系アメリカ人のステレオタイプを巧みに強化する映画であるという。これを覇権調整の例として説明すると、登場人物はほぼアフリカ系アメリカ人の映画なのでハリウッドの白人中心主義が緩和されているようだが、彼らをステレオタイプ的に描くことによって、白人優位主義的な視点を維持している、ということになる。また映画のテーマは性差別やジェンダー差別を批判するものだが、ソフィア、ハーポ、ミスターなどが伝統的ジェンダー役割を逸脱する場面をドタバタ喜劇にして観客の笑いを取ることによって、批判しているはずのジェンダー規範を強化している。

6) ボーグルによると『カラーパープル』は 1980 年代で最も論争を呼んだ黒人映画という（263-64）。小説と映画に関する批判や論争は、ウォーカーの *The Same River Twice* にも収められているが、ボーグル、フリードマンに詳しい。本章では、紙幅の都合によりスピルバーグのアフリカ描写の問題についてはほとんど触れていない。小説『カラーパープル』では、ネッティーの手紙をとおしてヨーロッパ諸国によるアフリカの植民地支配やキリスト教伝道の共犯性なども描かれているが、映画ではネッティーの手紙を読むセリーとアフリカの場面とのクロスカッティングによってイメージとして示されるだけである。小説の植民地主義批判が映画ではほとんど描かれていないことは、ハリウッド主流イデオロギーの自由資本主義肯定ゆえであることは言うまでもないだろう。

7) スタム（"Introduction" 24-25）は『カラーパープル』の小説と映画の関係を例に、翻案研究の新しい基準としてインターテクスト性を示唆し、スピルバーグがディケンズの『オリヴァー・ツイスト』を映画で用いたことに言及している。映画を見たウォーカー自身は、セリーの娘の名前オリヴィアはヴァージニア・ウルフの『わたし自身の部屋』のなかの「クロエはオリヴィアが好きだった」から取ったと説明している（*The Same River* 41）。インターテクスト性の観点から、武田悠一は『カラーパープル』の書簡体という小説の語りの形式が、スピルバーグによってヴォ

イスオーヴァーやクロスカッティングという撮影法に翻案されていることを詳しく論じている。

8) 竹村和子も映画『カラーパープル』について「アリス・ウォーカーの原作とは異なり、スピルバーグ監督はレズビアニズムを消し去った」（9）と述べている。

9) スピルバーグが同性愛描写を曖昧にした大きな理由は PG-13 指定（13 歳未満の鑑賞は保護者の強い同意が必要）を獲得して、より多くの観客に映画を届けるためだった（Friedman 261）。

10) 「手の象徴」はほかにも多く用いられているが、最もあからさまなものは、ミスターに嫁いだ日、ハーポに石を投げられ頭から血を流したセリーの「血の手形」が石につく場面（▶ 0:10:22）。映画と小説の違いを詳細に説明しているディグビーも「手の象徴」に言及しているが、さまざまな場面で愛、暴力、殺意などの表現として効果的に用いられているという指摘にとどまっている（Digby 165）。

11) 以後、アリス・ウォーカーの『カラーパープル』からの引用は原書のページ数のみをカッコ内に示す。日本語訳は、柳沢由実子訳を参照し、文脈に応じて手を加えたものである。

12) フリードマンによると、スピルバーグのほとんどの映画はファミリー・メロドラマであり「家庭内関係における緊張、亀裂、崩壊を中心とする家族の物語」である（247）。伝統的にそのようなメロドラマは、「とくに結婚、仕事、そして核家族にかかわる抑圧的で不平等な社会状況の犠牲となった個人（たいていは女性）かカップル」に焦点を合わせている（Schatz 222）。フリードマンが依拠しているトーマス・シャッツの *Hollywood Genres*（1981）は、メロドラマをハリウッド・ジャンルとして取り上げた初期の本格的文献。

13) 1970 年以降の映画的メロドラマ研究が明らかにしてきたように、メロドラマの定義は歴史とともに変化してきた。またメロドラマがとくにアメリカ文化において広く浸透していることからも、その一般的な定義は複雑な問題となっている。アメリカにおけるメロドラマ研究の歴史についてはジョン・マーサーの *Melodrama: Genre, Style and Sensibility*（2004）参照。本章では、小説および映画『カラーパープル』は、ハリウッド・ジャンルとしても、またトーマス・エルセサーのいうファミリー・メロドラマとしても、そしてクリスティーン・グレッドヒルやリンダ・ウィリアムズの提唱する形態（mode）や感受性（sensibility）としての定義に照らし合わせても、メロドラマの要素を典型的に備えている、と指摘するにとどめておく。日本における優れたメロドラマ研究書『映画のメロドラマ的想像力』および『映画ジャンル論』の著者、加藤幹郎も「いまだにメロドラマ映画とは、いかなるものでありうるのか批評的混乱が続いている」（『映画ジャンル論』204）と述べているが、『カラーパープル』は加藤が示唆するファミリー・メロドラマや伝統的女性映画の特徴（『映画ジャンル論』229-33）の多くを含んでいる。

14) ウォーホールは当時の映画レヴューを詳しく紹介し、それらがいかにウォーカーのテキストを読んでいないかを指摘している（Warhol 54）。

15) ボボは、スピルバーグ映画の登場人物が黒人の伝統的ステレオタイプから成り立っ
ていると手厳しく批判している（*Black Women* 61-90）。

16) たとえばアン・カプランが「母ものメロドラマ」を主流イデオロギーに対して「抵
抗的（resisiting）」「共犯的（complicit）」なものに分類したことなど（Kaplan 12-
13）。

17) ウォーホールの評価する涙とは、「感傷的な文化の理想とするもの——共同体の
肯定、希望や意志の永続性、誰もが大切であるという信念、人生には人々の愛の
絆にもとづく目的があるという感覚」を良しとして流す涙であり、「国家主義、資
本主義、商業主義に感傷の伝統を利用しないのが良い涙である」と説明している
（Warhol 55-56）。

18) 家族の再会場面の冒頭、ミスターと馬が花畑のなかにいて、ネッティー家族を乗
せた車が砂埃を上げながら走るのを見つめる後ろ姿が数秒だけ映される。しかし
次のミスターのショットは花畑の外部にたたずんでいるものである（▶ 02:24:06-
02:24:17）。

19) ボボによるとこの「手遊び歌」のリズムは、ミスターの馬の蹄の音と重なるとい
うトランジションで、ネッティーのレイプ未遂の場面につながっている（*Black
Women* 81）。シャトックは、ネッティーをレイプしようとするミスターの場面は、
D・W・グリフィス（D. W. Griffith, 1875-1948）の『國民の創生』（*The Birth of a
Natiou*, 1915）のガス（Gus）を思い起こさせると指摘している（Shatucc 152）。

20) DVD インタヴューによると 6 分ほどの「和解と許しの場面」が実際に撮映された
が使用されることはなかった。エンディングについて、ウォーカーは「ミスター
が家族に加えられることを望んだ」が、スピルバーグは「ミスターの変化を描く
には時間が足りなかったこと」、また「和解の場面は描かなかったがミスターは許
されている」と説明している（Bouzereau ▶ 00:23:00-00:24:26）。

21) ウォーホールの「女性的な文化」（effeminate culture）という用語は彼女の独自の
定義において使用されており、そこには女性の創造性だけでなく、感傷的なもの
の肯定的な価値も含まれる（Warhol 9-10, 55）。

22) シャトックによると、『カラーパープル』は「小説も映画も黒人向上文学のユート
ピア的伝統のなかにある」（Shattuc 151）。したがって彼女はエンディングのメロ
ドラマを区別しない。

16 ミスキャストの謎を追って

ロバート・ベントン監督『白いカラス』

相原　優子

1　フィリップ・ロス作品と映画の相性

　「僕は、何がきらいって、映画ぐらいきらいなものはないんだ。僕の前じゃ、映画のことは、口に出さないでくれ」（Salinger, *Catcher* 1）と、作品の冒頭から映画嫌いを声高に叫ぶのは、J・D・サリンジャー（J. D. Salinger 1919-2010）の『ライ麦畑でつかまえて』（*The Catcher in the Rye*, 1951）の主人公ホールデン・コールフィールドである。アメリカ文学と映画といえば、ホールデンのこの一言が脳裏に浮かぶ。ホールデンの映画アレルギーの原因がどこにあるのか、彼特有の「インチキ（phony）」に対する嫌悪と関係があるのか、必ずしも明白ではない。というのも、映画嫌いな割には、作品中のホールデンは、ことあるごとに映画に言及せずにはいられないし、また何度か自分を映画の登場人物に見立てて一人芝居を演じたりするのである。ホールデンの映画に対する曖昧な態度を文学と映画の関係性のメタファとして読み取れば、ホールデンと映画の関係は、好き嫌いにかかわらず、互いの領域の境界線を侵犯しつつも補完し合う「愛憎関係」を象徴しているかのようにも思われる。

　ホールデンの一言からも推察できる通り、サリンジャー作品と映画の相性は必ずしもよいとは言えない。『ライ麦畑でつかまえて』はおろか、映画化された作品としては「コネティカットのひょこひょこおじさん」（『愚かなり我が心』*My Foolish Heart*, 1949）の１作のみである。

258

映画化された本数の多さで言うと、いわゆる「ユダヤ系アメリカ人作家」という括りのなかでは（ちなみに、この場合サリンジャーもユダヤ系アメリカ人作家に含むこともできる）、フィリップ・ロス（Philip Roth, 1933-2018）の作品数が際立っている。現在までに、映画化され、劇場公開された主要な作品の数だけでも７本あり、[1] テレビ映画やドラマのエピソードなどを加えると、映像化された数はさらに多くなる。同じユダヤ系アメリカ人作家でも、ロスといっしょに語られることの多いユダヤ系アメリカ文学の中心的作家でもあり、ノーベル文学賞受賞者のソール・ベロー（Saul Bellow, 1915-2005）などは、その文学的栄誉にもかかわらず映画化された作品としては『ミッドナイト・ニューヨーカー』（*Seize the Day*, 1986）ただ１作ということもある。同じくユダヤ系作家であるバーナード・マラマッド（Bernard Malamud, 1914-86）やアイザック・バシェヴィス・シンガー（Isaac Bashevis Singer, 1904-91）も映画化されたものは４、５本に留まっている。

　では、ロス作品のどの点が映画化を触発するのであろうか。その疑問を探ることが、ロス作品の文学的特性をも浮かび上がらせることにつながる。数あるユダヤ系アメリカ文学作品のなかでとくにロスの作品が映画化に向いているとされるのは、ロス作品のトレードマークとも言える「身体性」にあるのではないか。映画化はされていないものの、ロスの代表作の一つでもある『乳房になった男』（*The Breast*, 1972）などは、その題名からして「身体」的である。ロス作品における「身体性」は、多くのロス作品の主要なモティーフがエロスを通した男性性の追求であることから、「性的な」ニュアンスを帯びているとも言える。ロス作品の多くは一つの恋愛関係をめぐる物語が多く、現代を舞台に現代の「生身」の人間によって織りなされるストーリーラインを有している。思索的かつ衒学的なベローや寓話的傾向の強いマラマッドやシンガーの作品に比べるとより映画化に向いているとされるのかもしれない。

2　原作『ヒューマン・ステイン』──「身体」の秘密をめぐる物語

　同名タイトルで（*The Human Stain*, 2003；邦題『白いカラス』）映画化されたロスの作品『ヒューマン・ステイン』（*The Human Stain*, 2000）も、従来のロス作品群の例に洩れず、まさに「ロス的な」要素、すなわち「身体性」がふ

| 16 | ミスキャストの謎を追って　　**259**

んだんに盛り込まれた作品とも言える。この作品は、「身体」をめぐる二つの秘密――一つは「肌の色」をめぐるもの、もう一つは老年にさしかかった元大学教授と若い女性との恋愛をめぐるもの――を中心にくり広げられる。

『ヒューマン・ステイン』は、ロスの後期作品群のなかで重要な位置を占める「アメリカ三部作（American Trilogy）」の最後を飾る作品である。「アメリカ三部作」のすべての作品の語り手は、ロスの分身（alter ego）のネーサン・ザッカーマンである（ロス自身は、ザッカーマンを自分の「分脳（alter brain）」と呼ぶ）（McGrath）。ロスは、ザッカーマンが主人公／語り手として初登場する『ゴースト・ライター』（*The Ghost Writer*, 1979）以来、断続的に一連の「ザッカーマンもの」を書き続けてきた。初期のザッカーマンものと後期の「アメリカ三部作」が顕著に違うのは、この三部作では「アメリカ現代史」が色濃く作品上に反映されている点である。ロス自身が説明している通り、「アメリカ三部作」では、アメリカ現代史のなかでロスの世代に最も強烈な影響を与えたと見なされた出来事が作品の背景となっている（McGrath）。三部作第 1 作『アメリカン・パストラル』（*American Pastoral*, 1997）ではヴェトナム戦争、第 2 作目『私は共産主義者と結婚した』（*I Married a Communist*, 1998）ではマッカーシズムがそれぞれ重要な歴史的出来事として作品内で大きな意味を持っている。そして第 3 作目『ヒューマン・ステイン』では、1998 年に勃発したクリントン大統領のホワイトハウス実習生との不倫スキャンダルに端を発する弾劾決議に沸くアメリカが舞台となっている。

この作品に登場するザッカーマンは、数年前から文壇の中心地ニューヨークを離れ、ニューイングランドの人里離れた森のなかで一人ひっそりと執筆活動を続けていた。ある日、地元にあるアテナ大学（アシーナと発音される）の元学部長であるコールマン・シルクがザッカーマンのもとを突然訪ねてくる。コールマンは、最近自分の身に降りかかった事柄についての本の執筆をザッカーマンに依頼する。ザッカーマンは聞き役になって、その顛末をコールマンから聞くことになる。コールマンは、その大学でギリシア古典文学を教える初のユダヤ系教授として知られ、大学に改革をもたらした大変有能な学部長でもあったが、彼が教室で発した一言でその地位を追われることになってしまった。コールマンは自分の授業で、5 週連続欠席している学生二人について、「誰かこの人たちを知っているかい？　この人たちは存在

しているのかい、それともスプークなのかな？」(6)²⁾と言った。この「ス
プーク」という言葉を発したがために、コールマンはまったく不本意に、欠
席していた二人の学生（後々、両名ともアフリカ系の学生であることが判
明する）によって「人種差別主義者」とレッテルを貼られ告発される。「ス
プーク」の第一の語義は「幽霊」であるが、さらに意味を掘り起こせば確か
にアフリカ系アメリカ人を指す蔑視用語でもあったのである。コールマンは
この言葉をあくまでも第一語義で使用したのだ、と反論を試みるが、ちょう
ど「政治的正しさ」が猛威を奮っていた時代ということもあってか、大学の
対応も学生寄りに偏り、コールマンは大学を去ることを余儀なくされる。そ
れに加えてこの一連の出来事のショックからコールマンの妻アイリスも亡く
なってしまう。「スプーク」をめぐる騒動とアイリスの不幸な死が大学側の
誤った対応にあることを糾弾するために、コールマンはみずから『スプー
ク』という手記を書き始めるが、うまく書けない。そのため近くに隠遁して
いるザッカーマンが作家であることを聞きつけ、彼の助けを得ようとドアを
叩いたのであった。このことを通して、ザッカーマンとコールマンは急速に
親しくなる。『スプーク』をめぐる交流のなかで、コールマンは、自分より
もはるかに年齢の若い掃除婦フォーニア・ファーリーと密かに恋愛関係にあ
ることを、ザッカーマンに打ち明ける。この年老いた元大学教授と30代の
文盲の掃除婦との一見不釣り合いな恋愛関係は密やかに育まれていたが、二
人の関係を面白く思わない二人の人物、一人はコールマンの同僚のフランス
文学を教えている若き女性教授でコールマンの後を継いで新学部長にもなる
デルフィーネ・ルーと、フォーニアの元夫で戦争のPTSDに苦しむヴェト
ナム戦争帰還兵レスター・ファーリーによってさまざまな妨害を受ける。そ
の攻防戦の最中に、コールマンとフォーニアは謎の交通事故で死亡してしま
う。その二人の死に不審を抱くザッカーマンは、二人の死の真相を突き止
めようと、コールマンの人生を探り始める。コールマンの葬儀で彼の妹に出
会ったとき、ずっと周囲からユダヤ系と見なされていたコールマンが実際は
肌の白いアフリカ系であることが明らかになる。コールマンは、その事実を
ユダヤ系の妻にも誰にも告げずに一人で抱えて生きてきたのである。ザッ
カーマンは証言と彼特有の想像力を駆使しながら、コールマンとフォーニ
アとの運命的な出会いと二人の死の物語を語る。結果的に、コールマンの

|16|ミスキャストの謎を追って　**261**

書くはずだった『スプーク』を執筆したのはザッカーマンだったのである
──『ヒューマン・ステイン』というタイトルで。

3　映画『白いカラス』の謎

　原作『ヒューマン・ステイン』は、肌の白さ故にアフリカ系であることを
隠してユダヤ人として生きる「パッシング」というモティーフを通してアメ
リカの人種問題の複雑な様相を、ロス特有の見事な語りで描いた作品として
大いに評価され、翌年2001年のPEN／フォークナー賞を受賞する。そして、
話題性のある質の高い文学作品が常にそうであるように、3年後には映画
『白いカラス』が製作され、公開の運びとなる（日本公開は2004年）。

　『白いカラス』は、原作、スタッフ、俳優、と映画化のどの要素をとっても「成
功」が約束されていたと言ってもよいだろう。監督は、2本のアカデミー賞
受賞作『クレイマー、クレイマー』（*Kramer vs Kramer*, 1979）、と『プレイス・イン・
ザ・ハート』（*Places in the Heart*, 1984）の監督としても知られ、脚本家、映画
プロデューサーもこなすロバート・ベントン（Robert Benton, 1932- ）である。
ベントンは脚本家としても才能を発揮し、デイヴィッド・ニューマンと共同
執筆した『俺たちに明日はない』（*Bonnie and Clyde*, 1967）の脚本で、その年の
アカデミー賞にノミネートされている。『白いカラス』の脚本は、すでにい
くつかのヒット作を著わした脚本家で監督でもあるニコラス・メイヤーが担
当している。俳優陣もきら星のごとく粒ぞろいである。コールマン・シルク
役にアンソニー・ホプキンス、フォーニア・ファーリー役にはニコール・キッ
ドマンという名声と実力ともに申し分ないアカデミー賞受賞経験者二人が起
用された。脇役には名優エド・ハリスがレスター・ファーリーを、ウェント
ワース・ミラーが若きコールマンを、ゲーリー・シニーズがザッカーマンを、
そしてアンナ・ディーヴァー・スミスがコールマンの母親を演じている。

　監督をはじめ、有能なスタッフと魅力あふれる俳優陣で製作された映画で
あったにもかかわらず、原作の成功とは裏腹に、何故か評価は決して芳しい
ものとは言えなかった。『ロンドン・イブニング・スタンダード』紙（*London
Evening Standard*）のニール・ノーマンは、「名誉ある失敗と言うには充分だが、
失敗であることには変わりはない」（Norman）と辛口の評価を下し、『ニュー
ヨーク・タイムズ』紙（*The New York Times*）のA・O・スコットは、この作品

262

を「立派なB＋の期末レポート」と評す（Scott）。

　この映画化作品への評価にはある不思議な特徴が見られる。これら映画評に共通するのは、この映画は失敗作には変わりないがhonorable（「名誉ある」「立派な」）という一言が象徴するように、完璧に「悪いでき」とは言い切れない何かがある、という困惑のニュアンスが含まれている点である。この困惑の原因は、この映画の主役二人のあまりにも「立派な（honorable）」「ミスキャスト」にある。この作品の映画評を概観すると、ほとんどの映画評は、異口同音にこの映画化最大の「失敗」の要因は、主役二人の「ミスキャスト」にあると宣言している。たとえば『SFGate』のミック・ラ・サールは「キッドマンもホプキンズも役に合っていない」（La Salle）と率直に書いているし、映画批評サイト『ロッテントマト』（Rotten Tomatoes）に掲載された『バンゴ・デイリー・ニュース』（*Bango Daily News*）のクリストファー・スミスは原作のタイトルをもじって、「キャスティングがシミ（ステイン）となっている」と評している。

　ミスキャストによる失敗作は過去にも多くあるが、『白いカラス』においては少し事情が違う。スコットが映画評のなかで指摘するように、この映画の主役二人のミスキャストはあまりにも「公理のような、自明の（axiomatic）」（Scott）もの、つまり、あまりにも予測可能で明白すぎるのである。この明白さがこの映画最大の「謎」であり、この「謎」は更なる「謎」を呼び起こすのである。

4　ミスキャストの謎を追って──「失敗」したアダプテーションの意義

　ヴァルター・ベンヤミンは「翻訳者の使命」のなかで、「翻訳において原作の生は、つねに新しく、最終的で、もっとも包括的な展開を遂げるのである」（ベンヤミン74）と、原作にとっての翻訳の意義を述べている。アダプテーション理論の代表的研究者リンダ・ケアーが唱えるように、もし文学作品からの映画化、すなわちアダプテーションを、「翻訳」として見なすならば（Cahir第一章）、『白いカラス』でさえも（たとえそれが「失敗作」であっても）、原作『ヒューマン・ステイン』の重要な側面を照らし出す視点を提供してくれることを期待できるとも言える。

　本章では、上述した「ミスキャスト」の「謎」に焦点をあてて、あらため

てアダプテーションとしての『白いカラス』を考察する。『白いカラス』の見事なまでのミスキャストを敢えて本章では「過ち」ではなく「戦略」として捉え直し、その効果と意義をあらためて検証してみたい。この戦略によって、結果的にロスのトレードマークである「身体性」が再定義されることになる。それはまさに作家ロス自身が小説のなかでめざしたものである。「失敗した」アダプテーションと原作との対話を通して、二つの媒体が駆使した手法を比べながら追うことで、後期ロス作品における「身体性」に新たな光があてられることになるとも言える。

5 「ミスキャスト」と演技力

　ほとんどの映画評が口を揃えてこの映画の弱点が「ミスキャスト」にあると唱えるのと同じように、「ミスキャスト」を敢えて断行した製作者側の弁明もほぼ一致してアンソニー・ホプキンズの年齢と優れた演技力を最大の理由として挙げている。

　まずベントン監督は、あるインタヴューにて今回の「意外」と思われる配役について問われると、「名門大学の教授であり、かつてボクサーでもある男性」で、そしてザッカーマンに「「自分は恋をしている。こんな晩年になって戻ってきた。こちらから求めたわけでもないのに、それを弱めるものはなにもない」と説得力をもって言える」俳優を起用したかったのだ、と述べている（Benton）。

　プロデューサーのトム・ローゼンバーグも、今回のミスキャストへの反論として「では一体誰を起用すれば良かったんだい？　コールマン役には65歳位の俳優を見つけなくちゃならない、それも40年間も白人として上手く「パッシング」してきた人間を。この年齢の無名の俳優はいないし、良い俳優が欲しかったんだ。……「この男なら上手く白人で通せる」と思わせるような」と、やはりここでもホプキンズの演技力を見込んで配役したと説明している（Armour）。原作者のロスもこのキャスティングについて「満足していた」と、ベントンは述べている（とくにニコール・キッドマンが気に入っていたらしい）（Benton）。ロス自身、「［とくに二人が音楽を聴いている場面では］豊かな感情があり、実に説得力があった」（**プログラム**から）と述べている（図1）。

ここで言われている「優れた演技力」とは、演じている役柄にリアリティを与えることができるかどうか、であるとするならば、映画のなかの主役二人の演技はその点をクリアしているのだろうか。小説と映画二つの媒体の差異を決定づける要素を

図1　『白いカラス』（日本公開版）　▶ 01:13:45

挙げるとすれば「声」の存在であろう。小説では物理的に聞こえない「声」を映画では実際に聞くことができる。そういう意味でも俳優にとって演じる人物の「声」や「話し方」は、人物造形のなかでもきわめて重要な要素かと思われる。ここで問題となるのは、ホプキンズとキッドマンの英語の発音である。映画のプログラムの「プロダクション・ノート」には、ホプキンズは若きコールマンを演じるミラーの「声」を「テープにとって声の抑揚を練習し、年齢を重ねたコールマンの声を作るなど、細部にわたって役作りをしている」（プログラム）とある。しかしながら、何名かの映画批評家が指摘する通り、この映画のなかでホプキンズ自身は、美しいイギリス発音を少しアメリカ風にするのかと思いきや、映画で付け加えられた「オックスフォード大で学び、イギリスで一時期教えていた」[3]というやや説得力に欠けるディテールをもって、イギリス発音を隠そうともしていない（La Salle, Rainer）。ホプキンズは映画上のリアリズムの一部を意識的に放棄した状態で演じているとも言える。

　また、アメリカ（ハワイ州）生まれではあるが、オーストラリア人女優であるニコール・キッドマンについて、難しい役どころを演じ切った彼女の努力を称えつつも何名かの映画評論家、たとえば『ガーディアン』紙のピーター・ブラッドショーは彼女の発する英語について「ベルリッツ仕込みの貧しいアメリカ白人女性風」（Berlitz white-trash）と、如何にも「学習」されたその発音の不自然さを皮肉っている（Bradshaw）。

　リアリティの放棄という意味では外見についても、『ニューヨーク・ムーヴィー・レヴュー』（*New York Movie Review*）のピーター・レイナーが指摘したように、ホプキンズはどう見てもユダヤ系として通してきたアフリカ系アメ

| 16 | ミスキャストの謎を追って　　**265**

リカ人には見えないだけでなく（Rainer）、さらに何名もの映画評論家も指摘するようにコールマンの若い頃を演じるやや褐色の肌を持つ若き俳優ミラー（因みに彼にはアフリカ系アメリカ人の血が四分の一流れているという）とは似ても似つかない(Rainer, Scott, Ebert)。ニコール・キッドマンについてもラ・サールは、「貴族的な容貌」のキッドマンが貧しいアメリカ白人女性（white trash）にはどうしても見えない、と評している（La Salle）。

　英語圏ではあるものの、イギリスとオーストラリアをそれぞれ代表するホプキンズとキッドマンを何故敢えて起用したのだろうか。役柄にリアリティを与えるには、俳優個人の実力と関係なく、文化的な制約があることがわかりきっているのに、である。とくに、『クレイマー、クレイマー』ではユダヤ系の父親の奮闘ぶりを描き、『プレイス・イン・ザ・ハート』では南部で一人頑張る白人の若き母親と彼女を助けるアフリカ系アメリカ人男性の友愛を描いた監督が、最もアメリカ的な素材である「人種問題」をテーマとしたアメリカ映画で、「ミスキャスト」だけでなく、充分予見できたであろうリアリティを放棄したような演技を看過したのだろうか。

　アダプテーションを「翻訳」と見なすケアーは、「トランスレーション」を以下の３つに分類する。(1) 逐語的なトランスレーション「プロットを変えず、ディテールもできる限り原作に即す」、(2) 伝統的なトランスレーション「映画製作者側が必要かつ最適とみなしたやり方で、特定のディテールに改変を加える」、(3) ラディカルなトランスレーション「原作を革新的な手法で作り直し、文学作品に対する解釈行為」（Cahir 第一章 , 波戸岡 27）。この分類からあらためてこの作品を見直した場合、今回の「ミスキャスト」は、一見、「演技力」を備えた俳優を起用したいという製作者側の意図に沿った(2) の「伝統的」なトランスレーションに見えるかもしれないが、原作との関係性から眺めた場合、この「ミスキャスト」は、原作のテクストに施された複雑な重層性を読み解こうとした (3) ラディカルなトランスレーションの試みとも考えられる。

6　足されたエピソード──『夜はやさし』をめぐって

　映画化には必然的に原作にはないディテールが付け足されたり、原作のディテールが省略されたりすることがある。思い切った改変もあれば、ほと

んど目立たない改変もある。これらの改変が原作と映画化のあいだにズレを生む。このズレを映画製作者側の「解釈行為」の痕跡として見なすならば、作品における付け足しと省略は、製作者側の作品解釈を探る重要な鍵となる。『白いカラス』にもいくつかの付け足しと省略が見受けられるが、これらはある法則に則って施されているかのように見える。そして、この映像上の法則はロス自身が原作のなかで採用している手法にも通じるものなのである。

　映画プログラムにもわかりやすく解説されているが、『白いカラス』には原作にはない一つのエピソードが付け足されている。映画には、若きコールマンが最初の恋人であるスティーナ・ポールソンを初めて自宅のアパートに招き入れたときに、一冊の本、F・スコット・フィッツジェラルド（F. Scott Fitzgerald, 1896-1940）の『夜はやさし』（*Tender is the Night*, 1934）をプレゼントする、というシーンがある。プログラムには、この場面は「美しい言葉を愛するコールマンだからこそこの小説を贈ったのだろう」と解説されている。また、この本は、スティーナもフィッツジェラルドと同じ「ミネソタ生まれ」であることを示す小道具であることも挙げられている（**プログラム**）。北欧系アメリカ人のスティーナは、結婚の約束まで交わしながらコールマンがアフリカ系であることをまったく知らされていない。コールマンは自分の肌の黒い家族に会わせるまで、そのことをスティーナに告げずにいたのである。コールマンの家族に紹介され、ショックを受けたスティーナは彼のもとを去ることになる。

　この「贈りもの」のエピソードの付け足しは、この作品のさまざまな重要な側面を浮き彫りにする。まず、贈られたのが「本」であることからは、原作『ヒューマン・ステイン』のテクストにはさまざまな文学作品が埋め込まれていることが象徴的に示唆されている。シルク家の子どもたちはすべてミドルネームをシェイクスピアの『ジュリアス・シーザー』（*Julius Caesar*, 1599）から与えられていること自体がすでに伏線となっているように（93）、原作にはシェイクスピアからエマーソン、ソローをはじめとする英米文学の古典との間テクスト的言及が多々見られる（Morley 81）。映画プログラムにも記載がある通り、ここで登場する『夜はやさし』は、別の作品、フィッツジェラルドの代表作『グレート・ギャツビー』（*The Great Gatsby*, 1925、以降『ギャツビー』）を連想させる。両作品とも語り手を設定しているという点、「自分

自身の再生」「自分を作り替える」物語であることからも、『ヒューマン・ステイン』のなかに『ギャツビー』の面影を見る研究者もいる（Shostak 63）。愛するデイジーのために偽りの事実で自己を作り替えるギャツビーの姿は、アフリカ系という集団的なアイデンティティ「我ら」から離れ、「私」という個人の運命を生きることに決めたコールマンの姿と重なるのである（108）。この付け足されたエピソードは、コールマンがみずからのアフリカ系の出自を自分の最も近い人にまでどこまで隠し通せるか、ギャツビーのごとく自己再創造の「賭け」に打って出たことを象徴していると言える。

　さらにこの「文学作品」のプレゼントは、アテナ大学でコールマンが教えるギリシア古典文学にも目を向けさせる。本作の原作ではギリシア悲劇『オイディプス王』の一節「オイディプス「そのための浄めの法は？　その汚れとはいかなるもの？」クレオン「浄めの途は、罪びとの追放、もしくは血をもって血を償うこと」」（ソポクレス 25）がエピグラフとして掲げられている。みずからの「運命」から逃れようとしながらも、結局はその「運命」に負けてしまうオイディプス王の悲劇は、ギャツビー同様、コールマンの人生とも重なる。アフリカ系アメリカ人という血、アイデンティティを捨て去ることを決心した際、母親に「［自分の出自から］脱出なんてできないんだって。あなたが脱出しようとしてやっていることはすべてあなたを振り出しに戻すだけなんだって」（140）と警告されたように、脱ぎ捨てたはずの「人種」によって、最終的には破滅にまで追いやられてしまうコールマンの皮肉な「運命」との対決と敗北を思わせる。

　一つの疑問としては、もし『ギャツビー』がここまでさまざまな話題や観点を提供するのであれば、何故そもそも「贈りもの」の本を『ギャツビー』ではなく、『夜はやさし』にしたのであろうか。この小さなディテールの扱い方が、この作品に一貫して見られる法則を端的に示している。この作品においては、原作においても映画においても、重要な事実は常に隠されているのである。映画では『夜はやさし』を提示しながら、その背後に『ギャツビー』を隠しているように、ロスも原作のなかで同じような手法を使ってある作品を隠しているのである。

　原作者のロス自身は、インタヴューのなかで、クリントン大統領弾劾決議は「秘密」とアメリカ的「道徳」をめぐる事件でもあることから、ホーソー

ンの『緋文字』（*The Scarlet Letter,* 1850）を思い出させたと述べながら、この作品と『緋文字』の関係性を示唆した（McGrath）。[4] 一方、ロス自身は表立って言及はしないが、明らかに彼が意識した作品がある。多くの研究者も指摘する通り、隠すまでもなく、ラルフ・エリスン（Ralph Ellison, 1914-94）の『見えない人間』（*The Invisible Man,* 1952）である（Franco 77, Parrish 214）。その視点であらためて『ヒューマン・ステイン』を見直してみると、大きなものから単語レヴェルの小さなモティーフにいたるまでかなり意識的に『見えない人間』を下敷きにしていることがわかる。コールマンが若い頃熱中するボクシングは、『見えない人間』のバトル・ロワイヤルの場面を彷彿とさせ、両作品とも主人公はアフリカ系アメリカ人のために創立された大学へ進学する。窮地に陥ったコールマンが法的アドバイスを仰いだ弁護士がまったく役に立たないことに業を煮やして叫ぶ罵声のなかに含まれた「ユリのように白いその顔（lily-white face）」（81）という表現も、『見えない人間』のなかで白人を指す言葉として使用されている（Ellison 18）。ここでは、罵倒された弁護士本人でさえもこの表現に違和感を覚える、という場面を描くことによって、ロス自身が巧妙にこの表現に読者の関心を向けさせようとしているのがわかる。

　さらに両作品を強力に結びつけるモティーフは「白人女性の官能的な踊り」である（Franco 77）。この白人女性の官能的な踊りは、『見えない人間』のなかでもとくに印象的に描かれているが（Ellison 20）、原作でも映画でも、コールマンと白人女性の恋人たち（スティーナとフォーニア）との親密さは、コールマンの目の前で披露される彼女たちの官能的な踊りを通して描かれる。彼女たちの踊りの隠すことも見せることの一部であるような「ストリップ的」技法は、この作品の駆使する手法を象徴しているかのようでもある。

　細かいモティーフの類似性を確認していくなかで、そもそもコールマンを苦境に追い込んだ単語「スプーク」を、アメリカ文学史上最も印象的に読者に紹介したのは『見えない人間』の冒頭の文章――「僕は透明人間だ。かといって、僕はエドガー・アラン・ポーにつきまとったスプーク（幽霊）のたぐいなんかじゃない」（Ellison 7）[5]――であることにあらためて思いいたるのである。

　エリスンの『見えない人間』には一切言及せず、インタヴューでニューイ

図2　『白いカラス』（日本公開版）
▶ 00:54:18

ングランド代表の『緋文字』を挙げるというロスの方法は、アフリカ系アメリカ人の出自を隠しながら肌の白いユダヤ系として生きるコールマンの生き方を、作家自身もメタ・レヴェルでなぞっているようにも思える。[6) そして、映画化された『白いカラス』では、人種差別によるアフリカ系アメリカ人の苦悩は、アメリカ人俳優ではないホプキンズとキッドマンの白い身体を前面に出すことによって隠される。この映画ではすべての秘密は「見せることで隠されている」のである。ホプキンズとキッドマンは「見せる」ためではなく「隠す」ために起用された戦略的な「ミスキャスト」なのである。

　通常、登場人物の名前はその人物の本質を象徴する場合が多いが、コールマン（Coleman Silk）の場合はその反対と言えるだろう。別表記で書き表してみると "coalman"（石炭商）となるが、この単語から連想されるのは石炭によって肌を黒くした白人、つまりブラックフェイス（アフリカ系アメリカ人に扮した白人役者）である。この命名が皮肉なのは、コールマン・シルクは白い肌をしたアフリカ系アメリカ人ということで、まるでポジとネガのようにコールマンの状況を反転して象徴している点であろう。さらに「絹」（シルク）によって包まれて、アイデンティティそのものの重層性や曖昧性を表しているようでもある。

　このアイデンティティの重層性を映像的に表現するために、『白いカラス』では、「見せることによって隠された」秘密を、一方では「隠すことによって見せて」もいる。その手法を象徴するものとして挙げられるのが、映画評論家のエバートが指摘し、プロデューサーのローゼンバーグも認めている一人の人物のカメオ出演である（Ebert, Armour）。検眼士で眼鏡屋を営んでいたコールマンの父親は不況で店を手放した後、ずっと亡くなるまで電車の食堂車のウェイターとして働いていた。映画のなかでは、ウェイターとして働く父親に難癖をつける白人客が一瞬映る。その役を演じているのはシカゴの実

在の弁護士アリソン・デイヴィスである。彼は肌の白いアフリカ系アメリカ人男性である。ローゼンバーグはよい友人であるディヴィスを知っていたからこそホプキンズを起用したのだ、と述べている（Armour）。このディヴィスのカメオ出演は、「ミスキャスト」の主役二人が前面でストーリーを進めている背後で、白い肌を持つアフリカ系男性に差別主義的な白人男性を演じさせるという、まさにコールマン・シルクの名前の重層性そのものを体現したような皮肉な方法で、事情を把握している一部の観客にしかわからないように、隠しつつ、この映画の「秘密」を暴露しているのである。（図2）

7　消されたエピソード──フォーニアの「日記」とユダヤ性

　『ヒューマン・ステイン』をめぐるインタヴューのなかで、記者がこの作品に見られる「ユダヤ的側面」について問いかけたとき、ロスは「この作品のなかにはユダヤ的なものは一切ない」と答えた。これに対して記者が、コールマンが「ユダヤ系」として生きたことついて言及しても、ロスは一貫して「でもこの作品には一切ユダヤ的なことは含まれていない」と強調する（McGrath）。今までかつてロス作品で「ユダヤ性」に言及しなかったものなどあっただろうか。「ユダヤ性」の追求こそロス作品に不可欠な要素であることを考えると、記者の質問に対するロスの見え透いた「偽り」の回答は、原作における「ユダヤ性」が意図的に隠されていること、それ故に「ユダヤ性」がこの作品においてやはり重要なテーマであることをほのめかしている。

　原作において隠された「ユダヤ性」は、映画『白いカラス』のなかで一つの大切なエピソードが省略されたことによって浮かび上がってくる。原作の後半部分、すでにコールマンとフォーニアが亡くなった後、二人の死の原因を探るザッカーマンは、フォーニアの葬儀に参列した彼女の父親が、彼女が生前つけていた日記を持っていることを知る。この日記の存在が衝撃的なのは、それまでずっとフォーニアは「文盲」だと信じられてきたからだ。ザッカーマンは何とかその日記を手に入れようと試みるが、再三の懇願も空しくこの日記は失われてしまう。この衝撃的なエピソードはフォーニアが文盲であることも含めて、そっくりそのまま映画から抜け落ちているのである。

　このエピソードが省略されたのは、「文盲の振りをしながらも日記を書く女」という要素が、フォーニアの人物造形にとって必然性があるのかどうか

| 16 | ミスキャストの謎を追って　　**271**

判断できなかったからではないだろうか。フォーニアという女性は、コールマン以上に複雑である。言葉遣いも粗野でテーブルマナーも子どもっぽい「貧しい白人女性（white trash）」としての生活を送りながらも、生まれは良いのだ、と説明する。どこか幼さを残していながらも、子ども二人を事故で亡くした母親でもある。性の奔放さの裏には、幼い頃からの養父の性的虐待に心身ともに傷ついたことを隠し、その記憶に苛まれる女性でもある。これらの拮抗した要素すべてが一人の人間のなかに共存している。そこにもう一つ、周囲には「文盲」であると偽る一方、密かに「日記をつける女性」という矛盾が加わるのである。何のために文盲と偽ったのか、何のために、どのようなことを日記に書いていたのか、このエピソードは原作後半に急に出てきて、その後充分展開されることもない。この必然性が不明瞭な要素はかえって観客を混乱させるかもしれない。映画製作者側が省略したのも無理はない。

　ただ、この省略は、この不思議なディテールの本来の意義についての考察を促す。「みずから作者であることを公表しない・できない日記」が気になるのは、このモティーフがロス読者には、ザッカーマン初主人公の作品『ゴースト・ライター』を彷彿とさせるからである。『ゴースト・ライター』では、駆け出しの作家ザッカーマンは敬愛する作家E・I・ロノフの自宅に招かれる。そこで、ロノフの秘書の若い女性に出逢う。ザッカーマンは、彼女こそ、ホロコーストを生き延びて身分を偽ってアメリカにやってきたアンネ・フランクではないか、そしてアンネは自分の「日記」の舞台化を見ながら、自分こそその真実の作者であると公表できなくて苦悩している、というような「妄想」を展開するのである。

　あらためて『ヒューマン・ステイン』と『ゴースト・ライター』の両作品を並べてみると、「日記」以外に類似点があることに気づく。両作品ともザッカーマンと彼の敬愛する「父親的存在」の男性との交流のなかで、男性よりもはるかに若い女性との関係を「妄想」するという構図が使われている（Morley 81）。この類似点は、原作『ヒューマン・ステイン』がエリスンの『見えない人間』を含め、古今東西の文学作品を下敷きにしながらも、同時に自作『ゴースト・ライター』を反復していることを示している。ホロコーストを逃れたアンネ・フランクというきわめてユダヤ的なテーマをめぐる妄想を描いた『ゴースト・ライター』を反復していること自体が、『ヒューマン・

ステイン』のなかにユダヤ性への言及があることを示している。そして映画『白いカラス』では、この「ユダヤ性」のテーマは、「隠れた」かたちで提示されている。

図3　『白いカラス』(日本公開版)　▶ 01:09:12

「ミスキャスト」のホプキンズの背後で、痛ましいが故に鮮やかな印象を残すコールマンの母親役のアンナ・ディーヴァー・スミスの存在がこの作品におけるユダヤ性のテーマを浮かび上がらせる(図3)。この作品でワシントン DC 批評家協会賞優秀助演女優賞を受賞しているスミスは、舞台でも『鏡の中の火』(*Fires in the Mirror*, 1993)という一人芝居の作者兼主演としても高い評価を得ている。このピューリッツァ賞の最終候補にもなった一人芝居は、1991 年 8 月にニューヨークのクラウンハイツで勃発したラビによるアフリカ系少年の死をめぐるアフリカ系とユダヤ系の衝突を描いており、スミスはこの事件の当事者、周辺者のあわせて 20 人ものアフリカ系とユダヤ系市民を一人で演じ分けたのである。『白いカラス』において、スミスの存在は、彼女の一人芝居への連想を経由して、アフリカ系とユダヤ系のテーマを結びつけることで、間テクスト的な機能を果たす。『ヒューマン・ステイン』は、アフリカ系アメリカ人をめぐる人種問題を描きながら、ザッカーマンも呟くように「ユダヤ人として殺され、埋葬された」(325)コールマン・シルクの人生を通して、「ユダヤ人とは何か」というロス文学にとって常に重要なテーマをも同時に探るのである。映画で使用されたこの「隠して見せる」手法は、ティム・パリッシュが『ヒューマン・ステイン』と『見えない人間』について「ロスは、エリスンを利用しつつみずからのユダヤ人としてのアイデンティティを探っているのだ」(Parrish 221)と説明するように、原作においてもロスが採用したものに通じるのである。

8　「幽霊」に魅了されて

『ヒューマン・ステイン』では、二人の重要人物がずっと姿を隠したままである。この物語の発端を作った、コールマンに「スプーク」と名指しされ

た二人のアフリカ系の学生2名である（原作ではほのめかされているだけだが、映画では男子学生と女子学生になっている）。この二人は、第一語義の意味の通り、まさに「スプーク的」に作品中で「不在」のまま存在感を保っている。この二人の「不在」は、皮肉にも別の二人の「スプーク」を焙り出す。コールマンとフォーニアである。70代の割には若々しく美しい肉体を持ちながら、偽りの過去で自己を組み立てた「空疎（blank）」なコールマンは、「幽霊的」な人物である（Morley 83）。母親の預言通り、コールマンが不在の学生を指して使った「スプーク」は、めぐりめぐって彼自身を指し示す言葉だったのである。フォーニアも（フォーニー［インチキ］という音に似ているように）存在そのものが矛盾に満ちていて、実像がつかめない。所有物としては亡くした子どもの遺灰だけであり、生の痕跡を消していく「掃除婦」でもある、という点で「幽霊的」存在である。

　「幽霊」もしくは「スプーク」の存在を特徴づける性質は、エリスンの作品が示唆している通り、その「透明性」である。コールマンの「幽霊性」も彼の存在の「透明性」によって示される。映画化では省略されてはいるが、ある日、コールマンは読字障害のある生徒カルメンを教える娘リサの授業の様子を見に行く。コールマンのことが気になって学習に集中できないカルメンに、リサはコールマンを指さして「かれは透明人間なのよ」と説明する。カルメンは「見えるわ」と反論する。この場面のカルメンは、コールマンの面前で官能的な踊りをくり広げながら「あなたが見えるわ」とささやく「文盲の」フォーニアに重なる（232）。互いの「幽霊性」によって結ばれた二人だからこそ、「見える」という言葉が、最も親密な愛の言葉として機能するのである。

　「透明人間」とは「見えない」という点で非常に視覚的な存在とも言える。そう考えていくと『ヒューマン・ステイン』には「見る」ではなく「見えない」というモティーフがなんと多用されていることか。エリスンの『見えない人間』はもちろんのこと、下敷きになっている『オイディプス王』でもオイディプスの運命を預言する予言者は盲目であり、オイディプス自身も最後に自分の目を刺して潰す。コールマンの父親も「検眼士」の仕事を「失って」いた。

　すでに明らかなように、原作では、「スプーク」という言葉によって巧妙に隠されているが、本作と『ゴースト・ライター』を結ぶのは「幽霊」とい

うモティーフである。初登場からザッカーマンは常に「幽霊」を捕らえることに魅せられた「ゴースト・ライター」であった。「幽霊」が人間として地上にいたことを示す痕跡としての「人間のシミ」の欠片をかき集めては、その空白を妄想で埋めるのが、ザッカーマンの仕事なのである。

そのザッカーマンの物語の映画化『白いカラス』の究極的な目的も、同じく捕らえられない「幽霊」を映像のなかで如何に捉えるか、ということだったのではないだろうか。「不在」のまま「存在」する人物を映像上で捉える方法として、「見せることで隠し、隠すことで見せる」、という反転の手法として「ミスキャスト」を採用したのである。見える人にしか見えないのが「幽霊」である。そして、ザッカーマンが「すべてを知りながら、私は何も知らないかのような気がした」（333）と述べるように、「つかまえた」と思った瞬間にすり抜けていくのも幽霊である。「ミスキャスト」の主役二人を通して、観客は常に流動している人物の「自己」に思いを馳せる、という意味で、映画『白いカラス』のミスキャストの「戦略」は効果的とも言える。

9 ロス作品のアダプテーション――「身体性」の問い直し

『ヒューマン・ステイン』と『ゴースト・ライター』には、それぞれザッカーマンが敬愛するコールマンとロノフの勤める大学名が出てくる。同じ大学である、と早々に結論づける研究者もいるが（Morley 81）、大学名を比べると微妙に違っている。『ヒューマン・ステイン』ではアテナ（もしくはアシーナ）（Athena University）大学となっているところが、『ゴースト・ライター』ではアテネ（もしくはアシーン）（Athene College）大学（Ghost Writer 20）となっている。

リンダ・ハッチオンは、アダプテーションを「複写」ではなく「反復」であり「相似のなかに相違を埋め込み、それ自身であると同時に他者であるようにする能力」と説明する（ハッチオン 215）。両作品における大学名の文字レヴェルの小さなズレは、『ヒューマン・ステイン』は『ゴースト・ライター』の「複写」ではなく「反復」、ある意味ではアダプテーションの様相を呈していることを示唆しているかのようである。[7]

自身の前作を「翻案」する意義はどこにあるのだろうか。『ヒューマン・ステイン』のなかでロスは、『ゴースト・ライター』と同じ構図を保ちながら、

老年の男性と若い女性の恋愛を語り直すことによって、ロス文学のトレードマークである「身体」を別の視点から捉え直しているのである。コールマンの物語はクリントン大統領の不倫スキャンダルを発端とした「大統領弾劾決議」が背景にあるが、この『ヒューマン・ステイン』のタイトルは、その当時評判になった大統領の相手とされたモニカ・ルインスキーの青いドレスに残された大統領の精液の「シミ」からきたのだ、とも指摘されてきた（ゲーツ 63）。ヴェトナム戦争、マッカーシズムと「アメリカ三部作」を彩った政治的出来事に比べて、この大統領弾劾決議はスケール的に小さく、「性的」である。それを強調するかのように、この作品は「バイアグラ」への言及も多く、まるでその効用を謳う証明書のようだ（Rainer）と揶揄されてもいる。そういう意味ではきわめてロス的な状況下にある二人の恋愛模様を、「性的」に描きながらも、そこには別の新たな視線が働いている。

　この語り直しの鍵を握る人物がザッカーマンである。映画では、ゲーリー・シニーズが演じたが、実際のところ彼もミスキャストの咎を免れなかったのは、実際の小説に登場する 60 代近くのザッカーマンにしては「若々しすぎる」ということであった（Bradshaw）。しかし、もしこの作品が前作の語り直しであり、それに気づいているロス読者／観客であれば、年を重ねたザッカーマンを通して、無意識に若きザッカーマンの姿を観るだろう。そういう意味では、どこか青年らしさを湛えたシニーズは相応しいとも言える。

　ただ、「アメリカ三部作」のザッカーマンが前作のザッカーマンと決定的に違うのは、ザッカーマンが「病む」人間であるということである。前立腺がんの術後の症状に悩まされるザッカーマンの視点から二人の身体的関係は捉え直される。もはや「性的」存在としての人間の営みではなく、「不在」を前提とした、あらかじめ「消えゆく」存在としての人間の営みとして語り直されるのである。『ヒューマン・ステイン』は、コールマンとフォーニアの死後——二人の「不在」から始まっていることにあらためて気づかされるのである（Morley 83）。

　「幽霊」を描くということは、「人種」や「アイデンティティ」の揺らぎを書くこと以上に、いずれ死の到来によって「不在」へと向かっていく人間という存在の儚さを描くことであると、後期三部作のザッカーマンは示唆している。

一方で、コールマンとの日々は「不在」の予兆に捕われるザッカーマンを再び「存在」の世界へと押し出すことになる。原作でも映画でも珍しく陽気な場面として思い出されるのが、コールマンとザッカーマンが踊る場面である。コールマンと女性たちの踊りの場面が親密さを表すように、男二人のダンスも（映画では「ほお寄せて（"Cheek to Cheek"）」に合わせて踊る）二人の親密な友情を表している。ザッカーマンが、「幽霊」コールマンに手を取られながら踊るこのシーンは、消えゆくことが前提の「死」とのダンスでありながらも、人間の「身体」の持つ力と確かさとを表した人生謳歌となっている。そしてザッカーマンはコールマン・シルクが「ダンスによって私を人生に連れ戻した」（45）と述べるのである。それを裏付けるかのように本作に続くザッカーマンもののラストを飾る *Exit Ghost* (2007) で、読者は再び、あの女好きでやや無鉄砲なザッカーマンが、術後の身体症状と向き合いながらニューヨークに一時戻り、『ゴースト・ライター』に登場した老作家と若い秘書との秘密の人生の探索に落とし前をつける姿を目にすることになる。

　さて、まとめに入ろう。『白いカラス』の「ミスキャスト」をめぐる謎を検討することは、再度原作に立ち戻ることを必然とする。映画と原作との対話から、フィリップ・ロス自身がみずからの作品のトレードマークであった「身体性」を再定義していることに気づかされる。幽霊的存在であるコールマンとフォーニアの関係を通して描かれる「身体」は、生気あふれる「身体」ではなく、あらかじめ消滅するものとして運命づけられた「身体」として捉え直されている。人は「見えない」故に幽霊を「見たい」と願い、捕らえられないから捕らえたいと欲してきた。「幽霊」を捕らえるにはどうすればよいのか。これは、ザッカーマンの文学的欲望でもあり、映像というものが発明されて以来、写真家や映像作家を支配してきた欲望でもある。映画『白いカラス』は、「ミスキャスト」によってこの欲望に挑み、身体性を否定することで、新たな身体性を獲得しようと試みたのであった。「不在」を背景にした人間の「存在」の儚さとそれ故の確かさを、優れた演技力を通して美しい身体を晒しながら隠しつつ提示したのである。「ミスキャスト」と評されることこそが、その手法の成功を物語っているとも言える。この「戦略」こそ後期ロス文学、アメリカ三部作のラストを飾る『ヒューマン・ステイン』のアダプテーションに相応しいと言えるのである。

註

1) 映画化されているロスの主要作品は以下の通り（［未］＝日本未公開）。『さよなら
   コロンブス』（*Goodbye Columbus,* 1969）、『ポートノイの不満』（*Portnoy's Complaint,*
   1972）、『白いカラス』（*The Human Stain,* 2003）、『エレジー』（*The Dying Animal,*
   2008）、『ザ・ハンブリング』（*The Humbling,* 2015［未］）、『インディグネーション』
   （*Indignation,* 2016）［未］』、『アメリカ・バーニング』（*American Pastoral,* 2016）。

2) 以下、本書からの引用は（　）内のページ番号で示す。なお、翻訳については、基
   本的に上岡伸雄訳に依拠したが、適宜改訂を施した箇所もある。

3) 『白いカラス』にはアメリカ公開版と日本公開版（国際版）があり、日本公開版で
   は何故かコールマンのイギリス留学や滞在に関するザッカーマンの独白は削除され
   ている。この削除そのものは、如何にアメリカ公開に向けて製作者側が「発音」に
   敏感になっていたかを物語っているようである。

4) 原作と『緋文字』の比較研究については、Seeley を参照のこと。

5) 翻訳については、基本的に松本昇訳に依拠したが、適宜改訂を施した。

6) コールマンのモデルについてはさまざまな見解が見られる。映画のパンフレットに
   は、ロスは大学院生時代にコールマンと似たような境遇の親戚のいるアフリカ系の
   女性と付き合っていたことがあることから、この作品の着想を得たと述べていた。
   一方、ロスの友人でもあったプリンストン大学のメルヴィル・タミン教授が巻き込
   まれた「スプーク事件」にインスピレーションを得たとも言われている。タミン教
   授のことを記しながら同時にロスは、コールマンのモデルは、当時から名前が頻繁
   に挙げられていた『ニューヨーク・タイムズ』紙の書評欄担当者であったアナトー
   ル・ブロイヤードではないことを "An Open Letter to Wikipedia"（2012）で延々と
   綴っている。（**杉澤 167-94 参照**）

7) 前作の翻案という手法はこの作品に限らず、たとえば『ダイング・アニマル』（*The
   Dying Animal,* 2001）では、教え子の乳房の美しさに魅せられる老年を迎えた教授、
   ロスのもう一人の分身ケペッシュが登場する。この作品は、明らかにケペッシュ初
   登場作品『乳房になった男』の「翻案」としても読めるのである。

| 16 | ミスキャストの謎を追って

17 コーマック・マッカーシーの小説とコーエン兄弟の映画の対話的関係の構築をめぐって

『ノーカントリー』における「暴力」と「死」の映像詩学

山口　和彦

　ジョエル・コーエン（Joel Coen, 1954- ）は、コーマック・マッカーシー（Cormac McCarthy, 1933- ）原作の小説『ノーカントリー』（*No Country for Old Men*, 2005）の映画化について、[1]「小説の独特のユーモアと暗さに惹きつけられた。それにかなり暴力的で血なまぐさい。おそらくぼくたちが作った作品のなかで最も暴力的な映画になる予感がした」（「Production Notes」）と述べている。ジョエルとイーサン（Ethan Coen, 1957- ）のコーエン兄弟監督の映画には、『ミラーズ・クロッシング』（*Miller's Crossing*, 1990）、『バートン・フィンク』（*Barton Fink*, 1991）、『トゥルー・グリット』（*True Grit*, 2010）など、人間性の本質としての〈暴力〉や〈死〉を追究する作品もあれば、『赤ちゃん泥棒』（*Raising Arizona*, 1987）や『ビッグ・リボウスキ』（*The Big Lebowski*, 1998）、『バーン・アフター・リーディング』（*Burn After Reading*, 2008）など、不条理な〈暴力〉や〈死〉がスラップスティック的に発露する作品もある。映画『ノーカントリー』は、それまでの作品では兄弟のオリジナル脚本が使用されていたのに対し、原作小説を持つ初のアダプテーション映画であること、[2]また、原作小説のエッセンスに〈忠実な〉製作が企図された点において、コーエン兄弟のフィルモグラフィーのなかで異例の作品となった。[3]

　他方、マッカーシーは小説家としてのキャリアの初期から戯曲や映画・テレビ脚本への大きな関心を示してきた。1876 年にサウス・カロライナの紡績工場で起きた殺人事件を基に、犯人の不可解な処刑を取材した脚本『庭

師の息子』（*The Gardener's Son, 1976*）はテレビドラマ化され、小劇場で上演された二つの戯曲『石工』（*The Stonemason, 1994*）と『特急日没号』（*The Sunset Limited, 2006*）は無神論者が抱く「死」への衝動に焦点をあてた。『ノーカントリー』と同じく、メキシコとの国境地帯を舞台とする『悪の法則』（*The Counselor, 2013*）は、麻薬、セックス、金をめぐる、過激な犯罪サスペンスであり、巨匠リドリー・スコット（Ridley Scott, 1937-）が監督を務め、マッカーシー自身が映画オリジナル脚本を書きおろした。『すべての美しい馬』（*All the Pretty Horses, 1992*; 映画 2000）、『ザ・ロード』（*The Road, 2006*; 映画 2009）、『チャイルド・オブ・ゴッド』（*Child of God, 1973*; 映画 2013）といった作品を含めれば、マッカーシーの小説において支配的な〈暴力〉や〈死〉の主題はかなりの程度、映画的表現を意識して創作されたと言っても過言ではない。事実、マッカーシーの小説は会話に引用符を用いない文体はもとより、殺人、近親相姦、没落貴族、貧乏白人、南部戦争の負の遺産といった主題においてもウィリアム・フォークナー（William Faulkner, 1897-1962）からの影響が色濃いとされるが、その小説の多くが映画に影響を受けたモダニスト小説の技巧を極めたものであることを踏まえれば、マッカーシーの小説がはらむ映画性はきわめて自然な特質として見えてくるのだ。[4]

　そもそも、小説『ノーカントリー』は 1980 年代の終わりに映画脚本として完成されたものが大幅に書き換えられたものである。[5] 物語は、麻薬戦争の中心地、アメリカ－メキシコ国境地帯（ボーダーランド）を舞台にする。狩りの最中に麻薬密売人たちの銃撃戦の跡地に足を踏み入れ、その場にあった大金を持ち逃げしたことから命を狙われる男の運命を中心に展開し、非情な殺し屋たちが暗躍、老保安官が男の命を守ろうと追跡する。ホラー、スリラー、ノワール、ウェスタンなど、ジャンルの期待の地平を巧妙にずらしながら、現代的な〈暴力〉や〈死〉の実相が追究され、マッカーシー独自の〈世界観〉が提示される。この小説のアダプテーションにおいて、コーエン兄弟は商業的成功を第一とするエクスプロイテーション映画を目指したわけでなく、映画の自律性を強調したわけでもない。そうではなく、むしろ二人は原作小説への〈忠実さ〉を打ち出し、作品同士の関係性を強調したのだ。本章は、小説的表現と映画的表現の根本的な差異を意識しながら、原作小説における〈暴力〉や〈死〉の主題の諸相がいかに翻案されたのか、具体的には、マッカー

　│ 17 │ コーマック・マッカーシーの小説とコーエン兄弟の映画の対話的関係の構築をめぐって　　**281**

シー作品の肝である〈戦争〉〈宿命論〉〈倫理〉といった小説的主題が、どのように映画的表現として成立しているのかについて検討する。そうすることで、映画『ノーカントリー』において、創造的主体としての〈作者〉性やその〈世界観〉がどのように解釈され、どのような意味合いでメディア間の相違を超えて〈忠実に〉表現されようとしたのかを明らかにし、マッカーシーの原作小説とコーエン兄弟によるアダプテーションの対話的関係を浮き彫りにしたい。

1　内面独白の詩学（ポエティクス）と主体化される読者

　小説の冒頭で、老保安官エド・トム・ベルは自身の証言によってガス室送りになった少年殺人犯について語る。魂のない自分は地獄に行くことを確信していると言う少年に対して、かけるべき言葉が見つからなかったとベルは回顧する。物語が進むにつれ前景化するのは、ベルにとって理解不可能なのはこの少年の行動心理だけでなく、変貌した世界のあり方すべてであるという身も蓋もない事実だ。各章の冒頭に置かれたベルの独白は、停止を求める警察の車に対してショットガンを乱射する者（38-39）、見知らぬ相手と連続殺人を犯しながらアメリカ中を移動して回る若者（39）、台所の残飯粉砕器で赤子を殺す母親（39）、部屋を貸した年寄りを拷問した上で殺して埋め、年金の小切手を現金化する夫婦（124）、自分の子どもを育てたがらない親（159）、レイプ・放火・殺人・麻薬・自殺といった、学校で日常的に起きる諸問題（196）、悪魔がいると想定しなければ説明のつかない事柄（218）、カーラ・ジーンが殺される必然性（281）、シガーの正体（299）、石の水槽を切り出した男が信じていたもの（307）など、〈暴力〉や〈死〉が充満した物語世界の具体例を列挙する。これらは物語世界の外的な状況であると同時に、ベルの内面世界の客観的相関物でもある。その意味で、一人称で語るベルの独白は「本質的にメランコリック」（Cant 248）な物語全体を自己規定する役割を担うと同時に、読者を〈作者〉の内面世界へ誘う語りの装置として機能する。つまり、全人生を否定しかねないほどの強烈なメランコリーを特徴とするベルの独白は、読者と〈作者〉（マッカーシー自身であれ、〈内包された作者〉であれ）との共感を創出するための場となっているのだ。[6]

　W・B・イェーツ（William Butler Yeats, 1865-1939）の詩「ビザンチウムに

船出して」（"Sailing to Byzantium"）から引いたタイトルが暗示するように、小説『ノーカントリー』が描き出す世界は、ベルがもはや適応できないアメリカの謂いである。イェーツの詩に表現された世界と、その世界に見切りをつける年老いた男との関係は、アメリカとベルとの関係と相同的だ。アメリカが理解不可能なものに変貌してしまったことへの嘆きを語りの基調とするように、ベルの精神を支配しているのは（そして〈作者〉の内的葛藤として示されているのは）、アメリカと自分自身に対する絶望と諦念である。実際に、国境地帯で日常化した麻薬抗争に対し、保安官ベルはそれを取り締まる〈法〉を代表＝表象するのではなく、〈法〉の無力を代表＝表象してしまう。彼は州法が何の条件もつけていない保安官の仕事には神様と同程度の権力が与えられていると考える一方で、〈法〉が存在しないにもかかわらず〈法〉＝権力を行使することの根源的矛盾に当惑している（64）。ここでベルが代表＝表象する〈法〉は万能を装いながら実質的には機能しない、つまり、〈法〉は善人を統治することには万能であるが悪人を統治することには不能である（64）という、それ自身のアポリアに依拠せざるをえない、まやかしの権力として表現されているのだ。

　この文脈で、「俺が今でも生きているのは連中から相手にされていないのが唯一の理由だ。それは何よりつらい」（217）というベルの独白は、彼自身への懐疑心や絶望の発露だけでなく、統御のきかない〈暴力〉や〈死〉に支配された世界に否応なく放り込まれた、すべての人間存在、つまり、読者が置かれた普遍的状況としても提示されていると考えるべきであろう。三人称の語り手によって語られる物語に没入し続けることを読者は許されず、各章冒頭に置かれたベルの内的独白の都度、〈作者〉と〈語り手＝ベル〉の共感の場へと引き戻される。物語の流れを中断し、枠組みの破壊をもたらすこの語りは、小説『ノーカントリー』が表象する〈世界観〉の基調や根幹を形成する。物語世界への没入状態から現実へと引き戻され、物語世界の状況を俯瞰する超越的視野を半ば強引に与えられることで、読者は物語世界を相対化し解釈する〈主体〉となり、同時に〈暴力〉や〈死〉に支配された世界に生きる自分を〈客体〉として捉えるように〈作者〉に強制されているのだ。

| 17 | コーマック・マッカーシーの小説とコーエン兄弟の映画の対話的関係の構築をめぐって

2　意識と身体感覚の政治学(ポリティクス)

　そのように、内的独白を用いた語りの戦略によって、暴力的な世界の暴力性の認識を促す原作小説に対応し、コーエン兄弟はそのアダプテーションにおいて、映画というメディアの特性を存分に活用する。ここで明らかになるのは、小説と映画がそれぞれに読者あるいは観客の反応を統御しようとする、小説テクストと映画テクストの背後に控える〈作者〉の存在であり、その性格のメディア的相違である。

　映画におけるカメラワークがもたらす〈視点〉は小説におけるナレーションに相当するが、コーエン兄弟の映画における〈視点〉は〈作者〉のそれと同義と考えたくなるほど意識的に創作されている。[7]たとえば、『ブラッド・シンプル』(*Blood Simple*, 1984)や『赤ちゃん泥棒』といった初期の映画では、広角レンズを使って主人公の顔に徐々にクローズアップする手法が意図的に使用されていた。これは、観客に〈見ろ〉という合図を送ることで、主人公の内面を含め、映像の背後にあるものを想像させ、関係性を創出し一体化させる、映画的技巧と言える。[8]『ノーカントリー』では望遠カメラや移動カメラが使用されるが、観客の〈見る〉という行為を誘導したり、カメラの〈視点〉を意図的に原作小説のナレーションとリンクさせる、すぐれて映画的な手法の背後には、観客の反応を統御しようとする〈作者〉の意図が大きく働いている。

　映画の冒頭部分では、崇高美をも漂わせる、荒涼とした砂漠地帯の風景のカットが複数、映し出された後に、シガーがパトカーで連行されるシーンにつながっていく。映画全体のエスタブリッシング・ショットとも見なすこともできる、人間の生を凌駕する砂漠地帯の光景は、マッカーシーの小説同様にコーエン兄弟の映画においても、「野外撮影地が物語のなかのきわめて重要なキャラクターとなった」(『ノーカントリー』DVD所収「ノーカントリー」メイキング ▶ 00:12:08-00:12:12)という言に裏打ちされるように、〈暴力〉や〈死〉が支配する世界を直接的に表現している(図1)。[9]この間、ベル役のトミー・リー・ジョーンズの声によるヴォイス

図1　『ノーカントリー』　▶ 00:01:32

オーヴァーが被さるが、原作小説における内的独白のエッセンスは、映画ではこの冒頭部分のみに集約され、表象されている。10) このナレーションの極小化によって、映画は観客の意識を一時、スクリーン上の映像表現に没入させる。

図2　『ノーカントリー』　▶00:05:24

しかし、映画全体を通して観客の没入状態がたえず継続するわけではない。というよりもむしろ、スクリーン上の砂漠の風景は、没入して観る者の意識をそこから目覚めさせる目的で導入されているように映る。ポール・ヴィヴィリオは「意識を喪失し、身体感覚を消し去ってはじめて、眼差しは美しいイメージと邂逅し、特権的瞬間を享受しうる」（石井282）という〈消失の美学〉を主張したが、映画『ノーカントリー』においては、カメラの〈視点〉により消失する観客の〈意識〉や〈身体感覚〉

図3　『ノーカントリー』　▶00:05:28

図4　『ノーカントリー』　▶00:05:36

図5　『ノーカントリー』　▶00:05:52

が半ば強制的に回復するような仕掛けが用いられている。原作小説による内的独白を用いた語りの戦略に呼応して、コーエン兄弟はそれを映画固有の視聴覚的手法に転換するのだ。

映画の冒頭部、シガーによる警官と市民の殺害に続く、ルウェリン・モスによるハンティングのシークェンスは顕著な例である。梶原克教はジル・ドゥルーズを引きつつ、「モスが双眼鏡を覗きながら動物を狩る体制を整え、狙いをつけて銃を撃ち、平原を歩き手負いの動物の血痕と足跡を追うこのシー

クェンス」の分析を映画全体へと敷衍し、「視ることの関係性から視ること
の構造を表出させた映画」（梶原 133）と論じている。図2から図5のように
繰り返される、「見るモス」と「モスが見たもの」の切り返しショット（モ
スの POV ショット）により、「モスの主観を共有すると同時にモスを客観
的に見る」という「視点の二重化」が観客にもたらされているが、この仕掛
けはハンターとして「狩る」側であったモスが「狩られる」側に転じる物語
の伏線として機能するというわけだ（梶原 135-36 参照）。

　ここで留意すべきなのは、照準鏡をのぞきながら引き金を引くモスをカメ
ラが〈写す〉ことによってもたらされる〈見る／見られる〉という関係性
が、プロットの中心をなしサスペンスを展開する〈狩る／狩られる〉の主題
に符合することはもとより、渡邉克昭の言を借りれば、「互いに代補しあう
「撃つ／写す^{シューティング}」を通じて……撃つ者と撃たれる者という安定した二項対立は、
メビウスの輪のように際限なく反転し、錯綜した悪夢のような連鎖」の世界、
すなわち、「妖しいアウラを放つシミュラークル」の世界へと開かれていく
点だ（渡邉 319 参照）。そのように映画全体をいわば換喩的に表現するハンティ
ングのシークェンスは、「撃つ／写す^{シューティング}」を主題化する点において、シミュラー
クルとしての映像表現の本質であると言える。

　さらに、無音のなか、耳をつんざき、身体にまで響く乾いた銃声の音響表
現、さらにそれによって生じる身体的効果についても留意する必要があるだ
ろう。遠方から群れにいる一頭の羚羊を狙い、発射される銃弾の響きは、観
客を一瞬、身震いさせずにはおかない。映画はあからさまな聴覚的表現を通
しても、観客を没入状態から観ている自身の〈意識〉や〈身体感覚〉に立ち
返らせるのだ。〈視点ショット〉とその〈主体〉、つまりモスの顔や姿が交互
に移し出されることで超越的視点がもたらされるのに加え、過激な聴覚的刺
激が与えられることにより、映画を観る〈主体〉でもあり、映画に見られる
〈客体〉でもある自身の二重性に観客は気づかされる。要するに、映画を〈見る〉
という能動的な行為は〈見られる〉という受動的行為と裏腹の関係にあると
いう事実に開眼することになるのだ。ここで観客にもたらされる、ある種の
不快感・不安感は、プロット上の伏線として示されたモスの存在様式、つま
り、〈見る／見られる〉＝〈狩る／狩られる〉の主客関係の反転可能性と無
縁ではないだろう（実際に後でモスは〈狩られる〉ことになる）。

シガーが用いる圧縮空気銃の意味も同じ文脈で理解できる。本来、牛を屠殺するために使われるこの圧縮空気銃は、シガーの手にかかると文字通り、人間を屠るための道具に変化する。圧縮空気銃から撃ち出されるボルトによって家畜同然に人間が屠られていく世界は、麻薬闘争下の（あるいは新自由主義が支配する）アメリカのアナロジーに違いないが、コーエン兄弟は原作小説の〈暴力〉と〈死〉が支配する世界を映画的方法論によって再編／拡張するのだ。〈狩る／狩られる〉の関係性は、小説のように登場人物の内面に宿る葛藤として表現されるのではなく（小説では〈狩られる〉モスの心理もある程度綿密に描かれる）、また、小説のナレーションに相当するヴォイスオーヴァーを駆使するのではなく、観客の〈意識〉と〈身体的感覚〉に揺さぶりをかけることで達成されている。このとき、観客は原作小説と読者の関係とは違うやり方で〈作者〉との共犯関係に巻き込まれ、〈暴力〉と〈死〉に満ちた世界の表象に参画することになる。それは、〈作者〉と共有する〈視点〉＝〈見る／見られる〉の関係性の先にある、〈狩る／狩られる〉の論理が蠢く〈世界観〉の創出の場、ひいては否応なくそこに巻き込まれている存在の意味に到達するための補助線として導入されている。

3　〈戦争〉の耽美化と反表象

　モスは死者からの預かり物という、猪の牙をいつも首から下げている（225）。ヴェトナムの戦友の形見であり、〈狩る〉という行為を象徴するこの装身具は、彼が〈狩る／狩られる〉の関係性に捕捉された人物であることを端的に示している。『ノーカントリー』の物語解釈の起点となる問い、すなわち、モスはなぜ一杯の水を届けるために瀕死の麻薬密売人のところに戻るのかという問いの意味は、この文脈において考えるべきだろう。〈狩る／狩られる〉の関係が最も熾烈を極める場は戦場にほかならず、モスの行動は彼が抱える戦争トラウマに起因する〈死への衝動〉（ここでは〈戦争への衝動〉と言ってもいいだろう）と捉えることができるからだ。たしかに、大金を手中に収めながら、命の危険を冒し銃撃戦の現場に戻るモスの行動（23-25）は非合理極まりない。しかし、ヴェトナムの戦場で負傷した戦友に水を届けるかのように、我知らず銃撃戦の現場に引き寄せられる、典型的なヴェトナム帰還兵としてモスは規定されているのだとすれば、この行動はむしろ

物語的必然となるだろう。実際に、モスは自身を「死人の世界への侵入者」と見なし、麻薬密売人の車に追われる段になると、かつて経験した戦場の感覚を明瞭に甦らせる（30）。回帰し続ける〈死への衝動〉によって、破滅していく人物はマッカーシーの小説と同様にコーエン兄弟の映画おなじみであり、その意味で「ルウェリン・モスはコーエン兄弟の映画の主人公の典型」（Landrum 210）と見なすことができるのだ。

　原作小説において、モスがみずからの戦争体験を詳細に語ることはないが、過酷を極めたその戦争体験は、彼の死後、父親がベルに語る話からうかがい知ることができる（293-95）。[11] モスの父親が語る話のなかには、モスが子どもの頃からライフル射撃に長け、ヴェトナムでは狙撃手であったこと、帰国してからヴェトナムで戦死した戦友たちの家族の家を周ったものの歓迎されなかったこと、ヒッピーたちに赤ん坊殺しと罵られたこと、などが含まれる。このモスの父親の話は、ヴェトナム帰還兵と国家の関係として一般化できるだろう（「帰ってきた兵隊のなかには今でもうまくやっていけない者が多い。それはこの国が後ろ盾になってくれなかったからだと私は思った。だが今はそれよりひどいことだったんじゃないかと思っている。この国はばらばらだったんだ。今でもそうだが」[294]）。ヴェトナム戦争敗戦の要因を分裂状態にあったアメリカに求めるモスの父親の言は、「合法的に暴力の唯一の担い手としてみずからを定位する」（萱 89）ために〈戦争〉を利用するアメリカという国家の矛盾を端的に言い当てているのであり、国家の〈暴力〉の犠牲者としてのモスの人生の耽美化をもたらしている。

　だが、映画『ノーカントリー』では、そのような〈戦争〉表象は意図的に希薄化され、3 人の主要登場人物は〈戦争〉体験の共有によっていわば情緒的に結びつけられるのではなく、〈狩る／狩られる〉という主客関係によってのみ結びつけられている。「[戦争に行ったから] それで仲間ということになるのか」（▶ 01:18:52-0:18:53）というモスの言葉が示すように、戦争体験の共有は人物造形の条件にはなっていない。コーエン兄弟の「作品は常に絵画的なイメージからスタートしていて、そこに凝ったキャラクターが巧妙に配されているのがパターンである。……彼らは見掛けにおいて個性的だが、性格的にはだいたいステレオタイプである」（黒田 126-27）と述べる批評家もいるように、映画『ノーカントリー』における人物造形も例外ではない。冒

頭部で映し出される、暴力的世界の客観的相関物としての砂漠のその「絵画的な」イメージは、登場人物たちの「内面的な個性より外見的な個性」（黒田 127）を際立たせる手法と不可分なのであり、したがって、個人の人格や内面と結びつく類の〈戦争〉の表象は徹底的に希薄化され、人物同士の表面的な関係性（それ自体、十分に暴力的な）が際立つことになる。[12]

　実際に、原作小説において、銃を突きつけられた家出少女を助けるために、みずからの命を顧みずに銃を下したモスの行動は、麻薬密売人に水を届けに行く行動と相似形をなしている。目撃者の証言として描かれる、このモスの行動と死の意味は、デニス・カッチンズの言を借りれば、「小説『ノーカントリー』の中心にある、情と慈悲の概念」を体現するものであり、「暴力と破壊の傍らに存在」し、「悪との……均衡を保つもの」（Cutchins 164-65）であろう。そのような〈戦争〉体験に起因し、情と慈悲といった人間らしさを端的に示す、このモスの行為はコーエン兄弟の映画においては完全に削除され、その行為や死の無意味さが強調されている。[13]

　原作小説において、「戦争のことを忘れた日は一日もない」が、「戦争について語りたくはない」（195）というベルの〈戦争〉体験についても同じことが言える。〈戦争〉によって自分のなかの大切な何かが決定的に損なわれてしまったことを自覚するベルは、叔父に対して、保安官になったのは戦場で仲間を置き去りにしたことが大きかったと告白する（「もう一度あの場に戻りたいという思いが消えたことはない。でも戻れない。人が自分の人生を盗んでしまうことがあるなんで知らなった。……俺はできる限りよく生きてきたつもりだがそれでもそれは自分の人生じゃなかった。自分の人生だったことは一度もない」［278］）。ここでのベルの後悔の念の表明は、銃撃戦の現場に戻るモスの非合理的な行動を説明するものである。他方、ベルは仲間を見捨ててしまった時点に立ち返って人生をやり直したいという、叶うことのない欲望を抑圧しながら、代償行為として保安官を続けてきたというわけだが、ここでさらに強調されるのは、ベルの引き裂かれた自我と、石の水槽が象徴する、〈真理〉の永遠性の対比である。仲間を置き去りにした、戦場の家の傍にあった石の水槽を想像する場面（307-08）に示唆されるように、ベルは自己の本質が〈戦争〉によって永遠に喪失したとノスタルジックに嘆いてみせることで、つまり、〈戦争〉体験を耽美化することで、〈戦争〉状態として

の現在の世界に組み込まれた自己の卑小さを弁解し、正当化しているのだ。

　一方、コーエン兄弟の映画では、そのような耽美主義的な自己や世界を直接的に表象することは忌避されている。その意味で、（シガー役のハビエル・バルデムの独特な風貌に顕著なように）最大の問題となるのはシガーの表象の問題であろう。アントン（Anton Chigurh）という名前が複雑系カオス理論をイメージさせる〈砂糖の上の蟻〉（ant on sugar）に由来しているのだとすると、映画のシガーは（俳優の民族性の問題は別として）無情で非人間的なカオスとしての世界そのものを表す（Cant 95-96）。その意味で、『ノーカントリー』は「保安官ベルの小説であり、アントン・シガーの映画」（Cant 94）なのだ。イーサン・コーエンは、シガーは「純粋悪」ではなく、「善悪を超えた存在」であり、われわれ人間を取り巻く、無慈悲で気まぐれなこの世界の人格化であるとしているが（「インタヴュー」）、事実、映画では登場人物たちの内面と密接に関連する〈戦争〉体験も、石の水槽の象徴性も省略することで、人間の内面世界が投影されない、シガーが代表＝表象する〈死〉を最高審級とする暴力的で不条理な世界のあり方を際立たせているのだ。

　このように考えてきて想起されるのは、ヴァルター・ベンヤミンが「複製技術時代の芸術作品」で論じた、「耽美主義化」する政治を下支えする、映画と戦争（あるいは死の表象と）の関係である。「戦争が、そして戦争だけが、従来の所有関係を保存したまま、最大規模の大衆運動にひとつの目標を支えることを可能にする」（627）という言は、「複製技術時代」の政治と芸術の共犯関係を鋭く言い当てているが、それは「人類が自分自身の全滅を第一級の美的享楽として体験するほどになっている」（ベンヤミン 629）という、映画時代の観客個人の内面や主体のあり方と不即不離である。だとすれば、映画『ノーカントリー』における〈戦争〉表象の忌避、あるいは反表象の営為は、原作小説がはらむ〈戦争〉の耽美化へのコメンタリーとして捉えることができるだけでなく、原作小説への〈忠実さ〉を誓う映画自身について問うメタコメンタリーとして機能していると言えるだろう。つまり、コーエン兄弟は、観客の主体化＝従属化を前提とする〈暴力〉と〈死〉の耽美化を必然的にはらむ映画というメディアの性質を逆手にとり、原作小説の〈戦争〉表象をアダプトしたのだ。

4 宿命論をめぐる倫理的転回

　マッカーシーの原作小説においては、シガーの〈宿命論〉にほかの登場人物たちが屈服する（プロット的には殺害される）事態が描かれる。たとえば、物語終盤で当初シガーのコイントスを拒むカーラ・ジーンは、やがてシガーの宿命論に納得し、自分の死を甘んじて受け入れる（260）。モスもヒッチハイクの家出少女に対して〈自由意志〉を否定し、〈宿命論〉に与する言葉を残している（「君のどの一歩も永遠に残る。消してしまうことなんかできない。どの一歩もだ」［227］）。[14]

　この文脈において見ると、原作小説における老保安官ベルは、最初から最後まで、〈宿命論〉と〈自由意志〉のあいだで揺れ続ける人間として表象されている点が際立つ。ベルは手には負えない現実に打ちのめされ、保安官引退を決意するが、〈真実〉に対する盲目的な信頼はかろうじて保持している（「俺は嘘が語られて忘れられた後に真実は残ると信じている。真実はあちこち動き回ったりその時々で変わったりするものではない。塩を塩漬けできないのと同じことだ」［123］）。このことに関連し、彼が昔に死なれた〈娘〉に救いや教えを求めて、妻にも秘密で想像上の対話をしていると独白することは偶然ではない。[15]「自分自身が持ちたいと願ってきた心」（285）である〈娘〉は、物語の終わりに夢のなかで見る〈父〉（世界の暗闇で火を持ちながら、馬で先導する）（309）と同じ文脈で捉えることができるだろう。これらの例が暗示するのは、ベルがある種のロマンティシズムにすがることによって、シニシズムに完全に陥り、〈宿命論〉に屈してしまうのを先送りしている事態だ。自身がその一部である、〈暴力〉や〈死〉にまみれた世界のあり方に絶望し保安官を引退するベルは、〈宿命論〉と〈自由意志〉の狭間で揺れ続けることで、そのような自己のあり方を〈主体〉的に受け入れ、自己否定をしながら生き続ける困難を引き受けているとも言えるのだ。

　ジュディス・バトラーは「主体を形成し維持することにともなう暴力」について、以下のように述べている。

　　そのような暴力なくしては、葛藤も、責務も、困難もないだろう。重要なことは自身の産出の条件を根絶することではなく、ただ、そのような産出を決定づける力に異議を唱えるように生きるという責任を引き受

けることだ。……暴力にまみれているということは、つまり、この葛藤が見通しのたたない、困難で、足かせとなるような断続的でしかも必然的なものであるとしてもそれは宿命論とは異なるということである。
（Butler 170）[16]

小説の最後の場面で、〈暴力〉と〈死〉にまみれ、葛藤を内に抱えた主体としての自己を受け入れることで、ベルは自己を外部に開き、その世界の構造を内側から切り崩す可能性を探っているように見える。叔父が言うように、引退によってベルの荷が下ろされるわけではなく、また、「今までの人生は予行練習にすぎないかもしれない」（279）ことをベルは承知している。最後に残るのは、圧倒的な〈暴力〉や不条理な〈死〉に対して敗北する運命に意識的でありながら、それでも立ち向かい続けることに意味を見出そうとする、時代遅れのロマン主義的なアイロニーにすぎないのかもしれない。だが、神が不在の世界においては、アイロニーが「主体性の最もかすかな徴し」であり、「本質的に倫理に帰せられる」（**キルケゴール** 16）とすれば、ベルは〈宿命論〉と〈自由意志〉という二項対立を乗り越えることの倫理を無謀にも選び取ろうとしていると言えるだろう。

5　倫理的転回の映像学的表象

〈宿命論〉と〈自由意志〉との対立はマッカーシーが多くの小説で描いてきた主題であるが、コーエン兄弟の映画はこの倫理的転回とでも呼ぶべき事態をどのように表象しているのだろうか。くりかえすが、映画が強調するのは〈宿命論〉によって下支えされた、無慈悲な〈暴力〉と〈死〉の世界のリアリズムである。とりわけ、モスの突然の、不条理な死は、観客の期待の地平を転覆し、〈作者〉の冷徹な世界観を端的に示している。いかにも唐突に映し出されるモスの死体が示すのは、モスが〈暴力〉と〈死〉に支配された世界から教訓を学ばないまま命を失ったという乾いた事実であり、原作小説にうかがえる倫理的転回を通じたある種の救いの放棄のようだ。[17]

コーエン兄弟の映画において特異なのは、映画的に表現するのが困難な、この倫理的転回をも敢えて別種の映画的表現に変換しようとしている点であろう。たとえば、原作小説とは異なり、カーラ・ジーンはシガーのコイント

スを最後まで拒む人物として表象されている（▶ 01:49:32-01:51:47）。シガーがカーラ・ジーンの家から出てくるシーンが示すのは彼女が殺害された事実にほかならないが、彼女の抵抗の姿勢はシガーの〈宿命論〉もまたモスやベルがそれぞれの信念に依拠するのと同等の暴力的な世界を形成する男性中心主義の原理のひとつにすぎないことを示してもいる。「映画を通して、男性登場人物たちは彼らを規定する掟やシステムの境界の厳格さに面と向き合うことができないか、まったく気づかずにいる。コイントスを拒否することによって、カーラ・ジーンは男性的掟やシステムを置換するために要請される女性的原理による抵抗の必要性を認識している」（Johns 151-52）と言える。つまり、映画『ノーカントリー』では、力の優位を獲得しようとせめぎ合う、複数の男性的原理による〈暴力〉と〈死〉の世界に風穴を空ける存在として、カーラ・ジーンをはじめとする女性登場人物は導入されているのであり、[18]この点に原作小説で表現されていた倫理的転回の契機を見て取ることも間違いではないだろう。[19]

　その証拠に、コーエン兄弟はシガーの交通事故と二人の少年とのやりとりのシーンを丹念に描き出す（▶ 01:52:30-01:55:15）。映画におけるシガーは基本的に人間性を排除された、抽象概念（〈暴力〉と〈死〉）としても表象されているが、このシーンでは皮膚から突き出た肘の骨が映し出されるように（▶ 01:53:30-1:53:33）、あからさまに肉体を持った人間であることが強調されている。少年からＴシャツを譲り受けた後に、足を引きずりながら歩み去るシガーからはその超人性はすっかり剥奪されている。このように、シガーの人間性を強調することにより、映画自身が最後にそれまで表象してきた〈暴力〉と〈死〉の偏在性／絶対性という主題を脱構築するのだ。そのように、マッカーシーの原作小説とは異なる、ポストモダン的なアイロニカルな仕掛けによって、コーエン兄弟の映画は原作小説のエッセンスを表象し直している。つまり、メディアや手法の違いにもかかわらず、というよりも、違いがあるからこそ、映画は原作小説との対話的関係にみずからを開くように構築されているのだ。マッカーシーの原作小説に対するコーエン兄弟の〈忠実さ〉とは、それ自体が表現の問題として捉え返されているのだ。

　│ 17 │ コーマック・マッカーシーの小説とコーエン兄弟の映画の対話的関係の構築をめぐって

註

1) 小説の邦題は『血と暴力の国』（黒原敏行訳）だが、ここでは便宜上、『ノーカントリー』で統一する。

2) コーエン兄弟は『ノーカントリー』の映画化の前に、ジェイムズ・ディッキー（James Dickey, 1923-97）の小説『白の海へ』（*To the White Sea*, 1993）の映画化をめざしていた。実現はしなかったが、東京大空襲を行った爆撃機が撃墜され、取り残された一人のアメリカ兵がアラスカをめざし日本を縦断しながら出会う人間すべてを殺していくという筋は、『ノーカントリー』におけるシガーを想起させる点において、この時期の兄弟の〈暴力〉と〈死〉の主題への関心を端的に示している。

3) リンダ・ハッチオンは「アダプテーションの背後には多くのさまざまな動機が存在するのだが、『忠実さ』をともなうものはほとんどない」（Hutcheon xv）と述べている。ハッチオンは複雑に絡み合う「翻案者」（adapters）、つまり、映画の「作者（作家）」性の問題を扱うが（とりわけ Chapter III を参照）、ここでは、〈翻案者〉＝〈作者〉＝〈監督〉と捉え、製作の動機としての〈忠実さ〉の問題には立ち入らない。

4) 「ノヴェライゼーション」という今日風の呼称は内容も大幅に変更されている点から適切ではないだろう。この未出版原稿はテキサス州立大学サンマーコス校のアーカイヴで参照できる（*CMP*, Box 79）。マッカーシーの未出版の脚本には『鯨と人間』（*Whales and Men*）という作品もある（*CMP*, Box 97）。

5) 大地真介は、小説『ノーカントリー』は犯罪小説的なプロットだけでなく、「過去の現在性」「父の不在」といった主題においてもフォークナーの『サンクチュアリ』（*Sanctuary*, 1931）を下敷きにしていると主張する。

6) 〈内包された作者〉（implied author）は、「テクストから再構成される作者の第二の自我（author's second self）、……テクストの意匠やテクストが保持する価値観・文化的規範に責任を持つと考えられるテクスト中の作者の明確なイメージ」（**プリンス** 85）であり、一般的には、現実の〈作者〉（author）や〈語り手〉（narrator）とは区別される。

7) コーエン兄弟による脚本（Movie Script）においても、"We dissolve to another West Texas landscape"（1）; "We are drifting down toward Moss"（12）といった、カメラの〈視点〉と〈作者〉（＝〈作家〉）のそれを同一視すると書きが特徴的である。批評において映画監督を創造的主体と捉える場合は〈作家〉（auteur）とするのが一般的であろうが、アダプテーションを論じる本論では〈作家〉で統一する。

8) 『ミラーズ・クロッシング』（DVD）所収「撮影について語るバリー・ソネンフェルド」を参照のこと。『ミラーズ・クロッシング』以降のコーエン兄弟の映画において、広角レンズの使用による登場人物の顔面アップなどのショットは減っていったが、これはカメラの自己主張を唱えたソネンフェルドから監督＝〈作者〉の黒子に徹するロジャー・ダーキンズへという、カメラマンの交代と連動しているように思われる（King, "Interview" を参照）。

9) ジョン・カントは、コーエン兄弟の映画は〈土地の感覚（sense of place）〉を強く喚起し、フロンティア神話を扱う過去のウェスタン映画へのポストモダン的視座と結びつく、〈文化的地勢（cultural geography）〉が観客に提供されると論じている（Cant 91）。

10) 小説『ノーカントリー』の終章（13章）はベルの内的独白のみで構成されるが、映画においてはベルが妻のロレッタに語るというシーンとして表現している。脚本を見ると、ベルが語る二つの夢の話の部分は雪道を進む父親のイメージにヴォイスオーヴァーが重ねられる予定だったことわかるが（116-17）、最終的には変更されたか、編集でカットされた。

11) マッカーシーの初期草稿ではモス自身が戦争体験を語っていた（*CMP*, Box 80, Folder 8, n. p.）。

12) もっとも、この暴力的な物語世界をある種の〈戦争〉状態と見なすことは可能であろう。この点については、アガンベンを引く山口 75-79 を参照のこと。また、本章は一部、この論の内容を含む。

13) モスの死について、カッチンズは「彼は状況をすべてコントロールできないし、自身の決断の結果すらコントロールできないが、たしかに意味のある決断をしたのだ」（Cutchins 160）と解釈している。

14) ただし、メキシコ人ギャングに殺害される直前に少女を助けるため銃を手放すように、モスは〈自由意志〉によって行動した人間であり、彼の死はシガーの〈宿命論〉に対する敗北を意味するものではないことが原作小説からは導き出せる。

15) ベルが実際にどのように娘に先立たれたのかは語られないが、マッカーシーが小説以前に構想していた脚本では、麻薬抗争の巻き添えになり殺害されたという設定が採用されていた（*CMP*, Box 79, Folder 2, 1）。

16) 本書からの引用は清水晶子訳に筆者が修正を施したものである。

17) この点に関連し、ジェイソン・ランドラムは「ハリウッド映画は……死の衝動の罠にとらわれた登場人物を描くことも多いが、彼らに物事が明らかになる瞬間を与え、ある種の教訓をもたらす。コーエン兄弟の映画はこの種の瞬間をあえて避けることが多い」（Landrum 216）と述べている。

18) カーラ・ジーンの母親やトレイラーハウスの受付の女性もここに含まれるだろう。ジョーンズは同様のジェンダー力学を、『ファーゴ』、『赤ちゃん泥棒』『バートン・フィンク』『ビッグ・リボウスキ』といった、コーエン兄弟のほかの映画についても指摘している（Johns 151-53）。

19) これに対し、ステイシー・ピーブルスは「［カーラ・ジーン］はシガーの銃弾に撃ち抜かれたかもしれないが、彼女［の自己］は無傷だ」と述べ、彼女こそ映画のなかで「最も男らしい人物」としている（Peebles 135）。

引用資料

[1]

映画資料

□『國民の創生』、監督 D・W・グリフィス、出演リリアン・ギッシュ／メエ・マーシュ／ヘンリー・B・ウォルソール、デヴィッド・W・グリフィス・コーポレーション、1915 年、アイ・ヴィー・シー、2014 年。

□『［ザ・ディレクターズ］マイケル・マン』、監督ロバート・J・エメリー、出演マイケル・マン／マデリーン・ストウ／ウェス・ステューディ、ウェルスプリング・プロダクションズ、2001 年、東北新社、2001 年。

□『征服されざる人々』、監督セシル・B・デミル、出演ゲイリー・クーパー／ポーレット・ゴダード、パラマウント・ピクチャーズ、1947 年、ブロードウェイ、2012 年。

□『モヒカン族の最後』、監督モーリス・トゥールヌール／クラレンス・ブラウン、出演ウォーレス・ビアリー／バーバラ・ベッドフォード、モーリス・トゥールヌール・プロダクションズ、1920 年、アイ・ヴィー・シー、2013 年。

□『モヒカン族の最後』、監督ジョージ・B・サイツ、出演ランドルフ・スコット／ビニー・バーンズ／ヘンリー・ウィルコクソン、リライアンス・ピクチャーズ、1936 年、ブロードウェイ、2015 年。

□『ラスト・オブ・モヒカン』、監督マイケル・マン、出演ダニエル・デイ＝ルイス／マデリーン・ストウ、モーガン・クリーク・プロダクションズ、1992 年、ワーナー・ホーム・ビデオ、2012 年。

□ *Meek's Cutoff.* Directed by Kelly Reichardt, performance by Michelle Williams, Evenstar Films, Film Science, Harmony Productions, Primitive Nerd, 2010. Oscilloscope Laboratories, 2011.

文献資料

□ 加藤幹郎『日本映画論　1933-2007——テクストとコンテクスト』、岩波書店、2011 年。

□ クーパー、ジェイムズ・フェニモア『モヒカン族の最後』、上下巻、犬飼和雄訳、ハヤカワ文庫、1993 年。

□ 戸井十月『モヒカン族の最後』、講談社、1999 年。

□ フィードラー、レスリー・A『アメリカ小説における愛と死』、佐伯彰一他訳、新潮社、1989 年。

□ Barker, Martin, and Roger Sabin. *The Lasting of the Mohicans: History of an American Myth.* UP of Mississippi, 1995.

□ Berenstein, Rhona J. *Attack of the Leading Ladies: Gender, Sexuality, and Spectatorship in Classic Horror Cinema.* Columbia UP, 1996.

□ Cooper, James Fenimore. *The Last of the Mohicans.* 1826. Harvard UP, 2011.

- Mortimer, Barbara. *Hollywood's Frontier Captives: Cultural Anxiety and the Captivity Plot in American Film.* Garland, 2000.
- Samuels, Shirley. "Generation through Violence: Cooper and the Making of Americans." *New Essays on* The Last of the Mohicans, edited by Daniel Peck, Cambridge UP, 1992, pp. 87-114.
- Simmon, Scott. *The Invention of the Western Film: A Cultural History of the Genre's First Half-Century.* Cambridge UP, 2003.
- Verhoeff, Nanna. *The West in Early Cinema: After the Beginning.* Amsterdam UP, 2006.
- Wood, Amy Louise. *Lynching and Spectacle: Witnessing Racial Violence in America, 1890-1940.* U of North Carolina P, 2009.

＊本章は日本アメリカ文学会中部支部例会での口頭発表がもとになっている（2017 年 11 月 18 日）。司会の小原文衛先生をはじめ、支部の先生方からは貴重なご意見を賜った。また、本章は JSPS 科研費 JP16K16748 の助成を受けたものである。

［2］

映画資料
- 『緋文字』、監督ヴィム・ヴェンダース、出演センタ・ベルガー／ルー・カステル、1973 年、DVD、東北新社、2006 年。
- 『スカーレット・レター』、監督ローランド・ジョフィ、出演デミ・ムーア／ゲイリー・オールドマン、1995 年、DVD、ビームエンタテインメント、1998 年。
- *The Scarlet Letter*, directed by Wim Wenders, performance by Senta Berger, Lou Castel, 1973, DVD, Anchor Bay Entertainment, 2004.

文献資料
- 青山真治、DVD『緋文字』封入解説書、東北新社、2006 年。
- ──編『ヴィム・ヴェンダース』フィルムメーカーズ 11、キネマ旬報社、2000 年。
- 梅本洋一他編『天使のまなざし──ヴィム・ヴェンダース、映画を語る』、フィルムアート社、1998 年。
- 巽孝之『アメリカ文学史』、慶應義塾大学出版会、2003 年。
- 中条省平『映画作家論』、平凡社、1994 年。
- バックランド、ウォーレン『フィルムスタディーズ入門──映画を学ぶ楽しみ』、前田茂／要真理子訳、晃洋書房、2007 年。
- ハーケ、ザビーネ『ドイツ映画』、山本佳樹訳、鳥影社、2010 年。
- 藤吉清次郎「ヴェンダース、アメリカ古典文学を撮る──映画『緋文字』への一考察」『人文科学研究』（高知大学人文社会科学部）第 23 号、2018 年、1-15 頁。
- ホーソーン、ナサニエル『緋文字』、八木敏雄訳、岩波文庫、1992 年。

□ 安井豊「ヴェンダースのアブストラクト・ムービー──神を排除することによって生まれた抽象性」『ヴィム・ヴェンダース』フィルムメーカーズ 11、キネマ旬報社、2000 年、95-97 頁。

□ Bromley, Roger. "Imagining the Puritan Body: The 1995 Cinematic Version of Nathaniel Hawthorne's *The Scarlet Letter.*" *Adaptations: From Text to Screen, Screen to Text*, edited by Deborah Cartmell, and Imelda Whelehan, Routledge, 1999, pp. 63-80.

□ Hawthorne, Nathaniel. *The Scarlet Letter.* A Norton Critical Edition, edited by Leland S. Person. W. W. Norton & Company, 2005.

□ Keenan, Richard C., and James M. Welsh. "Wim Wenders and Nathaniel Hawthorne: From *The Scarlet Letter* to *Der Scharlachrote Buchstabe.*" *Literature/Film Quarterly*, vol. 6 no. 2, Spring 1978, pp. 175-79.

□ Kolker, Robert Phillip, and Peter Beicken. *The Films of Wim Wenders.* Cambridge UP, 1993.

＊本章は、「ヴェンダース、アメリカ古典文学を撮る──映画『緋文字』への一考察」（高知大学人文社会科学部『人文科学研究』23 号 2018 年）に加筆改稿したものである。

［3］

映画資料

□『白鯨』、監督ジョン・ヒューストン、脚本レイ・ブラッドベリ／ジョン・ヒューストン、出演グレゴリー・ペック、ワーナー、1956 年、フォックス、2011 年。

文献資料

□ 上島春彦『レッドパージ・ハリウッド──赤狩り体制に挑んだブラックリスト映画人列伝』、作品社、2006 年。

□ 大島由起子『メルヴィル文学に潜む先住民──復讐の連鎖か福音か』、彩流社、2017 年。

□ 巽孝之『「白鯨」アメリカン・スタディーズ』、みすず書房、2005 年。

□ 西山智則『恐怖の表象──映画／文学における〈竜殺し〉の文化史』、彩流社、2016 年。

□ 蓮實重彦『ハリウッド映画史講義──翳りの歴史のために』、筑摩書房、1993 年。

□ 長谷川功一「赤狩りとジョン・ヒューストンの作家的転換──フィルム・ノワール『キー・ラーゴ』論」、『層──映像と表現』、vol. 4、北海道大学大学院文学研究科映像・表現文化論講座編、180-205 頁。

□ ヒューストン、ジョン『王になろうとした男──ジョン・ヒューストン』、宮本高晴訳、清流出版、2006 年。

□ メルヴィル、ハーマン『白鯨』、八木敏雄訳、岩波文庫、2004 年、全 3 巻。

□ Atkins, Thomas. "An Interview with Ray Bradbury." Peary, pp. 42-51.

□ Bradbury, Ray. *Moby Dick: Screenplay.* Edited by William F. Touponce, Subterranean

P, 2008.

Bryant, John. "'Moby-Dick': Politics, Textual Identity, and the Revision Narrative." *PMLA*, vol. 125, no. 4, 2019, pp. 1043-60.

Cahir, Linda Costanzo. "Routinizing the Charismatic: Melville and Hollywood's Three Moby-Dicks." *Melville Society Extracts*, no. 110, 1997, pp. 11-17.

Eller, Jonathan R. "Adapting Melville for the Screen: The *Moby Dick* Screenplay." *The New Ray Bradbury Review*, 2008, pp. 35-60.

——. "Ray Bradbury 1953-54 Screenplay." Bradbury, pp. 185-91.

Eydmann, Stuart. "The Concertina as an Emblem of the Folk Music Revival in the British Isles." *British Journal of Ethnomusicology*, vol. 4, 1995, pp. 41-49.

Ford, Dan. "A Talk with John Huston 1972." Long, pp. 21-29.

French, Brandon. "Lost at Sea." Peary, pp. 52-61.

Globel, Lawrence. "Playboy Interview: John Huston." Long, pp. 150-80.

Godley, John. *Living Like a Lord*. Houghton Mifflin, 1956.

Hammen, Scott. *John Huston*. Twayne, 1985.

Harker, Ben. "'Worker's Music: Communism and the British Folk Revival." *Red Strains: Music and Communism Outside the Communist Bloc*, edited by Robert Adlington, Oxford UP, 2013, pp. 89-104.

Herb, Kelly. "Moby Dick" IS "Great," with Few Reservations." *The Miami Daily News*, 6 July 1956, p. 5B.

Kaminsky, Stuart. *John Huston: Maker of Magic*. Houghton Mifflin, 1978.

Long, Robert Emmet, editor. *John Huston: Interviews*. UP of Mississippi, 2001.

McCarty, John. *The Films of John Huston*. Citadel Press, 1987.

Monahan, Kaspar. "Huston Hits Peak In 'Moby Dick.'" *The Pittsburg Press*, 19 July 1956, p. 22.

Moretti, Franco. *Signs Taken for Wonders: On the Sociology of Literary Forms*. Verso, 1983.

Patrick, Corbin. "'Moby Dick': Whale Hunt Is Thriller." *The Indiana Star*, 19 July 1956, p. 16.

Peary, Gerald, and Roger Shatzkin. *The Classic American Novel and the Movies*. Frederick Ungar Publishing, 1977.

Peloquin, David. "John Huston's 1956 Film *Moby Dick*: A 60th Anniversary Appreciation." *Leviathan*, vol. 19, no. 2, 2017, pp. 111-14.

Reynolds, Larry J. *European Revolutions and the American Literary Renaissance*. Yale UP, 1988.

Silber, Nina. "Abraham Lincoln and the Political Culture of New Deal America." *Journal of the Civil War Era*, vol. 5, no. 3, 2015, pp. 348-71.

Spanos, William V. *The Errant Art of Moby-Dick: The Canon, the Cold War, and the Struggle for American Studies*. Duke UP, 1995.

Stern, Milton R. "The Whale and the Minnow: *Moby Dick* and the Movies." *College*

English, vol. 17, no. 8, 1956, pp. 470-73.

□ Tatsumi, Takayuki. "Literary History on the Road: Transatlantic Crossings and Transpacific Crossovers." *PMLA*, vol. 119, no. 1, 2004, pp. 92-102.

□ ——. *Young Americans in Literature: The Post-Romantic Turn in the Age of Poe, Hawthorne and Melville*. Sairyusha, 2018.

＊本章の第 1 セクションは日本ナサニエル・ホーソーン協会東京支部例会（2018 年 9 月 29 日）、第 2 セクションは 12th International Melville Society Coference（2019 年 6 月 18 日）における口頭発表にそれぞれ加筆修正を施したものである。また、JSPS 科研費 JP16K16792 の助成を受けている。

［4］

映画資料

□ *The Adventures of Huckleberry Finn.* Directed by Michael Curtiz, MGM, 1960, Warner Home Video, 2003.

□ *The Adventures of Huckleberry Finn.* Directed by Richard Thorpe, MGM, 1939, Warner Archive, 2009.

□ *Huckleberry Finn.* Directed by J. Lee Thompson, Reader's Digest, 1974, MGM, 2004.

□『オズの魔法使い』、監督ビクター・フレミング、1939 年、ワーナー・ホーム・ビデオ、2010 年。

□『カサブランカ』、監督マイケル・カーティス、1942 年、ファーストトレーディング、2006 年。

□『スタートレック II カーンの逆襲』、監督ニコラス・メイヤー、1982 年、パラマウント ホーム エンタテインメント ジャパン、2007 年。

□『スーパーマン』、監督リチャード・ドナー、1978 年、ワーナー・ブラザース・ホーム エンターテイメント、2016 年。

□『ターミネーター』、監督ジェームズ・キャメロン、1984 年、20 世紀フォックス・ホーム・エンターテイメント・ジャパン、2018 年。

□『ターミネーター——新起動 / ジェニシス』、監督アラン・テイラー、2015 年、パラマウント、2015 年。

□『ティファニーで朝食を』、監督ブレイク・エドワーズ、1961 年、パラマウント・ジャパン、2016 年。

□『トム・ソーヤー＆ハックルベリー・フィン』、監督ジョー・カストナー、2014 年、トランスワールドアソシエイツ、2015 年。

□『トム・ソーヤーの大冒険』、監督ピーター・ヒューイット、1995 年、ブエナ・ビスタ・ホーム・エンターテイメント、2006 年。

□『ハック・フィンの冒険』、監督スティーヴン・サマーズ、ウォルト・ディズニー・ピクチャ、1993 年、ブエナ・ビスタ、2006 年。

□『ブラックパンサー』、監督ライアン・クーグラー、マーベル・スタジオ、2018 年、ウォルト・ディズニー・ジャパン、2018 年。

□『MUD——マッド』、監督ジェフ・ニコルズ、エベレスト・エンターテインメント他、2012 年、東宝、2014 年。

□『ロード・オブ・ザ・リング＆ホビット 劇場公開版 DVD コンプリート・セット』、監督ピーター・ジャクソン、ワーナー・ブラザース・ホームエンターテイメント、2016 年。

文献資料

□ トウェイン、マーク『ハックルベリィ・フィンの冒険』、山本長一訳、彩流社、1996 年。

□ Ellison, Ralph. *Invisible Man*. Vintage, 1995.

□ Loving, Jerome. *Confederate Bushwhacker: Mark Twain in the Shadow of the Civil War*. UP of New England, 2013.

□ Sattelmeyer, Robert, and J. Donald Crowley, editors. *One Hundred Years of Huckleberry Finn*. U of Missouri P, 1985.

□ Twain, Mark. *Adventures of Huckleberry Finn*. U of California P, 2002.

［5］

映画資料

□『鳩の翼』、監督イアン・ソフトリー、1997 年、DVD、パイオニア LDC、2000 年。

文献資料

□ ジェイムズ、ヘンリー『鳩の翼』、青木次生訳、国書刊行会、1983 年。

□ ジンメル、ゲオルグ『ジンメル・コレクション』、吉田禎吾／江川純一訳、ちくま学芸文庫、筑摩書房、2009 年。

□ 堤千佳子「欲望の構図——『鳩の翼』にみる資本主義的対立」、里見繁美／難波江仁美／中村善男編、『ヘンリー・ジェイムズ、いま——歿後百年記念論集』、英宝社、2016 年、226-39 頁。

□ ブローデル、フェルナン『都市ヴェネツィア』、岩崎力訳、同時代ライブラリー、岩波書店、1990 年。

□ Butler, Christopher. *Modernity*. Oxford UP, 2010.

□ Gale, Robert L. *A Henry James Encyclopedia*. Greenwood Press, 1989.

□ Hellwig, Harold. "Venice and the Decline of the West: Henry James, Mark Twain, and the Memorials of the Past." *Henry James Today*, edited by Rowe John Carlos, Cambridge Scholars Publishing, 2014.

□ Hughes, Clair. *Henry James and the Art of Dress*. Palgrave, 2001.

□ James, Henry. *The Wings of the Dove*. 1902. Charles Scribner's Sons, 1908. 2 vols.

□ McWhirter, David, editor. *Henry James in Context*. Cambridge UP, 2010.

□ Pippin, Robert B. *Henry James and Modern Moral Life*. Cambridge UP, 2000.

Rowe, John Carlos, and Eric Haralson, editors. *A Historical Guide to Henry James.* Oxford UP, 2012.

［6］

映画資料

□『エイジ・オブ・イノセンス』、監督マーティン・スコセッシ、出演ダニエル・デイ＝ルイス／ミシェル・ファイファー／ウィノラ・ライダー、コロンビア・ピクチャーズ、1993年、ソニー・ピクチャーズエンターテインメント、2002年。

文献資料

□ ウォートン、イーディス『無垢の時代』、佐藤宏子訳、荒地出版社、1995年。

□ トンプソン、デイヴィッド／イアン・クリスティ編『スコセッシ・オン・スコセッシ——私はキャメラの横で死ぬだろう』、宮本高晴訳、フィルムアート社、2002年。

Ammons, Elizabeth. "Cool Diana and the Blood-Red Muse: Edith Wharton on Innocence and Art." Wharton, *The Age of Innocence*, pp. 433-47.

Bauer, Dale M. "Whiteness and the Powers of Darkness in *The Age of Innocence*." Wharton, *The Age of Innocence*, pp. 474-82.

Boswell, Parley Ann. *Edith Wharton on Film.* Southern Illinois UP, 2007.

Cahir, Linda Costanzo. "Wharton and the Age of Film." *A Historical Guide to Edith Wharton*, edited by Carol J. Singley, Oxford UP, 2003, pp. 211-28.

Helmetag, Charles H. "Re-creating Edith Wharton's New York in Martin Scorsese's *The Age of Innocence.*" *Literature/Film Quarterly*, vol. 26, no. 3, 1988, pp. 162-65.

Joslin, Katherine. "*The Age of Innocence* and the Bohemian Peril." *The Age of Innocence*, edited by Carol J. Singley, Houghton Mifflin Company, 2000, pp. 411-14.

Kozloff, Sarah. "Complicity in *The Age of Innocence.*" *Style*, vol. 35, no. 2, 2001, pp. 270-88.

Lee, A. Robert. "Watching Manners: Martin Scorsese's *The Age of Innocence*, Edith Wharton's *The Age of Innocence.*" *The Classic Novel: From Page to Screen*, edited by Robert Giddings and Erica Sheen, Manchester UP, 2000, pp. 163-78.

Lewis, R. W. B. *Edith Wharton: A Biography.* Fromm International Publishing Corporation, 1985.

Orlando, Emily J. *Edith Wharton and the Visual Arts.* U of Alabama P, 2007.

Peucker, Brigitte. "Scorsese's *Age of Innocence*: Adaptation and Intermediality." Wharton, *The Age of Innocence*, pp. 506-14.

Scorsese, Martin and Jay Cocks. *The Age of Innocence: A Portrait of the Film Based on the Novel by Edith Wharton.* Newmarket Press, 1993.

Smith, Gavin. "Martin Scorsese Interviewed by Gavin Smith." *Film Comment*, vol. 29, Nov.-Dec. 1993, pp. 15-26.

☐ Taubin, Amy. "Dread and Desire." *Sight and Sound*, vol. 3, Dec. 1993, pp. 6-9.
☐ Wharton, Edith. *Summer*. Oxford UP, 2015.
☐ ——. *The Age of Innocence*. Edited by Candace Waid, Norton, 2003.

［7］

映画資料

☐『アメリカの悲劇』、監督ジョゼフ・スタンバーグ、出演フィリップ・ホームズ、パラマウント、1931 年、ジュネス企画、2017 年。
☐『陽のあたる場所』、監督ジョージ・スティーヴンス、出演モンゴメリー・クリフト／エリザベス・テイラー、パラマウント、1951 年、NBC ユニバーサル・エンターテイメント、2006 年。

文献資料

☐ ドライサー、シオドア『アメリカの悲劇』、大久保康雄訳、上下巻、新潮文庫、1978 年。
☐ Barbarow, George. "Dreiser's Place on the Screen." Pizer, pp. 326-28.
☐ Bulgakowa, Oksana. "Eisenstein and Paramount's Internal Battle." Pizer, pp. 292-95.
☐ Dreiser, Theodore. *An American Tragedy*. 1925. Signet Classics, 2010.
☐ ——. "Dreiser's Attorneys to Paramount, 26 June 1931." Pizer, pp. 313-15.
☐ ——. "Dreiser to Harrison Smith, 25 April 1931." Pizer, pp. 310-12.
☐ ——. "Dreiser to Jesse L. Lasky, 10 March 1931." Pizer, pp. 308-10.
☐ ——. "I Find the Real American Tragedy." 1935. *Resources for American Literary Study*, vol. 2, no. 1, Spring 1972, pp. 5-74.
☐ Eisenstein, Sergei. "'Collisions with American Realities: The 'Inner Monologue' Technique." Pizer, pp. 295-98.
☐ Eisenstein, Sergei, and Ivor Montagu. "'The Surface of Big Bittern Lake': A Sequence from Eisenstein's *An American Tragedy*." Pizer, pp. 298-300.
☐ Hussman, Lawrence E. "Not a "Whodunit' but a 'Hedunit.'" Pizer, pp. 319-21.
☐ Merck, Mandy. *Hollywood's American Tragedies: Dreiser, Eisenstein, Sternberg, Stevens*. Berg, 2007.
☐ Moers, Ellen. *Two Dreisers: The Man and the Novelist*. Thames and Hudson, 1969.
☐ Moss, Marilyn Ann. *Giant: George Stevens, a Life on Film*. Terrace Books, 2004.
☐ Parker, John. *Five for Hollywood: Their Friendship, Their Fame, Their Tragedies*. A Lyle Stuart Book, 1991.
☐ Pizer, Donald, editor. *Theodore Dreiser's* An American Tragedy: *A Documentary Volume*. *Dictionary of Literary Biography*, vol. 361. Gale Research, 2011

［8］

映画資料

□『華麗なるギャツビー』、監督ジャック・クレイトン、脚本 F・フォード・コッポラ、F・スコット・フィッツジェラルド原作、1974 年、DVD、パラマウント・ジャン、2004 年。

□『華麗なるギャツビー』、監督バズ・ラーマン、2013 年、ブルーレイ、ワーナー・ブラザース・ホームエンターテインメント、2013 年。

文献資料

□ 杉野健太郎「アダプテーションをめぐるポリティックス──『華麗なるギャツビー』の物語学」、『交錯する映画─アニメ・映画・文学』、杉野健太郎編、ミネルヴァ書房、2013 年、117-65 頁。

□──「アメリカン・ドリームの起源をめぐって──F. スコット・フィッツジェラルドとジェイムズ・トラスロウ・アダムズ」、『中・四国アメリカ文学研究』第 45 号、2009 年、1-12 頁。

□ フィッツジェラルド、F・スコット『グレート・ギャツビー』、村上春樹訳、中央公論新社、2006 年。

□ リオタール、ジャン＝フランソワ『ポスト・モダンの条件──知・社会・言語ゲーム』、小林康夫訳、書肆風の薔薇、1986 年。

□ Curnutt, Kirk. *"The Great Gatsby and the 1920s." The Cambridge History of the American Novel*, general editor, Leonard Cassuto, Cambridge UP, 2011, pp. 639-52.

□ Elsaesser, Thomas. "The "Return" of 3-D: On Some of the Logics and Genealogies of the Image in the Twenty-First Century." *Critical Inquiry,* vol. 39, no. 2, Winter 2013, pp. 217-46.

□ Fitzgerald, F. Scott. *The Great Gatsby.* 1925. Cambridge UP, 1991.

□ Fraser, Keath, "Another Reading of *The Great Gatsby." English Studies in Canada*, vol. 5 Autumn 1979, pp. 330-43.

□ Kelly, Richard T. "On Filming F. Scott Fitzgerald's Acclaimed Novel: An Interview with Baz Luhrmann." *The Great Gatsby.* by F. Scott Fitzgerald, Picacor, 2013, pp. v-xx.

□ Lucia, Cynthia, Roy Grundmann and Art Simon, editors. "Setting the Stage: American Film History, 1991 to the Present." *American Film History: Selected Readings, 1960 to the Present.* Wiley Blackwell, 2016, pp. 308-29.

□ Morgan, Tom. "Sentimentalizing Daisy for the Screen." *The F. Scott Fitzgerald Review* vol. 12, 2014, pp. 13-31.

□ Suwabe, Koichi. "'It's a Man's Book': Fitzgerald's Double Vision and Nick Carraway's Narrative/Gender Performance in *The Great Gatsby." Studies in English Literature*, vol. 46, 2005, pp. 157-73.

□ Tredell, Nicolas. *Fitzgerald's* The Great Gatsby. Continuum, 2007.

□ Trilling, Lionel. *The Liberal Imagination: Essays on Literature and Society*. 1950. New York Review Books, 2008.

［9］

映画資料

□『噂の二人』、監督ウィリアム・ワイラー、脚本ジョン・マイケル・ヘイズ、1961 年、DVD、20 世紀フォックス・ホームエンターテインメントジャパン株式会社。

□『この三人』、監督ウィリアム・ワイラー、脚本リリアン・ヘルマン、1936 年、DVD、株式会社ブロードウェイ。

文献資料

□ 逢坂剛／川本三郎『わが恋せし女優たち』、七つ森書館、2014 年。

□ 木谷佳楠『アメリカ映画とキリスト教――120 年の関係史』、キリスト新聞社、2016 年。

□ ハッチオン、リンダ『アダプテーションの理論』、片渕悦久／鴨川啓信／武田雅史訳、晃洋書房、2012 年。

□ フェダマン、リリアン『レズビアンの歴史』、富岡明美／原美奈子訳、筑摩書房、1996 年。

□ ヘルマン、リリアン『子供の時間』、小池美佐子訳、新水社、1980 年。

□ 若山浩「『子供の時間』の劇構造について」、『アメリカ演劇：リリアン・ヘルマン特集』第 7 号、全国アメリカ演劇研究者会議、法政大学出版局、1994 年、3-16 頁。

□ Adam, Peter. "Unfinished Woman." 1978. *Conversations with Lillian Hellman*, pp. 218-31.

□ Adler, Thomas P. "Lillian Hellman: Feminism, Formalism, and Politics." *The Cambridge Companion to American Women Playwrights*, edited by Brenda Murphy, Cambridge UP, 1999, pp. 118-33.

□ Albert, Jan. "Sweetest Smelling Baby in New Orleans." 1975. *Conversations with Lillian Hellman*. pp. 165-78.

□ Atkinson, Brooks. "'The Children's Hour,' Being a Tragedy of Life in a Girls' Boarding House." *The New York Times*, November 21, 1934, p. 23.

□ Benchley, Robert. *Benchley at the Theatre: Dramatic Criticism, 1920-1940*, edited by Charles Getchell, The Ipswich Press, 1985.

□ Bigsby, C.W.E. *A Critical Introduction to Twentieth-Century American Drama. Volume One 1900-1940*. Cambridge UP, 1982.

□ Bryer, Jackson R., editor. *Conversations with Lillian Hellman*. UP of Mississippi, 1986.

□ Fleche, Anne. "The Lesbian Rule: Lillian Hellman and the Measures of Realism." *Modern Drama* vol. 39, 1996, pp. 16-30.

□ Gardner, Fred. "An Interview with Lillian Hellman." 1968. *Conversations with Lillian Hellman*. pp. 107-23.

□ Gilroy, Harry. "The Bigger the Lie." 1952. *Conversations with Lillian Hellman*. pp. 24-26.

☐ Hart, Lynda. "Canonizing Lesbians?" *Modern American Drama: The Female Canon*, edited by June Schulueter, Fairleigh Dickinson UP, 1990, pp. 275-92.
☐ Hellman, Lillian. *Four Plays by Lillian Hellman*. Random House, 1942.
☐ ──. *Six Plays by Lillian Hellman. (The Children's Hour, Days to Come, The Little Foxes, Watch on the Rhine, Another Part of the Forest, The Autumn Garden)*. Vintage Books, 1979.
☐ Miller, Gabriel. *William Wyler: The Life and Films of Hollywood's Most Celebrated Director*. UP of Kentucky, 2013.
☐ ──, edtor. *William Wyler Interviews*. UP of Mississippi, 2010.
☐ Russo, Vito. *The Celluloid Closet: Homosexuality in the Movies*. Revised Edition, Harper & Row, Publishers, 1987.
☐ Sinyard, Neil. *A Wonderful Heart: The Films of William Wyler*. McFarland & Company, Inc., Publishers, 2013. (Kindle)

[10]

映画資料
☐『怒りの葡萄』、監督ジョン・フォード、1940 年、20 世紀フォックス、2012 年。
☐『七人の侍』、監督 黒澤明、出演 三船敏郎、1954 年、東宝、2002 年。
☐『家族』、監督 山田洋次、出演 倍賞千恵子、1970 年、松竹、2012 年。

音楽資料
☐ Guthrie, Woody. *Dust Bowl Ballads*. 1940. Buddha, 2000.
☐ Springsteen, Bruce. *The Ghost of Tom Joad*. ソニー・ミュージック、1995 年。

文献資料
☐ 芦原伸『西部劇を極める事典』、天夢人、2018 年。
☐ スタインベック、ジョン『怒りのぶどう』、中山喜代市訳、大阪教育図書、1997 年。
☐ ──「怒りのぶどう」創作日誌／「エデンの東」創作日誌』、中田裕二／八淵竜成／川田郁子訳、大阪教育図書、1999 年。
☐ 東理夫『ルート 66──アメリカ・マザーロードの歴史と旅』、丸善ライブラリー、1997 年。
☐ 中山喜代市『人と思想──ジョン・スタインベック』、清水書院、2009 年。
☐ ブルーダー、ジェシカ『ノマド──漂流する高齢労働者たち』、鈴木素子訳、春風社、2018 年。
☐ 吉田広明『西部劇論──その誕生から終焉まで』、作品社、2018 年。
☐ Archer, Neil. *The Road Movie: In Search of Meaning*. Columbia UP, 2016.
☐ Bruder, Jessica. *Nomadland: Surviving America in the 21st Century*. Norton, 2017.
☐ Cohen, Donald D. *Depression Folk: Grassroots Music and Left-Wing Politics in 1930s America*. U of North Carolina P, 2016.
☐ Custen, George F. *Twentieth Century's Fox: Darryl F. Zanuck and the Culture of Hollywood*.

Basic Books, 1997.

☐ Frazier, Adrian Woods. *Hollywood Irish: John Ford, Abbey Actors and the Irish Revival in Hollywood.* Lilliput Press, 2010.

☐ Gregory James N. *American Exodus: The Dust Bowl Migration and Okie Culture in California.* Oxford UP, 1991.

☐ Krim, Arthur. *Route 66: Iconography of the American Highway.* Center for American Places, 2005.

☐ Lourdeaux, Lee. *Italian and Irish filmmakers in America: Ford, Capra, Coppola, and Scorsese.* Temple UP, 1990.

☐ Mayer, Vicki, et al., editors. *Production Studies: Cultural Studies of Media Studies.* Routledge, 2009.

☐ McBride, Joseph. *Searching for John Ford: A Life.* St. Martin's P, 2001.

☐ Parini, Jay. *John Steinbeck: A Biography.* Henry Holt, 1995.

☐ Sobchack, Vivian C. "*The Grapes of Wrath* (1940): Thematic Emphasis through Visual Style." *American Quarterly*, vol. 31, no. 5, 1979, pp. 596-615.

☐ Steinbeck, John. "Foreword." *Hard Hitting Songs for Hard-Hit People*, edited by Alan Lomax, 1967, Bison Books, 2012.

☐ ——. *The Grapes of Wrath & Other Writings 1936-1941.* Library of America, 1996.

☐ ——. *Working Days: The Journals of* The Grapes of Wrath. Viking, 1989.

［11］

映画資料

☐『欲望という名の電車』、監督エリア・カザン、出演ビビアン・リー／マーロン・ブランド、ワーナー・ブラザーズ、1951 年、ワーナー・ホーム・ビデオ、1993 年。

文献資料

☐ ウィリアムズ、テネシー『回想録』、鳴海四郎訳、白水社、1978 年。

☐ ——『欲望という名の電車』、小田島雄志訳、新潮文庫、1988 年。

☐ 内田樹『映画の構造分析——ハリウッド映画で学べる現代思想』、晶文社、2003 年。

☐ ハスケル、モリー『崇拝からレイプへ——映画の女性史』、海野弘訳、平凡社、1992 年。

☐ Adler, Thomas P. A Streetcar Named Desire: *The Moth and the Lantern.* Twain Publishers, 1990.

☐ Corrigan, Mary A. "Realism and Theatricalism in *A Streetcar Named Desire.*" *Essays on Modern American Drama: Williams, Miller, Albee, and Shepard*, U of Toronto P, 1987, pp. 27-38.

☐ Devlin, Albert J., editor. *Conversations with Tennessee Williams.* UP of Mississippi, 1986.

☐ DiLeo, John. *Tennessee Williams and Company: His Essential Screen Actors.* Hansen

Publishing Group, 2010.

☐ Ibell, Paul. *Tennessee Williams.(Critical Lives)* Reaktion Books, 2016.

☐ Haskell, Molly. *From Reverence to Rape: The Treatment of Women in the Movies.* 3rd ed., U of Chicago P, 2016.

☐ Lahr, John. *Tennessee Williams: Mad Pilgrimage of the Flesh.* Bloomsbury Circus, 2014.

☐ McCnachie, Bruce. "All in the Timing: The Meanings of *Streetcar* in 1947 and 1951." *The Theatre of Tennessee Williams,* edited by Brenda Murphy, Bloomsbury, 2014, pp. 181-205.

☐ Murphy, Brenda. *Tennessee Williams and Elia Kazan.* Cambridge UP, 1992.

☐ O'Connor, Jacqueline. *Law and Sexuality in Tennessee Williams's America.* Fairleigh Dickinson UP, 2016.

☐ Palmer, R. Barton. "Hollywood in Crisis: Tennessee Williams and the Evolution of the Adult Film." *The Cambridge of Companion to Tennessee Williams,* edited by Matthew C. Roudané, Cambridge UP, 1997, pp. 204-31.

☐ Palmer, R. Barton, and William Robert Bray. *Hollywood's Tennessee: The Williams Films and Postwar America.* U of Texas P, 2009.

☐ Phillips, Gene, D. S.J. *"A Streetcar Named Desire:* Play and Film." *Confronting Tennessee Williams's A Streetcar Named Desire: Essays in Critical Pluralism,* edited by Philip C. Kolin, Greenwood Press, 1993, pp. 223-35.

☐ Porter, Darwin, and Danforth Prince. *Pink Triangle: The Feuds and Private Lives of Tennessee Williams, Gore Vidal, Truman Capote, and Members of their Entourages.* Blood Moon Productions, 2014.

☐ Thornton, Margaret Bradham, editor. *Notebooks Tennessee Williams.* Yale UP, 2006.

☐ Williams, Tennessee. *Memoirs.* Doubleday and Company, 1975.

☐ ——. *A Streetcar Named Desire. Tennessee Williams: Plays 1937-1955.* The Library of America, 2000.

☐ Wilmeth, Don B, and Christopher Bigsby, editors. *The Cambridge History of American Theatre. Vol. III. Post-World War II to the 1990.* Cambridge UP, 2000.

[12]

映画資料

☐『ロング・グッドバイ』、監督ロバート・アルトマン、20世紀フォックス・ホーム・エンターテイメント・ジャパン、2005年。

☐『ロング・グッドバイ』、演出堀切園健太郎、NHKエンタープライズ、2014年。

文献資料

☐小野智恵『ロバート・アルトマン 即興性のパラドクス——ニュー・シネマ時代のスタイル』、勁草書房、2016年。

□ 諏訪部浩一『ノワール文学講義』、研究社、2014 年。

□ チャンドラー、レイモンド『長いお別れ』、清水俊二訳、ハヤカワ文庫、1976 年。

□ ──『ロング・グッドバイ』、村上春樹訳、ハヤカワ文庫、2010 年。

□ Abbott, Megan E. *The Street Was Mine: White Masculinity in Hardboiled Fiction and Film Noir*. Palgrave Macmillan, 2002.

□ Altman, Robert. *Altman on Altman*. Edited by David Thompson, Faber and Faber, 2006.

□ Brackett, Leigh. "From *The Big Sleep* to *The Long Goodbye*." *The Big Book of Noir*, edited by Ed Gorman, et al., Carroll and Graf, 1998, pp. 137-41.

□ Chandler, Raymond. *Later Novels and Other Writings*. Library of America, 1995.

□ Ferncase, Richard K. "Robert Altman's *The Long Goodbye*: Marlowe in the Me Decade." *The Journal of Popular Culture*, vol. 25, no. 2, 1991, pp. 87-90.

□ Gregory, Charles. "*The Long Goodbye*." *Film Quarterly*, vol. 26, no. 4, 1973, pp. 46-48.

□ Irwin, John T. *Unless the Threat of Death Is behind Them: Hard-Boiled Fiction and Film Noir*. Johns Hopkins UP, 2006.

□ Jameson, Fredric. *Raymond Chandler: The Detections of Totality*. Verso, 2016.

□ Luhr, William. *Raymond Chandler and Film*. 2nd ed., Florida State UP, 1991.

□ Maine, Barry. "Rotten to the Core: Voyeurism in the Detective Film." *The Virginia Quarterly Review*, vol. 61, no. 1, 1985, pp. 106-16.

□ Marling, William. *Raymond Chandler*. Twayne, 1986.

□ Niemi, Robert. *The Cinema of Robert Altman: Hollywood Maverick*. Wallflower, 2016.

□ Pendo, Stephen. *Raymond Chandler on Screen: His Novels into Film*. Scarecrow, 1976.

□ Phillips, Gene D. *Creatures of Darkness: Raymond Chandler, Detective Fiction, and Film Noir*. UP of Kentucky, 2000.

□ Porter, Dennis. "The Private Eye." *The Cambridge Companion to Crime Fiction*, edited by Martin Priestman, Cambridge UP, 2003, pp. 95-113.

□ Swires, Steve. "Leigh Brackett: Journeyman Plumber." *Backstory Two: Interviews with Screenwriters of the 1940s and 1950s*, edited by Patrick McGilligan, U of California P, 1997, pp. 15-26.

□ Ward, Elizabeth. "The Post-Noir P. I.: *The Long Goodbye* and *Hickey and Boggs*." *Film Noir Reader*, edited by Alain Silver and James Ursini, Limelight, 1996, pp. 237-41.

[13]

映画資料

□『ブレードランナー』、監督リドリー・スコット、出演ハリソン・フォード／ルトガー・ハウアー、ラッド・カンパニー、1982、1992、2007 年、ワーナー・ブラザーズ、2017 年。

□ *Blade Runner*. Directed by Ridley Scott, performance by Harrison Ford and Rutger Hauer, The Ladd Company, 1982, 1992, 2007. Warner Bros., 2011.

☐ *Dangerous Days: Making* Blade Runner. Directed by Charles de Lauzirika, Lauzirika Motion Picture Company, 2007. *Blade Runner.*

☐ Dick, Philip K. "The *Blade Runner* Interviews." Interviewed by Paul M. Sammon. *Blade Runner.*

☐ "The Electric Dreamer: Remembering Philip K. Dick." Directed by Charles de Lauzirika, The *Blade Runner* Partnership, 2007. *Blade Runner.*

文献資料

☐ 加藤幹郎「フィリップ・K・ディック──真実の観察者」、『ハリウッドの時代』、加藤幹郎編、朝日新聞社、2000 年、122-25 頁。週刊朝日百科 世界の文学 44。

☐ 添野知生「『ブレードランナー』」、『80 年代アメリカ映画 100』、渡部幻編、芸術新聞社、2011 年、74-75 頁。

☐ ディック、フィリップ・K、『アンドロイドは電気羊の夢を見るか？』、浅倉久志訳、早川書房、1977 年。

☐ 中子真治監修『ブレードランナー究極読本＆近未来 SF 映画の世界』、洋泉社、2017 年。

☐ Baldwin, Douglas G. *"2001: A Space Odyssey* (1968)." *The Encyclopedia of Novels into Film,* edited by John C. Tibbetts and James M. Welsh, Facts On File, 1998, pp. 440-42.

☐ Booker, M. Keith. *Historical Dictionary of Science Fiction Cinema.* Scarecrow, 2010. Historical Dictionaries of Literature and the Arts 44.

☐ Brandon, James M. *"Blade Runner." Movies in American History: An Encyclopedia,* edited by Philip C. DiMare, vol. 1, ABC-CLIO, 2011, pp. 46-47. 3 vols.

☐ D'Ammassa, Don. *Encyclopedia of Science Fiction: The Essential Guide to the Lives and Works of Science Fiction Writers.* Facts On File, 2005.

☐ Dick, Philip K. "The Android and the Human." Sutin, *Shifting Realities,* pp. 183-210.

☐ ——. *Do Androids Dream of Electric Sheep?. Four Novels of the 1960s: The Man in the High Castle; The Three Stigmata of Palmer Eldritch; Do Androids Dream of Electric Sheep?; Ubik,* edited by Jonathan Lethem, Library of America, 2007, pp. 431-608.

☐ ——. "How to Build a Universe That Doesn't Fall Apart Two Days Later." Sutin, *Shifting Realities,* pp. 259-80.

☐ ——. "Man, Android, and Machine." Sutin, *Shifting Realities,* pp. 211-32.

☐ ——. "Naziism and *The High Castle.*" Sutin, *Shifting Realities,* pp. 112-17.

☐ Faulkner, William. *Faulkner in the University.* Edited by Frederick L. Gwynn and Joseph L. Blotner, UP of Virginia, 1959.

☐ IMDb.com. "All Time Box Office: Worldwide Grosses." *Box Office Mojo,* 2019, https://www.boxofficemojo.com/alltime/world/. Accessed 5 Aug. 2019.

☐ Nama, Adilifu. *Black Space: Imagining Race in Science Fiction Film.* U of Texas P, 2008.

☐ Raw, Laurence. *The Ridley Scott Encyclopedia.* Scarecrow, 2009.

☐ Rowlands, Mark. *The Philosopher at the End of the Universe: Philosophy Explained through Science Fiction Films*. Ebury, 2005.

☐ Sammon, Paul M. *Future Noir: The Making of* Blade Runner. Harper, 1996.

☐ Sutin, Lawrence. *Divine Invasions: A Life of Philip K. Dick*. Carroll & Graf, 2005.

☐ ——, editor. *The Shifting Realities of Philip K. Dick: Selected Literary and Philosophical Writings*. Vintage, 1995.

☐ Wagner, Jeff. "In the World He Was Writing About: The Life of Philip K. Dick." *Foundation*, vol. 34, 1985, pp. 69-96.

☐ Wheale, Nigel. "*Blade Runner* (1982, 1992)." *The Routledge Encyclopedia of Film*, edited by Sarah Barrow, Sabine Haenni, and John White, Routledge, 2015, pp. 91-94.

☐ Whitman, James Q. *Hitler's American Model: The United States and the Making of Nazi Race Law*. Princeton UP, 2017.

☐ Williams, Paul. *Only Apparently Real: The World of Philip K. Dick*. Entwhistle, 1986.

☐ Wilson, Charles Reagan, editor. *The New Encyclopedia of Southern Culture*. Vol. 13, U of North Carolina P, 2009. 24 vols.

[14]

映画資料

☐ *Capote*, directed by Bennett Miller, performance by Phillip Seymour Hoffman, Sony Pictures Classics, 2005.『カポーティ』、ソニー・ピクチャーズエンターテインメント。

☐ *In Cold Blood Trailer*, Turner Classic Movies『冷血』、ハピネット。

☐ http://www.tcm.com/mediaroom/video/156643/In-Cold-Blood-Original-Trailer-.html

☐ *In Cold Blood*, directed by Richard Brooks, performance by Robert Blake and Scott Wilson, Columbia Pictures, 1967.

☐ *Stranger with a Camera*, directed by Elizabeth Barret, Appalshop, 2000.

文献資料

☐ クラーク、ジェラルド『カポーティ』、中野圭二訳、文芸春秋、1999 年。

☐ 中垣恒太郎、「『ノンフィクション・ノヴェル』再考――『冷血』と映画『カポーティ』に見る視点の問題」、『英米文化』37 号、2007 年、pp. 115-32。

☐ ハッチオン、リンダ『アダプテーションの理論』、片渕悦久／鴨川啓信／武田雅史訳、晃洋書房、2012 年。

☐ 波戸岡景太『映画原作派のためのアダプテーション入門――フィッツジェラルドからピンチョンまで』、彩流社、2017 年。

☐ Capote, Truman. *In Cold Blood: A True Account of a Multiple Murder and Its Consequences*. 1965. Vintage Books, 1993.

☐ "Kentuckian Gets 10 Years in Jail for Killing Canada Filmmaker." *New York Times*, March 25, 1969, p. 30.

☐ Tynan, Kenneth. "The Kansas Farm Murders." *The Critical Response to Truman Capote*, edited by Joseph J. Waldmeir and John C. Waldmeir, Greenwood Press, 1999, pp. 129-34.

☐ Voss, Ralph F. *Trunan Capote: And the Legacy* of In Cold Blood. U of Alabama, 2011.

☐ Wolfe, Thomas and E. W. Johnson, editors. *The New Journalism*. Harper and Row, 1973.

［15］

映画資料

☐『カラーパープル』、監督スティーヴン・スピルバーグ、脚本メイ・メイエス、アリス・ウォーカー原作、1985年、DVD、ワーナー・ホームビデオ、2003年。

☐『カラーパープル──小説から映画へ』監督ローレント・ボーゼロー、DVD、ワーナー・ホームビデオ、2003年。

文献資料

☐ 岩本憲児／武田潔／斎藤綾子編『新映画理論集成①歴史／人種／ジェンダー』、フィルムアート社、1998年。

☐ ウォーカー、アリス『カラーパープル』、柳沢由実子訳、集英社、1986年。

☐ ショハット、エラ、ロバート・スタム『支配と抵抗の映像文化──西洋中心主義と他者を考える』、早尾貴紀監訳、内田（蓼沼）理絵子／片岡恵美訳、法政大学出版局、2019年。

☐ 加藤幹郎『映画ジャンル論──ハリウッド映画史の多様なる芸術主義』、文遊社、2016年。

☐ ──『映画のメロドラマ的想像力』、フィルムアート社、1988年。

☐ 武田悠一「見ている／知っているのは誰か──〈語り〉のアダプテーションをめぐって」『アダプテーションとは何か／映画批評の理論と実践』、岩田和男／武田美保／武田悠一編、世織書房、2017年、49-81頁。

☐ 竹村和子『彼女は何を視ているのか──映像表現と欲望の深層』、河野貴代美／新田啓子編、作品社、2012年。

☐ Barthes, Roland. *Image, Music, Text*, translated by Stephen Heath. Hill and Wang, 1977.

☐ Benshoff, Harry M., and Sean Griffin. *America on Film: Representing Race, Class, Gender, and Sexuality at the Movies*. Wiley-Blackwell, 2009.

☐ Bobo, Jacqueline. "*The Color Purple*: Black Women as Cultural Readers." *Female Spectators: Looking at Film and Television*, edited by E. Deidre Pribram, Verso, 1988, pp. 90-109.

☐ Bogle, Donald. *Toms, Coons, Mulattoes, Mammies and Bucks*. 5th ed., Bloomsbury, 2016.

☐ Breskin, David. "Steven Spielberg." *Rolling Stone*, 24 October, 1985. pp. 22-24, 70-

72, 74, 76-80.

Collins, Glenn. "New Departures for Two Major Directors." *New York Times*, December 15, 1985, Section 2, p. 1.

Digby, Joan. "From Walker to Spielberg: Transformation of *The Color Purple.*" *Novel Images: Literature in Performance*, edited by Peter Reynolds, Routledge, 1993, pp. 157-74.

Faderman, Lillian. "What Is Lesbian Literature? Forming a Historical Canon." *Professions of Desire: Lesbian and Gay Studies in Literature*, edited by George H. Haggerty and Bonnie Zimmerman, The Modern Language Association of America, 1995, pp. 45-59.

Freer, Ian. *The Complete Spielberg*. Virgin, 2001.

Friedman, Lester D. *Citizen Spielberg*. U of Illinois P, 2006.

Gledhill, Christine, editor. *Home Is Where The Heart Is: Studies in Melodrama and the Woman's Film*. British Film Institute, 1987.

Haskell, Molly. *Steven Spielberg: A Life in Films*. Yale UP, 2017.

Kaplan, E. Ann. *Motherhood and Representation: The Mother in Popular Culture and Melodrama*. Routledge, 1992.

Luhr, William. "Adapting *Farewell, My Lovely.*" *A Companion to Literture and Film*, edited by Robert Stam and Alessandra Raengo, Blackwell, 2004, pp. 276-97.

Lyman, Rick. "A Director's Journey into a Darkness of the Heart." *New York Times*, June 24, 2001, Section 2, p.24.

Mercer, John, and Martin Shingler. *Melodrama: Genre, Style and Sensibility*. Columbia UP, 2004.

Schatz, Thomas. *Hollywood Genres: Formulas, Filmmaking, and the Studio System*. Temple University Press, 1981.

Shattuc, Jane. "Having a Good Cry over *The Color Purple*: The Problem of Affect and Imperialism in Feminist Theory." *Melodrama: Stage, Picture, Screen*, edited by Jacy Bratton, Jim Cook, and Christine Glendhill, British Film Institute, 1994, pp. 146-56.

Shohat, Ella, and Rober Stam. *Unthinking Eurocentrism: Multiculturalism and the Media*. New ed., Routledge, 2014.

Stam, Robert. "Introduction: The Theory and Practice of Adaptation." *Literature and Film: A Guide to the Theory and Practice of Film Adaptation*, edited by Robert Stam and Alessandra Raengo, Blackwell, 2005, pp. 1-52.

Walker, Alice. *The Color Purple*. 1982. Harcourt, 2003.

——. *The Same River Twice: Honoring the Difficult, A Meditation on Life, Spirit, Art, and the Making of the Film The Color Purple Ten Year Later*. Charles Scribner's Son's, 1996.

Whitt, Jan. "What Happened to Celie and Igie?: 'Apparitional Lesbians' in American Film." *Studies in Popular Culture*, vol. 27, no. 3, April 2005, pp. 43-57.

☐ Woll, Allen. "*The Color Purple:* Translating the African American Novel for Hollywood." *Twentieth-Century American Fiction on Screen,* edited by R. Barton Palmer, Cambridge UP, 2007, pp. 191-201.

[16]

映画資料

☐『白いカラス』監督ロバート・ベントン／脚本ニコラス・メイヤー、フィリップ・ロス原作、2003 年、DVD (US 公開ヴァージョン、日本公開ヴァージョン所収)、ハピネット・ピクチャーズ、2006 年。

文献資料

☐ エリスン、ラルフ『見えない人間』(Ⅰ) (Ⅱ)、松本昇訳、南雲堂、2014 年。橋本福夫訳、早川書房、1961 年。

☐ ゲーツ、デイヴィッド「『小説』という名の真実」、*Newsweek* (日本版)、2000 年 5 月 24 日、62-63 頁。

☐ サリンジャー、J・D『ライ麦畑でつかまえて』、野崎孝訳、白水Uブックス、1984 年。

☐ 杉澤伶維子『フィリップ・ロスとアメリカ　後期作品論』、彩流社、2018 年。

☐ ソポクレス『オイディプス王』、藤沢令夫訳、岩波文庫、1967 年。

☐ ハッチオン、リンダ『アダプテーションの理論』、片渕悦久／鴨川啓信／武田雅史訳、晃洋書房、2012 年。

☐ 波戸岡景太『映画原作者のためのアダプテーション入門──フィッツジェラルドからピンチョンまで』、彩流社、2017 年。

☐ ベンヤミン、ヴァルター『暴力批判論　他十篇』、ベンヤミンの仕事1、野村修編訳、岩波文庫、1994 年。

☐ ロス、フィリップ『ヒューマン・ステイン』、上岡伸雄訳、集英社、2004 年。

☐ Armour, Terry. " 'Human Stain's' Chicago Connection." *Chicago Tribune,* Nov. 2, 2004. http://www.chicagotribune.com/news/ct-xpm-2003-11-02-0311020344-story.html.

☐ Benton, Robert. "Interviews: Robert Benton on 'The Human Stain.'" *One Guys Opinion.* Oct. 30, 2003. http://www.oneguysopinion.com/robert-benton-on-the-human-stain/.

☐ Bradshaw, Peter. "The Human Stain." *The Guardian,* Jan. 23, 2004. https://www.theguardian.com/film/News_Story/Critic_Review/Guardian_Film_of_the_week/0,,1128833,00.html.

☐ Cahir, Linda Constanzo. *Literature into Film: Theory and Practical Approaches.* McFarland & Company, Inc., Publishers, 2006. Kindle.

☐ Ebert, Roger. "The Human Stain Movie Review & Film Summary." 2003. https://www.rogerebert.com/reviews/the-human-stain-2003.

Ellison, Ralph. *Invisible Man.* Penguin, 1952.

Franco, Dean. "Race, Recognition, and Responsibility in *The Human Stain.*" *Philip Roth:* American Pastoral, The Human Stain, The Plot Against America, edited by Debra Shostak, Continuum, 2011, pp. 65-79.

Holleran, Scott. "Interview: Robert Benton on 'The Human Stain.'" *Box Office Mojo*, Nov. 23, 2003. https://www.boxofficemojo.com/features/?id=1260&p=.htm.

La Salle, Mick. "'Human Stain' Doesn't Quite Wash/ Philip Roth Adaptation a Nice Effort but Ultimately Unbelievable." *SFGate*, Oct. 31, 2003. https://www.sfgate.com/movies/article/Human-Stain-doesn-t-quite-wash-Philip-Roth-2579824.php.

McGrath, Charles. "Zuckerman's Alter Brain." *The New York Times on the Web*, May, 7, 2000. http://movies2.nytimes.com/books/00/05/07/reviews/000507.07mcgrat.html.

Morley, Catherine. "Possessed by the Past: History, Nostalgia, and Language in *The Human Stain.*" *Philip Roth:* American Pastoral, The Human Stain, The Plot Against America, edited by Debra Shostak, Continuum, 2011, pp. 80-92.

Norman, Neil. "Dark Secrets of the Past." *London Evening Standard*, Jan. 22, 2004. https://www.standard.co.uk/go/london/film/dark-secrets-of-the-past-7437550.html.

Parrish, Timothy. "Becoming Black: Zuckerman's Bifurcating Self in *The Human Stain.*" *Philip Roth: New Perspectives on an American Author*, edited by Derek Parker Royal, Praeger Publishers, 2005, pp. 209-23.

Rainer, Peter. "Identity Crisis." *New York Movie Review*, http://nymag.com/nymetro/movies/reviews/n_9417/

Roth, Philip. *The Ghost Writer.* Vintage International.1979.

—. *The Human Stain.* Vintage International, 2000.

Salinger, J. D. *Catcher in the Rye.* Penguin Books, 1951.

Scott, A. O. "Film Review: Secrets of the Skin, And of the Heart." *The New York Times*, Oct. 31, 2003. https://www.nytimes.com/2003/10/31/movies/film-review-secrets-of-the-skin-and-of-the-heart.html.

Seeley, Gabrielle, and Jeffrey Rubin-Dorsky. "'The Pointless Meaningfulness of Living': Illuminating *The Human Stain* through *The Scarlet Letter.*" *Philip Roth:* American Pastoral, The Human Stain, The Plot Against America, edited by Debra Shostak, Continuum, 2011, pp. 93-109.

Shostak, Debra. "Part II *The Human Stain* Introduction."*Philip Roth:* American Pastoral, The Human Stain, The Plot Against America, edited by Debra Shostak, Continuum, 2011.

[17]

映画資料

□『ノーカントリー』、監督ジョエル・コーエン／イーサン・コーエン、出演トミー・リー・ジョーンズ／ハビエル・バルデム／ジョシュ・ブローリン、ミラマックス、2007年、パラマウント・ジャパン、2008年。

□『ミラーズ・クロッシング』（スペシャル・エディション）、監督ジョエル・コーエン、製作イーサン・コーエン、出演ガブルエル・バーン、20世紀フォックス、1990年、20世紀フォックス・エンターテインメント・ジャパン、2014年。

文献資料

□ 石井直志「訳者あとがき」、ヴィヴィリオ、280-87頁。

□ ヴィヴィリオ、ポール『戦争と映画』、石井直志／千葉文夫訳、平凡社、1999年。

□ 大地真介「アメリカ南部の〈国境〉のゆらぎ──『サンクチュアリ』とコーマック・マッカーシーの『老人の住む国にあらず』」、『フォークナー文学の水脈』、花岡秀監修、藤平育子／中良子編、彩流社、2018年、176-92頁。

□ 梶原克教「アダプテーションと映像の内在的論理──『ノーカントリー』における遅延を例に」、『アダプテーションとは何か──文学／映画批評の理論と実践』、岩田和男／武田美保子／武田悠一編、世織書房、2017年、119-45頁。

□ 萱野稔人『カネと暴力の系譜学』、河出書房新社、2006年。

□ キルケゴール『イロニーの概念（上）』キルケゴール著作集第20巻、飯島宗享／福島保夫訳、白水社、1966年。

□ 黒田邦男「ルネ・マグリットに通じるシュールレアリスム性」、『フィルムメーカーズ⑤ コーエン兄弟』、ロバート・ハリス責任編集、1998年、126-29頁。

□ プリンス、ジェラルド『物語論辞典』、遠藤健一訳、松柏社、1991年。

□ ベンヤミン、ヴァルター「複製技術時代の芸術作品」、『ベンヤミン・コレクション1 近代の意味』浅井健二郎編訳、久保哲司訳、ちくま学芸文庫、1995年、583-640頁。

□ 山口和彦「シニシズムの先へ──*No Country for Old Men*における『例外状態』『戦争』『暴力』」、『英學論考』、44号、東京学芸大学英語合同研究室、2015年、69-83頁。

□ 渡邉克昭『楽園に死す──アメリカ的想像力と〈死〉のアポリア』、大阪大学出版会、2016年。

□「Production Notes」、『ノーカントリー』(劇場用パンフレット)、東宝(株)出版、2008年、n.p.

□「ジョエル・コーエン＆イーサン・コーエン インタヴュー」、『ノーカントリー』(劇場用パンフレット)、東宝（株）出版、2008年、n.p.

□ Butler, Judith. *Frames of War: When Is Life Grievable?* Verso, 2010.

□ Cant, John. *"The Silent Sheriff: No Country for Old Men"*── A Comparison of Novel and Film." Monk, pp. 90-99.

□ Coen, Joel, and Ethan Coen. "No Country for Old Men": Adapted Screenplay.

Based on the Novel by Cormac McCarthy. (Movie Script)

Cutchins, Dennis. "Grace and Moss's End in *No Country for Old Men*." King, Wallach, and Welsh, pp. 155-72.

Hutcheon, Linda. *A Theory of Adaptation*. 2nd ed., Routledge, 2012.

Johns, Erin K. "A Flip of the Coin: Gender Systems and Female Resistance in the Coen Brothers' *No Country for Old Men*." King, Wallach, and Welsh, pp. 139-54.

King, Lynnea Chapman. "An Interview with Roger Deakins." King, Wallach, and Welsh, pp. 219-25.

King, Lynnea Chapman, Rich Wallach, and Jim Welsh, editors. No Country for Old Men: *From Novel to Film*. Scarecrow, 2009.

Landrum, Jason. "Cold-Blooded Coen Brothers: The Death Drive and *No Country for Old Men*." King, Wallach, and Welsh, pp. 199-218.

McCarthy, Cormac. *The Cormac McCarthy Papers* [*CMP*]. 1964-2007. MS and TS. Alkek Library. Texas State University, San Marcos.

———. *No Country for Old Men*. Vintage, 2007.

Monk, Nicholas, editor. *Intercultural and Interdisciplinary Approaches to Cormac McCarthy: Borders and Crossings*. Routledge, 2012.

Peebles, Stacey. "'Hold Still': Models of Masculinity in the Cohens' *No Country for Old Men*." King, Wallach, and Welsh, pp. 124-38.

アメリカ文学と映画　文献案内

映画用語事典／映画事典

□ 村山匡一郎編『映画史を学ぶクリティカル・ワーズ』、フィルムアート社、2003 年　年代順の簡便な映画用語事典。

□ 山下慧／井上健一／松崎健夫『現代映画用語事典』、キネマ旬報社、2012 年。

□ Blandford, Steve, Barry Keith Grant, and Jim Hillier. *The Film Studies Dictionary*. Arnold, 2001.〔ブランドフォードほか『フィルム・スタディーズ事典——映画・映像用語のすべて』、杉原健太郎／中村裕英監訳／亀井克朗／西能史／林直生／深谷公宣／福田泰久／三村尚央訳、フィルムアート社、2004 年。〕

□ Barrow, Sarah, and John White, editors. *Fifty Key British Films*. Routledge, 2008.

□ Haenni, Sabine, and John White, editors. *Fifty Key American Films*. Routledge, 2009.　アメリカ映画の主要作品の簡潔な研究案内。

□ Hayward, Susan. *Cinema Studies: The Key Concepts*. 2nd ed., Routledge, 2000.

□ Konigsberg, Ira. *The Complete Film Dictionary*. 2nd ed., Bloomsbury, 1997.

□ Kuhn, Annette, and Guy Westwell. *A Dictionary of Film Studies*. Oxford UP, 2012. 簡潔な英語映画研究事典。

□ Tasker, Yvonne, editor. *Fifty Contemporary Film Directors*. Routledge, 2002.

□ Tasker, Yvonne, and Suzanne Leonard. *Fifty Hollywood Directors*. Routledge, 2015.

アダプテーション

□ 岩田和男／武田美保子／武田悠一編『アダプテーションとは何か——文学／映画批評の理論と実践』、世織書房、2017 年。

□ 小川公代／村田真一／吉村和明編『文学とアダプテーション——ヨーロッパの文化的変容』、春風社、2017 年。

□ 片渕悦久『物語更新論入門』、学術研究出版／ブックウェイ、2016 年。

□ ——『物語更新論　実践編』、学術研究出版／ブックウェイ、2018 年。

□ 杉野健太郎編『交錯する映画——アニメ・映画・文学』、ミネルヴァ書房、2013 年。

□ 曽根田憲三『アメリカ文学と映画——原作から映像へ』、開文社出版、1996 年。

□ 武田美保子／武田悠一『増殖するフランケンシュタイン——批評とアダプテーション』、世織書房、2017 年。

□ 野崎歓編『文学と映画のあいだ』、東京大学出版会、2013 年。

□ 波戸岡景太『映画原作派のためのアダプテーション入門——フィッツジェラルドからピンチョンまで』、彩流社、2017 年。

□ 宮脇俊文編『映画は文学をあきらめない——ひとつの物語からもうひとつの物語へ』、水曜社、2017 年。

□ 明治学院大学言語文化研究所『言語文化』第 36 号（2019）、特集トランスレーション・アダプテーション・インターテクスチュアリティ。

Andrew, Dudley. *Concepts in Film Theory*. Oxford UP, 1984.

Bluestone, George. *Novels into Film*. 1957. Johns Hopkins UP, 2003.

Boozer, Jack, editor. *Authorship in Film Adaptation*. U of Texas Press, 2008.

Bruhn, Jorgen, Anne Gjelsvik, and Eirik Frisvold Hanssen, editors. *Adaptation Studies: New Challenges, New Directions*. Bloomsbury Academic, 2013.

Cahir, Linda. *Literature into Film*. McFarland Publishing, 2006.

Cartwell, Deborah, and Imelda Whelehan, editors. *The Cambridge Companion to Literature on Screen*, 2007.

Cartwell, Deborah, editor. *A Companion to Literature, Film, and Adaptation*. Wiley Blackwell, 2014.

Corrigan, Timothy, editor. *Film and Literature: An Introduction and Reader*. Routledge, 2012.

Desmond, John, and Peter Hawkes. *Adaptation: Studying Film and Literature*. McGraw-Hill Education, 2005.

Hutcheon, Linda. *A Theory of Adaptation*, Routledge, 2006.［ハッチオン、リンダ『アダプテーションの理論』、片渕悦久／鴨川啓信／武田雅史訳、晃洋書房、2012 年。］

Leitch, Thomas M. *Film Adaptation and Its Discontents: From* Gone With the Wind *to* The Passion of the Christ. Johns Hopkins UP, 2009.

——, editor. *The Oxford Handbook of Adaptation Studies*. Oxford UP, 2017.

——. *The History of American Literature on Film*. Bloomsbury Academic, 2019.

Palmer, R. Barton, editor. *Nineteenth-Century American Fiction on Screen*. Cambridge UP, 2007.

——, editor. *Twentieth-Century American Fiction on Screen*. Cambridge UP, 2007.

Sanders, Julie. *Adaptation and Appropriation*. Routledge, 2006.

Semenza, Greg M. Colón, and Bob Hasenfratz, editors. *The History of British Literature on Film: 1895-2015*. Bloomsbury Academic, 2015.

Slethaug, Gordon E. *Adaptation Theory and Criticism: Postmodern Literature and Cinema in the USA*. Bloomsbury Academic, 2014.

Stam, Robert. *Literature through Film: Realism, Magic, and the Art of Adaptation*. Wiley-Blackwell, 2004.

Stam, Robert, and Alessandra Raengo, editors. *Literature and Film: A Guide to the Theory and Practice of Film Adaptation*. Wiley-Blackwell, 2004.

Wagner, Geoffrey. *Novel and the Cinema*. Tantivy Press, 1975.

Welsh, James M, and Peter Lev, editors. *The Literature/Film Reader: Issues of Adaptation*. The Scarecrow Press, 2007

アメリカ映画

加藤幹郎『映画ジャンル論——ハリウッド的快楽のスタイル』、平凡社、1996 年。

——『映画——視線のポリティクス古典的ハリウッド映画の戦い』、筑摩書房、1996 年。

□ 北野圭介『ハリウッド 100 年史講義──夢の工場から夢の王国へ』、平凡社新書、2001 年。

□ 諏訪部浩一『ノワール文学講義』、研究社、2014 年。

□ 蓮實重彦『ハリウッド映画史講義──翳りの歴史のために』、筑摩書房、1993 年。

□『アメリカ映画 100 年』、VHS、ワーナー・ホーム・ビデオ、1995 年。

□『クリント・イーストウッドが語るワーナー映画の歴史』、DVD、ワーナー・ホーム・ビデオ、2011 年。

□『ライオンが吼える時──MGM 映画の歴史』、DVD、ワーナー・ホーム・ビデオ、2011 年。

□ Dixon, Wheeler Winston, and Gwendolyn Andrey Foster. *A Short History of Film*. 3rd ed., Rutgers UP, 2018. 1 巻本の映画史。

□ Gaudreault, Andre. *American Cinema 1890-1909: Themes and Variations*. The Screen Decades Series. Rutgers UP, 2009. 各時代を扱う映画史の The Screen Decades シリーズの一冊。2000 年代まで刊行。

□ Guynn, William, editor. *The Routledge Companion to Film History*. Routledge, 2011. 簡便な解説書。後半は辞典。

□ Lewis, Jon. *American Film: A History*. 2nd ed., Norton, 2019. １巻本のアメリカ映画史。

□ Lucia, Cynthia, Roy Grundmann, and Art Simon, editors. *The Wiley-Blackwell History of American Film*. 4 vols. Wiley-Blackwell, 2012. 大部の共同執筆の映画史。

□ Sklar, Robert. *Movie-Made America: A Cultural History of American Movies*. Rev. and updated ed., Vintage, 1994. ［スクラー、ロバート『アメリカ映画の文化史──映画がつくったアメリカ』（上・下）、鈴木主税訳、講談社学術文庫、1995 年］。

映画理論書

□ アンドレ・バザン研究会『アンドレ・バザン研究』、アンドレ・バザン研究会。2017 年より刊行。アダプテーションに関するバザンの原著論文やバザンとその周辺に関する論文など貴重な文献が掲載されている。

□ 岩本憲児／波多野哲朗編『映画理論集成』、フィルムアート社、1982 年。

□ 岩本憲児／武田潔／斉藤綾子編『「新」映画理論集成①歴史／人種／ジェンダー』、フィルムアート社、1998 年。

□ 岩本憲児／武田潔／斉藤綾子編『「新」映画理論集成②知覚／表象／読解』、フィルムアート社、1999 年。

□ Branigan, Edward, and Warren Buckland. *The Routledge Encyclopedia of Film Theory*. Routledge, 2014. １巻本の映画理論事典。

□ Doghty, Ruth, and Christine Etherington-Wright. *Understanding Film Theory*. 2nd ed., Palgrave, 2018. 映画理論の入門書。

□ Braudy, Leo, and Marshall Cohen, editors. *Film Theory and Criticism: Introductory Readings*. 8th ed., Oxford UP, 2016. 映画理論の原典集成。

□ Nichols, Bill, editor. *Movies and Methods: An Anthology*. 2 vols. U of California P, 1985. 映画理論の原典集成。

□ Stam, Robert, and Toby Miller, editors. *A Companion to Film Theory*. Blackwell,

2000.　映画理論の案内書。

□ —, editors. *Film and Theory: An Anthology*. Blackwell, 2000.　映画理論の原典集成。

映画研究入門書

□ Benshoff, Henry M., and Sean Griffin. *America on Film: Representing Race, Class, Gender, and Sexuality at the Movies*. 2nd ed., Blackwell, 2009.

□ Bordwell, David, and Kristin Thompson. *Film Art: An Introduction*. 8th ed., McGraw-Hill, 2006.［ボードウェル、デイヴィッド／クリスティン・トンプソン『フィルム・アート――映画芸術入門』、藤木秀朗監訳／飯岡詩朗／板倉史明ほか訳、名古屋大学出版会、2007 年。］

□ Buckland, Warren. *Film Studies*. 2nd ed., Hodder and Stoughton, 2003.［バックランド、ウォレン『フィルムスタディーズ入門――映画を学ぶ楽しみ』、前田茂／要真理子訳、晃洋書房、2007 年（第 2 版の訳）。］

□ Lenos, Melissa, and Michael Ryan, editors. *An Introduction to Film Analysis: Technique and Meaning in Narrative Film*. Continuum, 2012.［ライアン、マイケル／メリッサ・レノス編『映画分析入門』、フィルムアート社、2014 年。］

□ Monaco, James. *How to Read a Film: The World of Movies, Media, and Multimedia: Language, History, Theory*. 3rd ed., Oxford UP, 2000.［モナコ、ジェイムズ『映画の教科書―どのように映画を読むか』、岩本憲児／内山一樹／杉山昭夫／宮本高晴訳、フィルムアート社、1983 年。］

映画製作解説書

□ ヴィンヤード、ジェレミー『傑作から学ぶ映画技法完全レファレンス』、吉田俊太郎訳、フィルムアート社、2002 年。

□ シル、ジェニファー・ヴァン『映画表現の教科書――名シーンに学ぶ決定的テクニック 100』、吉田俊太郎訳、フィルムアート社、2012 年。

□ ビデオ SALON 編集部『新版映像制作ハンドブック』、玄光社、2014 年。

□ Chandler, Gael. *Film Editing: Great Cuts Every Filmmaker and Movie Lover Must Know*. Michael Wiese Film Productions, 2009.

（作成　森木順子）

映画用語集

アイライン・マッチ eyeline match

演技者のアイライン（視線）を利用したショットのつなぎ。たとえば、ある人物が観客から見て画面外左に視線を向けるショットの次に、見られている事物のショットを提示する。その場合、その事物は人物が画面外右にいることを示唆するアングルで捉えられる。そうすることによって、観客の画面内の空間認識を混乱させることなく、なめらかなコンティニュイティ（連続性）が保たれる。

☞カメラ・アングル、コンティニュイティ編集、ショット／切り返しショット、180度システム

アイリス iris

シーン転換のための編集技法の一つ。レンズの絞り（アイリス）を模した形状のマスクを開くことによって映像を提示したり（アイリスイン）、閉じることによって消去したりする（アイリスアウト）。一般に、アイリスインは次第に見えてくる映像の大きさを強調し、アイリスアウトは映像の細部に注意を向けさせる効果がある。

☞シーン、ディゾルヴ、フェイド、ワイプ

アダプテーション adaptation

物語が、異なるメディアへ移し替えられること。たとえば、演劇から映画へ、小説から映画へ、テレビドラマから映画への置換である。これに対して、リメイクの場合は、メディアの変更が起こらないアダプテーションである。アダプテーションには、翻案者の解釈や新たな創造のプロセスが介在する。特に脚本に関して、原作のないオリジナル脚本と区別し、原作を脚色する行為を指す場合もある。

アトラクションの映画 cinema of attractions

アメリカの映画学者トム・ガニングが1986年に発表した論文で提唱した概

念。映画の誕生から 1900 年代半ばあたりまでの映画を、直線的な映画史観に基づいてその後の物語映画の未熟な初歩段階とみなすのではなく、「アトラクションの映画」(見世物の映画)という別種の映画であるとした。これは、自己完結的な物語世界に観客の没入を促すのではなく、露出症的に観客の注意や興味を喚起することを目的とする映画である。たとえば、登場人物がカメラ（＝観客）に向かって視線を送ったり、しきりに身振り手振りをするなどして注意をひこうとする。あるいは、珍奇な見世物的性質によって観客の好奇心を喚起し、驚きやショックなどの即時の反応を引きだす。

アフレコ post-synchronization

和製英語であるアフター・レコーディングの略。映像が撮影・編集された後に、画面上の動きに同期させて音（セリフや環境音などの物語世界に属する音）を録音すること。1930 年代初頭のサイレント映画からトーキーへの移行期に、同時録音が困難な状況下で撮影されたシーンへの追加録音や、言語の発音に問題のある俳優のセリフの吹き替えのために編み出された。現在でも、経費削減や録音の失敗などの、さまざまな事情に応じて用いられる。

アングル angle ☞カメラ・アングル

イーリング・コメディ Ealing comedy

第二次世界大戦直後のイギリスで、イーリング・スタジオによって製作されたコメディ映画。しばしば、身近な日常世界のなかで起こる荒唐無稽な事件が描かれる。戦後の耐乏生活への不満とそこからの解放、階級を超えた共同体の団結精神、ドキュメンタリー的リアリズムが特徴としてあげられる。代表的作品は、『ピムリコへの旅券』(1949)、『やさしい心と宝冠』(1949) など。

色温度 color temperature

色温度（いろおんど、しきおんど）とは、光の色の度合いのこと。ケルビン（K）という単位を用いて数値で表される。色温度が高いほど暖色系の色（赤、オレンジ）となり、中間は白系の色となり、低いほど寒色系の色(青)となる。フィルムの種類や照明などによって、画面の色温度を調節することができる。た

とえば『ヴァージン・スーサイズ』（1999）では、色温度の高いオレンジがかった映像が多くを占めるが、いくつかの重要なシーン（たとえば自殺した姉妹の遺体が発見されるシーンなど）には、色温度の低い青みがかった映像が用いられている。色温度を調整することによって、その場面の時間帯（昼か夜か）、場所（屋内か屋外か）、天気などを表し、さらには登場人物の心理などを暗示することができる。

インタータイトル、説明字幕　intertitle

文章を映し出したショットのこと。1900 年代半ば以降のサイレント映画において、観客に正確にわかりやすく物語を伝えるための手法として用いられた。これから起こるアクションの要約、状況設定の説明など、第三者的視点での説明を主な目的とする。あるいは、登場人物のセリフの内容や思考を伝える内容のものもある。

ヴァンプ　vamp

性的魅力にあふれ、男を誘惑して食い物にする妖婦の意。Vampire を略した呼称。『愚者ありき』（1915）でセダ・バラが演じたキャラクターがその元祖で、バラは The Vamp の愛称で知られた。

ヴォイスオーヴァー　voice-over

画面内の人物による発話と同期しない声を入れる技法、またはその声そのものを指す。登場人物ではない声のヴォイスオーヴァーの場合は、画面内のアクションの解説・分析などを行う。これはナレーションとも呼ばれる。登場人物の声のヴォイスオーヴァーの場合は、次の二つの場合がある。画面内のアクションの解説・分析などを行う場合すなわちナレーションの場合と、登場人物の心中を伝える場合である。フィルム・ノワールではヴォイスオーヴァーが使われることが多いが、たとえば『深夜の告白』（1944）では、レコーダのマイクに向かって話す男の声が映画の大部分を占めるフラッシュバックのナレーションを務める。また、『サンセット大通り』（1950）では死んだはずの主人公のヴォイスオーヴァーが自らが死にいたる物語のナレーションを務める。また、主人公以外の登場人物のヴォイスオーヴァーがナレーション

を務める映画には、たとえばテレンス・マリック監督の『地獄の逃避行』(1973)
がある。
☞フィルム・ノワール、フラッシュバック

映画製作倫理規定 ☞プロダクション・コード

映画の誕生
映画の誕生以前にも、17 世紀以降、動く映像を投影するためのさまざまな
装置（幻燈機、パノラマ、ジオラマなど）が発明されてきた。19 世紀に写
真が発明されると、エドワード・マイブリッジとエティエンヌ＝ジュール・
マレーによって、動物の運動を解析するための連続写真の撮影が行われた。
彼らの連続写真は、トマス・エジソンやリュミエール兄弟に刺激を与え、映
画の誕生に大きな役割を果たした。1888 年以降、エジソンは、世界最初の
映画カメラであるキネトグラフの開発を進め、1891 年には、キネトグラフ
で撮影した映像を見るための装置キネトスコープを発表した。キネトスコー
プは、1 人の人間がのぞき穴から映像を見る装置である。スクリーンに投射
する方式の映写機は、1894 年にフランスのリュミエール兄弟によって発明
された（シネマトグラフ）。エジソンも後に、映写方式の装置ヴァイタスコー
プを開発する。1895 年 12 月 28 日、リュミエール兄弟が撮影した映画が、
パリで一般公開された。これは、映画史上最初の有料映画上映とされる。

ASL、ショット平均持続時間 average shot length
一本の映画を構成する全ショットの持続時間の平均値。映画全編の上映時間
をショットの数で割った数値。編集スタイルの特徴を知るための一つの手法
として、ASL に注目するとよい。一般に、ASL が長い映画は、各ショット
の持続時間が長くなるため、物語のテンポが遅く感じられる。逆に ASL が
短いと、目まぐるしく画面が切り替わり、テンポが速く感じられる。ハリウッ
ド映画では、ASL は短くなる傾向にあり、近年では 2.5 〜 3 秒程度のものが
多い。

エスタブリッシング・ショット establishing shot

状況設定ショット。シークェンスの冒頭近くに置かれ、これから起こるアクションに関する基本的な情報（場所・時間・状況など）をあらかじめ提示する。通常、ロング・ショットで撮影されるが、さまざまなカメラ・アングルでとらえ直されることもある。

☞ カメラ・アングル、ロング・ショット

エクスプロイテーション映画 exploitation film

同時代のセンセーショナルな出来事や社会問題を題材にしたり、麻薬や暴力、セックスなどのきわどい描写を売り物にして、もっぱら商業的成功を意図して製作された映画。通常、独立系の映画製作者によって低予算で製作され、特定の、限定された観客層を対象に上映される。1920 年代にはすでに存在していたが、アメリカでは、スタジオ・システムの崩壊とプロダクション・コードの廃止に伴い、60 年代から 70 年代にかけて人気を博した。

☞ ブラックスプロイテーション、スタジオ・システム、プロダクション・コード

カット cut

ショット転換のための編集技法のうち、最も単純な手法。フェイド、ディゾルヴ、ワイプなどを使用することなく、あるショットから別のショットへと直接的に移行すること。ショットのためにカットされたフィルム片をカットと呼び、ショットとショットをつなぐ行為をカッティング（カット割り）と呼ぶこともある。ディレクターズ・カットは、監督によって編集された映画のヴァージョンを指し、この場合、カットは映画の完成版を意味する。

☞ ショット、ディゾルヴ、フェイド、ワイプ

カメラ・アングル camera angle

被写体に対してカメラの置かれる位置・角度。通常、アイレベル（被写体の目線の位置）にセットされる。アイレベルよりも下にセットし被写体を見上げるように撮影するロー・アングル（あおり）、高い位置にセットして見下ろすように撮影するハイ・アングル（俯瞰）などの手法もある。

画面比率 aspect ratio

画面の横幅と高さの関係。1932 年にアメリカの映画芸術科学アカデミーによって定められた標準的画面比率（アカデミー比）は、4:3（= 1.33:1）。現在では、これよりも横幅の大きいワイドスクリーンが一般的である。
☞ワイドスクリーン

切り返しショット reverse shot ☞ショット／切り返しショット

空撮 aerial shot

飛行機、ヘリコプター、最近ではドローンを使って、空中で撮影されたショット。超高度からのハイ・アングルのショットによって、360 度の風景を見せることができる。空中ショット、航空ショットとも呼ばれる。

クォータ quota

自国映画産業の保護のために各国政府が設けた割当制度。外国映画の輸入本数や上映日数に上限を設け、映画館に自国映画上映のための最低時間を確保するよう義務付ける。第一次世界大戦以降、映画市場において圧倒的な優勢を誇ってきたハリウッド映画への対抗策として導入された。イギリスは 1927 年に映画法を制定し、配給者には年間配給の 7.5%、興行者には年間上映の 5%（後に 20% まで引き上げられた）を自国映画に割り当てることを定めた。しかし、アメリカの映画会社が、イギリスに子会社を設立するなどして、割当を満たすための速成映画（quota quickie）を製作したため、期待された効果をあげることはできなかった。1928 年にクォータを導入したフランスは、現在ではテレビ番組にもこの制度を適用している。

クレーン・ショット crane shot

クレーンから撮影されたショット。通常、ハイ・アングルで、中空を縦横無尽に浮遊する移動ショットなどを可能にする。
☞ロング・ショット

クロースアップ close-up

カメラが被写体に接近して撮影したショット・サイズで、フレームの大部分を被写体が占める。一般には、人物の顔を大写しにするもの。その人物の重要さを強調し、観客に親近感を抱かせ、感情や思考のプロセスを画面いっぱいに提示する効果がある。また、体の部位や特定の物を接写すると、観客の注意を細部に向けさせることが可能である。

☞ショット・サイズ、フル・ショット、ミディアム・ショット、ロング・ショット

クロスカッティング crosscutting

時を同じくして、異なる場所で起きている二つ以上の出来事を、交互につないで編集すること。交互に提示することによって、両者を関連づけることができる。一般に、緊張感やサスペンスを生み出したいときに用いられることが多い。また、物語を加速させる効果もある。D・W・グリフィスの『国民の創生』(1915) は、クロスカッティングを効果的に用いた最初の映画とされ、たとえば、黒人の襲撃を受けて窮地に陥っている一家と、救助に駆けつける KKK のショットをクロスカッティングで見せることによってサスペンスを盛り上げている。並行モンタージュ (parallel montage)、並行編集 (parallel editing)、並行カッティングとも呼ばれる。

興行 exhibition   ☞製作／配給／興行

古典的ハリウッド映画 classical Hollywood cinema

主に、1930 年代から 50 年代にかけてハリウッドのスタジオ・システム下で製作された物語映画のスタイルあるいは形式。デイヴィッド・ボードウェルらが 1985 年に同名の著書で主張した。アリストテレス以来の「始め・中間・終わり」を持つプロット（筋）の基本形を踏まえ、フランス古典演劇における規則「三統一の法則」を受け継ぐ。すなわち、時・場所・プロットの一致の原則に基づいて、一本化されたプロットを、連続したあるいは一貫して継続した時間と、限定された空間において展開する。観客に、効率よく明快に物語を伝えることを重視するスタイルで、コンティニュイティ編集はその代表的技法である。古典的ハリウッド映画のスタイルは、現在の主流映画にも

継承されている。

☞ コンティニュイティ編集、スタジオ・システム

コンティニュイティ、連続性 continuity

ショットからショットへの、一貫性のある連続的でスムーズなつながりのこと。また、これを維持するための各ショット（テイク）の記録。日本でいうコンテはコンティニュイティの略。

☞ コンティニュイティ編集

コンティニュイティ編集 continuity editing

画面内の事象を、継ぎ目なく、連続してスムーズに動いているように見せる編集技法。時間や空間の連続性（コンティニュイティ）を維持し、被写体の位置・動き・視線の方向などを一貫させて視覚的な整合性を保ちながら、ショットとショットをつなぐ。180度システムや30度ルールは、コンティニュイティ編集のための重要な技法である。もしこれらのルールを侵犯すれば、観客の画面内の空間認識を混乱させてしまう。観客にショットとショットの継ぎ目を意識させずに、スムーズに画面内の出来事を認識させることで、直線的で理解しやすい物語を生み出すことができる。見えない編集（invisible editing）とも呼ばれる。

☞ 30度ルール、180度システム

サイレント映画 silent movie

無声映画。トーキー（発声映画）以前の映画の総称。

☞ トーキー

サウンド・トラック sound track

文字通りには、フィルムの縁にある録音帯を指す。音声(セリフ、効果音、音楽)を記録する細い帯状の部分のこと。光学サウンド・トラックと磁気サウンド・トラックがある。また、ここに記録された音声、さらには、その音（特に映画音楽）を収録してCDなどにしたアルバムのことを指すこともある。日本でいうサントラ。

作家 auteur

個性的な演出上のスタイル（独創的な個人様式）をもつ映画監督のこと。映画は通常、共同作業によって製作されるが、批評上の用法として、映画監督をその作品の創造的主体＝「作家」とみなす。1920 年代のフランス映画論壇で監督を作家として扱う試みがなされたが、一般には、1950 年代フランスの批評家たちによって作家としての監督が論じられて以来の呼称。
☞ 作家主義

作家主義 auteurism, auteur theory

個人（通常は映画監督）のスタイルに着目し、映画を個人的製作物として評価する批評手法。1950 年代のフランスで、特に『カイエ・デュ・シネマ』誌上で盛んに議論されて以降、映画批評の手法として普及した。
☞ 作家

30 度ルール 30° rule

視覚的な一貫性を保証し、ショット間のコンティニュイティを維持するための、撮影上の約束事の一つ。ある被写体を異なるカメラ・アングルでとらえ直す場合、被写体に対するカメラの位置を 30 度以上、動かさなければならない（ただし、180 度以上動かしてはいけない）。30 度未満の場合、観客は、カメラ・アングルの変化が小さいために、ショットの移行を明確に認知できず、同一のショット内で被写体がほんの少し移動（ジャンプ）したように理解する。
☞ コンティニュイティ編集、ジャンプ・カット、180 度システム

シークェンス sequence

一般に、映画の物語展開において特定の連続性をもつ、複数のショットやシーンで構成された、ひとかたまりの区分。シーンよりも大きな区分になるが、両者の区別は曖昧である。
☞ ショット、シーン

CGI　Computer-Generated Imagery
コンピュータによって生成された映像。日本では CG と呼ばれる。

シーン　scene
一般に、単一の場所で起こった単一の出来事を映し出した、ひとかたまりの区分を指す。単一、あるいは複数のショットによって構成される。シークェンスよりも小さい区分になるが、両者の区別は曖昧である。
☞ショット、シークェンス

視点ショット、見た目のショット　point-of-view shot
ある特定の人物の視点から撮られたショット。観客がその人物の視点に立ち、主観的に出来事を体験し、感情移入することを促す。略してＰＯＶショットとも呼ばれる。主観ショット、主観カメラ、一人称カメラと呼ぶこともある。近年は、手持ちカメラによる視点ショットを多用した低予算映画が多くみられる。

シャロー・フォーカス　shallow focus
被写界深度（カメラである一点に焦点を合わせたとき、その前後で鮮明な像が得られる撮影範囲）を浅くし、カメラに近い部分にのみ焦点を当てた撮影法。ディープ・フォーカスの逆。
☞ディープ・フォーカス

ジャンプ・カット　jump cut
２つのショットを、空間的・視覚的一貫性を攪乱するような唐突な移行によってつなぐ手法。ショット間のなめらかな連続性を是とするコンティニュイティ編集に用いられるマッチ・カットに対して、ミスマッチ（・カット）とも呼ばれる。シーン内での時間の経過や空間の移動を示す際に用いれば、無駄な部分を除去してショットをつなぐことができる。『勝手にしやがれ』(1960) に代表されるように、ヌーヴェル・ヴァーグの作家はしばしば意図的に、観客を当惑させるようなジャンプ・カットを用いた。
☞アングル、コンティニュイティ編集、30 度ルール、ヌーヴェル・ヴァーグ、180

度システムライティング

ジャンル genre

芸術作品の類型、あるいはカテゴリー分けのこと。映画の場合、プロット、主題、形式、技法、イコノグラフィ、登場人物の型などの要素において、比較的容易に認識可能な共通性を有し、確立された芸術上の慣行・形式に特徴づけられる作品群のカテゴリーのこと。ジャンル映画が有するおなじみの慣行・形式は、規格化された製作・配給・興行を容易にし、特にスタジオ・システム下において重要な役割を果たした。観客は、同じジャンルに属する先行映画と同様の快楽を期待し、ジャンルの紋切型（ときにはそこからの逸脱）を楽しむ。映画の代表的なジャンルとして、ギャング映画、探偵映画、フィルム・ノワール、西部劇映画、戦争映画、ＳＦ、ホラー映画、メロドラマ映画、ミュージカル映画、スラップスティック・コメディ、スクリューボール・コメディ、スワッシュバックラー映画などがある。しかし実際のところ、ジャンルの定義は曖昧である。たとえば、西部劇映画と戦争映画のように、共通する要素を有し、ジャンル同士の境界が曖昧な場合もある。また、ジャンルは、さらに細かいサブジャンルに分類することもできる。フィルム・ノワールは、そもそもジャンルとみなすか否かについて、映画研究者の意見が分かれている。

☞フィルム・ノワール

照明 lighting ☞ライティング

ショット shot

撮影段階においては、カメラを継続的に回してとらえたひと続きの記録。その撮影行為および撮影されたフィルムは、テイクともよばれる。完成作品においては、途切れることのない映像のこと。一般に、ショット、シーン、シークェンスの順で区分が大きくなり、シーンとシークェンスはショットの集合体である。

☞シークェンス、シーン、長回し

ショット／カウンターショット　shot-reverse shot　☞ショット／切り返しショット

ショット／切り返しショット　shot-countershot

対峙する人物と人物、あるいは人物と事物などを撮影する際に頻繁に用いられる撮影上、および編集上の手法。会話のシーンがその典型であり、二人の話者のショットが、話し手が替わるのに応じて交互に提示される。一般的に、肩越しのショット、あるいは聞き手の視点ショットで話し手がとらえられる。
☞アイライン・マッチ、180度システム、視点ショット

ショット・サイズ、ショット・スケール　shot size, shot scale

フレーム内での被写体の大きさによって分類される。クロースアップ、ミディアム、フル、ロングの順で、被写体は小さくなる。
☞クロースアップ、フル・ショット、ミディアム・ショット、ロング・ショット

ショット平均持続時間　☞ ASL

スタジオ・システム　studio system

ハリウッドにおいて少数の大手スタジオ（製作会社）が、製作・配給・興行部門を垂直的に支配した1920年代から1950年代までの垂直統合（系列）システムを指す。映画の大量生産・大量消費を可能にした。1948年、連邦最高裁判所は独占禁止法違反の判決（いわゆる「パラマウント判決」）を下し、各スタジオに興行部門の切り離しを命じた。これを契機として、スタジオ・システムは崩壊に向かった。

スーパーインポーズ　superimposition

一つの映像の上にもう一つ、あるいはそれ以上の映像を重ねること。多重露光。「字幕スーパー」（サブタイトル）は、スーパーインポーズド・タイトルを意味する。つまり、多重露光で重ねた文字のこと。
☞モンタージュ

333

製作／配給／興行 production/distribution/exhibition

映画産業を構成する三つの部門。映画を創造し（製作）、完成した映画を流通させ（配給）、映画館で観客に対して上映する（興行）各プロセスのこと。
☞スタジオ・システム

ディープ・フォーカス deep focus

カメラのとらえる視野全体に焦点を合わせて撮影する手法。被写界深度を深くすることで、前景から後景までのすべての面を鮮明に見せ、画面に奥行きを与える。オーソン・ウェルズとカメラマンのグレッグ・トーランドは、『市民ケーン』(1941)でこの技法を初めて大々的に用いた。画面手前の人物から、はるか奥に位置する人物にまで焦点の当たったショットが多数登場する。パン・フォーカスともいう。
☞シャロー・フォーカス

テイク take

撮影段階においては、カメラを止めずにひと続きの映像を撮影すること。編集段階においては、あるショットのヴァージョンの一つ。通常、複数撮影されたテイクのうちの一つを選んで、作品に用いる。

ディゾルヴ dissolve

シーン転換のための編集技法の一つ。最初の映像がゆっくりと消えていき、それに重なって新たな映像がゆっくりと現れる。二つの映像がスーパーインポーズされ、徐々にシーンが移行する。
☞アイリス、シーン、スーパーインポーズ、フェイド、ワイプ

ティルト tilt

カメラ本体は移動させずに、カメラを垂直方向に回転させること。ティルト・アップは下から上へ、ティルト・ダウンは上から下へ、カメラを軸移動させる。
☞パン

ドイツ表現主義 German Expressionism

20世紀初頭に、ドイツを中心に起こった芸術運動の総称。反自然主義・反印象主義的傾向をもち、前衛絵画グループを起点として文学、音楽、演劇、映画へと広まった。ドイツ表現主義映画は、日常空間とはまったく異質な世界の現出、強調された明暗法（キアロスクーロ）、画面に不安定感をもたらす構図や人工的な舞台装置などを特徴とする。代表的作品は、『カリガリ博士』（1920）、フリッツ・ラングの『メトロポリス』（1927）など。ラングをはじめとして、後に多くのドイツ人映画関係者がハリウッドに渡ったことから、ハリウッド映画（特にフイルム・ノワール）にも影響を与えた。

☞フィルム・ノワール

トーキー talkie

発声映画、音声を伴う映画。talking movie の略。世界初の長編トーキーは、1927年10月にアメリカで公開された『ジャズ・シンガー』（正確には、部分的なトーキー）である。イギリスではアルフレッド・ヒッチコックが、サイレント映画として製作された『恐喝（ゆすり）』（1929）の一部のシーンをトーキーで撮影し直し、サイレントとトーキーの両方のヴァージョンを公開した。1930年代前半に、トーキーの製作・上映のための技術革新が行われ、サイレント映画からトーキーへの移行が進んだ。

☞サイレント映画

トラヴェリング・ショット traveling shot

移動ショットの総称。移動ショットとは、カメラを移動して撮影したショットであり、前後左右に流れるような動きが可能。

☞トラッキング・ショット、ドリー・ショット

トラッキング・ショット tracking shot

トラヴェリング・ショットの一種。線路に似たトラック軌道（track）上でカメラを乗せたドリー（台車）を走らせて撮影したショット。また、トラック（truck）などの乗り物にカメラをのせて撮影したショットは、トラッキング・ショット（trucking shot）と呼ばれる。

335

☞トラヴェリング・ショット、ドリー・ショット

ドリー・ショット dolly shot

トラヴェリング・ショットの一種で、車輪のついたドリー（台車）にカメラを乗せて撮影したショット。

☞トラヴェリング・ショット、トラッキング・ショット

長回し、ロング・テイク long take

通常よりも長く持続したショットのこと。

ニュー・ウェイヴ new wave

(1)ヌーヴェル・ヴァーグ（新しい波）の英語訳で同義。

(2) 1950 年代後半から 60 年代にかけて起こったイギリスにおける新しい映画製作の動き。フリー・シネマ出身の作家が中心となり、労働者階級の日常への関心、誌的リアリズムなどを特徴とした作品を生み出した。

(3)より広い意味で、その他の国における新しい映画製作の動き、新しい映画作家グループを指す際にも用いられる。

☞ニュー・ハリウッド、ヌーヴェル・ヴァーグ

ニュー・シネマ new cinema

『俺たちに明日はない』（1967）などの過去のハリウッド映画の慣例や検閲などから自由な映画を 1967 年の『タイム』誌がこう呼んだ。「アメリカン・ニュー・シネマ」というように日本ではいまだによく使われるが、アメリカでは、より広い範囲の時代を指すニュー・ハリウッドという言葉が一般的。

☞ニュー・ハリウッド

ニュー・ハリウッド new Hollywood

1960 年代後半から 70 年代後半のハリウッドを指す。テレビとの競争などに起因するハリウッドの苦境および社会の騒擾（公民権運動、ヴェトナム戦争、カウンターカルチャー、フェミニズム運動など）を背景として、若い映画監督が活躍し古典的ハリウッド映画から自由な映画を製作した。ニュー・シネ

マとも呼ばれる『俺たちに明日はない』(1967)と『イージー・ライダー』(1969)などがニュー・ハリウッドの方向を定めた。古典的ハリウッド映画の慣例からの自由、社会の体制に反逆する若者の主人公、ハッピーエンディングの拒否などを特徴とする映画が多い。この意味では、ポスト古典的ハリウッド、ハリウッド・ルネサンスとも呼ばれる。また、1970年代後半から始まるハリウッドの映画製作を指すこともある。『ジョーズ』(1975)、『スターウォーズ』(1977)、『E.T.』(1982)などの人目を引く高予算の大作映画であるブロックバスターなどの高収益の映画製作と一斉公開などのマーケティング戦略を特徴とし、映画産業のコングロマリット化を促進した。
☞古典的ハリウッド映画、ニュー・シネマ

ヌーヴェル・ヴァーグ nouvelle vague

フランス語で「新しい波」の意。1950年代末から60年代にかけて起こったフランスにおける新しい映画製作の動き。その中心は、映画批評誌『カイエ・デュ・シネマ』の若い批評家たち（ジャン＝リュック・ゴダール、フランソワ・トリュフォー、クロード・シャブロル、ジャック・リヴェット、エリック・ロメールら）。伝統的な映画作りに異を唱え、それぞれ同じ時期に「作家」として自身の作品を作り始めた動きの総称であり、厳密には芸術運動とは言い難い。共通点として、低予算製作、即興演出、ロケ撮影、手持ちカメラの使用、同時録音、ジャンプ・カットの多用、コンティニュイティ編集に代表されるショット間のなめらかな連続性や直線的で分かりやすい物語構成の破棄があげられる。
☞古典的ハリウッド映画、コンティニュイティ編集、作家、ジャンプ・カット　製作／配給／興行

配給 distribution　☞製作／配給／興行

ハリウッド・テン Hollywood ten

1947年、下院非米活動委員会の聴聞会に喚問された10人の非友好的証人（脚本家のダルトン・トランボや監督のエドワード・ドミトリクなど）を指す。共産主義との関わりを問われた彼らは、表現の自由を保障する憲法修正第一

337

条を根拠に証言を拒否したが、議会侮辱罪によって短期間、服役した。以後、1950 年代を通して、共産主義者を映画業界から追放する赤狩りが行われ、多くの才能ある映画人が職を追われた。そのなかには、海外へ活動の場を移した者や、トランボのように偽名で仕事を続けた脚本家もいた。トランボの名が再びクレジットにのるのは 1960 年になってからであり、後に『ローマの休日』(1953) と『黒い牡牛』(1956) でアカデミー賞を受賞した脚本家の正体がトランボであることが明らかにされた。

ハリウッド・ルネサンス Hollywood Renaissance ☞ニュー・ハリウッド

パン pan
カメラを水平方向に回転させること。パンは、panorama の略。左から右へ動かすのが一般的。
☞ティルト

Ｂ級映画 B movie, B film
1930 年代から 50 年代初頭までのアメリカで、二本立て興行が一般的だった時代に、メインの呼び物となる映画（A 級映画、フィーチャー映画）に対し、その添え物として製作された映画を指す。スタジオ内に、そのような映画を専門に製作する部署（B 班）が設けられたことに由来する呼称。通常、低予算の早撮り映画で、若く無名の映画監督や俳優が起用された。スタジオからの干渉が少なかったため、若い監督らの訓練の場や、実験的試みを行う機会となった。現在では、主に低予算で質の劣った映画に対して用いられる。

180 度システム 180° system
視覚的な一貫性を保証し、ショット間のコンティニュイティを維持するための、撮影上の約束事の一つ。たとえば、ショット／切り返しショットを用いて 2 人の人物の会話のシーンを撮影する場合、カメラは 2 人を結ぶ想像上の線（イマジナリー・ライン）を横切ることなく、撮影し続けなければならない。それによって、観客の画面内の空間認識を混乱させることなく、ショットをつなぐことが可能になる。

☞コンティニュイティ編集、30度ルール、ショット／切り返しショット

フィルム・ノワール film noir

フランス語で「暗黒映画」の意。映像と物語の両面における暗さを特徴としたアメリカ映画に対して、フランスの批評家が最初に用いた表現。一般に、1941年の『マルタの鷹』以降、1958年の『黒い罠』にいたるまでに、盛んに製作された。ハードボイルド探偵小説の伝統を受け継ぎ、大都会を舞台にした犯罪を描く場合が多い。明暗を強調した照明法、斜線や垂直線を強調した画面構図がもたらす閉所恐怖症的雰囲気、錯綜した時間軸（しばしばヴォイスオーヴァーで始まるフラッシュバックが用いられる）、男性を破滅へと導く魔性の女ファム・ファタールの存在、物語の道徳的両義性、シニシズム、ペシミズムが特徴として挙げられる。

フェイド fade

シーン転換のための編集技法の一つ。フェイドインでは、暗い画面が徐々に明るくなるにつれて映像が現れる。フェイドアウトでは、画面が暗くなるに伴って映像が消えていく。一般に、黒色のカラー・スクリーンに映像を重ねて編集するが、白やその他の色が用いられる場合もある。
☞アイリス、ディゾルヴ、ワイプ

ブラックスプロイテーション blaxploitation

1970年代前半にアメリカで登場した、都市部の黒人層をターゲットにしたエクスプロイテーション映画。代表的作品は『スウィートスウィートバック』(1971)、『黒いジャガー』(1971)など。主要キャストに黒人俳優を起用し、都市部のゲットーを舞台に、麻薬・暴力・セックスを扱った。ポン引きや麻薬密売人といったステレオタイプ化された黒人登場人物は、黒人公民権運動家から批判を浴びた。
☞エクスプロイテーション映画

ブラック・ムーヴィ black movie ☞ブラックスプロイテーション

339

フラッシュバック／フラッシュフォワード flashback/flashforward

「現在」の出来事に、「過去」あるいは「未来」の出来事を挿入し、物語の時系列を変更する手法。その過去または未来が登場人物の思い描いたものである場合、その登場人物のクロースアップやヴォイスオーヴァーが導入に用いられることが多い。フラッシュバックは過去の出来事の回想に、フラッシュフォワードは未来に起こることの想像や予知を描く際に、しばしば用いられる。

プリミティヴ映画 primitive movie

通常、映画の誕生から 1910 年半ばまでの初期映画を指す。映画の誕生間もない 1890 年代の映画は、技術的制約ゆえに、単一のショットで構成された 1 分にも満たないものであった。1900 年代に入ると、ジョルジュ・メリエスの『月世界旅行』(1902)、エドウィン・S・ポーターの『大列車強盗』(1903) のような、複数のショット／シーンで構成された物語性を有する作品が登場する。そして、クロースアップ、クロスカッティング、スーパーインポーズ、ディゾルヴなどの新たな撮影・編集技法、ショット間のコンティニュイティを維持して物語を語る手法が発見・洗練されていく。初期映画におなじみの題材は、日常の情景描写、珍しい異国の風景を撮影した紀行映画（travelogue）、公的行事などを撮影したニュース映画、舞台演劇やヴォードヴィルの演目を撮影あるいは再現したもの、チェイス（追っかけ）映画など。初期映画は、それ自体が新しい科学技術的発明であり、作品の内容は珍奇な見世物としての性質が強く、ヴォードヴィル劇場のライブパフォーマンスの一環として上映されることが多かった。1900 年代半ば以降、映画上映専門の映画館が次々と建てられ、作品の需要が増大するにつれ、フランスやアメリカなどで映画産業が発展し、新たな大衆娯楽としての地位を確立していった。
☞ アトラクションの映画

フリー・シネマ free cinema

1950 年代のイギリスにおけるドキュメンタリー映画運動。カレル・ライス、リンゼイ・アンダースン、トニー・リチャードソンらによって提唱された。イギリスにおける商業映画とドキュメンタリー映画の現状を批判し、労働者階級の日常をテーマにした詩的リアリズムを特徴とする短編ドキュメンタ

リーを製作した。その精神と手法は、ニュー・ウェイヴ、キッチンシンク映画へと受け継がれた。
☞ニュー・ウェイヴ

フル・ショット full shot
人物の全身がフレーム内にちょうど収まるように撮影したショット。
☞クロースアップ、ミディアム・ショット、ロング・ショット

プロダクション・コード、映画製作倫理規定 production code
全米映画製作者配給者協会（MPPDA）によって制定された映画製作自主検閲規定。初代会長ウィル・ヘイズの名をとってヘイズ・コードとも呼ばれる。映画作品における性や暴力などの表現に対する公共の批判、州レベルでの検閲制度導入への動きに対し、映画産業の独自性と自立性を保つために導入された。1930 年に制定され、1934 年から罰則規定とともに厳格に運用される。1968 年に完全廃棄され、レイティング・システムへ移行した。

プロパガンダ映画 propaganda film
ある特定の主義・主張、思想などを宣伝することを第一目的として製作された映画。イデオロギーが最も顕著に表れるタイプの映画である。戦時における戦争宣伝映画などがその代表例である。

並行モンタージュ parallel montage   ☞クロスカッティング

ヘイズ・コード Hays Code   ☞プロダクション・コード

ヘリテージ映画 heritage movie
イギリスの文化・歴史的遺産に依拠した映画群。文芸映画や歴史映画などもこれに含まれる。歴史的建造物や上流階級の伝統的生活様式などの描写が、視覚的悦びを提供する。1980 年代、「大きな政府」から「小さな政府」への移行を進めたサッチャー政権下での社会変動と精神的基盤の喪失を背景に製作され、過去の栄光を思い起こさせることによって、イギリス国民に慰安と

自負心を提供した。代表的作品は、『炎のランナー』(1981)、『インドへの道』(1984)、ジェームズ・アイヴォリー監督による文芸映画（『眺めのいい部屋』[1985] など）。これらの作品の国内外における成功が、イギリス映画の国際的地位と競争力を高めることに寄与した。

編集　editing
製作段階において、撮影後のフィルムを切ったり、つないだり、並べ替えたりする作業。

ポスト古典的ハリウッド　post-classical Hollywood　☞ニュー・ハリウッド

ミザンセヌ　mise en scene
フランス語で「演出」の意で、もともとは演劇用語である。ミザンセンと表記される場合もある。カメラがとらえるフレーム内のすべての要素(セット、小道具、大道具、照明、衣装、メイクアップ、俳優の演技など）を含む。

見た目のショット　　☞視点ショット

ミディアム・ショット　medium shot
登場人物を、中程度の距離から撮影したショット。通常、人物の上半身（腰のあたりまで)が含まれ、フレームの2分の1ないし3分の2を占める。ミドル・ショットとも呼ぶ。
☞クロースアップ、フル・ショット、ロング・ショット

ミドル・ショット　middle shot　☞ミディアム・ショット

モンタージュ　montage
フランス語で「組み立て」の意。
(1)一般には編集と同義。
(2) 1920 年代に、ソヴィエトの映画製作者によって実践された編集法。特に、エイゼンシュテインによって体系化された弁証法的モンタージュ、あるいは

テーマ・モンタージュと呼ばれるモンタージュ技法を指すことが多い。ダイナミックにショットを組み合わせたり、一見すると相反するショットを並置することによって、それらのショットが単独では持ちえない新たな概念や意味を創造する。たとえば、エイゼンシュテインの『十月』（1928）は、登場人物（ケレンスキー）の手の込んだ制服の細部のショットに、孔雀のショットを差し挟むことによって、彼の虚栄心を暗示している。

(3)スーパーインポーズ、ジャンプ・カット、ディゾルヴ、フェイド、ワイプなどの特殊な手法を駆使して、あるいは特殊な手法を用いないまでも卓越した編集によって、短いショットをつなぎ、時間・場所を凝集したり、主題を簡潔で象徴的な、インパクトのあるイメージに集約する編集技法。モンタージュ・シークェンスともいう。たとえば、『市民ケーン』（1941）のオープニングに用いられたニューズリールのモンタージュ、『カサブランカ』（1942）のオープニングで、パリからカサブランカへの人の流れを描くモンタージュなどがその例。

☞ コンティニュイティ編集、スーパーインポーズ、ディゾルヴ、フェイド、ワイプ

ライティング lighting

照明。撮影に必要な十分な量の光を確保するために、あるいは特別な効果を得るために、光を調整し統御すること。たとえば、セットに十分な光を当てて、事物の輪郭をはっきりと照らし出すハイキー照明、逆に光の量を減らして影をつくり、事物をおぼろげに照らし出すローキー照明といった照明法がある。

☞ 色温度

リヴァース・ショット reverse shot ☞ ショット／切り返しショット

レイティング・システム rating system

映画作品における性や暴力などの表現の度合いに基づいて作品を分類し、観客を規制する制度。アメリカでは、プロダクション・コードにかわって1968年に正式に導入された。現在のアメリカ映画協会（MPPA）によるレイティング・システムでは、G（一般向け）、PG（子供には保護者の指導推奨）、

PG13（13 歳未満には保護者の指導推奨）、R（17 歳未満は保護者同伴必要）、NC-17（17 歳未満は禁止）。現在の全英映像等級審査機構（BBFC）によるレイティング・システムでは、U（全年齢対象）、PG（保護者による指導推奨）、12A（12 歳以上推奨で視聴の場合は保護者による指導推奨）、12（12 歳未満視聴非推奨）、R18（性的内容のために 18 歳未満視聴禁止）。
☞ プロダクション・コード

ロング・ショット long shot
人物や風景を遠方からとらえたショット。周辺の環境（風景・セット）が広く含まれる。ワイド・ショットとも呼ぶ。
☞ クロースアップ、フル・ショット、ミディアム・ショット

ロング・テイク long take ☞ 長回し

ワイドスクリーン widescreen
アメリカにおける標準的画面比率（1.33:1 ＝ 4:3）よりも横幅が大きく、ヨーロッパのスタンダードである 1.66:1 以上の横幅のあるスクリーンのこと。アナモフィック・レンズ（歪曲レンズ）を使用するタイプと、使用しないタイプに大別される。シネマスコープ、パナヴィジョン、70 ミリ映画などのさまざまな方式が開発されている。現在、アメリカでは 1.85:1 が一般的。
☞ 画面比率

ワイプ wipe
シーン転換のための編集技法の一つ。最初のショットを横に押しのけるようにして、新たなショットが表れ、スクリーンが拭い去られたような効果をもたらす。
☞ アイリス、ディゾルヴ、フェイド

（有森由紀子）

各用語の定義には、下記を参照した。

Kuhn, Annette and Guy Westwell. *A Dictionary of Film Studies.* Oxford UP, 2012.

Blandford, Steve, et al. *The Film Studies Dictionary.* Arnold, 2001.〔ブランドフォードほか『フィルム・スタディーズ事典──映画・映像用語のすべて』、杉野健太郎・中村裕英監訳／亀井克朗・西能史・林直生・深谷公宣・福田泰久・三村尚央訳、フィルムアート社、2004 年。〕

INDEX

人名索引

あ

アイソン、ホバート······························· 233
アヴェドン、リチャード··········· 222, 227, 229
青山真治····················· 37-38, 40, 42-43
浅野忠信······································· 193
綾野剛··· 194
アルヴァレス、アンヘル···························32
アルトマン、ロバート
······················190-92, 196-97, 199-200
イェーツ、W・B·························· 282-83
イースト、ジェフ·································65
イングラム、レックス····························63
ヴァリ、アリダ·························· 156-57
ヴァンゲリス··································· 210
ヴァンス、コートニー・バーナード
··· 67, 71
ウィザースプーン、リース·······················69
ウィリアムズ、テネシー
···················· 174-80, 182, 186, 188-89
ウィリアムズ、ミシェル···························24
ウィリアムズ、ローズ··························· 177
ウィルソン、スコット··························· 228
ウィルソン、マイケル··························· 120
ヴィルヌーヴ、ドゥニ··························· 221
ウィンフィールド、ポール·························65
ウェイン、ジョン······························ 115
ウェルズ、オーソン··············· 59, 136, 166
ヴェンダース、ヴィム··················· 28-43
ウォーカー、アリス
···················· 238-39, 241-44, 253-57
ウォートン、イーディス
·················· 88-90, 93-95, 98, 103-04
ウォーナー、チャールズ··························60
ウッド、イライジャ················· 67-68, 71
ウッドワード、ジョアン·························91
ウルフ、ヴァージニア··························· 255
ウルフ、トム··························· 222, 233
エイヴリー、マーガレット··················· 242
エイゼンシュテイン、セルゲイ
··············· 107,110-11, 113-16, 119-20
エドワーズ、アルフ····························52
柄本明··· 195

エプスタイン、ロブ··························· 242
エマーソン、ラルフ・ワルド··················· 267
エリオット、アリソン····························77
エリスン、ラルフ··············· 70, 269, 272-74
エンジェル、ヘザー·······························17
オコナー、ヒュー··························· 233-34
オニール、ユージン・グラッドストーン
··· 112-13
オフィーニー、ショーン→フォード、ジョン
··· 165
オリヴィエ、ローレンス···················57, 176
オールドマン、ゲーリー···························29

か

カウフマン、ジョージ··························· 162
カザン、エリア····· 176, 178-79, 182, 188-89
カステル、ルー···································32
ガスリー、ウディ·············· 158, 164, 173
カーティス、マイケル····························64
ガードナー、イザベラ・スチュアート········· 79
カポーティ、トルーマン·········222-30, 232-37
ガーランド、ジュディ····························63
カルティエ、ルドルフ····························76
ガンボン、マイケル·······························77
キッドマン、ニコール·········262-66, 270
ギブソン、ヘンリー··························· 200
キャボット、ブルース·····························18
キャメロン、ジェイムズ··························· 125
キャラダイン、ジョン··························· 160
キューブリック、スタンリー··················· 221
キルマー、ヴァル·································68
キング、スティーヴン··························· 209
キングスレー、シドニー··························· 153
クーパー、ジェイムズ・フェニモア
·············· 12-16, 19-20, 25-26
クラーク、ジェラルド
·················· 224-25, 227, 235, 237
グリフィス、D・W····· 15, 25-26, 54-55, 257
クリフト、モンゴメリー··········· 107, 115-18
クリムト、グスタフ·······························81
グリーン、グレアム··························· 156
クリントン、ビル·········260, 268, 276
グールド、エリオット··························· 191
クレイグ、ピアース··························· 126

346

クレイトン、ジャック
　　　　　124-27, 130-31, 134-137
グローヴァー、ダニー 170
黒澤明 170
クロスビー、ピング 163
ケネディ、ジョン・F 170
ケリー、ジーン 64
ケント、ロックウェル 48, 54
コーエン、イーサン
　　　280-82, 284-85, 287-90, 292-95
コーエン、ジョエル
　　　280-82, 284-85, 287-90, 292-95
ゴダード、ポーレット 22
コックス、ジェイ 95, 104
コッホ、ハワード 55
コッポラ、フランシス・フォード 124, 126
ゴドリー、ジョン 48
小雪 194
コリンズ、トム 162
コール、ナット 165
ゴールドウィン、サミュエル 142
ゴールドバーグ、ウーピー 242
ゴンザレス、パンチョ 177
コンスタンヂュロス、デニス 76
コンデ、マリーズ 42
コンラッド、ジョゼフ 126

さ

サイツ、ジョージ・B 14
サージェント、ルイス 62
ザナック、ダリル・F
　　159, 161, 163, 165, 167-68, 172-73
サマリナ、イレナ 32, 42
サリンジャー、J・D 258-59
サンドバーグ、カール 54
シェイクスピア、ウィリアム 44, 57, 267
ジェイムズ、ウィリアムズ 74
ジェイムズ、ヘンリー
　　　　　74, 77-80, 83, 85-87
ジェイムズ、ヘンリー（父） 74
ジェイムズ、メアリー 74
ジェニングス、アレックス 77
シェパード、サム 69
シーガー、ピート 164

シニーズ、ゲーリー 262, 276
シャーマン・ブラザーズ 66
ジャフィ、サム 49
シャリー、ドア 51
シュウェイグ、エリック 12
ジョイス、ジェイムズ 122
ジョーンズ、クィンシー 228, 238
ジョーンズ、トミー・リー 284
ジョフィ、ローランド 29-30, 40, 42
ジョンソン、ナナリー 159, 172
ジョンソン、リンドン 233
シンガー、アイザック・バシェヴィス 259
杉浦茂 25
スコセッシ、マーティン
　　89-92, 95, 97-99, 101, 103-04, 125
スコット、ランドルフ 14
スコット、リドリー
　　　　209-10, 214-15, 221, 281
スコット、ルーク 221
スタインベック、イレイン 172
スタインベック、キャロル 161-62
スタインベック、ジョン
　　　　159, 161-65, 170, 172-73
スタンバーグ、ジョゼフ・フォン
　　　106, 109-10,114, 119-20
スティーヴンス、ジョージ
　　　　　114-15, 119-20
スティーヴンス、トビー 124
ステューディ、ウェス 12 19, 26
ストウ、マンデリーン 18
スピルバーグ、スティーヴン
　　158, 238-39, 241-42, 244-46, 248-52,
　　254-57
スプレイン、ミッキー 198
スプリングスティーン、ブルース
　　　　164-65, 172-73
スミス、アンナ・ディーヴァー 262, 273
スミス、ペリー 223-24, 226-27
ソープ、リチャード 62
ソネンフェルド、バリー 294
ソフトリー、イアン 76, 80-82, 87
ソロー、ヘンリー・デイヴィッド 267

347

た

ダーウェル、ジェーン……161
滝藤賢一……195
ダーキンズ、ロジャー……294
ターナー、ウィリアム……81
タミン、メルヴィル……278
ダン、フィリップ……14
タンディー、ジェシカ……176
チャンドラー、レイモンド
……190-92, 195-97, 200, 202-03,
205-06, 211
デイ＝ルイス、ダニエル……12, 89-90, 104
デイヴィス、アリソン……270
ディカプリオ、レオナルド……124
ディクソン、トマス……26
ディケンズ、チャールズ……255
ディッキー、ジェイムズ……294
ディック、フィリップ・K
……208-09, 213-17, 220-21
ティティアン、ピール……81
テイラー、エリザベス……107, 115, 117-18
デミル、セシル・B……22
テンプル、ミニー……86
戸井十月……25-27
トゥールヌール、モーリス……14, 26
トウェイン、マーク……60, 68-70, 72-73
冨永愛……193
ドライサー、シオドア
……106-10, 112-16, 118-20
トーランド、グレック……166
トランブル、ダグラス……210
トルーマン、ハリー……51

な

ニュージェント、エリオット……124
ニューマン、デイヴィッド……262
ニューマン、ポール……232

は

ハウ、ジュリア・ウォード……161
ハウアー、ルトガー……210, 220
バウトン、ジム……196
バーカー、マイク……45
ハッチンソン、アン……33, 42-43

パットン・ジュニア、ジョン……245
バートン、ティム……125
バーニー、マシュー……44
ハメット、ダシール……142
バーリン、アーヴィング……173
パラント、ニーナ・ヴァン……196
ハリス、エド……262
バリモア、ジョン……44, 53
バルデム、ハビエル……290
ハワード、ロン……27
バーンズ、ビニー……17
ハンター、キム……176
ビアリー、ウォーレス……15
ヒコック、ディック……223
ピープルズ、ヴァン・メルヴィル……239
ヒューストン、ウォルター……49, 54-55
ヒューストン、ジョン……44-51, 53-59, 226
ビン・ラディン、ウサマ……59
ファイファー、ミシェル……90, 94, 104
ファンチャー、ハンプトン……211
フィッツジェラルド、F・スコット
……122, 126, 136, 138, 267
フェアバンクス、ダグラス……44
フォークナー、ウィリアム
……192, 221, 281, 294
フォーグラー、リュディガー……37
フォダーマン、ダン……234
フォード、ジョン
……22, 54, 159, 161, 165-66, 167-68,
170-72
フォード、ハリソン……210, 212
フォード、フランシス……165
フォンダ、ヘンリー……160, 173
ブシア、アコースア……247
ブッシュ、ジョージ……59
ブラウン、クラレンス……14
ブラケット、リー……192
フラック、ロバータ……66
ブラッドベリ、レイ
……45, 47-48, 51, 53-54, 57-59
フラナガン、ハリー……55
フランク、アンネ……272
ブランド、マーロン……176, 186-87, 189

フリードマン、ジェフリー
················· 242, 248-49, 255-56
ブリーン、ジョゼフ················· 142, 178
プリンツロー、オルガ··················· 89
古田新太··································· 196
ブルックス、リチャード··········· 50, 222, 228
ブレイク、ロバート······················ 228
ブレノン、ハーバート····················· 124
ブレヒ、ハンス・クリンチャン········· 41-42
ヘイズ、ジョン・マイケル············· 144-45
ヘイドン、スターリング··········· 49, 196, 198
ペック、グレゴリー··········· 53-57, 225
ベッドフォード、バーバラ················ 15
ヘップバーン、オードリー········· 61, 142, 147
ヘミングウェイ、アーネスト············· 122
ベリー、チャック························· 165
ベルガー、センタ·················· 32, 40
ヘルマン、リリアン
··········140, 142, 144-45, 148-54, 157
ベロー、ソール························· 259
ベンチリー、ロバート····················· 146
ベントン、ロバート·············· 262, 264
ポー、エドガー・アラン················· 269
ボガート、ハンフリー·············· 191-92
細田守····································· 44
ホークス、ハワード····················· 191
ホーソーン、ナサニエル·········· 28-29, 268
ホープ、ボブ····························· 163
ホッジス、エディ························· 64
ボナム＝カーター、ヘレナ················ 77
ホプキンズ、アンソニー
················· 262-66, 270-71, 273
ホフマン、フィリップ・シーモア·····223, 236
堀切園健太郎····························· 192

ま
マクガヴァン、エリザベス················ 77
マーコウィッツ、ロバート················ 124
マコノヒー、マシュー····················· 69
マーシュ、メエ························· 15
マジョ、アルフレート····················· 35
マッカーシー、ジョゼフ・レイモンド········ 51
マッカーシー、コーマック
·········280-82,284, 288, 290, 292-95

マックィーン、スティーヴ················· 231-32
マックレーン、シャーリー············· 142, 147
マッコール、ユアン························· 52
マドウ、ベン····························· 49
マラマッド、バーナード··················· 259
マルデン、カール························· 176
マン、トーマス··························· 87
マン、マイケル············· 12, 14, 19, 25-26
ミード、シド····························· 210
ミネリ、ヴィンセント····················· 249
ミラー、アーサー··························· 42
ミラー、ウェントワース··········· 262,265-66
ミラー、ベネット························· 222
ムーア、アーチー·················· 64, 71
ムーア、デミ····························· 29
ムンク、エドヴァルド·············· 215-16
メイ、ジョディ·················12, 21, 27
メイエス、メノ····························· 254
メイヤー、ニコラス····················· 263
メイヤー、ルイス························· 51
メイラー、ノーマン····················· 222
メリエス、ジョルジュ····················· 211
メルヴィル、ハーマン···········44, 46, 57
モエラー、フィリップ····················· 89
モファット、アイヴァン····················· 120
モンゴメリー、ロバート················· 125

や
山田洋次··································· 171

ら
ライダー、ウィノラ··········· 90, 94, 104
ライデル、マーク························· 196
ライヒャルト、ケリー····················· 24
ラグルス、ウェズリー····················· 89
ラッド、アラン····························· 124
ラーマン、バズ··········· 124-32, 134-39
ランプリング、シャーロット·········77-78
リー、ヴィヴィアン··········· 176, 185, 189
リー、ネル・ハーパー····················· 223
リード、キャロル························· 157
リード、フィリップ························· 17
リンカーン、エイブラハム············· 53-57, 59
ルインスキー、モニカ····················· 276

349

ルーニー、ミッキー……………………62
レイトン、ウィリアム……………………33
レーガン、ドナルド……………………212
レーニン、ウラジーミル…………………55
レッドフォード、ロバート………………124
レンフロ、ブラッド………………………68
ロイド、A・L……………………………52
ローズヴェルト、シオドア………………101
ローズヴェルト、フランクリン…………49
ローゼンバーグ、トム……………264, 270-71
ローチ、ライナス…………………………77
ローリング・ストーンズ…………………165
ロス、フィリップ
　　………………258-60, 262, 264, 267-69,
　　　　　　　271-73, 275-78
ロスコー、アルバート……………………16
ロダム、フランシー………………………45
ロットレンダー、イェラ……………37, 43
ロレイン、ハリー…………………………16
ロレンス、マーク…………………………49
ロング、ウォルター………………………15
ロンドー、ロッド…………………………24

わ

ワイラー、ウィリアム……49, 140-49, 153-57
渡辺信一郎…………………………………221

| 作品名索引 |

あ

『赤い河』……………………………………115
『赤い風車』…………………………………51
『赤い矢』……………………………………22
『赤ちゃん泥棒』……………280, 284, 295
『悪の法則』………………………………281
『悪魔をやっつけろ』……………………226
『明日に向かって撃て』……………229, 232
「アジャストメント」……………………209
『アスファルト・ジャングル』………49-50, 56
『アニー』………………………………49, 51
『アバター』…………………………125, 221
「アパラチアのクリスマス」……………233
『アフリカの女王』…………………………50
『アベンジャーズ』………………………221
『アベンジャーズ──インフィニティ・ウォー』
　　………………………………………221
『アベンジャーズ──エイジ・オブ・ウルトロン』
　　………………………………………221
『アベンジャーズ──エンドゲーム』………221
『アメリカ・バーニング』………………278
『アメリカ人』………………………………74
『アメリカの悲劇』
　　………106-08, 110-13, 115-16, 119-20
『アメリカ風景』……………………………75
『アメリカン・パストラル』………………260
『アラバマ物語』……………………223, 225
『ある貴婦人の肖像』………………74-75, 77
「アンドロイドと人間」…………………215
『アンドロイドは電気羊の夢を見るか?』
　　……………………208-09 211, 213-21
『怒りの葡萄』……………158-66, 170-73, 254
『イグアナの夜』…………………………174
『偽りの花園』……………………………153
『イナゴの日』……………………………254
『イリノイのエイブ・リンカーン』………55
『インターステラー』………………………69
『インディアナ・ジョーンズ』……………239
『インディグネーション』………………278
『ヴィム・ヴェンダース』…………………43
『ヴェニスに死す』…………………………87
『疑わしき戦い』…………………………161

『馬と呼ばれた男』……………………22
『海の怪物』…………………………44
『噂の二人』…140, 142-45, 147-49, 153, 157
『エイジ・オブ・イノセンス』…………89, 103
『エイブラハム・リンカーン』……………54-55
『エイブラハム・リンカーン──大草原時代』
……………………………………54
『駅馬車』…………… 159, 165-66, 170
『エレジー』…………………………278
『オイディプス王』……………268, 274
『黄金の盃』………………………75, 77
『大いなる眠り』………… 191, 197, 206
『オズの魔法使い』…………………62
『男はつらいよ』……………………171
『オリヴァー・ツイスト』………………255
『俺たちに明日はない』…………229, 262
『愚かなり我が心』…………………258
『女相続人』…………………………77

か

『ガイ・ドンヴィル』…………………75
『回想録』…………………… 180, 186
『開拓者たち』………………………25
『回転』………………………………77
『鏡の中の火』………………………273
『過去の感覚』………………………75
『カサブランカ』……………………64
『風と共に去りぬ』………40, 165, 170, 176
『家族』………………………………171
『カナの婚礼』………………………81
「神よ、アメリカを祝福したまえ」………173
『カポーティ』…………… 222-23, 232, 234-37
『カメラを担いだよそ者』………………233
『カラーパープル』
………………238-43, 246, 248-50, 253-57
『ガラスの動物園』…………………174
『華麗なるギャツビー』………124-25, 134
『奇妙な幕間狂言』…………………112
『キー・ラーゴ』……………………49-50
『金色の嘘』…………………………77
『キング・コング』…………………18
『金ピカ時代』………………………60
『9時から5時まで』………………239
『鯨と人間』…………………………294

『クランズマン』……………………26
『クレイマー、クレイマー』…………262, 266
『グレート・ギャツビー』
………………122, 124-27, 133, 138, 267-68
『月世界旅行』………………………211
『決闘コマンチ砦』…………………22
『原始怪獣現わる』…………………51
『拘束のドローイング9』……………44
『荒野の追跡』………………………22
『ゴジラ』……………………………51
『ゴースト・ライター』
………………260, 272, 274-75,277
『孤高の人』…………………………55
『國民の創生』…………… 15-16, 25-26, 257
『湖中の女』……………… 125, 191, 206
『子供の時間』
………………140, 142, 151, 153-54
「コネティカットのひょこひょこおじさん」
……………………………………258
『この三人』………… 140, 142, 151, 153-54

さ

『ザ・ゴースト・オブ・トム・ジョーンズ』
……………………………………164
『ザ・ダークプレイス 覗かれる女』………77
『ザ・ハンブリング』…………………278
『ザ・ロード』………………………281
『サウスパーク』……………………158
『さよならコロンブス』………………278
『さらば愛しき女よ』……… 191, 195, 202, 206
『サンクチュアリ』…………………294
『シェーン』………………… 120, 171
『詩神の声聞こゆ』…………………224
『地獄の黙示録』……………………126
『使者たち』…………………………75-76
『死者の祭壇』………………………77
『七人の侍』…………………………170
『七破風の屋敷』……………………28
『市民ケーン』………………………166
『ジャズ・シンガー』…………………199
『収穫するジプシー』………………162
「出エジプト記」『旧約聖書』…………161
『12人の怒れる男』…………………254
『ジュラシック・ワールド』……………221

351

『ジュリアス・シーザー』 267
『ジョーズ』 44, 239
『白いカラス』 259, 262-63, 267, 270-71,
273, 275, 277-78
『白の海へ』 294
『シンガポール珍道中』 163
『紳士協定』 53
『シンプソンズ』 158
『深夜の告白』 196
『スウィートスウィートバック』 239
『スーパーマン』 65
『スカーレット・レター』 29, 40, 42
『スキャナー・ダークリー』 209
『スター・ウォーズ──ジェダイの帰還』 212
『スター・ウォーズ──フォースの覚醒』 221
『スタートレックⅡカーンの逆襲』 65
『ストレンジャー６』 49
『すべての美しい馬』 281
『征服されざる人々』 22
『石工』 281
『接吻』 81
『セルロイド・クローゼット』 242
『戦艦ポチョムキン』 110
『象牙の塔』 75
『捜索者』 22
『ソルジャー・ブルー』 22

た

『ターミネーター』 65
『ターミネーター──新起動／ジェニシス』
67
『第三の男』 156-57, 201
『大草原』 25
『ダイング・アニマル』 278
『高い城の男』 213
『高い窓』 191, 206
『ダストボウル・バラード』 159, 164
『ダナエ』 81
『タバコ・ロード』 165
『ダンス・ウィズ・ウルブズ』 20, 22
『小さな巨人』 22
『地中海遊覧記』 60
『血と暴力の国』 293
『乳房になった男』 259, 278

『チャーリーとの旅』 173
『チャイルド・オブ・ゴッド』 281
『追憶』 254
「デイジー・ミラー」 74
『ディアスレイヤー』 25
『ティファニーで朝食を』 61, 63, 226
『デッドエンド』 153
『透明人間』 269
『トゥルー・グリッド』 280
『都会のアリス』 28
『ドクトル・ジバゴ』 254
「トータル・リコール」 209
「トム・ジョード」 164
『トム・ソーヤー＆ハックルベリー・フィン』
68
『トム・ソーヤーの大冒険』 68
『トム・ソーヤーの冒険』 60, 68
『トレイダー・ホーン』 18

な

『長いお別れ』
190, 192-93, 195-96, 201-03, 205-06
「ナチズムと『高い城の男』」 217, 220
『夏』 88
『庭師の無個』 280-81
「人間とアンドロイドと機械」 215
『ねじの回転』 77
『ねじの回転』 75
『ノーカントリー』 280-85, 287-90, 293-95

は

『白鯨』 44-46, 48, 50-51, 54-55, 57, 59
『白鯨リハーサル』 59
『白鯨伝説』 44
『バケモノの子』 44
『パサジェルカ』 40
『馬上の二人』 22
『パスファインダー』 25
『八月の光』 221
『二十日鼠と人間』 162, 170
『ハック・フィンの冒険』 67
『ハックとトム』 61
『ハックルベリー・フィン』 62, 65

『ハックルベリー・フィンの冒険』
················ 60, 62-65, 68, 70-73
『鳩の翼』················ 75-77, 80-82, 87
『パリ、テキサス』································ 28
『バートン・フィンク』················ 280, 295
『バーン・アフター・リーディング』········ 280
『ビッグ・リボウスキ』················ 280, 295
「ビザンチウムに船出して」················ 282-83
『陽のあたる場所』
················ 107, 113-15, 117, 119-20
『緋文字』········ 28-32, 34-41, 43, 268-69, 278
『ヒューマン・ステイン』
············259-60, 262-63, 267, 269, 271-77
『ファーゴ』································ 295
『プードル・スプリングス物語』················ 194
『二人のアメリカ人』································ 55
『ブラックパンサー』················ 73, 221
『ブラッド・シンプル』································ 284
「フリーダム」································ 66
『プレイス・イン・ザ・ハート』········ 262, 266
『プレイバック』················ 190, 194, 205
『ブレードランナー』················ 208-21
『ブレードランナー 2049』················ 221
「ブレードランナ──ブラックアウト 2022」
································ 221
『ブロンドの髪の捕虜』················ 18, 26
『ブロンドの殺人者』································ 191
「ほお寄せて」································ 277
『ポートノイの不満』································ 278
『ボストニアン』································ 77
『ボストンの人々』································ 75

ま

『[ザ・ディレクターズ] マイケル・マン』··· 26
「マイノリティ・リポート」················ 209
『マルタの鷹』································ 45
『見えない人間』················ 70, 269, 272-74
『ミークス・カットオフ』································ 24
『ミッシング』································ 27
『三つ数えろ』································ 191-92
『ミッドナイト・ニューヨーカー』················ 259
『未知との遭遇』································ 239
『緑色の部屋』································ 77
『緑の影、白い鯨』································ 48

『ミラーズ・クロッシング』················ 280, 294
『無垢の時代』································ 88-89
「霧笛」································ 48
『ムーの白鯨』································ 44
「ムーンリバー」································ 61
『メイジーの知ったこと』································ 77
『メイジーの瞳』································ 77
『モビー・ディック』································ 45
『モヒカン族の最後』················ 13-18, 20, 24-25

や

『焼けたトタン屋根の上の猫』················ 174
『闇の奥』································ 126
「ヤング・グッドマン・ブラウン」················ 28
『勇者の赤いバッジ』················ 45, 49-51
『ユリシーズ』································ 122
『妖精たちの森』································ 77
『欲望という名の電車』
················ 174-81, 185, 187-89
「ヨハネの黙示録」新約聖書················ 161
「ヨブ記」『旧約聖書』································ 161
『夜はやさし』················ 138, 266-68

ら

『ライ麦畑でつかまえて』································ 258
『ラスト・オブ・モヒカン』················ 12, 14, 25
『ラスト・タイクーン』································ 138
「ランド・オブ・ホープ・アンド・ドリームズ」
································ 173
『リトル・シスター』································ 202
「リパブリック賛歌」································ 161
『るつぼ』································ 42
『冷血』················ 222-25, 227-29, 233-37
『レザー・ストッキング』································ 25
〈レザー・ストッキング（革脚絆）物語〉
································ 13, 25
『レッド・ムーン』································ 22
「レッド・リヴァー・ヴァレー（赤い河の谷間）」
································ 163
「ルート 66」································ 164
「ロジャー・マルヴィンの埋葬」················ 28
『ロード・オブ・ザ・リング』················ 67
『ローマの休日』································ 53

353

『ロング・グッドバイ』
················· 190-92, 196-198, 201, 206

わ

『若き日のリンカーン』················· 55
「我が祖国」················· 173
『わが谷は緑なりき』················· 165
『ワシントン・スクエア』················· 77
『私は共産主義者と結婚した』················· 260
『わたし自身の部屋』················· 255
『私はティチュバ』················· 42

その他

Love Henry James──The Wings of
the Dove················· 76
『E.T.』················· 212, 239
Exit Ghost················· 277
『G』················· 124
『M★A★S★Hマッシュ』················· 191
『MUD─マッド─』················· 70
『2001年宇宙の旅』················· 221
『2012』················· 44
「2036──ネクサス・ドーン」················· 221
「2048──ノーウェア・トゥ・ラン」····· 221

355

編者・執筆者紹介

【編集責任】

杉野健太郎（すぎの　けんたろう）　＊第8章
信州大学人文学部教授。編著書に『アメリカ文化入門』（三修社、2010）、『交錯する映画』（ミネルヴァ書房、2013）、『映画とイデオロギー』（ミネルヴァ書房、2015）、『映画とネイション』（ミネルヴァ書房、2010）、共著書に『アメリカ文学入門』（三修社、2013）、共訳書に『フィルム・スタディーズ事典』（フィルムアート社、2004）、『コロンビア大学現代文学・文化批評用語辞典』（松柏社、1998）などがある。

【編集委員】

諏訪部浩一（すわべ　こういち）　＊第12章
東京大学大学院人文社会系研究科准教授。著書に『ウィリアム・フォークナーの詩学── 一九三〇－一九三六』（松柏社、2008）、『「マルタの鷹」講義』（研究社、2012）、『ノワール文学講義』（研究社、2014）、『アメリカ小説をさがして』（松柏社、2017）、『カート・ヴォネガット──トラウマの詩学』（三修社、2019）、編著書に『アメリカ文学入門』（三修社、2013）、訳書にフォークナー『八月の光』（岩波文庫、2016）などがある。

山口和彦（やまぐち　かずひこ）　＊第17章
上智大学文学部教授。著書に『コーマック・マッカーシー── 錯綜する暴力と倫理』（三修社、2020）、共編著書に『揺れ動く＜保守＞──現代アメリカ文学と社会』（春風社、2018）、『アメリカン・ロマンスの系譜形成』（金星堂、2012）、『アメリカ文学入門』（三修社、2013）、共著書に『ニューヨーク──錯乱する都市の夢と現実』（竹林舎、2017）、『幻想と怪奇の英文学II』（春風社、2016）『交錯する映画』（ミネルヴァ書房、2013）などがある。

大地真介（おおち　しんすけ）　＊第13章
広島大学大学院文学研究科教授。著書に『フォークナーのヨクナパトーファ小説──人種・階級・ジェンダーの境界のゆらぎ』（彩流社、2017）、共著書に『アメリカ文学入門』（三修社、2013）、『My Home, My English Roots』（松柏社、2013）、『フォークナー文学の水脈』（彩流社、2018）、『フォークナーと日本文学』（松柏社、2019）などがある。

【執筆者】

川本　徹（かわもと　とおる）　＊第1章
名古屋市立大学大学院人間文化研究科准教授。著書に『荒野のオデュッセイア──西部劇映画論』（みすず書房、2014）、論文に「アメリカン・ウエスト行きの駅馬車──マーク・トウェインとジョン・フォードの西部」（『マーク・トウェイン──研究と批評』第15号、2016）、「タランティーノの西部劇映画開拓史──『ジャンゴ 繋がれざる者』と『ヘイトフル・エイト』」（『ユリイカ』2019年9月号）などがある。

藤吉清次郎（ふじよし　せいじろう）　＊第2章
高知大学人文社会科学部教授。共著書に『アメリカ文学における階級──格差社会の本質を問う』（英宝社、2009）、『オルタナティブ・ヴォイスを聴く』（音羽書房鶴見書店、2011）、論文に「「選挙日説教」と Dimmesdale の公的告白の関係」（中・四国アメリカ文学研究、2000）、「Hawthorne's Jeremiad: "Young Goodman Brown"」（中・四国アメリカ文学研究、1999）などがある。

356

貞廣真紀（さだひろ　まき）　＊第３章
明治学院大学文学部教授。共著書に『繋がりの詩学』（彩流社、2019）、『海洋国家アメリカの文学的想像力』（開文社、2018）、*Thoreau in the 21st Century Perspectives from Japan*（Kinseido, 2017）、『アメリカ文学入門』（三修社、2013）、共訳書に『ピーター・バリー『文学理論講義』（ミネルヴァ書房、2014）、エドワード・W・サイード『故国喪失についての省察２』（みすず書房、2009）などがある。

辻　和彦（つじ　かずひこ）　＊第４章
近畿大学文芸学部教授。著書に *Rebuilding Maria Clemm: A Life of "Mother" of Edgar Allan Poe*（Manhattanville Press, 2018）、『その後のハックルベリー・フィン―マーク・トウェインと十九世紀アメリカ社会』（渓水社、2001）、共著書に『あめりかいきものがたり――動物表象を読み解く』（臨川書店、2013）などがある。

堤　千佳子（つつみ　ちかこ）　＊第５章
山口東京理科大学教授。共著書に『ヘンリー・ジェイムズ、今――歿後百年記念論集』（英宝社、2016）、『梅光女学院大学公開講座論集第 32 集』（笠間書院、1992）、『同第 41 集』（同、1997）、『梅光学院大学公開講座論集第 56 集』（同、2008）がある。論文に "Isabella Stewart Gardner: Aesthetic and Ambitious Way of Living Ⅰ"（山口東京理科大学紀要、2018）がある。

新井景子（あらい　けいこ）　＊第６章
学習院大学文学部教授。共著書に、『アメリカ文学のアリーナ――ロマンス・大衆・文学史』（松柏社、2013）、『アメリカ文学入門』（三修社、2013）、*Something Complete and Great: The Centennial Study of* My Ántonia（Fairleigh Dickinson UP, 2017）、論文に "'Phoebe is no Pyncheon': Class, Gender, and Nation in *The House of the Seven Gables*"（*The Nathaniel Hawthorne Review,* 2008）などがある。

小林久美子（こばやし　くみこ）　＊第７章
京都大学大学院文学研究科准教授。論文に「小説と『フィロソフィー』――徳田秋声『黴』とフォークナー『八月の光』」（『フォークナー』20 号、2018 年）「『人間の根源的な状況』について」（『フォークナー』18 号、2016 年）、訳書にラモーナ・オースベル著『生まれるためのガイドブック』（白水社、2015 年）などがある。

相原直美（あいはら　なおみ）　＊第９章
千葉工業大学教育センター教授。共著書に『アメリカン・ロマンスの系譜形成』（金星堂、2012）、『ニューヨーク――錯乱する都市の夢と現実』（竹林舎、2017）、論文に「回想の未来――リリアン・ヘルマンの『子供の時間』再読」（日本アメリカ文学会東京支部会報、2007）、「女性達を繋ぐ Bond――Lillian Hellman の『子狐たち』にみる貨幣的関係」（日本アメリカ文学会東京支部会報、2011）などがある。

中垣恒太郎（なかがき　こうたろう）　＊第 10 章
専修大学文学部教授。著書に『マーク・トウェインと近代国家アメリカ』（音羽書房鶴見書店、2012）、共編著に『アメリカン・ロードの物語学』（金星堂、2015）、『読者ネットワークの拡大と文学環境の変化』（音羽書房鶴見書店、2017）、『スタインベックとともに』（大阪教育図書、2019）、共著書（分担執筆）に『衣装が語るアメリカ文学』（金星堂、2017）などがある。

山野敬士（やまの　けいし）　＊第 11 章
別府大学文学部教授。共著書に『アメリカ文学における階級──格差社会の本質を問う』（英宝社、2009）、論文に「映画で（を）文学を（で）教える──ウディ・アレンとロスト・ジェネレーション」（別府大学紀要、2017）、「アメリカ演劇におけるポピュラー・ミュージシャンの肖像」（別府大学紀要、2012）などがある。

越智博美（おち　ひろみ）　＊第 14 章
専修大学国際コミュニケーション学部教授。著書に『カポーティ──人と文学』（勉誠出版、2005）、『モダニズムの南部的瞬間──アメリカ南部詩人と冷戦』（研究社 2012）、共編著に『ジェンダーから世界を読む II』（明石書店 2008）、『ジェンダーにおける「承認」と「再分配」──格差、文化、イスラーム』（彩流社、2015）、共訳書に、コーネル・ウェスト『民主主義の問題』（法政大学出版会、2014）などがある。

宮本敬子（みやもと　けいこ）　＊第 15 章
西南学院大学外国語学部教授。共著書に『新たなるトニ・モリスン──その小説世界を拓く』（金星堂、2017）、『アメリカン・ロードの物語学』（金星堂、2015）。論文に "Toni Morrison and Kara Walker: The Interaction of Their Imaginations," *The Japanese Journal of American Studies,* No.23 (2012)（日本アメリカ学会）。共訳書にベル・フックス『オール・アバウト・ラヴ──愛をめぐる 13 の試論』（春風社、2016）などがある。

相原優子（あいはら　ゆうこ）　＊第 16 章
武蔵野美術大学造形学部教授。共著書に『彷徨える魂たちの行方：ソール・ベロー後期作品論集』（彩流社、2017）、『ニューヨーク──錯乱する都市の夢と現実』（竹林社、2017）、論文に「ビリー・ローズ記憶を問う──*The Bellarosa Connection* 再読」（*Soundings*, 2014）、"Not Natural but Supernatural: A Study on Forgiveness in Saul Bellow's *Humboldt's Gift*"（*Studies in English Literature*, 2012）などがある。

アメリカ文学と映画

2019 年 10 月 30 日　第 1 刷発行
2024 年 8 月 30 日　第 3 刷発行

編集責任　　　杉野 健太郎
編 著 者　　　諏訪部 浩一
　　　　　　　山口 和彦
　　　　　　　大地 真介
発 行 者　　　前田 俊秀
発 行 所　　　株式会社 三修社
　　　　　　　〒150-0001 東京都渋谷区神宮前 2-2-22
　　　　　　　TEL 03-3405-4511
　　　　　　　FAX 03-3405-4522
　　　　　　　振替 00190-9-72758
　　　　　　　https://www.sanshusha.co.jp/
　　　　　　　編集担当　永尾真理
DTP　　　　　ロビンソン・ファクトリー（川原田良一）
装幀　　　　　長田年伸
印刷・製本　　倉敷印刷株式会社

©2019 Printed in Japan ISBN978-4-384-05931-1 C0098

JCOPY 〈出版者著作権管理機構 委託出版物〉
本書の無断複製は著作権法上での例外を除き禁じられています。複製される場合は、
そのつど事前に、出版者著作権管理機構（電話 03-5244-5088 FAX 03-5244-5089
e-mail: info@jcopy.or.jp）の許諾を得てください。